D1829715

Knaur.

Knaur

Von Andreas Richter ist außerdem erschienen:
Mobile

Über den Autor:
Andreas Richter wurde 1966 in Hamburg geboren und lebt und arbeitet in Ahrensburg. Vor sieben Jahren hat er seine Existenz als Berliner Jungunternehmer an den Nagel gehängt, um seinen Jugendtraum vom Schreiben zu verwirklichen. Andreas Richter ist verheiratet und Vater von zwei Kindern.

Mehr über den Autor auf seiner Website: www.drontworld.de.

Andreas Richter

Friede ihren Seelen

Roman

Knaur Taschenbuch Verlag

Alle Personen, Orte und Begebenheiten dieser Geschichte könnten frei erfunden sein, doch wer weiß das schon mit Sicherheit.

Besuchen Sie uns im Internet:
www.knaur.de

Originalausgabe 2004
Copyright © 2004 Knaur Taschenbuch.
Ein Unternehmen der Droemerschen Verlagsanstalt
Th. Knaur Nachf. GmbH & Co. KG, München
Alle Rechte vorbehalten. Das Werk darf – auch teilweise – nur mit Genehmigung des Verlags wiedergegeben werden.
Redaktion: Ilse Wagner
Umschlaggestaltung: ZERO Werbeagentur, München
Umschlagabbildung: Getty Images
Satz: Ventura Publisher im Verlag
Druck und Bindung: Nørhaven Paperback A/S
Printed in Denmark
ISBN 3-426-62221-1

2 4 5 3 1

Antonia und Lennart gewidmet,
die mit ihrem Geist sehen mögen,
nicht bloß mit den Augen.

Ich kann mir keinen Zustand denken,
der mir unerträglicher wäre, als bei lebendiger und
schmerzerfüllter Seele der Fähigkeit
beraubt zu sein, ihr Ausdruck zu verleihen

(Michel Eyquem de Montaigne, 1533–1592)

Prolog

Anno 1782

Das Mädchen lag unter der dünnen Bettdecke, starrte in die Dunkelheit und lauschte dem leisen Schnarchen seines älteren Bruders, der neben ihm schlief. Nachdem beide ins Bett gegangen waren und von der Mutter einen Gute-Nacht-Kuss bekommen hatten, war er sofort eingeschlafen, und das lag bereits eine lange Zeit zurück. Auch die Kleine war müde und wünschte sich, endlich einschlafen zu können, doch ihre Gedanken wogen zu schwer und ließen sie nicht zur Ruhe kommen. Sie seufzte leise und drehte sich auf die Seite.

Draußen heulte der Wind, ließ die Bäume ächzen und knarren. Und dann war da noch der Regen. Dieser seltsame Regen, der bereits seit vier Tagen und vier Nächten ununterbrochen und gleich bleibend stark vom Himmel fiel. Niemals zuvor hatte das Mädchen solch einen Regen erlebt, und auch die Eltern und die anderen sprachen kaum noch über etwas anderes. Der Pfarrer behauptete gar, Gott habe diesen Regen geschickt, um die Ernte zu zerstören und die Menschen zu mahnen, sich Seiner zu erinnern. Doch das Mädchen glaubte das nicht. Es glaubte, dass dieser Regen gar kein Regen war, sondern Tränen, und weil der Himmel Tränen vergoss, sah es aus wie Regen. Auch der Himmel war traurig, genauso traurig wie es selbst, doch während es nicht mehr weinen wollte und längst keine Tränen mehr zu vergießen hatte, konnte der Himmel noch weinen.

Vor dem geistigen Auge des Mädchens tauchte das Gesicht der Großmutter auf. Die Großmutter lachte. Ihr Mund bewegte sich, die Reste ihrer verfaulten Zähne waren zu sehen und sie wischte sich über die wässrigen Augen. Dann war das Gesicht auch schon wieder verschwunden.

Vier Tage war die Großmutter nun schon tot. Sie war gestorben, nachdem sie am Tag zuvor gesagt hatte, sie sehe den Tod des Alters. Sie war in ihre kleine beheizbare Wohn- und Schlafstube gegangen, hatte sich das Nachthemd angezogen und sich frisiert, und dann hatte sie sich in ihre Butze gelegt, eine als Wandbett gezimmerte Schlafstelle, und sie nicht wieder verlassen. Niemand hatte zu ihr hineingehen dürfen, nur ihr Sohn, der Vater des Mädchens, hatte ab und zu nach ihr gesehen. Einen unendlichen Tag lang hatte der Tod die Großmutter warten lassen, dann war er während der Nacht gekommen, und niemand hatte bemerkt, wie er das Haus betreten und wieder verlassen hatte. Am Morgen, nachdem sie die Großmutter gefunden hatten, hatte die Dämmerung wie Nebel vor den Fenstern gelegen, und der Bruder des Mädchens hatte jedem gesagt, das sei der Atem des Todes. Die Nachricht vom Tod der Großmutter hatte sich im Dorf rasch herumgesprochen und fast alle waren in das Haus gekommen, um sich von ihr zu verabschieden.

Später, als es wieder dunkel war, hatten sie die Großmutter hinter dem Haus begraben. Das war ein trauriger Abend gewesen. Noch in der gleichen Nacht war das Mädchen aus dem Schlaf geschreckt, weil es Stimmen und Geräusche gehört hatte. Stimmen, die nicht in dieses Haus gehörten, und Geräusche, die ihm nicht vertraut waren und bedrohlich klangen. Die Kleine hatte das sichere Gefühl gehabt, dass etwas nicht stimmte, und sie war zur Tür geschlichen und hatte sie einen Spalt weit geöffnet. Als Erstes hatte sie die Mutter gesehen, die starr von Schreck auf einem Schemel saß, und dann die Männer. Es waren vier, und jeder von ihnen hatte einen Sack über den Kopf gezogen, der mit einer Schnur um den Hals zusammengebunden war, und es waren drei Löcher hineingeschnitten worden, damit die Männer etwas sehen und atmen konnten. Zwei Männer hatten den Vater festgehalten, und der dritte Mann hatte ihm ein langes Messer an den Hals gedrückt, während der Vierte die Beine eines Stuhls abgebrochen und mit düsterer Stimme gesagt hatte, dass dies erst der Anfang sei, und dass von dem Haus nichts mehr übrig bleiben werde, wenn nicht bald die Schulden bezahlt wurden, denn der Hohe Herr hätte keine Geduld mehr und warte nicht mehr lange. Dann hatte der Mann den zerstörten Stuhl in das Feuer geworfen, das in der offenen Feuerstelle brannte und die von der Zwischendecke herabhängenden Schinken und Würste räucherte, und anschließend hatte er mit einer einzigen, heftigen Armbewegung alles vom Tisch gefegt, was darauf stand. Die Mutter hatte ihn angestarrt, und dem Vater war nichts weiter übrig geblieben, als dem Treiben zuzusehen.

Das Mädchen hatte die Tür leise zugedrückt und war in sein Bett zurückgekehrt. Es hatte sich die Decke über den Kopf gezogen und sich weit fort gewünscht, hatte in Gedanken ein Lied gesungen, damit es die Stimmen und Geräusche nicht länger hören musste. Und irgendwann war es eingeschlafen. Am nächsten Tag hatte es seinen ganzen Mut zusammengenommen, war zum Vater gegangen und hatte ihn gefragt, wer die Männer gewesen waren und was sie hier gewollt hatten. Zuerst hatte das Mädchen gedacht, der Vater würde es wegschicken, doch stattdessen hatte er sich auf die Bank vor der Feuerstelle gesetzt und es auf seinen Schoß gehoben. Es sind gottlose Schläger, hatte er dann gesagt, die für eine warme Mahlzeit alles tun.

Was wollten die von uns, hatte die Kleine gefragt, und der Vater hatte ihr geantwortet, dass das Land, auf dem dieses Haus steht, ihnen nicht allein gehört. Es gehört zur Hälfte einem reichen Mann aus der großen Stadt, hatte der Vater erklärt. Und mein Vater hat von dem Vater des Mannes das Land gekauft und dieses Haus darauf gebaut.

Und weshalb gehört uns das Haus dann nicht, hatte das Mädchen gefragt, sich an den Vater geschmiegt und seine Wärme genossen.

Das Geld meines Vaters reichte nicht, hatte der Vater geantwortet und der Vater des Mannes aus der großen Stadt hat meinem Vater einen Teil des Kaufpreises gestundet. Nun liegt es an mir, die Schulden zu begleichen.

Begleiche sie doch, hatte das Mädchen gesagt, und der Vater hatte gelacht, halb gequält und halb amüsiert, und dann hatte er erklärt, dass die Ernte der vergangenen Jahre schlecht gewesen war und auch der Verkauf der Tiere wenig Erlös gebracht habe, deshalb könne er das Geld nicht aufbringen, und um ihn einzuschüchtern, habe der Mann in der Stadt diese gottlosen Männer geschickt.

Müssen wir dem reichen Mann das Haus jetzt geben, hatte das Mädchen gefragt, und der Vater hatte den Kopf geschüttelt und gesagt, dass niemand ihnen das Haus wegnehmen würde, niemals.

Wenn wir dem reichen Mann das Haus aber doch geben müssen, hatte das Mädchen leise wiederholt, und der Vater hatte geantwortet, dass das nicht geschehen würde, es solle sich keine Sorgen machen, denn er treffe gerade die nötigen Vorbereitungen.

Was für Vorbereitungen, hatte das Mädchen gefragt, doch der Vater hatte nicht geantwortet, sondern es vom Schoß heruntergehoben und aus dem Haus geschickt.

Die Kleine drehte sich auf die andere Seite. Sie hörte, dass es immer heftiger regnete. Zweifel überkamen sie. Ob es vielleicht doch keine Tränen waren, sondern tatsächlich bloß Regen? Das Mädchen überlegte, wer ihm auf diese Frage eine Antwort geben könnte. Sein Bruder? Vielleicht sollte es ihn wecken und ihn fragen, denn wer älter ist und noch dazu ein Junge, der weiß immer mehr.

Plötzlich fuhr die Kleine hoch. Die Großmutter! Natürlich, die Großmutter könnte es ihr sagen, denn sie wusste sicher, ob der Himmel weinte oder ob es bloß Regen war, und obwohl die Großmutter nicht mehr sprechen konnte, würde sie es ihr verraten. Irgendwie.

Das Mädchen kletterte vorsichtig über seinen Bruder hinweg und glitt aus dem Bett hinaus. In dem kleinen Raum war es stockfinster, nur durch den schmalen Türspalt fiel ein Streifen dünnen Lichts. Doch das Mädchen wusste auch in der Dunkelheit, wo was stand. Es ging um das kleine Schaukelbett herum, in dem das Baby schlief, trat an das Fenster und öffnete es. Es blickte in die absolute Dunkelheit, und der Wind trieb ihm vereinzelte Regentropfen ins Gesicht. Das Mädchen zögerte. Sollte es wirklich hinausklettern? Es konnte auch bis morgen warten und die Großmutter bei Tageslicht fragen. Nein, sagte die Kleine sich schließlich, bis morgen wollte sie nicht warten, und dieses Fenster war ihre einzige Möglichkeit, das Haus unbemerkt zu verlassen.

Das Mädchen drückte sich am Fenstersims hoch und kletterte aus dem Fenster. Langsam ließ es sich zu Boden gleiten, bis es die durchweichte Erde unter seinen nackten Füßen spürte. Eine Hand an der Hauswand, begann es vorsichtig um das Haus herumzugehen. Das weit vorspringende Dach schützte es vor Regen. Das Mädchen duckte sich unter den Fenstern hindurch, obgleich es sicher war, dass alle schliefen. Als es an der breiten Haustür angekommen war, blickte es hinüber zu der nahe gelegenen Schmiede, die sich etwa fünfzig Meter entfernt als dunkler Schatten erhob. Hinter dem kleinen Fenster des Wohnraum war der matte Schein des Feuers zu erkennen. Dann sah das Mädchen dorthin, wo die Schänke stand. Das Haus lag im Dunkeln, vermutlich hatte sich bei diesem Wetter nicht ein einziger Gast eingefunden. Weitere Gebäude waren von hier aus nicht zu sehen, auch nicht am Tag. Das Mädchen trat unter dem schützenden Dachvorsprung hervor. Innerhalb von Sekunden war sein dünnes Nachthemd durchnässt, und es begann zu frieren. Die Kleine überlegte einen Moment lang, wo das ornamental angelegte Beet mit all den Blumen lag und wo die Obstbäume standen. Dann lief sie los. Das Nachthemd klebte an ihrem schmalen Körper und die Haare hingen ihr ins Gesicht, doch sie achtete nicht darauf. Gleich würde sie bei der Großmutter sein, an ihrer frischen Grabstelle stehen und endlich erfahren, ob dieser Regen das Weinen das Himmels war.

Das Mädchen bog um die Ecke des Hauses und blieb so abrupt stehen, dass es auf dem nassen Boden beinahe ausrutschte. Es starrte überrascht auf das kleine Licht, das es auf dem Rasen sah. In einem nach oben zulaufenden Glasgefäß brannten einige Kienspäne. Nach einem Moment entdeckte es die großen Steine, die herumlagen, die Erde, die zu einem Hügel aufgeworfen war, und die Schaufel, die darin steckte. Die Grabstelle der Großmutter. Das Mädchen rang nach Luft. Was war mit der wunderschön angelegten Grabstelle geschehen? Plötzlich hörte es etwas; etwas, was der Regen und der Wind fast verschluckte, doch es war ein Geräusch, das es bereits unzählige Male gehört hatte: Hammerschläge, Nägel, die mit kräftigen Schlägen ins Holz getrieben wurden. Wo kamen die Schläge her? Dann sah die Kleine noch etwas, und ihr wurde fast übel. Etwas kletterte aus der Grube heraus und stellte sich aufrecht hin. Eine Gestalt. Das Mädchen presste die Hand an den Mund und unterdrückte einen Schrei. Der Lichtstrahl war zu dünn, und die Schatten spielten ihr Streiche, und das Mädchen kniff die Augen zu Schlitzen zusammen und starrte angestrengt zu der Gestalt. Es war sicher, dass es ein Mensch war. Ein Mensch, der einen Umhang trug und eine Kapuze auf dem Kopf hatte.

Die Männer sind zurück, dachte es und spürte eine entsetzliche Angst; die bösen Männer mit den Säcken über den Köpfen, sie sind wieder hier und schänden das Grab der Großmutter. Eine innere Stimme rief ihm zu, ins Haus zu laufen und den Vater zu holen, doch es ignorierte die Stimme. Stattdessen ging es langsam auf die Gestalt zu. Es spürte mit jedem Schritt, dass die Angst mehr und mehr von ihm abfiel, bis schließlich nur noch Unbehagen übrig war.

Dann stand es dicht hinter der Gestalt, die leicht nach vorne gebeugt war und die eigenen Füße zu betrachten schien. Die Gestalt fuhr herum und riss die Hand mit dem Hammer hoch, doch kaum erkannte die Gestalt das Mädchen, ließ sie die Hand sinken und den Hammer fallen. Und das Mädchen glaubte, sein Herz bliebe stehen. Es blickte in das verzerrte Gesicht seines Vaters. Der Vater sah es überrascht und hilflos an und wusste nicht, was er sagen sollte. Und die Kleine brachte nicht ein einzige Wort hervor. Ohne sich dessen bewusst zu sein, ging sie zu der Grube und stellte fest, dass der Sarg noch immer in der Grube lag und dass er geschlossen war. Nun sah sie zu ihrem Vater, dessen nasses Gesicht in dem schemenhaften Licht wie versteinert wirkte. Sie wollte ihn fragen, weshalb er das Grab der Großmutter ausgehoben und Nägel in den Sargdeckel geschlagen hatte, weshalb er ihre Ruhe gestört hatte. Doch bevor das Mädchen auch nur eine Frage stellen konnte, fiel sein Blick auf etwas, das unmittelbar neben der Lichtquelle auf dem Rasen lag: ein Lappen, auf dem etwas lag. Etwas Kleines, Krummes. Das Mädchen ging in die Hocke, nahm den Lappen und hob ihn hoch. Einen Moment lang sah es auf den Gegenstand, dann ließ es ihn mit einem Aufschrei fallen. Die Kleine stolperte nach hinten, fiel, rappelte sich wieder hoch und starrte entsetzt auf den Lappen, dann zu ihrem Vater, dann wieder auf den Lappen. Sie begann zu schluchzen und schüttelte den Kopf. Plötzlich stand der Vater hinter ihr, legte die Hände auf ihre Schultern und zog sie behutsam zu sich heran, doch das Mädchen befreite sich aus seinem Griff. Es sah den Vater an, der hilflos dastand, dann rannte es los in die Dunkelheit, die es augenblicklich verschluckte. Der Vater rief seinen Namen, doch es blieb nicht stehen. Es rannte durch das Dorf, lief durch tiefe Pfützen und trat auf Steine, strauchelte und stolperte und lief weiter. Es rannte am letzten Haus des Dorfes vorbei, blind vor Entsetzen und ohne wahrzunehmen, wohin es lief. Der Vater erwachte endlich aus seiner hilflosen Erstarrung, er nahm das Licht und eilte in die Richtung, in die seine Tochter verschwunden war. Immer wieder rief er ihren Namen, wünschte, sie würde stehen bleiben und antworten, doch das tat sie nicht. Er hatte sie längst aus den Augen verloren, auch der Klang ihrer schnellen Schritte war nicht mehr zu hören. Der Vater lief in Richtung Wald und hoffte, dass er sich für den richtigen Weg entschieden hatte. Er musste sie finden. Die Nacht war voller Gefahren. Es gab hungrige Tiere, die ihrem Instinkt folgten, und messerscharfe Fallen, die die Leute aufgestellt hatten, um darin Wild zu fangen. Es gab den Bach, der zwar nicht sonderlich tief war, aber für ein kleines und angsterfülltes Mädchen tief genug, um zu ertrinken, und es gab Dornenbüsche und tief hängende Äste, die einen Menschen schwer verletzen konnten. In der Dunkelheit lauerten unzählige Gefahren für ein kleines Mädchen. Der Vater begann zu rennen und schickte kurze Gebete zum Himmel, doch tief in seinem Herzen spürte er bereits diese Ahnung. Die Ahnung, dass er seine Tochter nicht mehr lebend wiedersehen würde.

1

An diesem Novembermorgen des Jahres 2002 war der Himmel über Hamburg verhangen, und es sah nicht danach aus, als ob der Tag richtig hell werden würde. Die Außentemperatur lag bei unangenehmen vier Grad Celsius, und ein leichter Nieselregen und stetiger Wind ließ die gefühlte Temperatur noch kälter erscheinen. Dieser Tag war ganz gewiss nicht für Spaziergänge oder unnötige Schritte ins Freie geeignet.

Mirja stand mit dem Rücken zum Fenster und betrachtete Stefan, der auf einem der Aluminiumstühle saß. Er hatte den Kopf an die Wand gelehnt und blickte auf die gerahmte Aufnahme an der gegenüberliegenden Wand, die den Kirchturm des Michels mit dem kupfergrünen Dach zeigte. Stefan wirkte angespannt, doch seine Augen leuchteten.

»Nun sag schon was«, sagte Mirja.

»Es ist nicht zu glauben«, murmelte er mit leichtem Kopfschütteln, und ein Grinsen umspielte seine Lippen. »Kannst du es glauben, dass wir dieses Haus kaufen werden?«

»Freust du dich nicht?«, fragte sie. »Du musst dich freuen, Stefan Timmer, ich bestehe darauf, dass du dich freust. Wenn nicht, lasse ich mich von dir scheiden.«

»Ehrlich? Ist das eine Drohung oder ein Versprechen?« Er drehte den Kopf, so dass er Mirja ansehen konnte. Sie war apart, aber keine Schönheit. Sie war schmal, fast zierlich, und mit den schulterlangen braunen Haaren, die sie zu einem Pferdeschwanz gebunden hatte, war sie auf den ersten Blick unauffällig, doch in ihren blauen Augen blitzte eine wunderbare Kraft, eine Stärke, die aus ihr selbst erwuchs.

Stefan sagte leise: »Natürlich freue ich mich. Wahnsinnig sogar. Das Haus ist wie gemacht dafür, ich kann kaum erwarten, dass es losgeht.«

»Ich weiß.« Sie lächelte.

»Das Haus ist ein Traum, Mirja, seit wir es zum ersten Mal gesehen haben, wusste ich, dass es das perfekte Objekt für mein Restaurant ist.«

»Es ist ein Schmuckstück«, sagte sie und griff nach seiner Hand. »Wir werden etwas ganz Besonderes daraus machen.«

»Findest du den Kaufpreis wirklich nicht zu hoch?«

»Nein«, sagte sie mit gespielter Entrüstung. »Vierhundertfünfundsiebzigtausend Euro ist natürlich ein Haufen Geld, aber überleg doch mal, in *der* Lage. Es sind nicht mal irgendwelche Rechte auf das Haus eingetragen, insofern ist der Kaufpreis nicht zu hoch.«

»Du vergisst schon wieder die Maklercourtage.«

»Die vergesse ich nicht«, sagte Mirja, »aber du darfst sie nicht auf den Objektpreis drauflegen.«

»Ich finde, dass Makler Trittbrettfahrer sind, irgendwie Parasiten.« Er seufzte. »Mein Lebenstraum wird wahr, Mirja, ist das nicht der absolute Wahnsinn? Ich bin neununddreißig Jahre alt und erfülle mir meinen Lebenstraum. Mein eigenes Restaurant. Ich könnte heulen. Stefan Timmer eröffnet sein eigenes Restaurant. Ist das nicht unglaublich?«

»Du hast es verdient, Steff.«

Er hielt einen Moment inne und zuckte mit den Schultern. »Nein«, sagte er dann, »das habe ich nicht. Ich habe einfach nur mehr Glück als andere.«

»Erfolg ist keine Frage des Glücks. Es sieht nur häufig danach aus. Du hast Erfolg, weil du dein Talent nutzt und hart arbeitest. Die Kombination aus Talent und Arbeit macht den Unterschied. Du hast es wirklich verdient.«

»So meine ich das nicht, ich meine das Glück, dich bei mir zu haben. Ich möchte jetzt nicht die alte Leier abspielen, Mirja, aber war werden das Haus mit deinem Geld bezahlen. Von meinem Geld können wir einen neuen Gartenzaun und die Außenbeleuchtung finanzieren, aber das war es dann auch schon. Ohne dein Geld würde ich noch dreißig Jahre in irgendwelchen Hotels arbeiten.«

»Du arbeitest nicht in irgendwelchen Hotels, du arbeitest in Hamburgs bestem Hotel. Als Küchenchef. Das ist nicht irgendein Job, Steff. Mach dich nicht kleiner, als du bist! Und über die Sache mit dem Geld haben wir oft genug geredet, ich will nichts mehr davon hören.«

»Aber es nun mal so. Du hast das Geld von deinem Vater bekommen und gibst es für das Haus aus, damit ich ein Restaurant eröffnen kann. Es ist dein Haus, nicht meines, ich werde nichts anderes sein als der Geschäftsführer eines Restaurant im Haus meiner Frau.«

Sie beugte sich nach vorne. »Mein Vater hat mir einen Teil meines Erbes ausgezahlt, und was ich damit mache, ist ausschließlich meine Sache. Ich bin niemandem Rechenschaft schuldig. Wenn ich mich entscheide, von dem Geld ein altes Haus zu kaufen, damit mein Mann seinen Traum vom eigenen Restaurant verwirklichen kann, dann tue ich das.«

»Deine Schwester legt ihr Geld mit Sicherheit genauso an, wie euer Vater es erwartet.«

»Was Britt macht, interessiert mich nicht, mal abgesehen davon, dass ein Hauskauf ja wohl auch eine Geldanlage ist. Außerdem ist das eine andere Geschichte, Oliver hat sich bereits eine eigene Existenz aufgebaut, du noch nicht.«

»Aber die hat er sich selbst aufgebaut und nicht geschenkt bekommen, so wie ich.«

Sie schüttelte genervt den Kopf. »Es ist ja wohl etwas anderes, ob ich mir ein Büro miete, einen PC kaufe und als Steuerberater loslege oder ob ich mich mit einem Restaurant selbstständig mache. Ich will davon nichts mehr hören, Steff, wir sind verheiratet und lieben einander, und ich weiß, wie sehr du dir dein eigenes Restaurant wünscht. Es ist unser Haus, wir werden gemeinsam im Grundbuch stehen, und es ist dein Restaurant. Du wirst aus diesem alten Haus einen kleinen Gourmet-Tempel machen, so wie du es dir vorgestellt hast. Und ab jetzt« – sie legte den Zeigefinger auf die Lippen – »tritt das Verbot in Kraft, in diesem Zusammenhang über das Thema Geld zu reden.« Sie lächelte.

Er seufzte erneut. »Nachher rufen wir den Architekten an und sagen ihm, dass es losgeht. Ein halbes Jahr ist nicht lang, und wenn ich am ersten Juni eröffnen will, müssen wir uns ranhalten.«

Die Notargehilfin betrat den Raum. Sie gab den beiden die Personalausweise zurück und bat sie, ihr zu folgen. Sie führte sie über einen Flur, klopfte an eine geschlossene Tür und öffnete diese, ohne eine Antwort abzuwarten. Sie trat einen Schritt zurück und bedeutete Mirja und Stefan einzutreten. Der Notar, der hinter dem wuchtigen Schreibtisch saß, blickte auf, erhob sich und begrüßte sie. Ihm gegenüber saß ein Mann, den Mirja und Stefan noch nie zuvor gesehen hatten. Er trug einen dunkelblauen Anzug, die Haare waren akkurat gescheitelt. »Gerald Buchelt, Rechtsanwalt«, stellte er sich vor, stand auf und reichte Stefan eine Visitenkarte, die er bereits in der Hand gehalten hatte. »Ich handle nicht für mich, sondern gemäß notarieller Vollmacht für Herrn Bernd Schmolke, der Ihnen das Grundstück nebst Objekt verkauft. Der Makler sagte mir, er habe Sie bereits davon in Kenntnis gesetzt, dass Herr Schmolke nicht selbst erscheint.«

Stefan nickte, während Mirja sagte: »Ja, das hat er. Naja, wir hätten ihn natürlich schon gern kennen gelernt, aber vielleicht lässt sich das ja nachholen. Wir werden ihn einladen, wenn alles fertig ist.«

Der Notar bot ihnen Platz an und kam ohne Umschweife zur Sache. Keine zehn Minuten später unterschrieben Mirja, Stefan, Buchelt und der Notar den Kaufvertrag.

◆

Während Mirja im Verkaufsshop der Tankstelle verschwand, um eine Flasche Sekt zu kaufen, saß Stefan hinter dem Lenkrad seines Jeeps Grand Cherokee und blickte aus dem Seitenfenster, ohne etwas von dem wahrzunehmen, was dort draußen vor sich ging.

Ein eigenes Restaurant. *Sein* Restaurant. Restaurant *Timmers.* Wieso denn *Timmers*, hatte Mirja gefragt, als er ihr vor einigen Tagen verraten hatte, welchen Namen das Restaurant erhalten sollte. Weil ich als Koch alles andere als ein unbeschriebenes Blatt bin, hatte er entgegnet, viele bekannte Köche geben ihrem Restaurant ihren eigenen Namen; das hat was mit Identifikation zu tun. Es ist ein schöner Namen, hatte Mirja entgegnet und ihm zwinkernd eine Kusshand zugeworfen.

Eine ältere Frau ging dicht an Stefans Wagen vorbei, und er wurde aus seinen Gedanken gerissen. Er sah der Frau hinterher, und zum ersten Mal, seit er sich erinnern konnte, wünschte er sich, er hätte noch Eltern. Nicht, weil er ihnen das Haus zeigen und von seinen Plänen erzählen würde, sondern damit sie sehen konnten, was er auch ohne sie aus seinem Leben machte.

Sie hatten ihn im Stich gelassen. Beide. Seinen Vater hatte Stefan nie kennen gelernt. Er hatte das Weite gesucht, noch bevor sein im Vollrausch gezeugter Sohn auf die Welt gekommen war. Kurz nach seiner Einschulung hatte Stefan seine Mutter um ein Foto des Vaters gebeten, doch sie hatte gesagt, sie habe keines. Stefan wusste nicht, ob sie die Wahrheit gesagt hatte, und mittlerweile war es ihm egal. Als Kind hatte sich Stefan in sich selbst zurückgezogen, was zur Folge gehabt hatte, dass er zum Außenseiter wurde und keine Freunde hatte. Seine Mutter hatte sich kaum um ihn gekümmert, von liebevoller Erziehung ganz zu schweigen. Mit den Jahren wurde er immer verschlossener. Stefan war elf Jahre alt gewesen, als man ihn in einem Kaufhaus beim Stehlen von Musikkassetten erwischt hatte. Er hatte die Kassetten nicht gebraucht, denn er hatte gar keinen Kassettenrecorder besessen. Nachdem die Polizei ihn zu Hause abgegeben hatte, hatte seine Mutter so gebrüllt, dass er befürchtete taub zu werden, und dann mehrere Tage lang kein Wort mit ihm gesprochen. Aus Trotz und stiller Anklage hatte er weiterhin gestohlen, allerdings nie Dinge, die er benötigte oder die ihm etwas bedeuteten, und er hatte sich nicht viel Mühe gegeben, nicht erwischt zu werden. Als er dreizehn Jahre alt war, hatte seine Mutter ihn in ein Heim gesteckt. Das hatte ihn völlig unvorbereitet getroffen, denn er hatte nicht bemerkt gehabt, dass sie vermutlich bereits seit Monaten die entsprechenden Vorbereitungen getroffen hatte. Ich rufe dich an, hatte sie beim Abschied gesagt und ihm hastig einen Kuss gegeben, doch er hatte gewusst, dass sie es nicht tun würde, und tatsächlich hatte sie sich nie wieder gemeldet, und heute wusste er nicht einmal, ob sie überhaupt noch lebte. Nach der mittleren Reife hatte Stefan in einem Hotel in Bremen eine Lehre als Koch begonnen. Die Küche war rasch sein Reich geworden, hier war er glücklich und konnte seine Kreativität ausleben. Die

Ausbildung hatte er mit Auszeichnung als Landesbester beendet. Er hätte in dem Hotel bleiben oder sich in der Stadt einen neuen Arbeitsplatz suchen können, doch er hatte die Herausforderung gesucht und sich für den steinigeren Weg entschieden. Er war nach Köln gezogen und hatte dort zwei Jahre lang in dem Restaurant eines Kurhauses gearbeitet, dann war er weitergezogen. Er war ein Getriebener gewesen, angespornt von brennendem Ehrgeiz und der Befürchtung, sich aus reiner Bequemlichkeit in der Mittelmäßigkeit zu verlieren. Neun Stationen folgten. Alle ein bis zwei Jahre hatte er seinen Arbeitsplatz gewechselt, hatte in Süddeutschland und im Salzburger Land gearbeitet, in Norditalien, dann wieder in Deutschland. Mit jeder beruflichen Veränderung verbesserte er sich, bis er schließlich nur noch in Sternehäusern gearbeitet hatte. In einem der besten Restaurants im Elsass wurde er Souschef, Stellvertreter des Küchenchefs, und schließlich Küchenchef des bekanntesten Restaurants auf der Insel Sylt. Er war dreiunddreißig Jahre alt gewesen, als er den begehrten Michelin-Stern verliehen bekam, im Jahr darauf bewerteten ihn die Tester von Gault Millau mit achtzehn von zwanzig möglichen Punkten, und er wurde Zweiter bei der Wahl zu Deutschlands Koch des Jahres. Dann war das Angebot aus Hamburg gekommen, aus dem renommiertesten Hotel der Stadt, direkt an der Alster gelegen. Seitdem arbeitete er dort als Küchenchef, mit einem Gehalt, das er sich nie erträumt hatte. Er schien am Ziel angekommen zu sein, und von seiner Unruhe war nicht mehr viel übrig geblieben. Hatte er hin und wieder überlegt, doch noch mal woanders hinzugehen, so waren diese Pläne hinfällig geworden, als er Mirja kennen gelernt hatte. Es war in der Geschenkwarenabteilung eines Kaufhauses gewesen, und sie hatte an der Kasse vor ihm gestanden. Als sie bezahlen wollte, stellte sie fest, dass sie ohne Portemonnaie unterwegs war. Stefan war überwältigt gewesen von der Selbstironie und dem Charme, mit der sie die unangenehme Situation gemeistert hatte, und er hatte ihr spontan angeboten das Geld auszulegen. Sie könne es ihm gelegentlich zuschicken, hatte er gesagt und ihr seine Adresse aufgeschrieben. Bereits am übernächsten Tag hatte er das Geld zurück, leicht aufgerundet zu einem vollen Betrag, der als Banknote in einem Umschlag steckte, auf dem kein Absender stand. An dem Geldschein hing ein kleiner, selbstklebender Zettel mit dem Wort »Danke« und einer Hamburger Telefonnummer. Sonst nichts, kein Name, nicht einmal ein Kürzel oder ein Anfangsbuchstabe. Zwei Tage lang hatte Stefan durchgehalten, dann hatte er der Versuchung nicht mehr widerstehen können und angerufen. Sie hatten sich am folgenden Samstag in einem Café in der Innenstadt zum Frühstück getroffen, und die ersten Minuten waren zäh verlaufen, ein gegenseitiges Abschätzen. Doch dann war alles schnell gegangen, zumindest, was Stefan betraf. Jedes Mal, wenn er sie angesehen hatte, hatte er sie hinreißender gefunden. Sie hatte fast ständig ein leichtes Lächeln auf den Lippen gehabt, hatte Zuversicht und Selbstbewusstsein ausgestrahlt, weibliche Macht in ihrer ganzen Souveränität. Er hatte sich in sie verliebt und keine Chance gehabt, es zu verhindern. Mirja war sechs Jahre jünger als er und hatte gerade ihr Studium beendet, Betriebswirtschaft mit Schwerpunkt Marketing, und sollte in wenigen Tagen bei einem Zeitschriftenverlag anfangen. Ihr Vater war einer der renommiertesten Anwälte der Stadt und hatte vorzügliche Verbindungen, und als Mirja das erste Mal von ihrem Vater sprach, war Stefan plötzlich sicher, seinen Namen bereits einige Male im Zusammenhang mit größeren Strafverfahren gelesen zu haben. Er war einst von Trier nach Hamburg gezogen, um hier zu studieren, und hatte später Mirjas Mutter kennen gelernt, die bereits vor einigen Jahren verstorben war. Mirjas zwei Jahre jüngere Schwester steckte noch im Jura-Studium und hatte das Ziel, später in die Kanzlei des Vaters einzusteigen.

Darf ich dich anrufen, hatte Stefan gefragt, als sie sich gegen Mittag voneinander verabschiedeten, und er hatte bereits eine innere Stimme gehört, die sagte: *Nein, aber nochmals vielen Dank für Ihre Hilfe*, doch Mirja hatte zu ihm wie zu einem alten Freund gesagt, dass er sie selbstverständlich jederzeit anrufen kann. Die folgenden Wochen hatte Stefan um Mirja gekämpft, sie mit Aufmerksamkeit und kleinen Geschenken überhäuft, und irgendwann hatte es erste Anzeichen dafür gegeben, dass ihre Freundschaft zu ihm zu Liebe geworden war.

Bin ich eigentlich dein Typ?, hatte er gefragt, als sie am Morgen nach der ersten gemeinsamen Nacht in der Badewanne saßen.

Nein, hatte sie gesagt und gelächelt, eigentlich mag ich keine schwarzhaarigen Männer mit Kurzhaarfrisur und dichter Brustbehaarung, außerdem ist mir deine Nase zu spitz, und du bist zu groß, du überragst mich ja fast um zwei Köpfe.

Scheiß drauf, hatte er gesagt und Wasser in ihr Gesicht gespritzt, und sie hatte gelacht und gesagt: Ja, scheiß drauf.

Anderthalb Jahre später hatten sie geheiratet, still und heimlich in einer kleinen Kapelle in Oberbayern. Beide hatten in der Zeit danach viel gearbeitet, Stefan auch an den meisten Wochenenden und Feiertagen, dennoch hatten sie sich die Zeit zusammen zu sein, immer wieder erkämpft. Die Idee vom eigenen Restaurant reifte langsam, aber stetig heran. Zuerst war es nur eine Idee gewesen, die Stefan niemandem mitgeteilt hatte. Dann, nachdem er Mirja eingeweiht hatte, nahm der Gedanke allmählich Konturen an, und schließlich begannen sie, sich nach einem geeigneten Objekt umzusehen. Nach mehr als einem Jahr hatten sie es gefunden. Eines Tages hatte in ihrem Briefkasten die Kurzbeschreibung eines Hauses gesteckt, und

Mirja und Stefan hatten nie herausgefunden, von wem sie stammte. Der Makler hatte vehement bestritten, das diese Objektbeschreibung von ihm war, doch sie hatten es ihm nicht geglaubt. Die Beschreibung hatte Mirja und Stefan interessiert, und sie waren hinausgefahren, um sich das Haus anzusehen. Es stand in Duvenstedt am nördlichen Rand Hamburgs, dort, wo Villen und Landhäuser das Bild des hanseatischen Wohlstands prägen. Das Haus lag in einem knapp eintausendfünfhundert Quadratmeter großen, verwilderten Grundstück am Ende einer kleinen Sackgasse, die erst vor wenigen Jahren geschaffen worden war, und in der außer dem Haus lediglich vier weitere, jedoch allesamt neu gebaute Häuser standen. Es war ein altes Fachwerkhaus mit einer tragenden Holzkonstruktion, auf deren horizontal verlaufenden Schwellen die Pfosten standen. Die Gefache waren ausgefüllt mit rotem Backstein, das Dach mit Reet gedeckt. Der Zustand des Hauses war auf den ersten Blick gut, die Jahre hatten der Baustubstanz nichts anhaben können.

Die grünen Fensterläden waren verschlossen gewesen, so dass Mirja und Stefan nicht in das Innere des Hauses sehen konnten. Im Vorgarten stand ein Schild *Zu verkaufen* mit dem Namen und der Rufnummer eines Maklers. Nachdem sie wieder zu Hause gewesen waren, hatten sie ihn angerufen und sich am folgenden Tag mit ihm am Haus getroffen. Er hatte ein Hochglanzexposé mitgebracht und das komplett leer geräumte Haus in den höchsten Tönen angepriesen. Das genaue Baujahr des Hauses stand nicht fest, doch laut Gutachten war es um 1760 erbaut worden. Die ursprüngliche Nutzung war die eines Einfamilienhauses mit Stallungen gewesen. Ungezählte Umbauten waren gefolgt, bis es Ende der fünfziger Jahre des vergangenen Jahrhunderts zum Wohnhaus umgebaut worden war. Sogar ein kleiner, knapp zwei Meter hoher Kellerraum, der mittels einer Klapptür und einer schmalen Holztreppe betretbar war, war in einer Ecke des Hauses nachträglich ausgehoben worden. Das Haus hatte eine Wohn- und Nutzfläche von rund zweihundert Quadratmetern. Unter dem Dach gab es einen kleinen Raum, zu dem eine Holztreppe führte, der jedoch nicht ausgebaut war. Die Feuerstelle – einst Kochplatz, Wärmespender und Lichtquelle, die sich früher über die gesamte Hausbreite zog – war verkleinert worden. Die Lehmdielen waren längst einem dunklen Parkett gewichen, und da das Haus nicht unter Denkmalschutz stand, war vor den ehemaligen Eingang ein Anbau mit einer weiteren Tür gesetzt worden.

»Wieso soll es verkauft werden?«, hatte Mirja den Makler gefragt.

»Ich habe von dem Rechtsanwalt des Besitzers den Auftrag erhalten, dieses Haus zu verkaufen, mehr nicht.«

Noch am selben Abend waren sich Mirja und Stefan einig gewesen, dass es dieses Haus sein muss. Am nächsten Tag hatte Mirja mit ihrem Vater über die Möglichkeit der Auszahlung des Großteil ihres Erbes gesprochen, und er hatte zugestimmt.

Ein Statiker, ein Architekt und ein Ingenieur hatten sich das Haus angesehen, Kostenanvorschläge zur Renovierung wurden eingeholt. Und heute, fast drei Monate später, hatten sie den Kaufvertrag unterschrieben.

Die Beifahrertür wurde geöffnet und Stefan abrupt aus seinen Gedanken gerissen. Mirja stieg ein, zwei Piccoloflaschen in der Hand. »Auf geht's«, sagte sie, »fahren wir zu unserem Haus und stoßen wir darauf an.«

Während der Fahrt hingen sie ihren Gedanken nach, bis Stefan schließlich sagte: »Ich werde morgen kündigen. Die lassen mich vor Ablauf der drei Monate sowieso nicht gehen, aber ich will den Kopf frei haben. Ich muss mich ja auch noch um das Personal kümmern. Am meisten Kopfzerbrechen bereitet mir der zweite Koch. Er muss präzise, sauber und schnell arbeiten und soll mich nicht ersetzen, sondern nur das tun, was ich ihm sage, und mir zuverlässig zuarbeiten. Ich kann niemanden gebrauchen, der meint, er sei ein Genie.«

»Ein Genie reicht schließlich«, erwiderte Mirja grinsend.

»Das ist doch albern, ich halte mich nicht für ein Genie …«

»Ich weiß, das sollte ein Witz sein.«

»… mir ist viel wichtiger, dass er seinen Job solide ausführt.«

»Du wirst schon den Richtigen finden.«

Erneut schwiegen sie einen Moment lang, dann fragte Stefan: »Was machen wir, wenn alles teurer wird, als wir es kalkuliert haben? Wir haben ziemlich eng gerechnet – was ist, wenn wir mit dem Geld nicht hinkommen?«

»Dann gehen wir eben zur Bank. Man wird uns, ohne zu zögern, einen anständigen Kredit geben, immerhin sind wir Besitzer eines nicht belasteten Hauses.« Sie warf ihm einen strengen Blick zu. »Wir werden das alles sehen, Steff. Freu dich doch einfach über das Haus und hör auf, dir Sorgen zu machen.«

Eine Viertelstunde später steuerte Stefan den Wagen in die Sackgasse und stoppte am Straßenrand vor einem maroden Jägerzaun. Er zog die Handbremse an und schaltete den Motor ab. Er sah an Mirja vorbei zu dem Haus, zwei oder drei Sekunden lang, dann sagte er: »Bei diesem Wetter und in diesem Licht hat das Haus noch viel mehr Atmosphäre, es wirkt, als sei es von … *damals.*«

»Es ist von damals, es ist ein altes Haus.«

»Das meine ich damit nicht. Es wirkt irgendwie, als habe die Zeit es konserviert und als befände es sich noch immer im Jahr achtzehnhundert, während um das Haus herum bereits das Jahr zweitausendzwei zu Ende geht. Die Vergangenheit liegt wie eine Glocke über diesem Haus.«

»Wenn erst mal der ganze Schmutz runter und der Garten hergerichtet ist, wird es völlig anders aussehen. Du bist ein Miesmacher.« Sie zog ihn an den Ohren zu sich heran, küsste ihn erst auf den Mund und anschließend auf die Nasenspitze. Dann stiegen sie aus und gingen den schmalen Kiesweg entlang. Stefan schloss die Haustür auf, deren Knarren wie ein Stöhnen klang. Sie öffneten die zweite Tür, dann standen sie in dem großen Hauptraum. Stefan öffnete zwei Fenster und die Fensterläden, und das Licht, das nun hereinfiel, reichte aus, um den Raum matt zu erhellen.

Mirja zog die Piccolos aus der Manteltasche und schraubte sie auf. »Schampus aus Gläsern wäre natürlich stilvoller gewesen, aber zur Not geht's auch …« Sie brachte den Satz nicht zu Ende. Eine Piccolo-Flasche glitt aus ihrer Hand und zersprang auf dem Boden. Das Klirren wurde von Mirjas hellem Aufschrei übertönt.

Stefan fuhr herum und starrte sie an, sah den Schreck in ihrem Gesicht, und noch bevor er etwas sagen oder fragen konnte, rief sie: »Steff!«, deutete zu der Feuerstelle und flüsterte gepresst: »Da hinten ist jemand!«

Stefan sah zu der Feuerstelle. Und tatsächlich, da war jemand. Oder etwas. Was auch immer es war, es kauerte auf dem Sims.

»Verflucht«, raunte er und kniff die Augen zusammen, »was ist das?« Dann rief er: »Wer ist da, wer sind Sie?«

Nichts. Keine Antwort, nicht mal eine Bewegung.

»Herrgott, Steff, es ist ein großes Tier«, flüsterte Mirja ängstlich.

Stefan schluckte und rief: »He, kommen Sie da hinten raus, na los, kommen Sie schon!«

Was auch immer es war, was auf dem Sims kauerte – nun richtete es sich auf.

Mirja biss sich auf den Daumen und unterdrückte einen Schrei. Im matten Licht war eine schmale Silhouette zu erkennen, die auf zwei Beinen stand, und dann einen Schritt machte und auf Mirja und Stefan zukam. Nach dem zweiten Schritt wurde aus der Silhouette eine Gestalt, ein Mensch. Er kam näher.

»Das gibt es doch nicht«, murmelte Stefan, und die Spannung fiel von ihm ab. »Ein Kind!«

Tatsächlich, es war ein Mädchen. Sie blieb etwa zwei Schritte vor ihnen stehen. Sie war schmal, trug ein weißes ärmelloses Kleid aus dünnem Leinen, die Füße waren nackt. Das Gesicht des Mädchens war fast unwirklich schön. Der weiche Mund, die geschwungene Nase und die blauen Augen – alles war wie aufeinander abgestimmt. Lange, blonde Haare fielen über ihre Schultern. Ihre Hände hielt sie hinter dem Rücken verborgen. Das Mädchen war sechs oder sieben, vielleicht auch acht Jahre alt, das ließ sich schlecht einschätzen.

Stefan atmete tief durch. Ein Mädchen, nur ein Mädchen. Er ärgerte sich, dass er sich von der Silhouette eines Mädchens hatte einschüchtern lassen. »Wer bist du?«, fragte er. »Du hast uns vielleicht einen Schrecken eingejagt, sag ich dir. Was machst du überhaupt hier?«

Das Mädchen antwortete nicht, sondern sah ihn einfach nur an.

Stefan sagte sich, dass er zu barsch gewesen war. Es lächelte sie beruhigend an und sagte: »Wir haben uns sehr erschrocken, wir hatten nicht mit dir gerechnet. Wie heißt du?«

Doch das Mädchen antwortete noch immer nicht. Sie drehte ein Kopf ein wenig und sah nun Mirja an.

Mirja ging in die Hocke und sagte mit sanfter Stimme:

»Hallo, kleine Maus. Hast du dich etwa auch so erschreckt wie wir? Keine Bange, wir sind nicht sauer oder böse auf dich. Verrätst du mir, wie du heißt?«

Das Mädchen zeigte keine Reaktion, sondern sah auch Mirja einfach nur an.

»Willst du mir deinen Namen nicht verraten? Also gut, dann verrate ich dir, wie ich heiße. Ich bin Mirja. Und das ist Stefan. Uns gehört dieses Haus, aber du musst deshalb keine Angst vor uns haben. Also, nun bist du dran. Ich wette, dass du einen wundervollen Namen hast, so hübsch wie du bist.« Sie sprach betont freundlich und unterstrich ihre Worte mit einem aufmunternden Lächeln.

Doch das Mädchen schwieg.

Stefan sagte: »Lass sie, Mirja, wenn sie nicht will …« Dann sagte er zu dem Mädchen: »Du brauchst uns nicht zu verraten, wie du heißt. Aber du musst uns sagen, wo du wohnst, damit wir dich nach Hause bringen können. Wir können deine Eltern auch über Handy anrufen, damit sie herkommen und dich abholen, wenn dir das lieber ist.«

Wieder entgegnete das Mädchen nichts. Es zog eine Hand hinter dem Rücken hervor, die leer war. Dann zog es langsam die andere Hand hervor, in der es eine Sanduhr hielt. Das Mädchen sah Mirja an und stellte die Sanduhr auf den Fußboden. Verwundert starrten Mirja und Stefan die Sanduhr an. Sie war in einem guten Zustand, zeitlos schön und schlicht. Die Deck- und Fußplatte waren rund, und die drei gedrechselten Längsstäbe bestanden aus lackiertem Kirschbaumholz. Die beiden bauchigen, an den Spitzen miteinander verbundenen Glasgefäße waren dünn und fein geschliffen, und um den zwei runden Glaskolben Halt zu geben, waren sie in Holzstücke gesetzt worden. Weißlich-grauer Sand füllte das untere Gefäß fast vollständig.

Mirja sagte: »Die ist aber schön. Hast du sie hier gefunden, im Haus?«

Das Mädchen schwieg und sah die Sanduhr an.

Mirja und Stefan warfen sich einen Blick zu, dann sagte Mirja: »Ich habe eine tolle Idee, kleine Maus. Weißt du was: Du kannst die Sanduhr behalten, wenn du möchtest. Wir schenken sie dir.«

Das Mädchen hob den Kopf an, betrachtete Mirja und sagte nichts.

»Wenn du sie behalten möchtest, kannst du sie mit nach Hause nehmen«, sagte Mirja. »Wirklich, wir schenken sie dir gerne.«

Anstatt zu antworten, ging das Mädchen an Mirja und Stefan vorbei in Richtung Eingangstür.

»Wo willst du hin?«, fragte Mirja und erhob sich.

Doch das Mädchen antwortete nicht und blieb auch nicht stehen. Sie verschwand durch die Zwischentür.

»Sie geht raus«, staunte Stefan. »Sie kann doch nicht einfach raus, sie wird sich den Tod holen, sie hat ja kaum was an.«

»Hol sie zurück«, sagte Mirja hastig. »Wir bringen sie nach Hause.«

Stefan nickte und eilte aus dem Haus. Er schaute den Weg hinunter, doch das Mädchen war nicht zu sehen. Stefan fluchte in sich hinein, dann lief er hinter das Haus. Auch hier war das Mädchen nicht. »Hallo«, rief er. »Hallo, Kleines, wo steckst du?«

Keine Antwort. Er lief um das Haus herum, bis er wieder vor der Haustür stand. Nichts. Das Mädchen war verschwunden. Erneut rief Stefan nach ihr, doch niemand antwortete. Stefan sah zur Straße. Er zögerte einen Moment, dann lief er den Weg entlang und durch das offen stehende Gartentor. Er stand in der kleinen Sackgasse, doch von dem Mädchen war nichts zu sehen. Er warf einen kurzen Blick in die anliegenden Vorgärten, und als er das Mädchen auch dort nicht entdeckte, lief er zur Straße. Er blickte nach links, nach rechts, wieder nach links. Doch das Mädchen war nicht zu sehen. Stefan runzelte die Stirn, dann ging er zum Haus zurück. Mirja stand in der Tür, und ihr fragender Blick machte jedes Wort überflüssig.

»Sie ist weg«, sagte Stefan und schnippte mit den Fingern. »Keine Ahnung, wo sie steckt.«

»Wir können sie bei der Kälte doch nicht draußen herumrennen lassen.«

»Was soll ich denn machen?«, erwiderte Stefan. »Ich habe sie gesucht und immer wieder gerufen, mehr kann ich nicht tun. Wenn sie nicht kommt, kann ich auch nichts dafür.«

»Und jetzt?«

»Nichts *und jetzt*. Ich wette, sie wohnt in einem der Häuser hier. Sie ist längst wieder zu Hause und lacht über uns.«

Mirja vergrub die Hände in den Manteltaschen. »Wie ist sie hier reingekommen?«, fragte sie. »Die Haustür war abgeschlossen, und alle Fenster waren geschlossen, die Fensterläden auch, sie waren verriegelt. Wie ist die Kleine ins Haus gekommen?«

»Ich schätze, sie hat einen Haustürschlüssel. Wir wissen doch gar nicht, wie viele Schlüssel im Umlauf sind. Ich werde als Erstes das Schloss austauschen. Die Kleine wird sich einen anderen Ort zum Spielen suchen müssen.«

Mirja nickte halbherzig und sah an Stefan vorbei, ihre Augen suchten den Weg und die Straße ab.

»Sie ist längst wieder zu Hause«, sagte Stefan. »Mach dir keine Gedanken wegen ihr.«

Mirja nickte erneut, doch sie schien nicht wirklich überzeugt. »Was machen wir mit der Sanduhr?«, fragte sie. »Wir wissen ja nicht mal, ob sie aus dem Haus stammt oder nicht. Wir sollten sie zumindest aufbewahren und abwarten, ob die Kleine sie zurückhaben will, vielleicht gehört sie ihren Eltern.«

»Ja, wir bewahren sie auf, gute Idee.« Stefan holte tief Luft, dann sagte er: »Okay, haken wir den kleinen Schreck ab. Ich würde sagen, wir starten dann mal, oder? Fahren wir nach Hause und kümmern wir uns darum, dass aus diesem alten Haus rechtzeitig zum ersten Juni das *Timmers* wird.«

Mirja lächelte dünnlippig.

»Aber als Erstes werde ich ein neues Schloss kaufen und einbauen, auch wenn es sich bei der alten Tür eigentlich nicht mehr lohnt, da kommt ja eine neue rein, aber ich habe keinen Bock, dass hier noch mehr Freaks ihre Partys feiern. Das Mädchen hat mir als Überraschung gereicht.«

»Mir auch.«

»Also, lass uns aufbrechen«, sagte Stefan. Er ging um Mirja vorbei ins Haus hinein, verriegelte die beiden Fensterläden und verschloss die Fenster. Dann nahm er die Sanduhr und stellte sie auf eine Fensterbank. Bevor er die Zwischentür hinter sich zuzog, warf er einen letzten Blick in den Raum. Es war zu dunkel, als dass Stefan alles hätte genau sehen können, doch er war überzeugt, dass der Raum leer war. Er überlegte kurz, noch einmal in den anderen Räumen nachzusehen, verwarf den Gedanken jedoch wieder. Dann zog er die Zwischentür zu und schloss die Haustür ab.

2

Die folgenden Monate waren nervenaufreibend. Manchmal kam es Mirja und Stefan vor, als habe sich die halbe Welt gegen sie verschworen. Die Koordinierung der einzelnen Handwerker klappte nicht reibungslos, und etliche Male mussten die Ausführungspläne über den Haufen geworfen und neue Lösungen gefunden werden. In alle Wände und Zimmerdecken wurden Schlitze geschlagen, um die Elektrik komplett zu erneuern. Zum Einbau von zwei WC- und Waschräumen mit einem Vorflur mussten neue Wände errichtet werden.

Andere Wände wurden eingerissen, um die Küche zu vergrößern, und aus zwei Räumen entstand der Speisesaal. Die Versorgungsleitungen wurden neu verlegt, die Heizungsanlage komplett ausgetauscht, alle Fenster und Türen ausgewechselt. Die schmale Holztreppe, die zu dem kleinen Raum unter dem Dach führte, wurde durch eine andere ersetzt und der Raum so ausgebaut, dass er ein Büro ergab. Die neu installierte Außenbeleuchtung erwies sich als zu hell, verstieß gegen behördliche Auflagen und musste ausgetauscht werden. Im Frühjahr kümmerte sich die Landschaftsgärtnerei um den Garten und schuf Beete mit leuchtend rotem Mohn, Stock- und Strauchrosen, Kornblumen, Rittersporn und weiteren bunten Blumen. Obstbäume wurden gepflanzt und zu den Nachbargrundstücken dichte Hecken gesetzt. Der Kiesweg wich einem etwas breiteren Weg aus verschiedenen Materialien, in dem sich auch alte Spülsteine und Lehmdachziegel sowie Teile eines eisernen Feuerholzkorbes wiederfanden. Als die Arbeiten weitestgehend abgeschlossen waren und die Küche bezahlt werden musste, war kaum noch Geld da, und Stefan ließ zu Gunsten seiner Hausbank eine Grundschuld in Höhe von hundertfünfzigtausend Euro in das Grundbuch eintragen, um die Liquidität zu sichern und die Renovierungsarbeiten nicht zu gefährden. Außerdem traf er Vereinbarungen mit einem Wein- und Sekthändler, einer Brauerei sowie einem weiteren Getränkelieferanten, schloss Lieferverträge mit Bauern ab, die auf ihren Feldern Obst- und Gemüsesorten anbauten, und mit einem Schlachter und Geflügelhändler, der nachwies, woher die Tiere stammten, deren Fleisch er verkaufte.

Neun Wochen vor der Eröffnung war Stefans Belegschaft komplett. Die erste Mitarbeiterin, mit der Stefan sich bereits vor längerem geeinigt hatte, war Imke, eine zarte, jungenhafte Frau. Sie war Kellnerin in dem Hotel, in dem er bis vor kurzem gearbeitet hatte, und gleich nachdem er gekündigt hatte, hatte er sie gefragt, ob sie sich vorstellen könnte, für ihn zu arbeiten. Sie hatte sich einen Tag Bedenkzeit erbeten und dann zugesagt.

Auch mit der zweiten Kellnerin, die er einstellte, hatte er für kurze Zeit in dem Hotel zusammengearbeitet. Sie hieß Susan und war vor einigen Jahren mehrere Monate lang mit ihm liiert gewesen, bevor sie ihn verlassen und gekündigt hatte. Jahre später waren sie sich bei einem Open-Air-Konzert über den Weg gelaufen, hatten sich gefreut, einander wieder zu sehen, und die Telefonnummern ausgetauscht. Sie hatten hin und wieder miteinander telefoniert, ohne dass sie einander näher gekommen waren.

»Du kannst hundert andere fragen, weshalb ausgerechnet sie?«, fragte Mirja, als Stefan ihr von Susan erzählt hatte.

»Weil sie eine hervorragende Kraft ist. Sie arbeitet in einem sehr guten Restaurant unten an der Elbe und ist in den letzten Jahren ganz bestimmt nicht schlechter geworden. Außerdem kommt sie gut mit Imke aus. Nun stell dir nur mal vor, in einem kleinen Restaurant wie meinem kratzen sich die Servicekräfte gegenseitig die Augen aus, weil sie sich nicht riechen können.«

»Gehe ich recht in der Annahme, dass diese Susan gut aussieht?«

»Ja, sie sieht gut aus, sehr gut sogar.«

»Toll, das freut mich für dich. Eine schöne Frau am Arbeitsplatz, einige eher zufällige Berührungen, der gemeinsame Feierabend, ein Glas Wein zum Abschalten, über die alten Zeiten plaudern … das wird doch bestimmt sehr nett.«

»Spinnst du? Was soll das jetzt? Diese Geschichte ist längst vorbei, ich bin mit dir verheiratet.«

»Einer alten Versuchung erliegt man häufig schneller als einer neuen.«

»Das weißt du aus eigener Erfahrung?«

»Ja.«

»Na, dann ist es ja gut.«

Sie zischte: »Was soll das denn jetzt?«

Er blieb ruhig: »Mirja, was ist denn los? Susan und ich hatten unsere Zeit, und die liegt lange zurück und war nicht einmal etwas Besonderes. Ich brauche eine zweite gute Kellnerin, auf die ich mich verlassen kann und die bei den Gästen gut ankommt. Es geht um nichts anderes.«

Sie sah ihn an, als glaube sie ihm nicht, doch sie erwiderte nichts.

Einige Tage später unterschrieb Susan den Arbeitsvertrag. Dann stellte Stefan eine Küchenhilfe ein, Mohan, einen Marokkaner. Doch die wichtigste Position hatte Stefan noch nicht besetzt, die des zweiten Kochs. Sosehr Stefan auch nachdachte, ihm fiel niemand ein, den er fragen konnte. Entweder genügten sie seinen Ansprüchen nicht oder sie waren bereits zu renommiert. Schließlich gab er per Fax ein kurzes Stellenangebot in einer regionalen Tageszeitung auf.

Als er am Vormittag des nächsten Tages vor dem Haus aus dem Wagen stieg, stutzte er. Im Vorgarten saß ein Mann auf einem weißen Plastikklappstuhl. Er hatte eine blau gefärbte Irokesenfrisur, trug Jeans und ein T-Shirt mit dem Aufdruck des Union Jack. Auf dem Schoß lag eine schmale Ledermappe. Als er Stefan sah, der langsam näher kam, erhob er sich und ging ihm entgegen.

»Morgen, Herr Timmer«, sagte der Mann.

Stefan nickte zum Gruß und sah ihn abschätzend an. Der Kerl war Mitte zwanzig und im linken Nasenflügel und der Unterlippe gepierct. Doch auch wenn er auf den ersten Blick nicht unbedingt einladend wirkte, sah er nicht ungepflegt aus, auch die Kleidung war sauber.

»Bin wegen des Jobs hier«, sagte er. »Sie suchen doch einen Koch.«

Stefan sah den Kerl verwundert an. Hatte er die Anzeige nicht erst gestern aufgegeben? »Wie kommst du darauf, dass ich einen Koch suche?«, fragte er.

»Jemand von der Anzeigenannahme ist ein Kumpel von mir. Hat es mir verraten. Riskiert seinen Job, wenn das rauskommt, aber für einen Kumpel macht man so was schon mal. Bin Koch. Ein richtig guter. Habe vor fünf Jahren ausgelernt, dann in verschiedenen Läden gearbeitet. Steht alles hier drin in meinem Lebenslauf und den Arbeitszeugnissen.« Er reichte Stefan die Mappe, doch Stefan griff nicht zu.

»Und was ist im Moment?«, fragte Stefan. »Wo arbeitest du zur Zeit?«

»Nirgends. Bin arbeitslos. Kann nichts dafür, die haben eine ganz linke Tour mit mir abgezogen.«

Stefan nickte gelangweilt, er hatte mit exakt dieser Antwort gerechnet.

»Hätte vors Arbeitsgericht ziehen können, hab's mir aber verklemmt. Wenn die Aussage eines Schlipsträgers gegen meine steht, möchte ich den Arbeitsrichter sehen, der sich auf meine Seite schlägt. Sehe mich jetzt in aller Ruhe nach was Neuem um.«

»Wie heißt du?«

»Sid.«

»Sid …?«

»Ist 'n Pseudonym. Wegen Sid Vicious von den Sex Pistols. Kennen Sie den?«

»Sagt mir irgendwie was. Ist der nicht längst tot?«

»Die Guten sterben jung.«

Stefan zog kurz eine Augenbraue hoch und sagte dann: »Okay … Sid, hör zu, ich will ganz ehrlich zu dir sein: Ich eröffne hier keinen Stehimbiss, sondern ein sehr ambitioniertes Restaurant. Ich habe große Pläne, und dafür reicht es nicht aus, den Gästen erstklassige Speisen zuzubereiten. Das Drumherum muss ebenfalls stimmen. Deine Aufmachung entspricht nicht gerade den Vorstellungen der Gäste, die ich für mein Restaurant gewinnen möchte. Es tut mir Leid, dir das so schonungslos zu sagen, aber es nun mal so.«

»Dachte immer, Köche stehen in der Küche und nicht auf dem Laufsteg. Sie werden mit mir nicht auf die Nase fallen. Feiere nicht krank und nehme keine Drogen. Trinke nicht mal Alkohol, weil mir nämlich das Enzym fehlt, das den Alkohol abbaut. Genetischer Fehler. Wenn ich Alkohol trinke, bin ich wie'n Indianer, der schlechtes Feuerwasser säuft. Möchte bloß eine Chance, eine einzige genügt. Lassen Sie mich zur Probe kochen.«

Stefan sah an Sid vorbei. Einen Moment lang war er hin und

her gerissen, dann gab er sich einen Ruck und sagte: »Also gut, morgen Vormittag um zehn Uhr. Bei mir zu Hause, weil hier noch nicht alles fertig ist. Ich werde es dir nicht leicht machen, du wirst also dein Bestes geben müssen. Mal sehen, ob es genügt.«

Am nächsten Tag besiegelten Stefan und Sid mit einem festen Händedruck die Zusammenarbeit. Einige Tage später stellte er Marion ein, die sich um den Ausschank der Getränke kümmern und Imke und Susan nur dann unterstützen sollte, wenn diese mit der Arbeit nicht mehr nachkamen. Nun hatte Stefan seine Belegschaft zusammen, und er war fest davon überzeugt, eine gute Wahl getroffen zu haben.

◆

Es war Sonntag und nur noch drei Wochen bis zur Eröffnung. Mirja schob den Schlüssel in das Schloss der neuen Haustür und drückte die Tür auf. Hinter ihr stand Stefan, der eine Sackkarre hielt, auf der drei große Kartons mit Tischdecken standen. Sie hielt ihm die Tür auf, dann öffnete sie die Zwischentür und schaltete das Deckenlicht ein. Es roch nach frischer Wandfarbe, da die Maler erst am Freitag ihre Arbeit beendet hatten. Mirja öffnete ein Fenster und entriegelte die Fensterläden, während Stefan die Sackkarre durch den Speisesaal zu dem restaurierten Bauernschrank schob.

Als Mirja das nächste Fenster öffnet, spürte sie plötzlich, dass jemand hinter ihr stand. Stefan war es nicht, so viel war klar, denn sie konnte hören, wie er einige Meter entfernt einen Karton aufriss. Es war nicht Angst, was sie empfand, sondern Unbehagen, das intuitive Wissen, dass etwas nicht stimmte. Sie drehte sich langsam um, ohne die geringste Vorstellung zu haben, was sie erwartete. Aus den Augenwinkeln sah sie Stefan, der gerade in die oberste Kiste griff, um die Tischdecken herauszunehmen. Dann sah Mirja sie, und ihr Herz machte einen Sprung. Das Mädchen, es stand einige Schritte entfernt und sah sie an. Auch jetzt war die Kleine barfuß, auch dieses Mal trug sie ein weißes ärmelloses Leinenkleid, und Mirja war sicher, dass es das gleiche Kleid war, dass sie auch vor Monaten getragen hatte. Das Mädchen hielt die Sanduhr in beiden Händen.

»Was machst du hier?«, krächzte Mirja.

»Wie bitte?«, fragte Stefan, ohne zu Mirja zu sehen.

Mirja holte tief Luft, räusperte sich, ließ ihren Blick durch den Raum gleiten und vergewisserte sich, dass niemand sonst hier war.

»Steff«, sagte sie, »sieh mal her!«

Stefan sah verwundert hoch. »Hey«, sagte er, »das ist ja eine Überraschung. Unsere kleine Freundin.« Dann bemerkte er die Sanduhr in ihren Händen.

Er sagte: »Wir haben sie extra für dich aufbewahrt, wir dachten uns schon, dass du vielleicht irgendwann kommst und sie zurückhaben möchtest.«

»Steff«, sagte Mirja, ohne den Blick von dem Mädchen abzuwenden. »Die Sanduhr war oben im Büro in einer der Kisten. Ich hatte sie in eine Zeitung gewickelt, damit sie bei dem ganzen Chaos nicht beschädigt wird.«

»Gut«, sagte Stefan und lächelte dem Mädchen zu. Das Mädchen zeigte keine Reaktion.

»Wann bist du hier gewesen?«, fragte Mirja und sah das Mädchen streng an.

Das Mädchen antwortete nicht. Stattdessen stellte es die Sanduhr auf den Fußboden.

»Du kannst hier nicht einfach reinmarschieren und in unseren Sachen wühlen.« Mirjas Stimme klang scharf. »Das geht nicht!«

Das Mädchen sah die Sanduhr an und trat einen Schritt zurück. Dann sah es hoch, ihr Blick fixierte Mirjas Augen, und Mirja fühlte sich plötzlich unwohl.

Das Mädchen ging in Richtung Hautür. Es dauerte einen Moment, bis Mirja reagieren konnte. »Warte!«, rief sie dem Mädchen hinterher, doch es blieb nicht stehen und drehte sich auch nicht um.

Mirja warf Stefan einen Blick zu, dann sah sie zu der Zwischentür und erneut zu Stefan. »Das glaube ich alles nicht«, sagte sie zu sich selbst und eilte aus dem Haus. Von dem Mädchen war nichts zu sehen. Mirja sah nach links und rechts, und aus irgendeinem Grund sogar nach oben aufs Dach. Nichts. Das Mädchen war verschwunden. Sie schüttelte missmutig den Kopf und kehrte ins Haus zurück.

Im Speisesaal sah sie, dass Stefan damit beschäftigt war, den zweiten Karton zu öffnen. Dass er einfach weiterarbeitete, machte sie nur noch ärgerlicher.

»Begreifst du, was sie hier tut«, zischte sie.

Er sah kurz auf und schüttelte den Kopf. »Nein, aber ist das wichtig?«

Sie sah ihn an, als zweifle sie an seinem Verstand. »Die Sanduhr war in irgendeiner Kiste im Büro, Steff, ich kann dir nicht mal sagen, in welcher. Wieso also hatte sie die Sanduhr? Sie ist irgendwann hier drinnen gewesen und hat das ganze Haus nach der verdammten Sanduhr durchwühlt.«

Erst jetzt begriff Stefan, worum es Mirja ging. »Das geht natürlich nicht«, war alles, was ihm einfiel.

»Danke, dass du meine Ansicht teilst. Wieso lassen die Handwerker sie so einfach hier im Haus rumlaufen und in aller Ruhe in unseren Sachen kramen?«

»Es ist nun mal passiert«, sagte Stefan, »und nun beruhige dich wieder.«

Mirja atmete tief durch und zwang sich zur Ruhe. Sie deutete auf die Sanduhr.

»Und was soll das jetzt? Sie stellt sie auf den Boden, wie beim ersten Mal, und verschwindet. Begreife ich nicht.« Dann ging sie zu der Sanduhr, nahm sie in die Hand, betrachtete sie kurz und stellte sie auf einen alten Klappstuhl.

»Übrigens: Die Kleine ist weg, verschwunden.«

»Wenigstens ist es heute warm und wir brauchen uns keine Sorgen um ihre Gesundheit zu machen.«

»Mir reicht das jetzt, Steff. Das war das letzte Mal, dass mir die Kleine einen Schrecken eingejagt hat. Ich bin gleich zurück.«

Stefan war im Begriff, sie zu fragen, was sie vorhatte, doch Mirja hatte das Haus bereits verlassen. Also wandte er sich wieder den Kartons zu.

Die erste Haustür, an der Mirja klingelte, war die des Hauses auf dem angrenzenden Grundstück. Auf dem Keramikschild stand der Name Brüggemann.

Mirja dachte daran, dass Stefan und sie sich nicht schon längst den neuen Nachbarn vorgestellt hatten; das hätte die Sache vermutlich leichter gemacht. Nach einigen Sekunden öffnete eine ältere Frau die Tür. Sie wirkte nicht im Geringsten misstrauisch.

»Guten Tag, Frau Brüggemann«, sagte Mirja lächelnd, »ich hoffe, ich störe nicht. Ich bin Mirja Timmer, mein Mann und ich haben das Reethaus gekauft.«

»Ich weiß, wer Sie sind«, sagte die Frau.

»Wir wollten uns schon längst mal vorstellen, aber es hat sich leider nicht ergeben. Wenn die Umbauten abgeschlossen sind, werden wir Sie und die anderen Nachbarn natürlich auf ein Glas Sekt einladen.«

Die Frau nickte ausdruckslos.

»Ich habe nur eine kurze Frage: Bei uns war zweimal ein kleines Mädchen im Haus. Sie hat lange, blonde Haare und ist etwa sieben Jahre alt, schätze ich, leider hat sie uns ihren Namen nicht genannt. Wir vermuten, dass sie in der Nachbarschaft wohnt. Wissen Sie vielleicht, wer sie ist?«

»Ein Mädchen?«

»Ja. Etwa so groß.« Mirja deutete die Höhe ihres Rippenbogens an.

»Das einzige Mädchen, das hier in der unmittelbaren Nähe wohnt, ist Daniella, und sie ist älter und hat schwarze Haare.«

»Haben Sie vielleicht noch eine Idee?«

»Ich müsste sie sehen. Aber so auf Anhieb fällt mir niemand ein.«

Weitere Fragen erübrigten sich. Die Frau war höflich genug, die Fragen zu beantworten, doch zu mehr schien sie nicht bereit zu sein. Sie sah Mirja mit einem Gesichtsausdruck an, der bedeutete *Sonst noch was?*

»Vielen Dank«, sagte Mirja und lächelte schmal, »bitte entschuldigen Sie die Störung. Wie gesagt: Wir werden Sie und Ihren Mann demnächst auf ein Gläschen einladen und würden uns freuen, wenn Sie kämen.«

»Mein Mann ist verstorben«, sagte die Frau trotzig, und es klang, als habe Mirja das gefälligst zu wissen.

Na klasse, dachte Mirja, lass doch nicht ein Fettnäpfchen aus, Frau Timmer. »Das tut mir Leid«, sagte sie, verabschiedete sich und beeilte sich, das Grundstück zu verlassen. An den anderen Haustüren zu klingeln und nach dem Mädchen zu fragen machte keinen Sinn mehr, zumal sie an den Worten der Brüggemann nicht zweifelte, dass das einzige Mädchen, das in der unmittelbaren Umgebung wohnte, nicht in Frage kam. Sie kehrte in ihr Haus zurück, jedoch nicht, ohne sich immer wieder verstohlen umzusehen.

»Sie wohnt nicht in der Straße«, sagte sie, als sie wieder im Speisesaal stand.

Stefan war gerade damit beschäftigt, die Kartons zu zerlegen. »Wer?«, fragte er.

»Die Kleine. Sie wohnt hier nicht.«

Er sah sie fragend an.

»Ich habe bei der Nachbarin geklingelt. Sie sagt, in dieser Straße wohnt kein kleines, blondes Mädchen.

»Du hast gefragt? Wieso das denn?«

»Na, hör mal. Es geht doch nicht, dass sie hier rein und raus spaziert, und in unseren Sachen … Das muss man den Eltern sagen, das hier ist Privatbesitz, so geht das nicht!«

»Meine Güte, Mirja, ereifere dich doch nicht so. Du hast ja völlig Recht, aber nun lass es gut sein. Wenn wir sie das nächste Mal sehen, schnappen wir sie uns und reden mit ihr. Sie ist alt genug, um das zu verstehen. Es gibt eine klare Ansage von uns, und dann ist das Thema erledigt. Da muss man nicht von Haustür zu Haustür rennen.«

Einen Augenblick lang schwieg Mirja, dann sagte sie: »Ja, das stimmt schon. Sie hat mich erschreckt, das zweite Mal bereits, das ist alles.« Sie nahm die Sanduhr in die Hand, betrachtete sie und murmelte: »Und ich werde sie fragen, was das mit der Sanduhr auf sich hat.«

3

Am Vorabend der offiziellen Eröffnung gab es im *Timmers* für fünfzig Gäste ein Pre-Cooking, eine geschlossene Veranstaltung mit Verwandten, Freunden und Bekannten sowie einigen Journalisten, deren Restaurant-Kritik in den Tageszeitungen und Magazinen einen entscheidenden Einfluss auf den Erfolg der ersten Monate haben würde.

Das *Timmers* präsentierte sich in seiner Aufmachung als edles, gutbürgerliches Lokal, das die Tradition pflegt und sich maßvoll dem Zeitgeist öffnet: eine alte Stube mit einer an der Wand befestigten Holzbank sowie Tischen und Stühlen im Landhausstil aus Weichholz. Wie zufällig hingen einige schlichte Regale mit einer alten Kaffeemühle, Porzellangeschirr und getrockneten Blumensträußen an den Wänden. Rechts von der Zwischentür, hinter dem Hauseingang und über dem kleinen Kellerraum, befand sich der Tresen, von ihm abgetrennt die Garderobe, daneben lag die mit modernster Technik ausgestattete Küche.

An diesem Abend gab es ein opulentes Büfett aus warmen und kalten Speisen; deftige norddeutsche Gerichte neben Kreationen wie Wildenten-Mousse oder Zanderfilet mit Nüssen und Koriander. Stefans ausgezeichneter Ruf in der Welt der Köche begründete sich auf der scheinbaren Leichtigkeit, mit der er den Aromen ein kreatives Zusammenspiel verlieh, und diesem Ruf wurde er auch heute wieder gerecht.

Es war kurz nach drei Uhr nachts. Die meisten Gäste waren

längst gegangen, lediglich Maren, eine Freundin von Mirja, war noch hier, sowie Britt mit ihrem Mann Oliver. Stefan hatte seine Mitarbeiter bereits vor anderthalb Stunden nach Hause geschickt, nachdem sie das nahezu restlos geleerte Büfett weggeräumt hatten. Alles Weitere war Sache der Reinigungsfirma, die von nun an jeden Vormittag mit zwei Leuten das Restaurant wieder herrichtete, mit Ausnahme des Montags, dem Tag, an dem das *Timmers* geschlossen blieb.

Mirja kam aus den Waschräumen und ging zu dem Tisch, an dem die anderen saßen. Sie ließ sich auf den freien Stuhl fallen und streifte sich die Schuhe ab. »Ich muss Elefantenfüße haben«, murmelte sie und gähnte ungeniert.

Britt sah ihre Schwester aus glasigen Augen an. Sie sagte: »Das war toll heute Abend, Miri, ganz große Klasse.« Ihre Stimme kippte ein wenig. »Ich halte jede Wette, dass dieser Laden der absolute Kracher wird. Ihr habt das toll hinbekommen, das Haus und das alles hier, das ist einmalig, wirklich. Sogar Papa war angetan, er hat gesagt, es ist *gelungen*, und wenn Papa sagt, es ist gelungen, ist das ein Ritterschlag.« Sie beugte sich zu Stefan hinüber, der neben ihr saß, und gab ihm einen Kuss auf die Wange. Dann sagte sie: »Herzlichen Glückwunsch, liebster und einziger Schwager. Wie fühlst du dich, jetzt, nachdem alles überstanden ist?«

»Sehr gut und sehr müde«, sagte er. Er trug noch immer die weiße Arbeitskleidung mit seinem eingestickten Namen. »Ich sag euch was: Ich entkorke noch eine Flasche Wein, und wir trinken gemütlich ein letztes Glas, dann gehen wir alle nach Hause und hauen uns in die Betten. Es war ein langer Tag und ich bin total erledigt.« Er stand auf und ging in Richtung Tresen. Auch Britt stand auf und ging leicht schwankend zu dem alten Sideboard, das neben der Feuerstelle an der Wand stand. Obenauf, zwischen zwei Massivholz-Tischlampen mit grünen

Glasschirmen, stand die Sanduhr. Britt nahm sie in die Hand, betrachtete sie und murmelte: »Du bist also die Zeit. Hallo Zeit! Ich bin Britt.« Sie drehte die Sanduhr um hundertachtzig Grad und stellte sie zurück.

In einem dünnen Strahl rieselte der Sand von dem oberen Gefäß in das untere. Britt sah der Sanduhr einen Augenblick lang zu, dann schloss sie die Augen.

Obgleich ihr ein wenig schwindlig wurde, genoss sie die wohlige Wärme, die sie plötzlich erfasste. Sie fühlte sich geborgen. Es kam ihr so vor, als nähme jemand sie in die Arme – jemand, dessen Umarmung sie beschützte und dessen Küsse nach Ewigkeit schmeckten, jemand, der für sie die Welt anhielt. Britt glaubte, gleich weinen zu müssen. Das alles konnte nur an dem Wein liegen, den sie getrunken hatte.

Stefan kam hinter dem Tresen hervor, in der Hand eine entkorkte Flasche. Er warf Britt einen kurzen Blick zu, ging zum Tisch und schenkte die Gläser voll.

Britt öffnete die Augen. »Wollen wir ein kleines Spielchen spielen?« Sie sah die Sanduhr an. »Nur wir zwei, Eieruhr gegen Mensch. Wir könnten zum Beispiel darum spielen, wer von uns beiden schneller ist.« Sie grinste. »Nein, das wäre gemein, du hättest keine Chance, denn jedes Mal, bevor dein Sand durchgelaufen ist, stelle ich dich nämlich wieder auf den Kopf, und du musst von vorne beginnen.«

Keine zehn Schritte von ihr entfernt hob Oliver sein Glas und sagte: »Also, auf dich und dein Restaurant, Steff. Noch mal zu später Stunde: Alles, alles Gute, ich drücke dir die Daumen.« Auch Mirja, Maren und Stefan erhoben die Gläser. Von alldem bekam Britt nichts mit, da sie fasziniert die Sanduhr anstarrte. »Gleich ist es so weit«, flüsterte sie vor sich hin.

»Countdown, Baby.« Sie wartete noch einige Sekunden, dann begann sie, leise zu zählen. »Zehn, neun, acht, sieben, sechs.« Sie zählte zu schnell und wurde langsamer. »Fünf. Und vier. Drei, zwei, eins uuund … null!« Kaum hatte sie es ausgesprochen, war das letzte Sandkorn in das untere Gefäß gerieselt. Britt schmunzelte, dann drehte sie sich um und kehrte auf unsicheren Beinen zum Tisch zurück. Sie fragte sich, weshalb sich ihre Beine plötzlich so weich anfühlten. Vielleicht war es wirklich an der Zeit, ein Taxi zu rufen und nach Hause zu fahren. Den letzten Schritt zum Stuhl schaffte sie gerade noch, und als sie saß, fing alles um sie herum an, sich zu drehen. Erst langsam, dann rasend schnell. Der letzte klare Gedanke in Britts Leben war eine Erinnerung, eine Art Déjà-vu – sie als Vierzehnjährige in einem Freizeitpark, in einer der großen nachgebildeten Teetassen sitzend, die umso schneller um sich selbst kreisten, je kräftiger man am Rad in der Mitte drehte. Britts Augen weiteten sich, ihr Mund öffnete und schloss sich wieder, ohne dass ein einziges Wort über die Lippen gekommen wäre, und ihr Oberkörper bäumte sich auf und fiel dann in sich zusammen, ganz so, als würden Tausende von Volt hindurchgejagt. Ihre Schultern sanken herab, und Britt kippte zur Seite, aberwitzig langsam wie eine Marionette an ihren Fäden. Alle sahen Britt beim Sterben zu, doch keiner war in der Lage zu reagieren. Sie wurden wie von unsichtbaren Händen in die Stühle gedrückt. Britt schlug dumpf auf dem Boden auf und blieb auf der Seite liegen. Sie bewegte sich nicht mehr. Weniger als eine Sekunde war verstrichen, doch es schien eine Ewigkeit zu sein. Bleierne Stille erfüllte den Raum. Es war Stefan, der als Erster reagierte. Er sprang auf und schrie Britts Namen. Jetzt sprang auch Oliver auf, Maren schlug die Hände vor den Mund, und Mirja stand langsam auf – wie ferngesteuert. Sie war kalkweiß geworden. Oliver stieß Stefan zur Seite und war mit zwei großen Schritten bei Britt. Mit der Hand umfasste er ihren Oberarm und zog sie hoch, die andere Hand schob er unter ihren Kopf – und riss sie mit einem Schrei sofort wieder zurück. Britts zerbrochener Unterkiefer gab in Olivers Hand nach wie poröser Beton. Entsetzt zog er auch seine andere Hand zurück, und erneut schlug Britt dumpf auf dem Boden auf. Plötzlich wurde Oliver zur Seite gestoßen. Er schlug gegen den Tisch, ein heftiger Schmerz schoss in seinen Rücken, und für einen Moment wurde ihm schwarz vor Augen. Dann sah er, dass Stefan neben Britt kniete, und Oliver begriff, dass er es gewesen war, der ihn weggestoßen hatte. Stefan schlug mit der flachen Hand in Britts Gesicht. Sie reagierte nicht. Er schlug erneut zu, diesmal kräftiger. Wieder nichts. Er schlug ein drittes Mal zu, so stark, dass ihr Kopf zur Seite kippte.

»Scheiße, Britt, komm schon, na komm!«, brüllte er, dann drehte er sich auch schon zu Mirja um und schrie: »Ruf den Notarzt! Los, mach schon!«

Doch Mirja reagierte nicht. Sie starrte ihre Schwester an und war außer Stande, irgendetwas zu tun.

Stefan sah Mirja an und begriff nicht, weshalb sie nichts tat. »Los, verdammt, wir brauchen den Scheiß-Notarzt«, schrie Stefan. Er rappelte sich hoch und rannte hinter den Tresen, griff zum Telefon und tippte hektisch die Notrufnummer ein.

Mittlerweile hatte sich Mirja so weit von dem Schock erholt, dass sie auf allen vieren zu ihrer Schwester hinkriechen konnte. Sie hatte das Gefühl, als krieche sie durch eine enge, dunkle Röhre. Sie hörte Stefan irgendetwas ins Telefon rufen, kurze Sätze und einzelne Worte, doch was immer er auch sagte, es klang wie aus weiter Ferne, und sie begriff kein einziges Wort.

»Britt«, presste sie mit dünner Stimme hervor, und strich ihr sanft über die Stirn. »Hörst du mich?«

Britt starrte an ihr vorbei an die Decke. Ihr Blick war leer.

Mirja nahm Britts schlaffe Hand und küsste sie. »Halte durch, Süße, halte durch, wenn du mich noch hörst.« Doch sie wusste, dass Britt nichts mehr hörte.

◆

Draußen war es längst wieder hell. Mirja und Stefan waren in den frühen Morgenstunden zurück in ihre Wohnung gefahren und saßen sich auf dem Sofa im Wohnzimmer gegenüber, an die Armlehnen gelehnt, und trugen noch immer die Kleidung der vergangenen Nacht.

»Es ist nach neun Uhr«, sagte Stefan. Er strich über Mirjas Schienbein. »Geh ins Bett und versuche, ein wenig zu schlafen.«

Sie sah ihn aus trüben Augen an. »Ich kann nicht«, sagte sie mit matter Stimme.

»Versuche es. Wenigstens für ein paar Stunden. Wenn du dich erst einmal hingelegt hast, schläfst du bestimmt ein.«

»Ich kann diese Bilder nicht vertreiben«, sagte sie. »Sie sind immer da, ich bekomme sie einfach nicht weg. Wenn sie schon sterben musste, wieso dann nicht … sanfter? Es sah so furchtbar aus.« Mirja schlug die Hände vors Gesicht und schluchzte.

Stefan wusste nicht, was er sagen sollte. Er fühlte sich entsetzlich hilflos.

Sie sagte: »Papa tut mir so Leid. Jetzt hat er nur noch mich. Hoffentlich übersteht er das.«

»Er ist ein harter Brocken, auch gegen sich selbst. Er wird es schaffen, wenn du ihm hilfst. Du musst die nächsten Wochen für ihn da sein.«

Einen Moment lang schwiegen beide, dann sagte Stefan: »Ich weiß, dass die Vorstellung daran nicht gerade schön ist, vor allem jetzt nicht, aber … Mirja, du weißt, dass sie deine Schwester obduzieren werden. Die Staatsanwaltschaft wird die Obduktion anordnen, denn die wollen sichergehen, dass Britt keinem Verbrechen zum Opfer gefallen ist. Sie werden ihren Körper öffnen und sich alles genau ansehen, auch den Inhalt ihres Magens, alles. Ihnen wird nichts entgehen.«

Sie sah ihn an. Die Frage stand in ihren Augen, sie brauchte sie gar nicht auszusprechen.

»Noch wissen wir nicht, woran sie gestorben ist«, sagte er. »Was machen wir, wenn sie eine Lebensmittelvergiftung hatte?«

»Was sagst du da?«

»Mirja, es tut mir Leid, so kurz nach ihrem … so unmittelbar danach … es zum Thema zu machen. Aber wenn … nur gesetzt den Fall, dass sie etwas gegessen hat, was nicht ganz in Ordnung war, dann haben wir ein mittelgroßes Problem.«

»Sie hat nichts Verdorbenes gegessen, denn niemandem sonst ist etwas geschehen.«

»Als Britt kollabiert ist, waren keine Gäste mehr da. Wissen wir, was in den letzten Stunden geschehen ist? Bei den Leuten zu Hause?« Er setzte sich aufrecht ihn. »Mirja, die können mir den Laden zumachen. Wenn man wirklich im Körper deiner Schwester etwas findet, das irgendwie mit verdorbenen Lebensmitteln zu tun hat oder auf mangelnde Hygiene in der Küche hindeutet, dann macht die Scheiß-Behörde mein Restaurant zu. Weißt du, was das bedeutet?«

»Hör auf!«, sagte sie matt.

»Dann war es das. Es dauert ewig, bis die Erinnerung an so eine Sache aus den Köpfen der Leute verschwunden ist. Sie werden deine Schwester ganz genau unter die Lupe nehmen, einen so jungen Menschen haken die nicht so einfach ab wie einen Neunzigjährigen.«

»Hör auf!«, kreischte Mirja plötzlich. Sie stand auf, sah Stefan in einer Mischung aus Zorn und Verzweiflung an, und zischte: »Meine kleine Schwester ist gerade eben vor meinen Augen gestorben. Weißt du, wie es ist, die eigene Schwester von einer Sekunde auf die andere sterben zu sehen? Es ist … ein Horror, das Schlimmste, was ich bisher erlebt habe. Und du hast nichts Besseres zu tun, als sie vor mir auszuweiden und mir damit zu kommen, wie sie ihren Magen und ihren Darm durchsuchen. Ich finde es schlimm genug, zu wissen, dass sie in irgendeinem Kühlfach liegt, ich muss mir nicht auch noch vorstellen, wie die Gerichtsmediziner sie aufschneiden und was sie alles mit ihr anstellen.«

»Mirja, wir dürfen doch die Augen nicht vor dem verschließen, was geschehen kann.«

»Weißt du, ich kann deine Sorge sogar verstehen«, sagte sie, nicht mehr ganz so aufgebracht, »aber ich habe keine Lust, darüber zu sprechen. Nicht heute. Außerdem kann ich mir nicht vorstellen, dass mit den Lebensmitteln etwas nicht in Ordnung war.« Sie ging um den Tisch herum und sagte: »Ich lege mich hin. Vielleicht schlafe ich ja doch.« Dann verließ sie den Raum.Stefan atmete tief durch. Sicher, er konnte Mirjas Reaktion nachvollziehen, natürlich waren die vergangenen Stunden furchtbar für sie gewesen. Aber war es zu viel verlangt, dass sie bei aller Trauer auch von seinen Sorgen Notiz nahm? Schließlich steckte in diesem Haus, in diesem Restaurant, eine Menge Geld. Und viel Arbeit und Leidenschaft.

Eine halbe Stunde später war Stefan auf dem Weg in die Tiefgarage. Er hatte rasch geduscht und sich rasiert und fühlte sich nun ein wenig besser. Er hatte noch kurz nach Mirja gesehen. Glücklicherweise hatte die Erschöpfung über die Traurigkeit gesiegt, denn sie hatte tief und fest geschlafen.

Stefan startete den Wagen und fuhr aus der Garage. Seine Gedanken kreisten um Britt. Gestorben. Einfach so. Nein, nicht einfach so, dachte er. Für ihn stand fest, dass Britt nicht einfach so gestorben war, aber es fiel ihm schwer, sich vorzustellen, dass jemand in ihrem Alter einfach umkippte und starb. Entweder hatte Britt Drogen genommen, was er sich allerdings nicht vorstellen konnte, oder sie hatte eine schwere Lebensmittelvergiftung gehabt. Und das wäre das Schlimmste. Stefan fragte sich, ob seine Gedanken pervers waren. Doch es ging im Grunde um nichts anderes, als dass dieser Todesfall so wenig Schaden wie möglich anrichtete. So einfach war das.

Er schaltete das Radio ein, doch er hörte weder die Musik noch die Stimme des Moderators, nicht einmal von den Nachrichten bekam er etwas mit. Die Fahrt von der Wohnung zum Haus dauerte rund fünfzehn Minuten, doch Stefan hatte keinerlei Zeitgefühl. Er fuhr los und kam an; alles geschah automatisch und unbewusst. Er parkte vor dem Haus, stieg aus und lehnte sich an die Tür, mit geschlossenen Augen atmete er einen Moment die warme Morgenluft ein und fragte sich, wann er das letzte Mal so intensiv die Stille und den Geruch eines jungen Tages wahrgenommen hatte.

»Herr Timmer?«

Stefan wurde abrupt aus seinen Träumen gerissen. Er riss die Augen auf und fuhr herum.

Eine junge Frau und ein älterer Mann standen nur einen Schritt von ihm entfernt. Sie schienen aus dem Nichts aufgetaucht zu sein.

»Verdammt, müssen Sie mich so erschrecken?«, fuhr Stefan sie an.

»Entschuldigen Sie bitte«, sagte der Mann, erweckte allerdings nicht den Eindruck, als meinte er es auch so.

Stefan nickte und atmete tief durch. »Tut mir Leid, dass ich

Sie so angefahren habe. Was kann ich für Sie tun?« Polizei dachte er, sie wollen dich verhören.

»Das mit Ihrer Schwägerin ist schrecklich«, sagte der Mann. Er war unscheinbar, kein Gesicht, das sich einem sofort eingeprägt. »Es muss schlimm für Sie alle sein. Hatte sich während des Abends bereits etwas angedeutet? Hat sie über Unwohlsein geklagt? Atemnot, vielleicht?«

»Nein, zumindest nicht mir oder meiner Frau gegenüber.« Aus dem Augenwinkel sah Stefan, dass die Frau einen Schritt zurückgetreten war, halb hinter dem Mann stand und sich Notizen machte.

»Ihre Schwägerin ist vom Stuhl gekippt, und der eintreffende Notarzt konnte leider nur noch den Tod feststellen. War Ihnen klar, dass sie tot ist, noch bevor der Arzt eintraf?«

»Wie? Ja. Ja.« Stefan sah zu der Frau, und ihre Blicke trafen sich kurz. Sie schenkte ihm ein nichts sagendes Lächeln. Stefan mochte sie nicht.

»Was ging in Ihnen vor, als Sie sie auf dem Boden liegen sahen und Ihnen bereits klar war, dass sie nicht mehr lebt? Was ging in Ihnen vor? Wie war die Stimmung im Raum? Waren alle gefasst oder hektisch? Beschreiben Sie es.«

Stefan sah den Mann an. Der Mann hielt dem Blick stand.

»Was sind das für Fragen?«, sagte Stefan dann. »Ich habe doch bereits alles gesagt. Wie es geschah und so.«

»Aber nicht mir«, sagte der Mann.

Plötzlich wurde Stefan alles klar. Verdammt, wie dämlich war er eigentlich? »Sie sind nicht von Polizei«, sagte er.

»Das haben wir auch nie behauptet«, erwiderte der Mann.

»Presse?«

Der Mann nickte und zog eine Visitenkarte aus der Brusttasche seines Hemds und hielt sie Stefan hin. Stefan sah nicht einmal darauf.

»Was soll der Scheiß«, sagte Stefan verärgert. »Machen Sie, dass Sie wegkommen.« Er schloss den Wagen ab.

»Zeigen Sie uns die Stelle, wo sie lag«, sagte der Mann. Er wusste, dass er es sich bei Stefan verscherzt hatte und nichts mehr zu verlieren hatte. »Ein Foto, wie Sie auf die Stelle deuten, das ist alles, was wir wollen, dann sind wir weg.«

»Verschwinden Sie«, zischte Stefan und ging an den beiden vorbei. Er musste sich zurückhalten, um den Mann nicht zur Seite zu stoßen.

»Wir bringen unsere kleine Story, Herr Timmer«, sagte der Mann gelassen. »Mit Ihrer Kooperation oder ohne, das macht für uns keinen großen Unterschied. Kaufen Sie sich morgen unser Blatt.«

Stefan öffnete das Gartentor. Er hörte den Mann rufen: »Herr Timmer, Sekunde, Sie haben etwas verloren!«

Stefan drehte sich um. Im gleichen Augenblick fotografierte die Frau ihn. Der Mann sah ihn ausdruckslos an. Stefan spürte, wie die Wut in ihm hochstieg. Was war er bloß für ein verdammter Idiot. Nun hatten sie ihr Foto. Zwar nicht eines, auf dem Stefan die Stelle zeigte, doch zumindest eines, wo er vor dem Haus stand, am Tag danach, und verärgert in die Kamera schaute. Woher hatte die Frau auf einmal den Fotoapparat?

Stefan unterdrückte das Bedürfnis, noch einige deftige Worte zu sagen, und ging zum Haus. Er schloss die Haustür auf, trat ein und verschloss die Tür wieder. Er ging durch die Zwischentür und schaltete das Licht ein. Es sah noch immer so aus wie vor einigen Stunden, denn die Reinigungskräfte waren noch nicht da gewesen. Stefans Blick glitt zu dem Tisch, an dem sie gesessen hatten, als Britt starb. Er konnte nicht anders und ging hin, und starrte auf den Fußboden, dorthin, wo Britt gelegen hatte. Er bückte sich und strich über das Parkett. Er wusste nicht, was er erwartet hatte, doch der Fußboden fühlte sich nicht anders an als vorher. Britt war der erste tote Mensch, den er angefasst hatte. Es war nicht anders gewesen, als wenn man einen Lebenden berührt, allerdings war ihre Haut noch warm und ihr Körper noch nicht starr gewesen. Stefan merkte, dass er eine Gänsehaut bekam. Er erhob sich, öffnete ein Fenster, entriegelte die Fensterläden und sah nach draußen. Die beiden Reporter von der Zeitung waren nicht mehr zu sehen. Er ließ das Fenster offen, warf einen Blick auf die Uhr und sah sich im Restaurant um. Die Reinigungskräfte würden jeden Moment erscheinen, vorausgesetzt, sie waren pünktlich. Sie hatten bis vierzehn Uhr viel zu tun, denn bis dahin mussten sie fertig sein, damit Stefan und Sid in Ruhe die ersten Vorbereitungen für den Abend treffen konnten. Stefan ging hinter den Tresen und schaltete die Espressomaschine ein. Ein starker Espresso würde ihm gut tun, die Müdigkeit vertreiben und den Kreislauf anschieben. Er konnte sich nicht vorstellen, dass er heute bis nach Mitternacht oder noch länger durchhielt, denn er hatte mittlerweile seit sechsundzwanzig Stunden nicht mehr geschlafen. Vielleicht schaffte er es nachher, für zwei Stunden nach Hause zu fahren und sich hinzulegen. Stefan bereitete alles für seinen Espresso vor, dann überließ er die Maschine ihrer Arbeit. Er stützte die Ellbogen auf den Tresen, rieb sich das Gesicht und die Augen. Als das Schnarren der Maschine verriet, dass die kleine Espressotasse gefüllt war, öffnete Stefan die Augen wieder. Einen Augenblick lang sah er alles verschwommen. Er musste zweimal hinsehen, bis ihm klar war, dass seine Augen ihm keinen Streich spielen. Das Mädchen war hier. Das kleine barfüßige Mädchen mit den blonden Haaren und dem weißen Leinenkleid. Es stand exakt auf der Stelle, auf der Britt gelegen hatte, nachdem sie tot zu Boden gefallen war.

Einen kurzen Moment lang überlegte Stefan, was er sagen sollte, was das Beste war, das er sagen konnte. Er sah das Mädchen an, und es sah ihn an. Stefan war fasziniert von ihrem Gesicht. Nicht, dass Kindergesichter ihn übermäßig interessierten, aber dieses Gesicht war das vollkommenste Kindergesicht, das er jemals gesehen hatte.

»Hallo«, sagte er und empfand es selbst als albern. Er kam um den Tresen herum und trat auf die Kleine zu. Das Mädchen sagte nichts und sah ihn einfach nur an. Es war durch das offene Fenster hereingeklettert, daran gab es keinen Zweifel. Doch es ging nicht, dass die Kleine einfach kam, wann immer es ihr passte oder sie die Gelegenheit dazu hatte, da hatte Mirja vollkommen Recht.

»Na, verrätst du mir heute, wie du heißt?«

Das Mädchen schwieg.

Stefan seufzte, dann sagte er: »Pass mal auf, kleine Maus, es ist schade, dass du mir nicht sagst, wie du heißt, ich würde dich gerne mit deinem Namen ansprechen. Oder verstehst du meine Sprache nicht? Kommst du nicht von hier? Verstehst du kein Deutsch?«

Das Mädchen zeigte keine Reaktion.

»Do you speak English?«, fragte Stefan und kam sich unglaublich dämlich vor.

Das Mädchen erwiderte nichts.

Vielleicht ist sie taub, dachte Stefan, doch dann sagte er sich, dass das Mädchen dann längst eine Möglichkeit gefunden hätte, ihm das mitzuteilen, und dass es ihm durch Gebärdensprache oder andere Zeichen verdeutlicht hätte, dass es seine Worte nicht verstehen konnte. Nein, dieses Mädchen verstand kein Deutsch, oder aber es verweigerte aus irgendeinem Grund das Sprechen.

»Ich rede jetzt einfach mal weiter in der Hoffnung, dass du

mich verstehst«, sagte Stefan. »Du kannst hier nicht einfach reinkommen. Wir haben das Haus gekauft, es gehört uns, und wir haben es zu einem Restaurant umgebaut. Jeden Abend kommen Leute und essen hier, und andere Leute arbeiten hier. Stell dir mal vor, ich würde einfach bei dir zu Hause reinkommen, ohne zu klingeln. Was würden deine Eltern wohl sagen?« Er sah das Mädchen an und wartete, dass es etwas sagte, doch das tat es nicht.

Es hat keinen Zweck, dachte Stefan, ich komme nicht an sie heran. Dann sagte er: »Also gut, ich werde dir jetzt etwas sagen, und ich möchte, dass du es dir merkst: Das nächste Mal, wenn ich dich hier drinnen erwische, bringe ich dich zur Polizei, und die sollen dann deinen Eltern erzählen, dass du einfach immer in das Haus anderer Leute eindringst. Ich hasse Petzen, aber wenn du meinst, du musst mich ärgern, bleibt mir nichts anderes übrig.« Er trat noch einen Schritt vor. »Wenn du möchtest, bringe ich dich nach Hause. Ich werde deinen Eltern nichts sagen, erst beim nächsten Mal gibt es Ärger. Und das muss ja nicht sein, Ärger ist doch bescheuert, oder?« Er blies die Wangen auf, zog die Augenbrauen hoch und schielte. Eigentlich hätte die Kleine jetzt lachen müssen, zumindest lächeln, doch das tat sie nicht. Sie tat gar nichts – außer ihn anzusehen.

Stefan wusste nicht mehr weiter. Er streckte die Hand aus, bot sie dem Mädchen an und sagte: »Komm, zeig mir, wo du wohnst, ich bringe dich nach Hause.«

Das Mädchen sah auf Stefans Hand, dann wieder in sein Gesicht. Doch es reichte ihm nicht die Hand.

Es klingelte an der Haustür, und Stefan schrak zusammen. Er stieß einen kurzen Fluch aus, dann sagte er zu dem Mädchen: »Ich bin gleich wieder da, das sind bestimmt die Leute, die hier sauber machen.«

Das Mädchen sagte nichts, und mittlerweile wunderte sich

Stefan nicht mehr darüber. Er ging zur Tür und schloss auf. Vor der Haustür standen zwei Frauen mittleren Alters. Sie stellten sich vor und sagten, sie seien von der Reinigungsfirma, die Stefan beauftragt hatte, und würden täglich zum Saubermachen kommen, mit Ausnahme des Dienstags, dem Tag nach dem Ruhetag. Stefan bat die beiden Frauen herein und sagte, er würde ihnen gleich die Räume zeigen. Dann ging er wieder in den Speisesaal, und sein Blick wanderte zu der Stelle, an der das Mädchen stand. Gestanden hatte, denn es war weg. Stefan sah sich um, bückte sich, um unter die Tische und Stühle zu schauen, doch er entdeckte es nirgendwo. Das Fenster. Die Kleine hatte das Haus auf dem Weg verlassen, auf dem sie auch hereingekommen war – durch das offene Fenster. Er ging hin und schaute hinaus. Das Kind war nicht zu sehen. Er blickte nach unten, dachte, sie kauerte vielleicht an der Hauswand, doch auch dort war sie nicht. Sie hatte sich ebenso plötzlich aus dem Staub gemacht, wie sie zuvor aufgetaucht war. Stefan schloss das Fenster. Er hatte klare Worte an das Mädchen gerichtet, freundlich, doch bestimmt. Er war sicher, dass es verstanden hatte und nicht noch einmal wiederkommen würde.

Er drehte sich um und sah die beiden Frauen an, die ihn erwartungsvoll betrachteten.

»Dann wollen wir mal«, sagte er und klatschte in die Hände.

An diesem Abend, dem Eröffnungsabend, war das *Timmers* gut besucht, wenn auch nicht ausgebucht. Doch das beunruhigte Stefan nicht. Ein Restaurant muss sich entfalten, sagte er zu Sid, bei kaum etwas anderem sind persönliche Empfehlungen so wichtig wie bei einem Restaurant und das braucht seine Zeit.

Als Stefan morgens um zwei Uhr ins Bett fiel, war er todmüde, doch er hätte die Welt umarmen können. Der Start war gelungen. Der Abend war ohne größere Pannen verlaufen, die Gäste waren allesamt zufrieden gewesen. Imke und Susan hatten hervorragend gearbeitet, und auch Marion war schnell und gewissenhaft gewesen. Doch was Stefan am besten gefallen hatte, war das Zusammenspiel mit Sid. Es war, als arbeiteten sie bereits seit Jahren zusammen.

Stefan kuschelte sich an Mirja. Sie reagierte mit einem wohligen Seufzer und schob ein Bein zwischen seine Beine. Sie hatten tagsüber viermal miteinander telefoniert. Es war Stefan gewesen, der angerufen und sich erkundigt hatte, wie sie sich fühlte. Sie hatte jedes Mal behauptet, es ginge einigermaßen, doch Stefan hatte gewusst, dass es nicht stimmte, dass es ihr schlecht ging. Hin und wieder hatte er mit dem Gedanken gespielt, nach Hause zu fahren und nach ihr zu sehen, doch er konnte sein Restaurant nicht verlassen. In einigen Wochen, wenn sich alles eingependelt und sich ein Arbeitsrhythmus entwickelt hatte, würde seine Abwesenheit kein Problem sein, doch heute, am ersten Tag, war daran nicht zu denken gewesen. Den Nachmittag hatte Mirja bei ihrem Vater verbracht, der das alles nicht zu begreifen schien. Als sie das vierte Mal miteinander telefoniert hatten, war es früher Abend gewesen, und dieses Mal hatte Mirja angerufen. Das Obduktionsergebnis lag vor. Britt war an Herzversagen gestorben. Als Stefan das hörte, hatte er kräftig geschluckt und versucht herauszufinden, was das für ein eigenartiges Gefühl war, das in ihm hochstieg. Erleichterung war es nicht, Freude erst recht nicht. Befreiung – vielleicht traf es das am besten. Er fühlte sich wie aus dem festen Griff eines unsichtbaren Feindes befreit. Natürlich brachte es Britt nicht zurück, aber für Stefan war es eine gute Nachricht, die Mirja überbracht hatte.

◆

Am folgenden Tag erschien in zwei lokalen Tageszeitungen kurze Notizen über Britts Tod, auch in der Zeitung, deren Reporter Stefan aufgelauert hatten. Doch das Foto, das die Frau von Stefan gemacht hatte, war nicht abgedruckt worden.

Vermutlich war es das Obduktionsergebnis, das Britts Tod uninteressant machte, denn nun war der frühe und plötzliche Tod der Tochter eines stadtbekannten Anwalts nichts weiter als ein tragisches Unglück; ein Tod, für den sich die Staatsanwaltschaft nicht länger interessierte. Britts Akte wurde geschlossen.

4

Das Mädchen saß auf der Parkbank am Rande des Weges, ließ die nackten Beine baumeln und sah zu, wie einige Meter entfernt die alte Frau immer wieder in ihre abgenutzte Plastiktüte griff, die am Griff ihrer Gehhilfe hing, eine Hand voll Brotstückchen herausholte und sie den Tauben und Spatzen zuwarf, die sich zu Dutzenden um sie herum in hektischer Konkurrenz auf jedes noch so kleine Krümelchen stürzten. Die Alte hatte offensichtlich Freude daran, sie strahlte über das ganze Gesicht, das mit vielen Falten und Runzeln überzogen war.

Zwei junge Männer auf Inlineskates kamen angefahren. Sie fuhren schnell, zu schnell auf den öffentlichen Wegen des Stadtparks, und rauschten haarscharf an den Füßen des Mädchens vorbei. Das Mädchen blieb regungslos sitzen und sah ihnen nicht einmal hinterher. Noch immer beobachtete es die alte Frau, die die restlichen Brotkrümel aus der Tüte schüttelte und irgendetwas zu den Vögeln sagte. Als die Alte den Vögeln schließlich zuwinkte und sich dann langsam, auf ihre Gehhilfe gestützt, entfernte, stand auch das Mädchen auf. Es schlenderte über die Grünfläche und kümmerte sich nicht um das aufgestellte Schild, das das Betreten untersagte. Es überquerte die Grünfläche und blieb vor einem toten Spatz stehen. Das Mädchen betrachtete ihn einen Moment, dann ging es weiter. Es traf auf einen Weg und bog rechts ab, ging ihn entlang und blickte starr geradeaus. Für die Menschen, die ihm entgegenkamen oder an ihm vorbeigingen, hatte es keinen

Blick übrig. Nach einigen hundert Metern kam die Kleine an einen Spielplatz und blieb stehen. Die Bänke rund um die großen Sandkästen und die Schaukeln waren zumeist von jungen Müttern belegt, die im Schatten der hohen Bäume Gemüse und Obst aßen, sich unterhielten und ihre Kinder nicht aus den Augen ließen. Die wenigen Männer, die hier waren, spielten mit den Kindern oder standen mit ausgebreiteten Armen vor den Rutschen und Schaukeln.

Das Mädchen sah ihnen einen Moment lang zu, dann ging es zu dem nachgebauten Piratenschiff, das mitten im Sand stand. Mehrere Kinder spielten auf dem Schiff, drängelten sich um das Steuer und die unbeweglichen Kanonen aus Holz. Doch der Ausguck war leer, vermutlich hatten die meisten Eltern ihren Kindern verboten, die Strickleiter hinauf und in den Ausguck zu klettern. Das Mädchen ging die Leitplanke hoch und betrat das Schiff. Die anderen Kinder interessierten es nicht, und die Kinder interessierten sich auch nicht für die Kleine. Das Mädchen kletterte die Strickleiter hoch und kletterte in den Ausguck. Drei Meter unter ihm spielten und tobten die anderen Kinder, ein kurzes Stück über seinem Kopf war die Totenkopffahne aus Hartplastik befestigt, die so aussah, als bewegte sie sich im Wind. Das Mädchen blieb einige Minuten lang oben, dann kletterte es wieder hinab, ging über die Leitplanke, über den Sand und verließ den Spielplatz, ohne sich noch einmal umzudrehen. Die Kleine lief den Weg entlang, den sie verlassen hatte, um zum Spielplatz zu gelangen. Irgendwann verschwand sie hinter einer Biegung.

◆

Am Spätnachmittag kam Mirja ins *Timmers*. Es war das erste Mal seit Britts Tod vor zwei Wochen, dass sie das Haus betrat.

»Ich frage mich, wie du dir das vorstellst«, hatte Stefan vor drei Tagen zu ihr am Telefon gesagt. »Du kannst nicht für ewig einen Bogen um unser Haus machen, auch wenn das mit Britt schlimm war. Wenn du es nicht mehr betrittst, bedeutet das nichts anderes, als dass du dich nach und nach aus meinem Leben ausklinkst. Ich will hier die nächsten zwanzig oder fünfundzwanzig Jahre arbeiten, und ich mache hier nicht nur meinen Job, das weißt du. Es ist unser gemeinsames Haus, wie soll ich meine Freuden und Sorgen mit dir teilen, wenn wir über etwas reden, das du bestenfalls von außen kennst?«

»Ich will ja nicht für ewig einen Bogen um das Haus schlagen«, hatte sie entgegnet, »aber ich weiß jetzt schon, dass ich jedes Mal, wenn ich reinkomme, Britt da liegen sehe.«

»Das wird vielleicht beim ersten Mal so sein, bestimmt sogar, aber irgendwann ist es vorbei.«

Schließlich hatte Mirja sich entschlossen, Stefan zu besuchen, ohne sich anzukündigen. Sie hatte ganz in der Nähe einen Termin bei einem Fotografen gehabt, den sie günstig für ein Projekt des Verlages gewinnen wollte, und es war zu spät, um noch mal ins Büro zurückzukehren, zumal die Rush-Hour bereits eingesetzt hatte und auf den Hauptverkehrsstraßen der Stadt stehender Verkehr vorherrschte.

Als Mirja an der verschlossenen Tür des *Timmers* stand, nahm das beklemmende Gefühl in ihr zu, und sie schien einen Kloß im Hals zu haben. Sie wusste, dass sie die Sache falsch anging, aber sie konnte nichts dagegen tun. Sicher, Britt hätte jed erzeit an jedem Ort der Welt sterben können, doch Mirja hatte sie sterben sehen, und das machte ihren Tod anders. Aber wenn sie deshalb das Haus nicht mehr betrat, war das nicht gut. Stefan hatte Recht: Sie konnten nicht zusammen und doch aneinander vorbei leben. Andere Paare schafften das vielleicht, sie jedoch nicht.

Mirja drückte auf die Klingel. Ihre Beklemmung nahm weiter zu, doch sie wusste, dass es besser werden würde, sobald sie das Haus betreten und die Stelle gesehen hatte, wo Britt gestorben war.

Sid öffnete. Er schien nicht überrascht zu sein und lächelte sie an, als habe er mit ihrem Erscheinen gerechnet. Mirja mochte Sid. Sie hatte kein Problem damit, dass er heute rote und morgen grüne Haare hatte und mittlerweile auch noch in beiden Augenbrauen gepierct war. Sie hatte in ihrem Job mit einigen Leuten zu tun, deren auffallendes Äußeres nicht gerade dazu einlud, ihnen spontan kleine Kinder anzuvertrauen, und sie hatte rasch begriffen, dass die äußere Erscheinung eines Menschen längst nicht alles war. Sid war in Ordnung, mehr noch, er wusste, wer er war und was er wollte.

»Ich dachte mir, ich schaue mal, was ihr den Gästen heute Abend vorsetzt«, sagte Mirja und reichte Sid die Hand. »Vielleicht muss ich ja noch intervenieren.«

»Normalerweise schmeckt der Nachbarshund ab. Heute dürfen ausnahmsweise Sie das erledigen.« Er trat zur Seite und ließ sie herein. Doch Mirja ging nicht weiter, sondern blieb im Flur stehen. Ohne dass sie ein Wort sagte, verstand Sid. Er ging an ihr vorbei und kehrte in die Küche zurück.

Mirja atmete tief durch und gab sich einen Ruck, dann ging sie in den Speisesaal. Die Tische waren eingedeckt. Es war schön hier drin, gutbürgerlich vornehm, fast rustikal. Der Raum hatte eine angenehme Atmosphäre, und nur das Knistern des brennenden Kaminholzes fehlte noch, um die behagliche Stimmung zu vervollständigen. Mirjas Anspannung fiel langsam von ihr ab. Sie betrachtete die Stelle, wo Britt auf dem Boden gelegen hatte. Einige Sekunden lang stand Mirja unbeweglich da und spürte, wie sie ruhig und gelassen wurde. In dem Raum zu sein, in dem Britts Leben ein jähes Ende gefunden hatte, war nicht so schlimm, wie sie befürchtet hatte. Es machte ihr sogar erstaunlich wenig aus.

Plötzlich hatte Mirja das sichere Gefühl, beobachtet zu werden. Sie spürte es, sie war nicht länger allein im Raum. Jemand war ganz in ihrer Nähe und beobachtete sie. Sie drehte sich um. Stefan. Er stand in der Schwingtür mit dem Bullauge, die zu dem kurzen Zwischenflur vor der Küche führte, und betrachtete sie.

»Hi«, sagte sie, schüchtern wie ein Teenager.

Er ging auf sie zu, nahm sie in die Arme, hielt sie einen Moment lang fest und gab ihr einen Kuss auf den Mund. Er sagte kein Wort, und auch Mirja sprach nicht; es gab nichts zu sagen, sie verstanden einander auch ohne Worte.

»Mieral-Taubenbrust mit Gänseleber und Trüffeln, wohltuend schlicht und klassisch«, sagte Stefan und löste die Umarmung. »Sid sagte, du wolltest sehen, welchen Fraß wir den Leuten heute vorwerfen.«

»Mit Pommes?«

»Natürlich. In extra altem Fett.«

»Klingt gut.« Sie schmunzelte.

Stefan nahm Mirjas Hand und zog sie hinter sich in die Küche. Auch Mohan war bereits da und begrüßte Mirja mit einer übertrieben tiefen Verbeugung.

Mirja blieb keine fünf Minuten, dann verabschiedete sie sich von Sid und Mohan und verließ mit Stefan die Küche.

»Was machst du heute Abend?«, fragte er.

»Ich werde für 'ne Stunde bei meinem Vater vorbeischauen und dann früh ins Bett gehen. Ich hoffe, mal wieder gut schlafen zu können. Vielleicht klappt es heute.«

»Ich haben deinen Vater vorhin kurz angerufen.«

»Ja, das hat er mir erzählt, er hat sich gefreut. Es geht ihm wirklich nicht gut.«

Stefan nickte. »Willst du für euch beide eine Flasche Wein mitnehmen?«

Noch bevor Mirja etwas entgegnen konnte, knackte etwas hinter Stefan. Mirja sah automatisch in die Richtung. Für einen Augenblick erstarrten ihre Gesichtszüge, dann begriff sie und war fassungslos.

»Das glaube ich nicht«, murmelte sie.

Stefan drehte sich um. Er wusste nicht, was er erwartete, dort zu sehen, doch als er es sah, war er verblüfft. Das Mädchen. Es stand vor dem Sideboard mit der Sanduhr und schaute sie an. Die Kleine trug das weiße Leinenkleid und war barfuß. Ihre Hände hatte sie behutsam vor die Brust zusammengelegt, ganz so, als habe sie einen lebendigen Schmetterling gefangen.

»Was machst du denn schon wieder hier?«, fragte Mirja hitzig. »Ich habe dir doch schon mal gesagt, dass du nicht einfach so …« Sie ging auf das Mädchen zu und sagte mit scharfem Unterton: »Ich werde dich jetzt nach Hause bringen, so geht das nicht, du kannst dich hier nicht länger reinschleichen, was denkst du dir eigentlich?!«

»Mirja!«

Sie drehte sich um. Es war Stefan. Er hob beruhigend die Hände und bedeutete ihr, Ruhe zu bewahren.

Mirja wandte sich wieder dem Mädchen zu. »Ich habe nicht das geringste …« Ihre Worte erstarben, als das Mädchen die eine Hand sinken ließ. In der anderen, hohlen Hand befand sich etwas, das Mirja nicht erkennen konnte. Eine Sekunde verging, lang und schwer, und dann ließ das Mädchen das, was in seiner Hand lag, auf die Sanduhr gleiten. Es blieb obendrauf liegen. Das Mädchen sah erst Mirja, dann Stefan an, dann ging es in Richtung Eingangstür.

»Du wartest«, sagte Mirja zu dem Mädchen, sah jedoch zur

Sanduhr. Das Mädchen reagierte nicht, es ging einfach weiter. Mirja war hin- und hergerissen zwischen dem Wunsch, das Mädchen festzuhalten, und der Neugierde auf das, was es auf die Sanduhr gelegt hatte.

»Wir bringen dich nach Hause«, sagte Stefan leise, doch das Mädchen reagierte nicht und verließ das Haus.

Mirja ging zu dem Sideboard, den Blick fest auf die Sanduhr gerichtet. Sie erkannte, was das Mädchen darauf gelegt hatte: ein Lindenblatt. Ein ganz gewöhnliches Lindenblatt, herzförmig und am Rand gesägt. Es hatte eine sattgrüne Farbe und war weder zerknickt noch eingerissen. Vermutlich hatte das Mädchen das Blatt erst kurz zuvor von einem tief hängenden Ast abgerissen.

Mirja runzelte die Stirn und sah Stefan an. Sicher, das mit dem Lindenblatt war nichts weiter als eine kindische Spielerei, doch wie sollte es mit dem Mädchen weitergehen?

»Das muss ein Ende haben«, sagte sie und ging auf Stefan zu. »Die Kleine kommt und geht, wie sie Lust hat. Das muss aufhören, Steff, wir wissen ja nicht mal, wer sie ist. Wenn wir wüssten, wie sie heißt und wo sie wohnt … okay, das wäre was anderes, aber wir wissen ja nicht mal das.«

»Und was willst du tun? Mit ihr reden? Du siehst doch, dass sie nicht mit uns spricht.«

Mirja sog die Unterlippe zwischen die Zähne, überlegte kurz und sagte dann: »Ich bekomme schon heraus, wer sie ist, und dann werde ich sie mir schnappen. Eine Chance hat sie noch, ich werde noch einmal mit ihr sprechen. Wenn das nicht fruchtet, gebe ich ihren Eltern Bescheid. Ich glaube, der Kleinen müssen mal ganz klar die Grenzen aufgezeigt werden. Allmählich reicht es!«

»Sie macht sich einen Spaß daraus. Mirja, merkst du das nicht?«

»Toller Spaß, ich lach mich schlapp.«

»Sie merkt, dass du dich ärgerst, und das motiviert sie nur noch mehr.«

»Das ist mir egal, aber es geht nicht, dass sie hier rein und raus spaziert, als sei es ihr Zuhause. Dem muss ein Riegel vorgeschoben werden, egal, wie viel Spaß es ihr bereitet.«

Stefan nickte, allerdings nicht zustimmend, eher resignierend, um das Thema zu beenden. Es hatte keinen Zweck; Mirja war sauer, und ob zu Recht oder nicht, er konnte es vergessen, jetzt vernünftig mit ihr zu sprechen. »Ich muss weitermachen«, sagte er und deutete mit dem Daumen in Richtung Küche.

»Natürlich«, murmelte sie. Dann: »Gibst du mir eine Flasche Wein mit? Roten.«

Stefan ging hinter den Tresen, riss einen Karton auf und reichte Mirja eine Flasche Cabernet Sauvignon. »Das ist ein guter Tropfen«, sagte er. »Bestell deinem Vater viele liebe Grüße von mir.«

Mirja nahm die Flasche und gab Stefan einen Kuss. Sie wünschte ihm für den heutigen Abend gutes Gelingen, dann verließ sie das Haus. Auf dem Weg zum Wagen kam ihr Susan entgegen. Es war das erste Mal, dass Mirja Susan allein traf, bisher war jedes Mal Stefan oder Imke oder sonst wer in der Nähe gewesen.

Susan lächelte, doch sie schien unsicher, wie sie Mirja begrüßen sollte, und so unterließ sie jeglichen Körperkontakt, reichte ihr nicht einmal die Hand. Mirja fragte sich kurz, weshalb Susan so gut aussehen musste, und wieso selbst diese weite, an den Knien schief abgeschnittene Bundeswehrhose an ihr wie ein Designer-Stück wirkte. Mirja konnte sich nicht gegen den Gedanken wehren, dass jeder Mensch, der Susan im Bett gehabt hatte und nun mit einer anderen Frau zusammen war, sich vorkommen musste, einen Porsche gegen ein Klapprad eingetauscht zu haben, und das schloss Stefan nicht aus, das konnte er abstreiten, so häufig er wollte.

Plötzlich kam Mirja eine Idee. Sollte sie Susan fragen?

Ja, beschloss sie, schließlich musste sie ja irgendwo anfangen.

»Hast du hier mal ein kleines Mädchen gesehen?«, fragte sie. »Blond, sieben, acht Jahre alt?«

Susan neigte den Kopf zur Seite. »Hier? Wie meinst du das?«

»Im Restaurant. Oder hier draußen. Eben hier, in der Umgebung.«

Susan antwortete nicht gleich, und Mirja meinte, die kleinen Rädchen zu sehen, die sich in Susans hübschem Kopf drehten und angestrengt versuchten, die Denkmaschine in Gang zu setzen. »Ja«, sagte Susan dann, »vor einigen Tagen.« Sie deutete in Richtung der Straße, von der die Sackgasse abzweigte. »Da hinten, in einer der Auffahrten. Da war eine kleine Blonde, sie hat mit einem anderen Mädchen dieses Kinderspiel gespielt, wo man mit Kreide Felder auf den Boden malt und einen Stein wirft und anschließend hüpft.«

»Himmel und Hölle?«

»Heißt das Spiel so? Ich weiß es nicht mehr.«

»Was hatte die Kleine angehabt? Ein weißes Kleidchen?«

Susan sah Mirja mit leichter Verwunderung an, dann sagte sie: »Das weiß ich nicht, darauf habe ich nicht geachtet, ich habe die beiden nur im Vorbeigehen gesehen.«

»Zeig mir bitte das Haus, vor dem sie gespielt haben.«

Susan sah zum *Timmers* hoch. »Ich muss rein.«

»Das kannst du auch gerne, aber vorher zeigst du mir bitte das Haus.« Es klang bestimmend, nicht befehlend.

Die beiden Frauen gingen nebeneinander her, ohne ein

Wort zu wechseln. Es gab einfach nichts zu sagen, sie lagen nun mal nicht auf einer Wellenlänge und würden es auch nie tun.

Kurz darauf deutete Susan auf einen roten Klinkerbau und sagte: »Hier habe ich sie spielen sehen, in der Auffahrt vor dem Carport.«

Mirja bedankte sich knapp, und während Susan sich beeilte, zum Restaurant zurückzugehen, ging sie zu der dunkelgrün verglasten Haustür und klingelte. Ein Mädchen kam an die Tür und betrachtete Mirja, doch das Glas war zu dunkel, als dass Mirja das Mädchen erkennen konnte. Das Mädchen rief nach der Mutter, und gleich darauf erschien eine Frau und öffnete. Mirja sah das Mädchen und wusste, dass es nicht das Mädchen war, das sie suchte; dieses Mädchen hatte schwarze Haare und zwar zwei, drei oder auch vier Jahre älter. Mirja musste daran zurückdenken, als sie an der Tür von Frau Brüggemann gestanden und diese von einem schwarzhaarigen Mädchen aus der Nachbarschaft gesprochen hatte. Dies war vermutlich das Mädchen.

Mirja stellte sich vor. »Ich weiß, dass es seltsam klingt«, sagte sie dann, »aber ich suche ein blondes Mädchen. Sie ist jünger als Ihre Tochter und hat lange blonde Haare. Ich muss dringend mit ihr sprechen. Eine Bekannte sagte mir, dass sie womöglich genau dieses Mädchen vor einigen Tagen in Ihrer Auffahrt gesehen hat, als sie mit Ihrer Tochter Himmel und Hölle gespielt hat.«

Mutter und Tochter sahen einander an. »Du hast Himmel und Hölle gespielt?«, fragte die Mutter dann.

Das Mädchen schüttelte heftig den Kopf.

»Daniella hat nicht Himmel und Hölle gespielt«, sagte die Mutter, und Mirja fragte sich, ob die Mutter ihr nicht zutraute, ein Kopfschütteln zu verstehen.

»Doch!«, sagte Daniella plötzlich. »Als Aimee hier war, Mama, weißt du noch?«

Die Mutter überlegte angestrengt. »Oh«, sagte sie dann und ihre Miene hellte sich auf. »Natürlich. Aimee. Du hast Recht, Danny.« Sie streichelte ihrer Tochter über den Kopf. »Das ist aber schon eine Weile her, meine Süße, das war … ach herrje, vor einer Woche oder auch schon zwei.«

»Wer ist Aimee?«, fragte Mirja vorsichtig. »Hat sie lange blonde Haare?«

»Ja«, sagte Daniella, »so bis hier.« Sie hielt ihre Hand ein Stück unterhalb der Schulter.

Mirja verspürte ein kurzes Gefühl der Erleichterung. Sie sah die Mutter an und sagte: »Ich weiß, dass es ungewöhnlich klingt, aber wäre es möglich, dass Sie mir sagen, wie Aimee mit vollständigem Namen heißt, oder vielleicht sogar, wo sie wohnt? Es ist wichtig, dass ich mit ihr spreche.«

Die Mutter sah sie argwöhnisch an. Sie überlegte einen Moment, dann sagte sie: »Die Telefonnummer können Sie haben, mehr nicht, den Namen und die Anschrift gebe ich Ihnen nicht. Sie können da ja anrufen und mit den Eltern oder Aimee selbst sprechen, aber die Adresse … ich könnte in Teufels Küche kommen, seien Sie mir nicht böse.«

Das ist allemal besser als nichts, dachte Mirja und sagte, dass das eine hervorragende Idee sei.

»Danny, Süße« – die Mutter streichelte dem Kind erneut über den Kopf – »hol bitte deine Klassenliste, damit Mama der netten Frau Aimees Telefonnummer geben kann.«

Mirja stutzte. Hatte sie richtig gehört? Klassenliste? Hatte sie sich zu früh gefreut? Sie sah Daniella an und fragte: »Ist Aimee in deiner Klasse?«

»Ja, sie sitzt sogar neben mir.«

»Dann ist sie also so alt wie du?«

»Sogar ein Jahr älter, sie ist schon elf, sie hat die dritte Klasse nämlich zweimal gemacht.«

Mirja schürzte die Lippen und nickte. »Ist sie so groß wie du?« fragte sie dann.

»Ein bisschen größer«, sagte Daniella. »Ungefähr ... so!« Sie deutete einen halben Kopf an.

Mirja nickte erneut. Aimee war nicht das Mädchen, das sie suchte, so viel war klar. Es wäre ja auch zu schön gewesen, um wahr zu sein. Doch nun, da das Eis gebrochen war, konnte sie einen weiteren, einen letzten Versuch starten. »Sag mal, Daniella, kennst du vielleicht ein Mädchen, das so aussieht wie Aimee, aber erst sieben oder vielleicht acht Jahre alt ist? Wohnt ein solches Mädchen hier in der Nähe?« Sie sah die Mutter an und gab ihr zu verstehen, dass die Frage auch an sie gerichtet war.

Daniella dachte einen Moment lang nach, dann schüttelte sie den Kopf. Auch die Mutter verneinte.

»Tja, schade«, sagte Mirja. »Auf jeden Fall danke ich Ihnen sehr für die Bemühungen, und dir natürlich auch. Also, meinem Mann und mir gehört das Restaurant in der Straße dort drüben, wir würden uns freuen, wenn Sie mal vorbeikämen.« Sie zwinkerte Daniella zu. »Und du holst dir bald mal ein großes Eis ab, ja? Geht auf mich.«

Daniella lächelte.

Mirja bedankte sich erneut, dann verabschiedete sie sich. Sie verließ das Grundstück und ging nachdenklich zu ihrem Wagen. Aus der Ferne sah sie Imke, die gerade das *Timmers* betrat, doch Imke sah sie nicht und Mirja unterließ es, sie zu rufen und ihr zuzuwinken. Sie setzte sich ins Auto, startete den Motor und fuhr los. Sie hatte etwa die Hälfte des Weges nach Hause zurückgelegt, als ihr plötzlich ein Gedanke kam, der ihr ziemlich seltsam erschien. Sie überlegte noch einige Sekunden, dann änderte sie die Fahrtrichtung.

Einige Minuten später betrat Mirja die Polizeidienststelle. Hinter dem hohen Tresen war niemand, doch die eine Tür daneben stand weit offen. In dem Zimmer saßen zwei Polizisten, einer blätterte in einer Tageszeitung, der andere arbeitete am Computer. Er bemerkte Mirja und sagte etwas zu seinem Kollegen. Dieser blickte kurz auf, schien wenig begeistert und stemmte sich aus dem Stuhl hoch. Er verließ den Raum, ging auf Mirja zu und beschränkte seinen Gruß darauf, fragend die Augenbrauen hochzuziehen. Doch Mirja verzichtete auf einen freundlichen Gruß; wenn er es nicht nötig hatte, dann hatte sie es auch nicht nötig. Sie nannte ihren Namen und sagte, dass sie und ihr Mann die Eigentümer des *Timmers* waren. Dann berichtete sie von den Ereignissen mit dem Mädchen.

»Ich verstehe Ihr Problem nicht«, sagte der Polizist und stützte sich mit dem Ellbogen auf den Tresen.

Mirja fand sein Benehmen unmöglich. Sie sagte: »Das Problem ist, dass dieses Mädchen so einfach immer wieder das Haus betritt.«

»Sagen Sie ihr, dass sie das nicht darf.« Der Polizist sah Mirja gelangweilt an.

»Das habe ich ja. Aber es interessiert sie nicht. Sie kommt trotzdem wieder.«

Der Polizist zuckte mit den Schultern. »Dann sagen Sie es ihren Eltern. Nicht mir.«

»Sie sind gut«, erwiderte Mirja und unterdrückte den aufsteigenden Ärger. »Wir wissen nicht, wer sie ist. Sie spricht nicht mit uns. Wir kennen weder ihren Namen noch ihre Adresse … gar nichts. Sie taucht auf und verschwindet wieder.«

»Was, bitte, erwarten Sie jetzt von uns?«, fragte der Polizist, offensichtlich amüsiert. »Sollen wir uns auf die Lauer legen und das Mädchen festnehmen, wenn sie wieder auftaucht? Oder sollen wir eine Fahndung rausgeben? XY … ungelöst um Mithilfe bitten?«

Mirja konnte sich nicht länger beherrschen. »Was glauben Sie eigentlich, wer Sie sind?«

»Nein«, sagte der Polizist unbeeindruckt. »Diese Frage geht an Sie, nicht an mich. Hat das Mädchen was gestohlen? Nein, sagen Sie. Betreibt sie Vandalismus? Sie sagen Nein. Dass sie Ihren Privatbesitz außerhalb der Öffnungszeiten betritt, ist natürlich nicht sehr höflich, aber Sie werden doch einer etwa Siebenjährigen unmissverständlich klar machen können, dass sie das zu unterlassen hat. Das ist nun wirklich nicht die Aufgabe der Polizei. Wenn Sie sich und Ihr Eigentum bedroht glauben, ist es etwas anderes, dann würden wir eingreifen, doch wenn Sie lediglich genervt sind, sollten Sie das schon selbst regeln. Vor allem, wenn es sich bei dem Eindringling um ein kleines Kind handelt.«

Mirja atmete tief durch. Dieser Polizist war zwar alles andere als ein netter Kerl, doch er hatte natürlich vollkommen Recht. Es war dumm gewesen, hierher zu kommen, die ganze Idee war absolut lächerlich. Sie hatte sich in etwas verrannt. Das Mädchen tat nichts, außer immer wieder aufzutauchen. Und *immer wieder* stimmte auch nicht, denn bislang hatten Stefan und sie das Mädchen gerade mal dreimal gesehen und Stefan noch ein weiteres Mal, und das während eines Zeitraums von knapp acht Monaten.

Der Polizist lag richtig, wenn er sagte, Mirja sei genervt. Es nervte sie tatsächlich, dass das Mädchen sich nicht darum scherte, was sie ihm sagte, doch mehr gab es nicht. Ein kleines Mädchen wollte sie ärgern, und es gelang ihm gründlich. Mirja schluckte und musste sich eingestehen, dass irgendetwas in ihr mit ihr durchgegangen war. Es war ihr peinlich und sie fühlte sich irgendwie ertappt.

»Tut mir Leid«, murmelte sie, wandte sich um und verließ die Dienststelle.

»Ist schon gut«, hörte sie den Polizisten noch sagen, doch sie hütete sich, sich noch einmal umzudrehen. Je eher er sie wieder vergaß, umso besser.

5

Am übernächsten Abend half Mirja im *Timmers* aus. Marion war krank und hatte sich erst am Nachmittag abgemeldet, also hatte die Zeit für Stefan nicht mehr ausgereicht, um einen Ersatz zu finden. Und ausgerechnet an diesem Abend war das *Timmers* ausgebucht. In seiner Not hatte Stefan Mirja im Büro angerufen.

»Ich habe so was noch nie im Leben gemacht«, sagte Mirja ins Telefon.

»Du musst nur Getränke ausschenken, das ist alles. Es ist ein Kinderspiel. Imke und Susan werden dir ein wenig helfen, du wirst nicht allein gelassen werden, aber wir brauchen jemanden für die Getränke. Du musst nicht mal servieren, das machen die anderen, nur ausschenken. Bitte!«

Mirja sah auf die Uhr. Sie hatte nichts mehr auf dem Schreibtisch liegen, das nicht bis morgen warten konnte. Wenn sie gleich losfuhr, war sie früh genug im Restaurant, um sich mit allem vertraut zu machen. Sie sagte: »Aber mach mich nicht dafür verantwortlich, wenn es nicht hundertprozentig läuft.«

»Du kannst im Grunde nichts falsch machen. Wie gesagt, ein Kinderspiel.«

Nun stand Mirja stand hinter dem Tresen und wünschte sich, sie hätte vier weitere Hände. Von wegen Kinderspiel. Natürlich saßen die Handgriffe nicht perfekt, und sie musste sich sehr konzentrieren, doch sie hatte nicht gedacht, dass knapp vierzig Personen sie so auf Trapp halten konnten.

Es war kurz vor halb elf, und die ersten Gäste waren bereits wieder gegangen, als Mirja plötzlich ein Geräusch hörte, das sie so noch nie zuvor gehört hatte. Trotzdem wusste sie im gleichen Augenblick, dass es etwas Schlimmes bedeutete. Es war ein dumpfer Aufprall und klang brutal und hart, endgültig und nach Tod. Noch bevor Mirja das Geräusch lokalisieren konnte, hörte sie Porzellan auf dem Fußboden zerspringen. Dann folgte Stille. Und noch einem kurzen Augenblick kreischte jemand. Es war das schrillste Kreischen, das Mirja je gehört hatte, und in dem unendliches Entsetzen steckte. Dann waren Schreie und Rufe zu hören, die zu einem einzigen Durcheinander anschwollen. Und als Mirja sah, weshalb, stockte ihr der Atem.

Der Erste, der reagierte, war ein Mann, der neben dem Tisch saß, auf den alle Blicke gerichtet waren. Er sprang von seinem Stuhl auf und war mit zwei großen Schritten an dem Tisch, an dem eine Frau saß, der das blanke Grauen im Gesicht stand und deren Adern am Hals hervortraten, als würden sie jeden Moment platzen. Der Mann, der ihr gerade eben noch aufrecht gegenüber gesessen hatte, war vornüber auf den Tisch gekippt. Von seinem Gesicht war kaum etwas zu sehen, die Arme hingen baumelnd herunter, und unter dem Kopf breitete sich Blut auf der weißen Tischdecke aus. Der Mann vom Nebentisch zögerte nicht, griff in den Hemdkragen des Mannes und riss ihn hoch. Der Kopf des Mannes kippte in den Nacken, und durch diese Bewegung spritzten einige Tropfen des Blutes, das aus der zertrümmerten Nase und der aufgeplatzten Oberlippe lief, auf den Hals und das Gesicht der Frau gegenüber.

Der Mann vom Nebentisch blickte für einen Augenblick in ein Gesicht, in dem es nur noch ein Auge gab, denn dort, wo soeben noch das rechte Auge gewesen war, steckte der abgebrochene Stiel des Weißweinglases und eine blutige Masse hing aus der Höhle heraus. In diesem Gesicht geschah nichts mehr.

Der Mann ließ erschrocken los uns sprang zur Seite. Vor Entsetzen brachte er keinen Laut hervor. Der Tote kippte mitsamt dem Stuhl nach hinten, und als er auf dem Boden aufschlug, war das kurze, trockene Knacken seines rechten Oberarmknochens zu hören, der hinter die Rückenlehne geraten war. Und erneut waren einige Schreie zu hören, Stühle kippten um, Gläser und Bestecke fielen zu Boden, eine Frau wurde ohnmächtig, und ein Mann erbrach sich.

Mirja wurde schwindelig, sie konnte sich nur mit Mühe auf den Beinen halten. Sie sah Sid, der auf einem der Tische stand und aus Leibeskräften brüllte, sein Gesicht war knallrot, und er hob immer wieder die Hände in dem Versuch, die Leute zu beruhigen. Doch niemand nahm Notiz von ihm. Einige Gäste liefen aus dem Speisesaal und rannten aus dem Haus, doch die meisten blieben, und allmählich legte sich eine bedrückende Stille über den Raum. Was blieb, war eine Mischung aus Entsetzen und Faszination, die sich auf den Gesichtern widerspiegelte.

Sid sprang vom Tisch, packte die Tischdecke und riss sie herunter, ohne Rücksicht darauf, dass es noch einmal schepperte, dass noch mehr Gläser und Teller zerbrachen. Mit einigen Schritten war er bei dem Toten und breitete die Tischdecke über ihn aus.

Mirja fragte sich, weshalb es Sid war, der versuchte, die Situation halbwegs unter Kontrolle zu halten. Wieso nicht Stefan? Wo war er überhaupt? Ihre Blicke suchten den Raum ab, bis sie ihn schließlich an der Zwischentür stehen sah. Ein leichter Stich fuhr durch ihren Magen, und sie kniff die Augen zusammen. Stefan hielt Susan im Arm, doch er hielt sie nicht beschützend, was Mirja in Anbetracht der Situation vielleicht noch verstanden hätte – nein, die beiden bildeten eine körperliche Einheit, waren wie miteinander verschmolzen. Mirja glaubte nicht, was sie sah, sie weigerte sich, das Ganze hier zu glauben. Alles, was hier gerade geschah, war irgendwie unwirklich.

»Der Notarzt ist unterwegs, ich habe übers Handy angerufen«, rief eine Stimme, die Mirja nicht kannte. Doch keiner entgegnete etwas, alle wussten, dass der Notarzt für den Mann nichts mehr tun konnte.

Plötzlich stieg Mirja ein Geruch in die Nase, der ihr ebenso vertraut wie fremd war: Zigarettenqualm, so intensiv, als hielte man ihr eine glimmende Zigarette direkt unter die Nase. Einen Schritt neben ihr stand ein dicklicher Mann. Er war Ende vierzig, hatte grau meliertes Haar, einen gestutzten Vollbart und er trug eine randlose ovale Brille. Er war eine gepflegte Erscheinung.

Mirja sah ihn irritiert an. Sie kannte sein Gesicht, der Mann hatte eben noch allein an einem Zweiertisch in der Ecke gesessen, nichts zu Essen bestellt, sondern nur Rotwein und stilles Wasser. Er hatte während der vergangenen zwei oder drei Stunden etliche Zigaretten geraucht und in den Raum geblickt, mal hellwach, mal verträumt. Doch was wollte er jetzt hinter dem Tresen, hier, wo er nicht das Geringste zu suchen hatte?

»Eine schreckliche Tragödie«, sagte der Mann, doch es klang nicht danach, als empfand er es tatsächlich so. Seine Stimme rasselte ein wenig. Er sah zu der abgedeckten Leiche. »Es könnte selbstverständlich ein Zufall sein, dass der arme Knabe ausgerechnet hier sterben musste.« Nun sah er Mirja an. »Ja, ja, der liebe Zufall. Er muss für vieles herhalten. Wir bezeichnen es als Zufall, wenn etwas ohne erkennbaren Grund geschieht oder wenn das Mögliche eintreten kann, aber nicht eintreten muss. Der Zufall, das angebliche Zusammentreffen unabhängiger Ereignisse ... Doch tatsächlich geht es um etwas ganz anderes, nämlich um die nicht vorhandene Fähigkeit zu erkennen. Wenn wir vom Zufall reden, attestieren wir uns die eigene Unfähigkeit, den Kern des Geschehens zu erfragen, und wenn wir ihn nicht erfragen, können wir ihn auch nicht erkennen.«

Mirja sah den Mann an und begriff gar nichts.

Der Mann zog an seiner Zigarette und schien weit in die Ferne zu blicken. Er murmelte: »Der Wein war übrigens hervorragend. Die besten europäischen Rotweine überhaupt stammen meiner Auffassung nach jedoch von der Insel Madeira. Sie haben ein feines, nussiges Bouquet mit der typischen, ins Süßliche tendierenden Frucht und einem weichen Finish.« Dann schien er wieder bei sich zu sein. Er legte einen Fünfzig-Euro-Schein auf den Tresen. »Meine Zeche. Im Moment hat offensichtlich niemand das Verlangen, zu kassieren, doch ich prelle die Zeche nicht.« Er trat ganz dicht an Mirja heran, und durch die Wolke aus Zigarettenqualm, die ihn umgab, konnte sie den Rest des Aftershaves riechen. Er sagte leise: »Dies heute war kein Zufall. Ich befürchte vielmehr, dass das noch nicht alles war. Erkennen Sie die Zeichen. Je eher Sie das tun, desto besser. Niemand weiß, wen es als Nächstes trifft.« Mit diesen Worten ließ er Mirja stehen. Sie sah ihm sprachlos hinterher. Er schlängelte sich an den verbliebenen Gästen vorbei und verließ das Haus. Niemand nahm Notiz davon. Niemand, außer Mirja.

◆

Rund zwei Stunden später war es, als sei eine Theatervorstellung zu Ende gegangen, der Vorhang war längst gefallen, das Saallicht wieder eingeschaltet worden, und alle Zuschauer waren gegangen. Alle, bis auf drei.

Mirja und Stefan saßen schweigend an einem Tisch, beide

hatten den Kopf in die Hände gestützt und starrten vor sich hin. Sid war damit beschäftigt, die umgekippten Stühle aufzustellen und das zerbrochene Porzellan und Glas zu beseitigen. Auch er schien in Gedanken versunken zu sein. Mirja hatte sich mit Bewunderung gefragt, wie Sid es schaffte, in diesem Chaos einen kühlen Kopf zu behalten. Als Einziger.

Noch bevor der Notarzt eingetroffen war, hatte er alle Fensterläden geschlossen und die Tür verriegelt. Erst hatte sie sich gewundert, weshalb er das tat, doch dann hatte sie die Hand voll Reporter gesehen, die offensichtlich den Funkverkehr der Polizei abgehört hatten. Und auch später, nachdem der Leichnam in einem Metallsarg abtransportiert worden war und die drei Beamten die Sicherung der Spuren beendet hatten, hatte er einen Eimer mit heißem Seifenwasser und Essigessenz geholt und das Blut weggewischt.

An die wenigen Fragen, die der Polizist ihr und Stefan gestellt hatte, konnte Mirja sich nicht mehr erinnern. Sie wusste nicht mal mehr, wie der Polizist aussah. Woran sie sich jedoch noch erinnerte, war, dass er nur das Allernötigste gefragt hatte, ihre und Stefans Personalien aufgenommen und sie gebeten hatte, am morgigen Nachmittag in die Dienststelle zu kommen, um das Protokoll aufzunehmen. Dann hatte er ihnen geraten, erst einmal nach Hause zu fahren und zu versuchen, ein wenig zu schlafen.

»Geh jetzt nach Hause, Sid«, hörte Mirja Stefan erschöpft sagen.

Sid setzte sich auf die Kante eines Tisches und sagte: »Habe ja wirklich schon 'ne ganze Menge beschissener Sachen erlebt, aber so was noch nie. Der Kerl war übel zugerichtet. Finde ich seltsam.«

»Was meinst du damit?«, fragte Stefan.

»Der sah aus, als wenn man ihn mit 'nem Baseballschläger

bearbeitet hat. Der erste Schlag voll in die Fresse, paff, mit dem zweiten dann das halbe Glas bis zum Anschlag ins Auge getrieben.« Er machte ein schmatzendes Geräusch. »Überlege mir nur gerade: Wenn ich sitze und mit dem Gesicht auf den Tisch knalle, sehe ich bestimmt nicht so übel aus.«

Stefan schluckte eine Antwort hinunter. Sid war müde und stand ohne Frage unter dem Eindruck der Geschehnisse. Schließlich reagierte jeder anders auf solche Erlebnisse. »Fahr nach Hause, Sid«, sagte er. »Morgen und am Sonntag bleibt der Laden geschlossen, wir alle müssen das hier erst einmal verdauen. Wir müssen Mitgefühl zeigen und können nicht einfach zur Tagesordnung übergehen und so tun, als interessiere uns das Ganze nicht. Montag ist sowieso Ruhetag, wir machen also erst am Dienstag wieder auf.«

Sid nickte, dann ging er in die Küche, um sich die Hände zu waschen und die Arbeitskleidung auszuziehen.

»Was für eine Riesenscheiße«, murmelte Stefan und rieb sich die Augen.

Plötzlich fragte Mirja: »Was läuft zwischen Susan und dir?«

Stefan fuhr leicht zusammen und sah Mirja erstaunt an. Er glaubte, sich verhört zu haben, aber Mirja sprach bereits weiter.

»Hat sie dich getröstet in der vergangenen Wochen, als ich nicht so gut drauf war? Hat sie es dir während der Zeit besorgt, als mir nicht der Sinn danach stand, mit dir zu schlafen?«

»Spinnst du?«

Sie schlug mit der flachen Hand auf den Tisch und schrie: »Glaubst du, ich bin blind?« Sie deutete kurz zur Tür. »Ich dachte, ich sehe nicht richtig, alles ging drunter und drüber, und ihr haltet euch fest, als würdet ihr einander in Gedanken ficken.«

»He!«, rief er, »du vergreifst dich ganz gewaltig in der Wortwahl, meine Liebe!«

»Ach ja? Und du hast dich vorhin nicht … vergriffen? Körperlich, meine ich?!«

»Mirja, meine Güte, sie war völlig … verstört und …«

Sie unterbrach ihn. »Das war ich auch und andere ebenfalls. Wieso hast du nicht versucht, die Leute zu beruhigen, wieso hat Sid das übernommen? Das war dein Job, nicht der eines … Punks! Dieser Punk versucht alles Mögliche, damit nicht das absolute Chaos entsteht, und dich interessiert nicht mal, ob ich in Ordnung bin, Hauptsache, du spielst für deine Verflossene den Tröster.« Sie stand auf und drehte sich weg, damit Stefan nicht sah, dass sie die Tränen kaum noch zurückhalten konnte.

»Scheiße«, murmelte sie. »Scheiße, Steff!«

Sid kam aus der Küche. Er hatte alles gehört, doch er tat so, als habe er nichts mitgekommen. »Bis Dienstag bleibt es also geschlossen?«, fragte er.

Stefan nickte.

»Wenn was ist, rufen Sie mich einfach an, Chef. Wenn die Bullen noch ’ne weitere Aussage brauchen, oder was auch immer.«

Mirja wischte sich rasch übers Gesicht und sagte: »Sid, das eben … ich meinte es nicht so. Entschuldigung. Ich fand es großartig, wie du dich verhalten hast, das meine ich ehrlich.«

»Geht klar«, sagte Sid und deutete ein Lächeln an. Er hob die Hand zu Gruß. »Schließe wieder ab, wenn ich draußen bin, falls sich noch ein Reporter-Arschloch versteckt hat und reinwill.« Dann ging er durch den Raum und verließ das Haus.

Einige Sekunden lang herrschte Stille, dann sagte Stefan: »Da läuft nichts, wirklich, vergiss es.«

Sie stand mit dem Rücken zu ihm und entgegnete nichts. Wieder war es einen Moment lang still, dann stand Stefan auf und ging zu ihr. Zaghaft legte er seine Hände an ihre Oberarme. »Es tut mir Leid, wenn es vorhin danach ausgesehen hat, als würde etwas laufen, aber da ist nichts und da wird auch nichts mehr sein.«

»Sie lauert doch nur auf ihre Chance«, sagte sie leise. »Ich weiß es ganz genau, sie schleicht um dich herum und macht sich an dich heran, still und heimlich.«

Stefan drehte Mirja behutsam um. »Ich weiß auch nicht, was das vorhin war, ich habe keine Erklärung, es war totaler Mist. Aber du brauchst dir keine Sorgen zu machen, wirklich nicht. Ich schwöre dir, dass da nichts ist, das ist längst Vergangenheit.«

Sie sah ihn an. Sie konnte sich nicht daran erinnern, dass er sie jemals belogen hatte, von der ein oder anderen kleinen Flunkerei abgesehen, doch er war kein Lügner. Normalerweise glaubte sie ihm, was er sagte, doch diesmal war sie nicht sicher, ob er aufrichtig war. Dennoch nickte sie. Stefan gab ihr einen Kuss, und sie ließ es geschehen, ohne den Kuss zu erwidern.

»Wir werden morgen oder übermorgen in den Zeitungen auftauchen«, sagte er dann. »Was nicht gerade die beste Werbung für das *Timmers* ist.«

»Die Medien werden sich wieder beruhigen.«

»Natürlich, aber das kann länger dauern, als es uns lieb ist. Es kann sein, dass die Gäste ausbleiben, und das wäre nicht gut. Wir müssen der Bank monatlich die aktuellen Zahlen liefern. Was machen wir, wenn der Umsatz nicht mehr stimmt? Dann haben wir in null Komma nichts ein Liquiditätsproblem, und dann wird es schnell eng.«

»Du übertreibst, der Umsatz wird schon nicht einbrechen.«

»Wir haben die gleiche Situation wie damals mit Britt. Wir wissen nicht, woran der Mann gestorben ist, und wir hatten viel Glück gehabt, dass die Sache mit deiner Schwester gut ausgegangen ist, aber …«

Mirja rief erregt: »Gut ausgegangen? Sie ist tot. Was ist dran gut ausgegangen?«

Stefan biss sich auf die Zunge. Wie hatte er bloß etwas dermaßen Dämliches sagen können, wo war sein Fingerspitzengefühl geblieben? Er versuchte, ein Stückchen zurückzurudern und den Schaden zu begrenzen. »Entschuldigung, so meinte ich das nicht. Was ich damit sagen wollte, ist, dass die Gerichtsmediziner nichts gefunden haben.«

»Du hast Sorge, der Mann hatte eine Lebensmittelvergiftung oder etwas anderes, was auf das Restaurant zurückfallen kann?«

Stefan zuckte mit den Schultern, doch seine Augen bestätigten ihre Vermutung.

Plötzlich gab es ein dumpfes Geräusch. Etwas war zu Boden gefallen. Mirja und Stefan fuhren zusammen und hielten den Atem an. Sie blickten sich um, doch sie sahen nichts, aber sie hörten ein anderes Geräusch. Etwas rollte über den Boden, und das Rollen kam näher und näher, und schließlich sahen sie, was es war: Die Sanduhr. Sie rollte durch den Speiseraum direkt auf sie zu, wurde weder langsamer noch schneller. Einmal schien es, als würde die Sanduhr gegen ein Tischbein stoßen, doch plötzlich änderte sich leicht ihre Richtung und sie rollte knapp an dem Tischbein vorbei, dann änderte sich ihre Richtung erneut und sie rollte wieder direkt auf Mirja und Stefan zu. Beide beobachteten staunend die Sanduhr. Mirja mit offenem Mund, Stefan mit halb zusammengekniffenen Augen. Dann stoppte die Sanduhr abrupt zwei Handbreit vor Mirjas Füßen. Mirja und Stefan starrten auf die Sanduhr. In beiden Gefäßen befand sich etwa gleich viel Sand.

»Verdammt, was war denn das?«, fragte Stefan, ohne dass er eine Antwort erwartete. Er bückte sich und hob die Sanduhr auf. Er sah zu dem Sideboard hinüber, auf dem sie ihren Platz hatte. Die einzige Erklärung, die er hatte, war, dass die Sanduhr in der Hektik vorhin versehentlich an den Rand des Regals geschoben worden war, bis sie schließlich heruntergekippt war. Genauso musste es gewesen sein, es konnte keine andere Erklärung geben. Stefan sah sich die Sanduhr noch mal genauer an, doch er konnte keinen Sprung im Glas entdecken, und auch ansonsten schien sie unbeschädigt zu sein. Er ging zum Sideboard und stellte die Sanduhr zurück. Und stutzte. Er legte den Kopf schief, runzelte die Stirn. Dann, ohne sich umzudrehen, sagte er: »Mirja, komm mal her. Sieh dir das an!«

Sie kam zu ihm. Als sie neben ihm stand, zeigte er auf das Lindenblatt, das auf dem Sideboard lag. »War es gestern oder vorgestern gewesen, als die Kleine hier war und das Blatt auf die Sanduhr gelegt hat?«

Sie überlegte kurz. »Vorgestern, vor zwei Tagen.«

Stefan sah Mirja an. »Dann müsste es doch längst vertrocknet sein.«

Mirja stützte sich mit beiden Händen ab und beugte sich zu dem Lindenblatt vor. Tatsächlich. Das Blatt hätte längst an den Rändern vertrocknet sein müssen, doch es war nichts zu erkennen. Es sah immer noch saftig grün aus, als ob es gerade erst vom Zweig abgerissen worden wäre. Es hatte noch nicht einmal *begonnen* zu vertrocknen.

»Wie kann das sein?«, fragte er.

»Keine Ahnung«, sagte sie unbeeindruckt. »Ich weiß nicht, nach wie vielen Stunden ein Blatt anfängt zu verwelken, interessiert mich auch nicht.« Sie trat einen Schritt zurück und sagte: »Lass uns nach Hause fahren, Steff, es reicht für heute, ich habe genug. Ich will hier raus.«

Stefan kratzte sich am Kopf und nickte. Er nahm das Lindenblatt und legte es auf die Sanduhr, warf einen letzten Blick darauf und drehte sich weg. Er ging in die Küche, vergewisserte sich, dass alle Geräte ausgeschaltet waren, und löschte das Licht. Dann ging er nach oben in das kleine Büro und besprach den Anrufbeantworter mit der kurzen Nachricht, dass das *Timmers* an den beiden folgenden Abenden geschlossen blieb, und bat dafür um Verständnis. Als er wieder nach unten kam, stand Mirja bereits an der Zwischentür und wartete ungeduldig auf ihn. Sie sah blass und abgespannt aus, und Stefan bekam ein schlechtes Gewissen. Er war nicht ganz schuldlos daran, dass es Mirja nicht gut ging, auch wenn er für das, was hier geschehen war, nicht verantwortlich war. Doch sein Auftritt mit Susan war überflüssig gewesen, völlig daneben.

Er spielte kurz mit dem Gedanken, Mirja in die Arme zu nehmen, doch er ließ es sein. Mirja wollte weg von hier, nach Hause und den Schrecken endlich hinter sich lassen, und das wollte er auch. Und heute war dieses Haus ohnehin nicht der passende Ort für versöhnliche und zärtliche Gesten.

◆

Während Stefan schlief, als sei nichts geschehen, konnte Mirja nicht einschlafen. In ihren Gedanken spielte sich stets das Gleiche ab, immer wieder wie ein Kurzfilm in einer ewigen Wiederholung. Sie sah den entstellten Mann, wie er nach hinten fiel, und sie sah Sid auf dem Tisch stehen und gegen die Panik anschreien, und sie sah Stefan und Susan. Was sie von Stefan und Susan halten sollte, wusste sie nicht so recht; zwar konnte und wollte sie nicht glauben, dass zwischen den beiden irgendetwas lief, doch genauso gut, wie angeblich nichts war, konnte etwas sein. Allerdings passte es nicht zu Stefan, er war nicht der Typ für eine Affäre, ein einmaliger Fehltritt, ein Ausrutscher, das war etwas anderes, davor war Stefan nicht weniger gefeit als jeder andere Mensch auch, doch eine Affäre, und dann womöglich noch über Wochen oder gar Monate – nein! Mirja nahm sich vor, ein wenig aufmerksamer zu sein, was Susan betraf, sensibler auf die Zwischentöne oder die Stimmlage zu achten, wenn Stefan von ihr sprach.

Sie wälzte sich auf die andere Seite, fand keine bequeme Position und drehte sich auf den Bauch. Der Tote ging ihr nicht aus dem Kopf. Für ihn hatte sich der Tod eine besonders abartige Maske aufgesetzt und den Mann so schlimm aussehen lassen, dass sein Tod zu einem Albtraum und nicht bloß zu einer Tragödie geworden war. Und plötzlich musste sie an das Lindenblatt denken. Stefan hatte vermutlich Recht gehabt, es hätte tatsächlich längst verwelkt sein müssen. Doch vielleicht war es gar nicht mehr das Blatt, dass das Mädchen mitgebracht hatte, vielleicht hatte jemand – die Putzfrauen oder Imke oder sonst wer – das mittlerweile verwelkte Blatt gegen ein frisches Blatt ausgetauscht. Sicher, das klang nicht sonderlich plausibel, war aber vermutlich die einzige Möglichkeit. Und im Grunde war es auch völlig egal.

Mirja gähnte. Es war Samstag, ein Glück, sie konnte liegen bleiben, so lange sie wollte. Sie gähnte ein weiteres Mal und hoffte, dass sie bald einschlief.

Wenige Minuten später schlief sie tatsächlich ein. In dieser Nacht starb der Mann erneut, diesmal in ihren Träumen.

6

An diesem Morgen zeigte das Frühstücksfernsehen eines Hamburger Lokalsenders in den ersten Nachrichtenblöcken zwischen fünf und sechs Uhr einige Bilder aus der vergangenen Nacht: Das *Timmers* in der Totalen, der Sarg, der herausgetragen wurde, die beiden vor der Tür positionierten Beamten, ein kurzer O-Ton eines gar nicht mehr verstört wirkenden Gastes, der erzählte, dass der Mann plötzlich an seinem Tisch tot zusammengebrochen war, ein grauenhaftes Bild, denn der Stiel eines Glases steckte in seinem Auge und überall war Blut. Nein, nein, dieses Restaurant werde er niemals wieder betreten. Am Ende des rund zwanzig Sekunden langen Beitrags sprach der Reporter vor Ort mit ernster Miene die Vermutung in die Kamera, dass das *Timmers* unter keinem guten Stern stehe, immerhin sei dieser Mann bereits der zweite Tote in den alten Mauern des neuen Restaurants, nachdem vor wenigen Wochen Stefan Timmers Schwägerin auf tragische Weise ihr junges Leben verlor.

Mirja und Stefan schliefen, während der Beitrag ausgestrahlt wurde. In den Nachrichten um sieben Uhr fiel er einem aktuellen Bericht über einen kleinen, rasch gelöschten Brand in einer oberirdischen U-Bahn-Station zum Opfer, und auch in den folgenden Nachrichten waren die Geschehnisse im *Timmers* kein Thema mehr. In den Lokalseiten der Tageszeitungen stand kaum etwas darüber, von zwei kurzen Notizen abgesehen.

Als Stefan wach wurde, war es bereits Mittag, und als Mirja

wach wurde, Nachmittag. Gemeinsam fuhren sie zur Polizei, um das Protokoll aufzunehmen.

»Wollen wir etwas unternehmen?«, fragte Stefan, als sie wieder in den Wagen stiegen. »Essen gehen oder mal schauen, was in der Stadt so los ist?«

»Ich weiß nicht … irgendwie … ich bin nicht gut drauf.«

»Das bin ich auch nicht, aber wir sollten versuchen, ein wenig abzuschalten. Auf dem Sofa abhängen und Trübsal blasen, bringt doch nichts. Außerdem ist das Wetter viel zu schön. Lass uns das Beste aus dem Umständen machen, okay?« Er nahm ihre Hand und küsste die Handfläche. »Ich habe seit tausend Jahren keine Hafenrundfahrt mehr gemacht«, sagte er.

»Was meinst du dazu?«

»Tausend Jahre sind eine lange Zeit.«

»Finde ich auch. Wollen wir?«

Er sah sie mit halb geschlossenen Augen an. »Du und ich, die sanften Wogen der Elbe, das Glitzern der Sonne auf dem Wasser, Möwengeschrei über unseren Köpfen …«

»… Touristen, Möwenkot auf unseren Schultern, der Gestank des dreckigen Wassers und des Barkassenbenzins …«

»Du bist unromantisch«, sagte er mit gespieltem Vorwurf in der Stimme.

»Ich möchte nach Hause, Steff.« Es klang wie eine Hilfeschrei. Sie sah auf ihre Füße. »Ich hab keine Lust, mich auf Knopfdruck zu amüsieren. Absolut nicht. Ich will mich heute einfach nur gehen lassen. Ich will nichts weiter als in die Glotze starren und abends zwei, drei Bier trinken, und ich will Erdnüsse essen, viele Erdnüsse. Und mich ganz lange von dir kraulen lassen. Ich bin nun mal so. Wenn ich down bin, dann richtig, aber dafür geht es mir auch rasch wieder gut. Ich ziehe aus den Krisen immer viel Kraft.«

»Das ist völlig in Ordnung«, sagte er sanft und ließ den Motor an.

◆

In der folgenden Nacht wurde Mirja plötzlich wach. Hellwach. Was sie aus dem Schlaf gerissen hatte, wusste sie nicht, sie konnte sich nicht an aufregende Träume erinnern. Und dennoch musste sie geträumt haben, denn wie sonst war es möglich, dass ihr erster Gedanke dem Lindenblatt galt.

Mirjas Mund war trocken, und ihr war warm, obwohl sie nur einen Slip trug. Sie sah auf den Radiowecker, der wenige Minuten nach drei Uhr anzeigte. Stefan schlief fest und schnarchte leicht.

Das Lindenblatt. Mirja sah es auf dem Sideboard liegen. Grün und saftig. Das war gestern gewesen, vor einundzwanzig oder zweiundzwanzig Stunden, und je länger sie darüber nachdachte, umso überzeugter wurde sie, dass es längst hätte verwelkt sein müssen.

Mirja stand auf, schaltete ihre Nachttischlampe an und drehte sie so, dass ihre Hälfte des Schranks gut beleuchtet war. Sie nahm ein dünnes Sweatshirt und eine Jogginghose heraus und zog sich an, dann schaltete sie das Licht aus und verließ das Schlafzimmer. Aus dem Schuhschrank in der Besenkammer nahm sie ihre Sportschuhe und stieg barfuß hinein, auf den Kopf setzte sie sich ihre alte Baseballmütze mit dem Logo des New-Yorker-Hard-Rock-Cafés. Sie trank einen Schluck Wasser, dann nahm sie ihren Schlüsselbund und vergewisserte sich, dass der Schlüssel des *Timmers* dran hing. Sie verließ leise die Wohnung, ging in die Tiefgarage, setzte sich in ihren Sportwagen und fuhr los.

Als sie kurze Zeit später die Tür des alten Hauses aufschloss, spürte sie eine seltsame, geradezu kindliche Aufregung. Die Zwischentür war nicht abgeschlossen, doch das hatte nichts zu bedeuten, sie war nie abgeschlossen.

Mirja betrat den Speisesaal und schaltete das Licht ein. Augenblicklich war der Raum hell. Längst war alles wieder aufgeräumt und hergerichtet, die Putzfrauen hatte ganze Arbeit geleistet und nichts erinnerte mehr an das Chaos vom Freitagabend. Mirja ging zu dem Sideboard. Das Lindenblatt lag da und war grün und saftig. Mirja schluckte. Wäre das Blatt nun verwelkt gewesen oder hätte es zumindest Spuren des Verwelkens gezeigt, hätte sie sich gesagt, dass abgerissene Blätter länger halten, als sie bislang gedacht hatte. Doch dieses sah noch immer aus, als steckte es voller Leben.

Einige Sekunden lang stand Mirja vor dem Sideboard und wusste nicht, was sie tun sollte, dann ging sie in die Küche. Sie riss ein kurzes Stück von der Rolle mit dem Aluminiumpapier ab und kehrte in den Speisesaal zurück. Sie nahm das Lindenblatt von der Sanduhr und wickelte es behutsam ein. Und plötzlich hörte sie etwas. Oder jemanden. Ein kurzes, knackendes Geräusch. Mirja hielt inne und verfluchte sich dafür, hergekommen zu sein. Sie hielt die Luft an und drehte sich langsam um. Sie wusste nicht, womit sie rechnen sollte, irgendjemand könnte hinter ihr stehen und nur darauf warten, die Furcht in ihren Augen zu sehen, um sie dann genüsslich zu töten. In Gedanken betete Mirja das Vaterunser herunter. Doch niemand war zu sehen.

Sie wagte nicht, sich zu bewegen, nur ihr Kopf drehte sich leicht nach links und dann nach rechts, und ihre Augen suchten den Raum ab. Plötzlich ein weiteres Geräusch, wieder knackend, wieder kurz, doch diesmal kam es aus einer anderen Richtung. Mirja biss sich auf die Unterlippe und spielte ihre Optionen durch. Sie konnte versuchen, so schnell wie möglich das Haus zu verlassen, doch dazu musste sie erst einmal zur Haustür gelangen und sie aufschießen. Wer auch immer hier war – ihr Fluchtversuch konnte eine Reaktion hervorrufen, die das Ende aller Kontrolle bedeutete. Vielleicht war es die bessere Idee, zu versuchen, der Sache auf den Grund zu gehen und herauszufinden, wer hier war. Das konnte gefährlich werden, doch vielleicht nicht gefährlicher als der panische Versuch, das Haus zu verlassen. Und wenn sie draußen war, was dann? Davonfahren? Die Polizei rufen? Stefan holen?

Mirja gab sich einen Ruck. Eigentlich konnte niemand hier sein, das Haus war verschlossen gewesen, und hier drin sah es nicht danach aus, als ob eingebrochen worden wäre. Ihre Angst ließ ein wenig nach. Mirja sah zur Küche hinüber. Wenn tatsächlich jemand hier war, jemand, der größer und kräftiger war als sie, dann musste sie es auf jeden Fall bis in die Küche schaffen. Die Küche war das reinste Waffenlager, dort konnte sie sich mit einem langen Messer oder einer Geflügelschere bewaffnen. Zögernd begann Mirja, in Richtung Küche zu gehen. Der Boden knarrte leicht, doch Mirja kam es vor, als dröhnte das Knarren aus den Lautsprechern. Sie spürte einen plötzlichen Harndrang, zitterte und schwitzte zugleich, und hatte das Gefühl, dass das Sweatshirt ihr am Rücken klebte. Sie schaffte es bis zum Vorraum der Küche, ohne dass etwas geschah, dann drückte sie die Tür ein Stückchen auf und schlüpfte hindurch – ein Etappensieg. Sie machte zwei Schritte und stand vor der Schwingtür in der Küche. Durch das Bullauge in der Tür konnte sie sehen, dass die Küche dunkel war. Doch das bedeutete gar nichts, vor allem noch keine Entwarnung.

Sie lauschte angestrengt, doch es war nichts zu hören. Die Stille war schon fast unwirklich. »Gütiger Gott, steh mir bei«, flüsterte sie und schloss die Augen. Wenn jemand in der Küche auf sie lauerte, wollte sie ihn nicht auch noch sehen, wollte nicht zusehen, wie er sich auf sie stürzte und sie … Sie weigerte sich, den Gedanken zu Ende zu denken, und drückte die Schwingtür einen Spalt auf. Sie tastete nach dem Lichtschalter, drückte darauf, sah erneut durch das Bullauge und sah … niemanden.

Vielleicht versteckte sich derjenige hinter dieser Tür, aber vielleicht war auch niemand hier. Mirja wusste nicht mehr, was sie glauben sollte. Vielleicht hatte sie vorhin auch gar nichts gehört, vielleicht war das alles bloß Einbildung gewesen. Sie nahm ihren ganzen Mut zusammen und betrat die Küche. Niemand war hier, sie war allein. Mirja griff in den Messerblock und war einen Augenblick lang fasziniert von dem plötzlichen Gefühl der Sicherheit, das ihr das Messer verlieh. Sie sah zu der Tür, die ins Freie führte, machte einen Schritt und drückte die Klinke herunter. Abgeschlossen, natürlich. In der Küche konnte sie nicht bleiben, hier saß sie in der Falle und hatte keinerlei Fluchtmöglichkeiten. Sie musste wieder hinaus. Mirja holte tief Atem und verließ so leise wie möglich die Küche, das Messer zum Angriff bereit. Als sie durch die Vortür trat und durch den Speisesaal blickte, zweifelte sie ernsthaft an ihrem Verstand. Alles war ruhig. Sie ließ die Hand mit dem Messer sinken. Das, was sie vorhin gehört hatte, waren vermutlich die getäfelten Wände gewesen, Holz arbeitet schließlich. Oder vielleicht waren es auch Ratten oder Mäuse; wo es Küchenabfälle gibt, sind diese Nager nicht weit. Mirja überlegte kurz, noch in den Waschräumen und im Büro nachzusehen, doch sie verwarf den Gedanken. Es gab keinen Grund, weiterhin die Heldin zu spielen, außer sie wollte sich erneut dem Nervenkitzel aussetzen, doch danach stand ihr wirklich nicht der Sinn. Trotzdem legte Mirja das Messer nicht weg.

Sie war im Begriff zu gehen, als ihr einfiel, dass sie wegen des Lindenblattes hergekommen war. Sie eilte zum Sideboard, nahm das kleine Aluminiumpäckchen und steckte es in die Hosentasche. Ihre Augen blieben an der Sanduhr hängen. In ihrem Kopf rasten die Gedanken, und diese Gedanken waren so eigenartig, dass einen Moment lang alle Anspannung verflog und Mirja nicht mehr wusste, wo sie stand.

Schließlich schnappte sie sich die Sanduhr, und sofort kehrte die Nervosität zurück. Mirja ging zur Tür, sich immer wieder verstohlen umsehend. Sie verließ das Haus unversehrt, schloss die Tür und lief den Weg entlang, in einer Hand das Messer, in der anderen die Sanduhr. Als sie an der Gartenpforte ankam, blieb sie stehen, dann eilte sie zu der Hecke, die an das Nachbargrundstück grenzte. Sie ließ das Messer und die Sanduhr ins Gras fallen, riss sich die Jogginghose und den Slip herunter, hockte sich hin und urinierte. Sie wusste nicht, ob sie erleichtert sein sollte, dass alles gut gegangen war, oder ob sie sich darüber ärgern sollte, dass sie sich in diese schreckliche Angst hineingesteigert hatte. Sie stand auf, zog die Hosen hoch, nahm das Messer und die Sanduhr und ging zum Wagen. Sie legte das Messer in das Handschuhfach und nahm sich vor, es heimlich wieder zurückzubringen. Dass sie heute Nacht hier gewesen war, würde sie Stefan selbstverständlich erzählen, alles weitere jedoch brauchte er nicht zu wissen.

Eine Viertelstunde später saß Mirja am Küchentisch und wickelte das Lindenblatt aus. Sie nahm sich vor, nicht überrascht zu sein, ganz gleich, was sie sehen würde. Und doch war sie höchst erstaunt, denn das Lindenblatt war verwelkt. Mirja spürte ein Kribbeln in ihren Fingerspitzen. Sie lehnte sich auf dem schmalen Stuhl zurück und fragte sich, wie das passieren konnte. Dieses Blatt war etliche Stunden lang nicht verwelkt, und nun hatte es innerhalb weniger Minuten sämtliches Leben verloren. Mirja nahm das Blatt vorsichtig zwischen die Finger und betrachtete es. Und dann kam ihr ein Gedanke, gegen den ihr Verstand wild protestierte: Das Blatt war frisch und voller Leben gewesen, solange es auf der Sanduhr gelegen hatte, doch kaum lag es nicht mehr darauf, vertrocknete es. War die Sanduhr so etwas wie die Lebensquelle des Blattes?

Obgleich ihr Verstand sie verhöhnte, legte Mirja das Lindenblatt auf die Sanduhr und ertappte sich dabei, dass sie an ihrem Daumen kaute. Sie verschränkte die Arme vor der Brust, lehnte sich erneut zurück und wartete darauf, dass das Blatt wieder grün wurde – so unsagbar blöd sie sich dabei auch vorkam. Sie war froh, allein zu sein und niemandem etwas erklären zu müssen.

Die Minuten vergingen. Das Lindenblatt veränderte sich nicht. Mirja wurde allmählich müde und gähnte herzhaft. Aus fünf Minuten wurden zehn, fünfzehn, zwanzig. Mirjas Glieder wurden schwer, die Augen fielen ihr immer wieder zu. Das Lindenblatt blieb verwelkt. Mirja sagte sich, dass sie auf ihren Verstand hätte hören sollen und dass ein verwelktes Blatt nicht wieder grün wurde. Und doch blieb ein Rest an Zweifel. Sie stand auf, nahm die Sanduhr und trug sie ins Wohnzimmer. Sie öffnete den Fernsehschrank und stellte die Sanduhr neben den Fernseher. Hier war die Sanduhr sicher und kein Windzug würde das Lindenblatt herunterfegen, nicht einmal Stefan würde die Sanduhr hier sehen, da er sich nichts aus Fernsehen machte. Mirja vergewisserte sich, dass das Blatt auf der Sanduhr lag, und schloss den Schrank. Vielleicht war das Blatt in einigen Stunden wieder grün, vielleicht auch nicht. Mirja war es egal, im Moment zumindest. Sie wollte nur noch ins Bett.

◆

Als sie am späten Vormittag ins Wohnzimmer kam, saß Stefan auf dem Sofa und blätterte in der Sonntagszeitung. Auf dem Tisch stand ein Becher Kaffee und ein Teller mit den Krümeln eines aufgebackenen Croissant. Sie gab ihm einen flüchtigen Kuss, fragte, ob noch Kaffee da sei, und ging dann in die Küche, um sich einen Becher voll zu holen.

»Wo warst du heute Nacht?«, fragte Stefan unvermittelt, als sie wieder zurückkehrte. »Ich musste vorhin auf die Toilette, und du warst nicht da. Dein Autoschlüssel war auch verschwunden.«

»Ich bin spazieren gefahren«, sagte sie, ohne darüber nachzudenken.

»Wieso denn das, was war los?«

Um Zeit zu gewinnen, trank Mirja einen Schluck Kaffee, dann sagte sie: »Ich konnte nicht schlafen, ich musste raus.« Sie nippte erneut an dem Kaffee. »Ich bin zum Haus gefahren.«

Er sah sie fragend an.

»Ich wollte mir das Lindenblatt noch einmal ansehen, weil ich nicht begreifen konnte, weshalb es nicht verwelkt war.«

Stefan sah sie schweigend an, doch in seinen Augen stand die Frage, was mit Mirja los war.

»Als ich beim Haus eingetroffen war, war das Blatt noch immer grün. Ich habe es mitgenommen, und als ich wieder hier war, war es verwelkt.«

»Echt?« Er war tatsächlich ein wenig verwundert.

Sie nickte, stellte den Becher ab und öffnete den Fernsehschrank. Sie war fest davon überzeugt, dass das Blatt nun wieder grün und saftig war, und ihr war klar, dass Stefan sie auslachen würde. Natürlich würde er nicht wirklich lachen, aber er würde an ihrem Verstand zweifeln. Und vielleicht hatte er damit sogar Recht, vielleicht war sie im Moment einfach ein wenig neben der Spur, da die Ereignisse der letzten Zeit sie viel mehr mitgenommen hatten, als sie es sich bislang eingestehen wollte.

Mirja betrachtete das Lindenblatt auf der Sanduhr. Es war verwelkt. Sie atmete erleichtert auf. Mit ihrem Verstand war alles in bester Ordnung. Das Blatt war vor einigen Stunden verwelkt gewesen und war es noch immer, alles andere war auch gar nicht möglich. Sie nahm das Blatt am Stil und hielt es Stefan hin.

Er nickte ausdruckslos und fragte: »Und was soll die Sanduhr hier?«

»Ich weiß es nicht.« Sie lächelte unsicher.

Die Sache mit dem Lindenblatt war ausgestanden, und dabei wollte sie es auch belassen. »Ich hab sie einfach mitgenommen, keine Ahnung, weshalb. Nimm sie am Dienstag doch einfach wieder mit.«

»Wie sieht es im Restaurant aus? Alles wieder in Ordnung?«

»Alles bestens.« Sie legte das Lindenblatt auf die Sanduhr zurück und verschloss den Fernsehschrank.

Stefan nickte zufrieden. »Komm her zu mir«, sagte er sanft.

Mirja folgte der Aufforderung. Er griff nach ihrem Unterarm und zog sie zu sich herunter aufs Sofa, so dass sie auf ihm lag.

»Was meinst du«, sagte er, »wollen wir dieses Jahr noch irgendwie über die Runden bringen und dann mal richtig ausspannen? Wir könnten irgendwohin fliegen, gleich nach dem Jahreswechsel, zum Beispiel, für zehn oder vierzehn Tage auf die Kanaren, dort ist es im Januar nicht zu heiß und nicht zu kalt. Wir tanken Kraft und nehmen uns Zeit für uns. Was meinst du?«

»Können wir machen«, sagte Mirja ohne Begeisterung.

Einen Moment lang schwiegen beide, dann sagte Stefan: »Wir sollten uns um das Zimmer nebenan kümmern.«

»Wie, jetzt …«

»Unser derzeitiges Gäste-Arbeits-Abstellzimmer. Wir hatten es mal als Kinderzimmer ins Auge gefasst. Ich hätte nichts dagegen, es endlich als solches herzurichten. Hellgelbe Tapete mit Sesamstraße-Bordüre. Sieht bestimmt toll aus. Was sagst du dazu?«

»Wir hatten gesagt, wir kümmern uns darum, wenn die Zeit reif ist.«

»Sie ist reif. Überreif, findest du nicht auch? Schwangerschaft ist kein Wunschkonzert, wir sollten es allmählich angehen, es könnte eine Weile dauern, bis es klappt.«

Mirja sah an ihm vorbei.

»Ich weiß nicht«, sagte sie leise, »natürlich wäre ein Kind schön, aber ich bin … ich bin mir im Moment darüber nicht im Klaren.«

Nun sah sie ihn an.

»Was ist mit Susan?«

Stefan stöhnte innerlich auf, ließ sich jedoch nichts anmerken.

»Nichts, gar nichts.«

»Schwöre es mir!«

»Ich schwöre.«

»Da wird auch nie wieder etwas sein?«

»Nie wieder.«

»Schwöre!«

»Ich schwöre.«

Sie sah ihn prüfend an, suchte nach einem Flackern in seinen Augen oder nach etwas anderem, das ihn der Unaufrichtigkeit überführte, doch es gab nichts zu entdecken.

Stefan schob seine Hand unter Mirjas T-Shirt, streichelte ihren Rücken und sah sie fest an. Nach einigen Sekunden begann sie mit den Fingerspitzen behutsam über seinen Hals zu streicheln und spürte seine einsetzende Erregung. Sie gab ihm einen Kuss, und als er ihn erwiderte und die Augen schloss, schloss sie auch ihre und öffnete mit der Zunge zärtlich seinen Mund.

7

Am Montagvormittag erhielt Stefan die Nachricht, dass bei der Obduktion des Toten ein Gehirnschlag als Todesursache festgestellt worden war. Als Stefan das hörte, war er erleichtert. Er hoffte, dass er in Zukunft von weiteren Katastrophen verschont blieb und dass sein Restaurant sich nun so entwickeln konnte, wie er sich das vorstellte. Er rief Mirja im Büro an, um ihr die Nachricht zu berichten. Sie nahm es genauso auf, wie er es vermutet hatte. Mit Erleichterung, doch ohne jede Freude.

◆

Am nächsten Morgen erwachte Mirja wenige Minuten, bevor der auf sieben Uhr programmierte Radiowecker ansprang. Sie schaltete ihn aus und blieb noch einen Moment lang liegen. Eigentlich musste sie nicht so früh aufstehen, denn im Verlag fing kaum jemand vor neun Uhr an zu arbeiten, doch wenn sie bis Viertel vor acht losfuhr, schaffte sie es noch vor der Rushhour und saß eine Dreiviertelstunde später am Schreibtisch, und außerdem hatte sie es schätzen gelernt, den Arbeitstag in aller Ruhe zu beginnen, im Internet bei einigen Tageszeitungen nachzusehen, was es Neues gab, und die nicht ganz so wichtigen E-Mails des Vortags zu beantworten.

Nachdem Mirja aufgestanden war, ging sie in die Küche und schaltete die Kaffeemaschine an, die sie wie stets am Abend zuvor vorbereitet hatte. Sie sah aus dem Fenster, obgleich nichts Außergewöhnliches zu sehen war. Die Kaffeemaschine gab glucksende Geräusche von sich, die knapp drei Tassen Kaffee waren durchgelaufen. Mirja goss Milch zu ihrem Kaffee. Sie nahm den ersten Schluck, ging mit dem Becher Kaffee ins Badezimmer, duschte und machte sich fertig. Als sie eine gute halbe Stunde später in die Küche zurückkehrte, trank sie eilig einen zweiten Becher. Sie nahm einen Apfel und eine Banane aus dem Obstkorb, die sie während der Autofahrt essen wollte; ihr Frühstück, mehr brauchte sie nicht bis zum Mittag.

Mirja war bereits auf dem Weg in die Tiefgarage, als ihr etwas einfiel, das sie um ein Haar vergessen hatte. Und das wäre mehr als nur peinlich gewesen. Heute war der Geburtstag eines Mitarbeiters aus der Vertriebsabteilung, und Mirja hatte das Pech gehabt, bei dem vor Geburtstagen üblichen Loseziehen im Kollegenkreis das falsche Los aus dem Sektkübel zu fischen. Alle gezogenen Lose waren leer gewesen, nur ihres war mit dem Smilie bedruckt gewesen, und das bedeutete, dass sie sich um das Geschenk kümmern musste. Sie hatte eine Glückwunschkarte besorgt und jeden unterschreiben lassen, der sich mit zwei Euro an dem Geschenk beteiligte, und nun lag in einer ihrer Schreibtischschubladen eine Karte mit sechsundzwanzig Unterschriften, doch was sie noch immer nicht hatte, war ein Geschenk. Wo sollte sie um diese Uhrzeit etwas herbekommen, wenn gerade mal Supermärkte, Kioske und Tankstellen geöffnet hatten?

Und vor allem, *was* sollte sie besorgen. Sie hatte sich noch keine Gedanken darüber gemacht. Mirja gratulierte sich voller Ironie zu ihrer Nachlässigkeit. Plötzlich fiel ihr eine Lösung ein. Es war zwar nur eine Notlösung, aber allemal besser, als mit leeren Händen ins Büro zu kommen und dem Kollegen nichts auf dem Schreibtisch zu stellen. Zwei Flaschen Wein, einen Roten und einen Weißen. Sie konnte kurz am *Timmers* anhalten und zwei Flaschen rausholen. Mirja kehrte noch einmal in die Wohnung zurück und holte die Rolle mit der transparenten Folie sowie das Geschenkband.

Unvermittelt fiel ihr die Sanduhr ein, die ja noch immer im Fernsehschrank stand. Sie könnte sie bei dieser Gelegenheit gleich mitnehmen, da Stefan sie bei seiner Vergesslichkeit sicher wochenlang hier stehen lassen würde. Mirja ging ins Wohnzimmer und verspürte eine leichte Nervosität, als sie den Fernsehschrank öffnete, doch das Lindenblatt war immer noch verwelkt. Sie überlegte, es in den Müll zu werfen, doch aus irgendeinem Grund nahm sie das Blatt und die Sanduhr, steckte beides in ihren Rucksack, klemmte sich die Folie unter den Arm und verließ die Wohnung.

Wenig später schob sie das Fleischmesser in den Messerblock zurück. Sie schmunzelte, als sie sich daran erinnerte, wie sie es mit weichen Knien herausgezogen hatte, mit der ernsthaften Absicht, sich damit zu wehren. Niemals könnte sie ein Messer in den Körper eines Menschen stoßen, vermutlich nicht einmal dann, wenn es um ihr eigenes Leben ging.

Sie kehrte in den Speisesaal zurück, nahm die Sanduhr aus dem Rucksack und stellte sie auf ihren angestammten Platz. Dann nahm sie das Lindenblatt, dessen Spitze abgebrochen war und das an der Seite einen Riss bekommen hatte, und legte es auf die Sanduhr. Sie trat hinter den Tresen, um die zwei Flaschen Wein auszusuchen. Sie hatte keine Ahnung, welchen Weiß- und Rotwein sie nehmen sollte. Außerdem war sie sich nicht sicher, ob das Geld, welches für das Geschenk zur Verfügung stand, für zwei Flaschen Wein ausreichte, zumindest für die Weine, die Stefan hier verkaufte. Ihm war es vermutlich egal, wenn zwei Flaschen fehlen, wahrscheinlich würde er es nicht mal bemerken, dennoch wollte sie ihn später anrufen und ihm sagen, dass sie kurz hier gewesen war.

Unter dem Tresen stand ein angebrochener Karton mit Rotwein. Mirja griff hinein, nahm eine Flasche heraus und betrachtete das Etikett. Der Wein stammte aus Bandol, irgendwo in Südfrankreich, vermutlich eine sündhaft teure Weingegend. Mirja war sicher, mit dieser einen Flasche bereits mehr als das gesamte Geschenk-Budget in der Hand zu halten. Sie nahm noch eine Flasche Weißwein, die nicht ganz so teuer aussah, und hoffte, dass sie sich nicht irrte. Dann rollte sie ein Stück der transparenten Folie ab und durchsuchte die Tresenschubladen nach einer Schere. Da sie keine fand, ging sie in die Küche und holte sich dort eine. Sie schnitt Folie und Geschenkband ab und verpackte die Flaschen. Mirja war alles andere als eine Verpackungskünstlerin, und schön verpackte Geschenke sahen anders aus. Sie wollte die Folie mit Klebeband fixieren und sah wieder in den Schubladen nach. Umsonst. Oben im Büro würde auf jeden Fall eine Rolle Tesa-Film sie. Sie ging zu der Holztreppe, und auf dem Weg dorthin blickte sie flüchtig zum Sideboard … und blieb abrupt stehen. Ein Schauer jagte über ihren Rücken, und der Aufschrei, der in ihr aufstieg, wurde zu einem Quieken.

Einen Augenblick lang stand Mirja wie angewurzelt da, dann näherte sie sich langsam dem Sideboard und starrte auf das Lindenblatt. Es war saftig und so grün als habe es noch vor Sekunden am Zweig einer gesunden Linde gehangen.

»Was ist hier passiert?«, murmelte sie.

Der erste klare Gedanke, der ihr kam, war, dass dies nicht das Blatt war, das eben noch verwelkt gewesen war. Sie nahm das Blatt zwischen die Finger. Nein, dies war das Blatt, niemand hatte es ausgetauscht, weil niemand im Haus war, und außerdem hatte dieses grüne Blatt einen Riss und die Spitze fehlte.

Mirja drehte sich um, obgleich sie fest davon überzeugt war, allein zu sein. Und es war natürlich niemand da. Sie betrachtete das Blatt. Es musste ein Trick sein. Irgendein Trick, den sie nicht verstand. Vielleicht war dieses Blatt mit irgendeiner Chemikalie bestrichen worden oder was auch immer, es musste ein Trick oder irgendeine Täuschung sein, etwas anderes war nicht möglich. Ihre Hand, in der sie das Blatt hielt, zitterte. Mirja war plötzlich von einer seltsamen Trägheit erfüllt. Sie verstand nicht, was mit dem Blatt geschehen war, doch wahrscheinlich gab es dafür irgendeine logische oder gar wissenschaftliche Erklärung.

Sie hielt das Lindenblatt zwischen den Fingern, nahm ihre Sachen und trug alles aus dem Haus. Sie öffnete den Kofferraum ihres Wagens, warf die Folienrolle hinein und legte behutsam die verpackten Weinflaschen dazu. Als sie das Handschuhfach öffnete, um das Lindenblatt dort abzulegen, sah sie, dass das Blatt wieder verwelkt war, so verwelkt, wie es bereits in der Nacht gewesen war. Mirjas Magen rebellierte. Sie starrte das Blatt verständnislos an. Es war keine drei Minuten her, als das Blatt grün und saftig gewesen war. Wie war es möglich, das es jetzt wieder verwelkt war? Ein Trick, sagte sie sich erneut. Eine Täuschung, ganz klar, etwas anderes war nicht denkbar.

Einige Sekunden lang saß sie verwirrt in ihrem Wagen, bis ihr plötzlich ein Gedanke durch den Kopf schoss. Sie sah zum Haus. War sie jetzt völlig durchgedreht?, fragte sie sich. Und doch: So verrückt es Mirja es auch erschien, es war zumindest eine Überlegung wert. Und wenn das kleine Experiment fehlschlug, war es auch nicht weiter schlimm. Nein, es war sogar besser, wenn es fehlschlug, denn anderenfalls würde sie die Welt nicht mehr verstehen.

Mirja holte tief Luft, stieg aus und kehrte langsam zum

Haus zurück. Während sie den Weg entlangging, nahm sie sich vor, niemals, wirklich niemals, irgendjemandem davon zu erzählen. Sie verfügte zwar über eine gesunde Portion Selbstironie, doch zum Gespött machen wollte sie sich nun wirklich nicht. Sie schloss die Tür auf und betrat das Haus, ging in den Speisesaal, legte das Lindenblatt auf den erstbesten Tisch, setzte sich und wartete angespannt.

Einige Minuten vergingen, doch nichts geschah. Das Blatt blieb verwelkt. Mirja war nicht enttäuscht, im Gegenteil, sie spürte eine gewisse Erleichterung. Was wäre gewesen, wenn tatsächlich …? Sie schüttelte den Kopf. Sie glaubte nicht an Zauberei und diesen ganzen Kram, das hatte sie noch nie getan; schlimm genug, dass sie sich überhaupt zu dem kleinen Experiment hatte hinreißen lassen. Doch plötzlich wurde das Blatt wieder grün. Die Wandlung dauerte nicht länger als zwei Sekunden.

Mirja spürte, wie ihr heiß wurde. Was ging hier vor? Sie wusste es nicht, doch sie begriff, dass hier etwas Gewaltiges geschah. Etwas Ungeheuerliches.

Sie hockte eine geschlagene halbe Sunde in ihrem Wagen und starrte vor sich hin, bis sie schließlich im Stande war, den Motor zu starten. Das Lindenblatt zwischen ihren Fingern war längst wieder verwelkt. Es war auf dem Weg zum Wagen verwelkt, irgendwo zwischen Haustür und Gartenpforte.

Mirja beschloss, nicht nach Hause zu fahren, um Stefan alles zu erzählen. Sie musste erst einmal versuchen, das alles selbst halbwegs zu verstehen, musste dieses Durcheinander in ihrem Kopf ordnen, bevor sie mit ihm darüber sprechen konnte.

◆

Mirja saß seit einer Stunde an ihrem Schreibtisch und konnte sich nicht auf ihre Arbeit konzentrieren. Ihr Telefon klingelte, doch sie war außer Stande, den Anruf entgegenzunehmen und mit jemandem zu sprechen, als sei alles in bester Ordnung. Denn nichts war in Ordnung, gar nichts.

Doch was war eigentlich nicht in Ordnung, was stimmte hier nicht? Was, was, was!

Mirja war der Verzweiflung nahe. Sie kam nicht voran, ihre Gedanken waren wie blockiert, und sie hatte das Gefühl, als hielte jemand sie von ihren eigenen Überlegungen fern. Sie wusste, dass dieser Jemand sie selbst war. Sie stand zwischen ihren Gedanken und sich selbst, weil all diese Gedanken nicht zu ihr passten, weil solche Gedanken nicht in ihren Kopf gehörten, weil ihr Verstand zu alledem vehement Nein sagte: Weil … weil … Doch sie musste sich diesen Überlegungen öffnen.

Eine weitere Stunde lang spielte Mirja mit einem Bleistift und starrte vor sich hin. Sie hatte jegliches Zeitgefühl verloren. Nach und nach kam sie zu der Erkenntnis, dass sie sich das Mädchen schnappen musste. Die Kleine hatte die Sanduhr als Erstes zurückgelassen, erst später dann das Blatt, das sie auf die Sanduhr gelegt hatte.

Sie war es, die sich das alles ausdachte und dieses kleine Spielchen begonnen hatte. Wollte Mirja das alles beenden, musste sie das Mädchen fragen, was der ganze Unfug sollte. Und über kurz oder lang würde das Mädchen wieder auftauchen, davon war Mirja überzeugt, denn schließlich hatte sich die Kleine offensichtlich vorgenommen, sie und Stefan zu ärgern. Doch beim nächsten Mal war der Spuk vorbei, so viel stand fest.

Trotzig versuchte Mirja zu arbeiten. Doch sosehr sie sich auch bemühte, sie konnte sich nicht konzentrieren. Das Mädchen spukte durch ihre Gedanken, ebenso wie das Lindenblatt und die Sanduhr, und ließ sich einfach nicht vertreiben.

Am Abend, während im Fernsehen irgendein Film lief, saß Mirja auf dem Sofa, auf den Beinen einen Zeichenblock. Es hatte sie ihr Leben lang nicht weiter interessiert, dass sie nicht gut zeichnen konnte, doch jetzt wünschte sie sich, ihre Hand würde die Ideen umsetzen, die sie im Kopf hatte. Die Skizze, die sie zu Papier gebracht hatte, hatte mit dem Gesicht des Mädchens wenig gemeinsam, im Grunde so gut wie gar nichts. Diese Zeichnung konnte sie nirgendwo vorzeigen, denn nicht einmal sie selbst würde anhand dieser Zeichnung das Mädchen erkennen.

Mirja stand auf und ging in das Zimmer, das Stefan und sie als Kinderzimmer vorgesehen hatten und in dem auf einem kleinen Schreibtisch ihr Notebook stand. Sie schaltete es ein, nutzte die Zeit, bis das Gerät hochgefahren war, und ging in die Küche, um sich ein Glas Wasser zu holen. Sie startete das Programm, öffnete ein leeres Dokument, wählte eine große Schrift und schrieb: *Wer kennt dieses Mädchen?*

Mirja verschränkte die Hände hinter dem Kopf. Konnte sie das wirklich machen? Konnte sie wirklich eine Art Steckbrief an die Laternenpfähle in der Umgebung des *Timmers* kleben? Wanted dead or alive?

Sie ließ mehr als die Hälfte des Bogens frei, um sich später erneut an einer Zeichnung zu versuchen, darunter schrieb sie: Haarfarbe: blond, Alter: ca. 6–8 Jahre, Größe: ca. 120 bis 130 cm.

Mirja sah sich das an, was sie gerade geschrieben hatte. Nicht sonderlich ergiebig, dachte sie, aber mehr hatte sie nicht. Das Kleid konnte sie vergessen, das zog das Mädchen vermutlich immer nur dann an, wenn sie kam, um sie zu ärgern. Natürlich musste sie noch dazu schreiben, wer es war, der um Hinweise bat, und das war das nächste Problem. *Vertrauliche Hinweise bitte an Familie Timmer, Restaurant Timmers, oder telefonisch unter …*

»Wie albern«, murmelte Mirja, »ich mache uns ja zu Idioten.« Sie blieb noch einen Moment lang sitzen, dann schaltete sie das Notebook aus und fragte sich, was eigentlich in sie gefahren war. Es wäre das Beste, sich mit zwei, drei Gläsern Wein die richtige Bettschwere anzutrinken und schlafen zu gehen.

◆

Am nächsten Vormittag schloss Mirja ihre Bürotür und rief nacheinander die Rufnummern an, die sie sich zuvor aus dem Telefonbuch herausgesucht und aus dem Internet mühevoll ergänzt hatte. Doch keines der Heime und Waisenhäuser in Hamburg und im nordöstlichen Einzugsgebiet konnte ihr helfen. Oder wollte oder durfte es nicht. Wie auch immer, niemand bestätigte ihr, dass in ihrem Haus ein Mädchen lebte, auf welches die Beschreibung zutraf, die Mirja durchgegeben hatte. Sie war nicht wirklich enttäuscht, da sie nicht damit gerechnet hatte, das Mädchen auf diese Art und Weise zu finden. Es war eine sehr geringe Chance gewesen. Mirja tröstete sich damit, dass zumindest niemand von den Leuten, mit denen sie telefoniert hatte, sie kannte oder etwas mit ihrem Namen anfangen konnte.

Sie schob den Zettel mit den durchgestrichenen Rufnummern in den kleinen Reißwolf und beschloss, dass es an der Zeit war, das Mädchen einfach zu vergessen, denn schließlich war es nichts weiter als ein kleines Mädchen, das sie ärgerte, erfolgreich ärgerte, wie Mirja zugeben musste. Vermutlich würde die Kleine wohl erst damit aufhören, wenn ihr einmal richtig die Leviten gelesen worden waren. Und genau das würde Mirja beim nächsten Mal tun, wenn diese erneut zu ihnen kam, um sie zu ärgern.

8

Anderthalb Wochen später sah Mirja das Mädchen wieder.

Mirja saß in dem kleinen Büro unter dem Reetdach und sortierte die Unterlagen des Vormonats, um sie dem Steuerberater zu schicken. Stefan hatte sie um Hilfe gebeten, und das war eine Arbeit, die ihr nichts ausmachte.

Es war Samstagmittag, und sie war allein im Raum. Die Tür stand offen.

Stefan und Sid waren in der Küche mit den Vorbereitungen für den heutigen Abend beschäftigt. Weshalb Mirja aufsah, wusste sie später nicht mehr; vielleicht hatte sie ein Geräusch gehört, vielleicht aus dem Augenwinkel eine Bewegung wahrgenommen. Als sie aufsah, stand das Mädchen vor ihr in der offenen Zimmertür, barfuß und im weißen Leinenkleid, und in den Händen hielt es die Sanduhr.

Mirja schrak zusammen und hätte die Kleine beinahe angeschrien, doch sie beherrschte sich. Sie blieb ruhig sitzen und sah das Mädchen an. Und das Mädchen sah sie an. Einige zähe Sekunden vergingen, und beide wandten den Blick nicht ab. Schließlich faltete Mirja die Hände, legte sie auf den Tisch und sagte ruhig: »Ich denke, es ist an der Zeit, dass wir dieses dumme Spiel beenden, meine Kleine. Du verlässt jetzt dieses Haus, und ich verbiete dir, es noch einmal zu betreten. Dieses Haus ist Privatbesitz, ich bin sicher, du weißt, was das Wort bedeutet. Du kannst hier nicht rein- und rausmarschieren, wie du gerade Lust hast. Du bist ein hübsches Kind, aber du hast mich mehr als einmal fürchterlich erschreckt, und wenn man dich anspricht, antwortest du nicht einmal. Und das alles mag ich nicht. Ich habe nichts gegen Streiche, und ich habe auch nichts gegen Kinder, die Streiche spielen, aber ich habe etwas dagegen, mich jedes Mal fast zu Tode zu erschrecken und dann zurückgelassen zu werden wie … als sei ich selbst ein kleines Kind.«

Das Mädchen sah Mirja schweigend an.

»Du kannst die Sanduhr behalten.« Mirjas Stimme wurde schärfer; dieses Kind wollte sie mit seinem beharrlichen Schweigen provozieren, doch das würde ihm nicht gelingen, das nahm Mirja sich fest vor. »Ob du sie uns damals geschenkt hast oder schenken wolltest oder was auch immer, weiß ich leider nicht, weil du dich ja hartnäckig weigerst, mit mir zu reden. Also, nimm die Sanduhr und geh.«

Das Mädchen sah Mirja an und sagte kein Wort.

»Geh!«, sagte Mirja. »Ich möchte nicht, dass wir uns streiten und dass es Ärger gibt. Also: Geh jetzt!«

Doch anstatt sich umzudrehen und das Haus zu verlassen, stellte das Mädchen die Sanduhr auf den Boden. Dann trat es einen Schritt zurück, sah die Sanduhr an, dann Mirja, dann wieder die Sanduhr.

Mirja deutete auf die Sanduhr. »Nimm sie mit, und jetzt geh.«

Und in diesem Augenblick geschah es. Mirja verschlug es die Sprache. Sie sprang auf, starrte auf die Sanduhr und sah, was sie eigentlich nicht sehen sollte – weil es nicht sein konnte: Der Sand stieg aus dem unteren Gefäß in das obere. Es war wie bei einem rückwärts ablaufenden Film, der darüber hinaus um ein Vielfaches schneller lief, denn es dauerte nur einige Sekunden, und der gesamte Inhalt der Sanduhr befand sich in dem oberen Glaskolben. Mirja stellte beiläufig fest, dass sie eine

Hand auf den Mund gepresst hatte und ihre Fingernägel sich in die Wangen gruben. Doch ehe sie sich von der Überraschung erholt hatte, rieselte der Sand auch schon in das untere Gefäß zurück. In Echtzeit sickerte ein dünner Faden aus dem obersten Gefäß in das untere. Mirja wurde schwindelig, in ihrem Kopf dröhnte es, und sie glaubte, eine Kakophonie undefinierbarer Geräusche zu hören. Als sie ihren Blick von den Sanduhr losriss und aufsah, war das Mädchen verschwunden. Mirja sah sich im Raum um, doch die Kleine war nicht mehr da. Mirja lief um den Schreibtisch herum und wollte zur Tür eilen, doch ihre Beine gehorchten ihr nicht. Als ginge sie auf Deck eines Schiffes in schwerer See, hangelte sie sich zur Zimmertür. Sie sah die Treppe hinunter und in den Speisesaal, doch dort war niemand. Sie wollte Stefan rufen, doch alles, was sie hervorbrachte, war ein heiseres Krächzen. Einen Moment lang musste sie sich am Handlauf festhalten, um nicht zusammenzubrechen. Sie drehte sich um, sah zu der Sanduhr, dessen unteres Gefäß sich immer mehr füllte.

»Steff«, flüsterte Mirja und stellte erleichtert fest, dass ihre Stimme wieder funktionierte, dann rief sie lauter nach Stefan, dann noch lauter und schließlich brüllte sie seinen Namen. Sie ließ die Sanduhr nicht aus den Augen. Kurz darauf hörte sie seine Stimme, doch sie hatte nicht verstanden, was er gesagt oder gefragt hatte, und als sie ihn unten an der Treppe stehen sah, war offensichtlich, dass er verärgert war.

»Sie war hier«, sagte Mirja und winkte ihn zu sich.

»Wer?« Er machte keine Anstalten, die Treppe hinaufzukommen.

»Sieh dir das an.« Sie deutete zur Sanduhr.

Stefan stapfte mit missmutigem Gesicht die Treppe hinauf.

»Sie war hier und hatte die Sanduhr in der Hand«, sagte

Mirja tonlos. »Sie steht da und macht nichts, sagt nichts, stellt die Sanduhr auf den Boden und …« Nun sah sie ihn an, schluckte und sagte: »Der Sand fließt von unten nach oben.«

Stefan grinste nicht sofort. Ein Augenblick verstrich, erst dann erschien ein kurzes Grinsen auf seinem Gesicht, das jedoch rasch einem Ausdruck der Verärgerung wich.

Wegen so einem dummen Witz hatte sie ein solches Theater gemacht?

»Es ist wahr«, sagte sie.

»Von unten nach oben.«

Mirja nickte.

»Das blonde Mädchen.«

»Ja.«

Jetzt war es Stefan, der nickte.

»Du glaubst mir nicht«, sagte sie.

»Natürlich nicht. Also, ich werde dann mal wieder …« Er war im Begriff, die Treppe hinunterzugehen, als sie ihn am Arm zurückhielt.

»Sie war wirklich hier«, presste sie hervor und sah ihn aus aufgerissenen Augen an. »Es war genau so, wie ich es eben gesagt habe.«

Stefan löste ihren Griff, sah sie besorgt an und sagte: »Nur wir drei sind im Haus. Du, Sid und ich – sonst niemand. Die Haustür ist verschlossen, durch die Außentür der Küche kommt niemand ohne Schlüssel rein, alle Fenster sind geschlossen. Sie ist nicht hier, Mirja.«

»Ich weiß nicht, wie sie es macht, dass sie hereinkommt, aber sie schafft es. Und zwar immer dann, wenn sie es will.«

»Sie müsste schon durch den Schornstein kriechen, um reinzukommen, und das überlassen wir lieber dem Weihnachtsmann.«

»Verarsch mich nicht«, schrie sie plötzlich. »Ich bin nicht

blöd, ich habe sie gesehen, und ich habe diesen … Kram mit der Sanduhr gesehen. Mit meinen eigenen Augen! Das Mädchen war hier, und jetzt ist es wieder weg, keine Ahnung, wie, aber irgendwie schafft die Kleine es.«

Stefan schob Mirja ins Büro und schloss die Tür ab. Er umfasste ihre Schultern und sagte leise, aber bestimmt: »Reiß dich zusammen, bitte! Du hast dir das alles eingebildet, Mirja, das war so etwas wie ein Aussetzer oder so, solche Dinge geschehen schon mal.«

»Und wie, bitte, kommt dann die Sanduhr hierher?«, zischte sie.

»Du hast sie selbst geholt, vermute ich.«

Sie befreite sich aus dem Griff. »Ein ziemlich langer Aussetzer«, erwiderte sie sarkastisch. »Ich stelle mir das gerade vor: Es setzt bei mir aus, ich gehe runter, hole die Sanduhr, denke mir diese Zaubernummer mit dem Sand aus und rufe dich. Und ich selbst stecke jetzt noch in dem Aussetzer. Wie lange dauert das Ganze? Drei Minuten? Vier? Könnten auch fünf sein.«

»Mirja, meine Güte … solche Dinge dauern manchmal … ich weiß nicht, wie lange, sieh dir Amokläufer an.«

Sie lachte schrill. »Was für ein Vergleich, ich und ein Durchgedrehter mit einer Pumpgun. Herrlich! Ich bin kein Psychopath, Stefan Timmer, also komm mir gar nicht erst damit. Ich habe dieses Mädchen gesehen, es war hier, und es hat die Sanduhr auf den Boden gestellt, und dann lief dieser Sand … nach oben.«

»Wie soll die Kleine hier reingekommen sein, Mirja? Erklär mir das.«

»Was weiß ich … vielleicht gibt es … einen Geheimgang, was weiß ich?«

Stefan zuckte resigniert die Schultern. Es hatte keinen Zweck, weiter auf Mirja einzureden, vielleicht sollte er sie einfach in Ruhe lassen und warten, bis sie wieder klar denken konnte und begriff, was sie sich da alles zusammengereimt hatte. Mirja hatte kurzzeitig den Verstand verloren, und in ihrem Kopf war etwas geschehen, das er nicht verstand und das ihn überforderte. Er war Koch, kein Psychologe, und wusste nicht, wie er damit umgehen sollte.

»Sieh in den Waschräumen nach«, sagte sie. »Vielleicht versteckt sie sich noch irgendwo, weil sie nicht hinauskommt.«

Stefan nickte, als sei das, was sie gerade gesagt hatte, völlig plausibel. Er verließ das Büro, ging die Treppe hinunter und warf tatsächlich einen flüchtigen Blick in die Waschräume, ohne auch nur einen Gedanken daran zu verschwenden, das Mädchen dort zu entdecken. Er kontrollierte die Haustür, die verschlossen war, und kehrte ins Büro zurück.

Mirja hatte sich wieder auf den Stuhl gesetzt, vor ihr auf dem Schreibtisch stand die Sanduhr, deren gesamter Sand sich im unteren Gefäß befand. Mirja war blass und sah ein wenig verwirrt aus, und als Stefan eintrat, sah sie nicht einmal auf.

»Sie ist nicht hier, richtig?«, fragte sie.

»Nein.«

»Aber sie war hier. Steff, du musst mir glauben, bitte.«

Er sagte nichts.

»Was geschieht hier, Steff? Ich meine nicht mit mir, sondern … um uns herum?«

»Was meinst du damit?«

Erst jetzt sah sie ihn an. Stefan erschrak über die Leere in ihren Augen.

»Ich weiß selbst nicht, wie ich es meine. Das eben mit dem Sand, das hätte nie geschehen dürfen, oder? Weil es so etwas gar nicht geben *kann*. Verstößt es nicht gegen die physikalischen Gesetze? Schwerkraft? Und die Sache mit dem Lindenblatt … ich begreife das alles nicht. Aber was ich sehr wohl begreife, ist, dass um uns herum Dinge geschehen, die eigentlich nicht geschehen können, und das, Steff, macht mir Angst.«

Er wusste nicht, was er sagen sollte, also schwieg er.

»Rufst du mir ein Taxi?«, fragte sie. »Wir können meinen Wagen vielleicht morgen gemeinsam abholen, oder?«

»Natürlich.«

»Ich verstehe das alles nicht«, murmelte sie und betrachtete die Sanduhr. »Was bedeutet das Ganze?«

»Soll ich dich nicht besser nach Hause fahren? Ich kann Sid für eine Stunde allein lassen, kein Problem. Ich bleibe ein wenig bei dir, bis du wieder klar bist.«

»Ich bin klar. Mein Verstand funktioniert recht gut.«

»So meinte ich es auch nicht.«

»Doch, so meintest du es.« Sie holte tief Luft. »Ruf mir bitte ein Taxi. Es ist bestimmt besser, wenn ich für einige Stunden allein bin.«

Stefan sah sie noch einen Moment lang an, doch da sie keinerlei Anstalten machte, weiter mit ihm zu reden, griff er schließlich zum Telefon und wählte die Rufnummer des Taxiunternehmens.

◆

Stefan rief zweimal zu Hause an, doch Mirja nahm nicht ab. Er vermutete, dass sie sich hingelegt hatte, doch sie saß auf dem Wohnzimmersofa, hatte trotz der spätsommerlichen Temperaturen eine Wolldecke über den Beinen und starrte gedankenverloren vor sich hin. In ihrem Kopf wiederholte sie immer wieder die gleiche Frage: Was geschieht hier?

Nach einiger Zeit fiel die Erstarrung von ihr ab und sie begann die Geschehnisse zu analysieren. Sanduhr, Mädchen,

Lindenblatt. Wie passte das alles zusammen? Gab es zwischen diesen drei Dingen irgendeine Gemeinsamkeit?

Mirja versuchte, einen logischen Zusammenhang herzustellen. Als Erstes hatten sie von dem Mädchen die Sanduhr bekommen, dann war die Sache mit dem Lindenblatt geschehen und heute das mit dem Sand. Zwischendurch war das Mädchen immer wieder aufgetaucht. So weit, so gut, doch was war mit dem Haus? Oder hatte das Haus gar nichts mit diesen Vorgängen zu tun? Mirja zwang sich zur Konzentration. Sanduhr. Mädchen. Lindenblatt. Und Haus. Was noch? Was war noch geschehen? Hatte sie etwas vergessen, etwas Wichtiges?

Mirja ging in die Küche, aß einen Riegel Schokolade und bestrich eine Scheibe Brot mit Butter, obwohl sie keinen Hunger verspürte, doch ihr Körper brauchte Nahrung. Sie aß im Stehen, an die Arbeitsplatte gelehnt, und sah aus dem Fenster. Sie musste daran denken, dass übermorgen, am Montag, Britts Geburtstag war, und eine tiefe Traurigkeit erfasste sie. Mirja versuchte sich zu erinnern, was sie ihrer Schwester im vorherigen Jahr geschenkt hatte, als der Geburtstag noch ein Freudentag gewesen war und niemand von ihnen daran gedacht hatte, dass es der letzte Geburtstag in Britts Leben sein könnte. Ihr fiel nicht mehr ein, was sie ihr geschenkt hatte und letztendlich war es auch egal, denn Britt war tot, gestorben in …

Mirja glitt das Brot aus der Hand und fiel auf die Fliesen, doch sie bemerkte es nicht. Ihre Wangen zuckten, und Kälteschauer durchfuhren sie. Sie musste sich abstützen, trat auf das Brot, ohne es zu bemerken. Sie starrte aus dem Fenster, und ihr Kopf schien zu zerbersten, in ihren Ohren schienen Tausende von Stimmen zu rufen: *Es ist das Haus! Es ist das Haus!*

»O mein Gott!«, stieß Mirja hervor. Das Haus. Die Stimmen hatten Recht, das Haus war der Mittelpunkt. Alles, was an ungewöhnlichen Dingen geschehen war, war im Haus geschehen. Das verwelkte Lindenblatt, das wieder grün wurde, das wiederholte Auftauchen des Mädchens, die Sache mit dem Sand, die … Toten. Britt und der Mann … beide waren in dem Haus gestorben.

Mirja musste an den Mann mit der ovalen Brille denken, diesen Mann, der seelenruhig hinter dem Tresen auftauchte, während alle anderen vom Tod des Gastes schockiert gewesen waren.

Erkennen Sie die Zeichen.

Welche Zeichen? Dass die beiden Todesfälle keine Zufälle waren?

Wenn wir vom Zufall reden, attestieren wir uns unsere eigene Unfähigkeit, den Kern des Geschehens zu erfragen, und wenn wir ihn nicht erfragen, können wir ihn auch nicht erkennen.

»Lieber Himmel«, murmelte Mirja, »drehe ich jetzt durch?« Doch auch wenn ihre Gedanken sie erschreckten, eines ließ sich nicht von der Hand weisen: Alles, was geschehen war, war im Haus geschehen.

Mirja verließ mit zittrigen Beinen die Küche, ging ins Wohnzimmer, nahm das Telefon und wählte die Rufnummer des *Timmers*, doch als das erste Freizeichen ertöne, legte sie auf. Nein, entschied sie, nicht Stefan. Nicht jetzt und nicht heute. Die ersten Gäste waren vermutlich bereits eingetroffen, und er hatte alle Hände voll zu tun, und außerdem – und das wog schwerer als alles andere – hatte er sie vorhin nicht ernst genommen. Und das würde er jetzt erst recht nicht tun. Weshalb also sollte sie ihm das Haus als Ort der Geschehnisse präsentieren?

Einige Minuten lang überlegte Mirja, wie und wo sie beginnen sollte, dann ging sie ins Arbeitszimmer, öffnete einen Schrank und zog einen Ordner heraus, auf dem *Haus allgemein* stand. Sie klappte ihn auf, sah die beschrifteten Trennblätter durch und schlug die Unterlagen dort auf, wo der Kaufvertrag abgeheftet war. An dem Kaufvertrag war, mit einer Büroklammer befestigt, die Visitenkarte von Gerald Buchelt, dem Rechtsanwalt, der stellvertretend für Bernd Schmolke an der Beurkundung teilgenommen hatte.

Mirja nahm die Karte, ging zum Telefon und wählte die Rufnummer der Kanzlei, die auf der Karte stand. Nach dem vierten Freizeichen sprang der Anrufbeantworter an. Mirja schüttelte über sich selbst den Kopf; es war früher Samstagabend und natürlich war niemand da. Sie holte das Hamburger Telefonbuch, sah unter dem Namen Schmolke nach und fand mehrere Einträge, doch keinen mit dem Vornamen Bernd. Vielleicht wohnte Schmolke nicht in Hamburg, Stefan und sie hatten nie danach gefragt.

Mirja rief ihren Vater an. Er nahm ab, und sie plauderten zwei, drei Minuten miteinander, bis sie ihn schließlich fragte, ob er die Kanzlei kenne, für die Buchelt arbeitete.

»Den Namen der Kanzlei habe ich schon mal gehört«, sagte er. »Das ist eine alteingesessene Sozietät. Ausgesprochen angenehme Kollegen. Mit dem Senior war ich seinerzeit auf der Universität gewesen. Aber Buchelt? Sagt mir leider nichts. Ich vermute, er ist einer der zahlreichen Partner.«

»Ich brauche deine Hilfe, Papa, du musst mir einen Gefallen tun.«

»Was kann ich für dich tun?«

»Dieser Buchelt hat bei der Beurkundung den Verkäufer des Hauses vertreten, als Stefan und ich es gekauft haben. Er heißt Bernd Schmolke. Wir haben ihn nie kennen gelernt, wir hatten immer nur mit dem Makler zu tun. Ich brauche Schmolkes Adresse.«

»Gibt es Probleme mit dem Haus? Sind Mängel verschwiegen worden?«

»Nein. Das heißt, ja, es gibt Probleme. Aber es würde zu weit führen, sie dir jetzt zu erklären.« Sie räusperte sich. »Ich muss mit Schmolke persönlich darüber reden, also muss ich wissen, wo er wohnt. Wenn du den Senior kennst, kannst du mir sicherlich die Adresse besorgen. Ich meine, das ist doch der kürzeste und einfachste Weg, besser, als wenn ich in der Kanzlei vorstellig werde. Und wer weiß, ob die mir die Adresse überhaupt geben.«

»Ich werde sehen, was ich für dich tun kann.«

»Es eilt, Papa, wirklich.«

»Ich werde mich so rasch wie möglich darum kümmern, verlass dich auf mich.«

Mirja wusste, dass sie das konnte. Sie redeten noch eine Weile und Mirja empfand das Gespräch als Qual. Sie liebte ihren Vater und unterhielt sich gerne mit ihm, doch heute Abend war ihr jeder Satz zu viel.

Die nächsten Stunden zogen sich endlos in die Länge. Was Mirja am meisten zu schaffen machte, war, dass nichts geschah. Sie konnte nichts mit sich anfangen, und vor Verzweiflung trank sie eine ganze Flasche Weißwein und von der zweiten Flasche auch noch anderthalb Gläser. Es war kurz vor Mitternacht, als sie ins Bett ging und in einen traumlosen Schlaf fiel.

9

Als Mirja gegen zehn Uhr erwachte, hatte sie leichte Kopfschmerzen, an denen sie selbst Schuld war, zwei Gläser Wein hätten schließlich auch gereicht. Als sie zur Toilette ging, hörte sie das piepsende Signal des Anrufbeantworters. Doch sie ging in das Badezimmer, nahm eine Aspirin und schüttelte den Kopf, als sie in den Spiegel sah. Heute pfiff ihr garantiert niemand hinterher. Dann hörte sie das Band ab. Es war ihr Vater, der ihr die Nachricht hinterlassen hatte, dass er seinen alten Uni-Freund heute Morgen um neun Uhr im Büro erreicht hatte – »Je älter wir werden, umso mehr glauben wir, unverzichtbar zu werden«, hatte er auf Band gesprochen, »ich hatte nicht ernsthaft damit gerechnet, dass er am Sonntag um diese Zeit hinter dem Schreibtisch sitzt« – und dass dieser selbstverständlich der Bitte entsprochen und Bernd Schmolkes Anschrift herausgesucht hatte. Mirjas Vater hatte die Anschrift auf dem Anrufbeantworter hinterlassen, eine Hamburger Adresse. Mirja freute sich nicht, da ein Besuch vor ihr lag, auf den sie nicht sonderlich scharf war, doch sie nahm sich vor, keine Zeit zu verschwenden. Sie löschte die Nachricht, dann duschte sie und kehrte nackt ins Schlafzimmer zurück. Stefan schlief fest. Leise nahm sie etwas zum Anziehen aus dem Schrank und zog sich auf dem Flur an. Dann trank sie ein Glas Orangensaft, nahm ihren kleinen Rucksack, überprüfte, ob sie alles dabei hatte, und ging in die Garage. Auf dem Stadtplan suchte sie die Straße heraus, rechnete mit einer rund halbstündigen Fahrt und fuhr los.

Das neungeschossige Haus aus rotem Backstein stand in einer verkehrsberuhigten Straße; ein rasch hochgezogenes Gebäude aus den Siebzigern, anonym und lieblos, vermutlich mit öffentlichen Geldern gefördert. Vor dem Haus standen vier Teenager herum, keiner von ihnen älter als vierzehn Jahre, aber sie alle beherrschten den lässigen Blick, hielten die Zigaretten in der hohlen Hand und spuckten ständig aus. Mirja sah sie nicht an, als sie an ihnen vorbeiging.

»Ich könnte dich jetzt gut vertragen«, rief ihr einer zu, und die anderen lachten. »Nee, noch besser: Wir besorgen es dir gleichzeitig.« Jetzt lachten sie alle.

Mirja ignorierte sie und überflog die Namen auf der Klingelanlage. Schmolke. Kein Vorname, nicht einmal der Anfangsbuchstabe. Viertes Obergeschoss. Dass jemand, der ein altes Fachwerkhaus verkauft hat, ausgerechnet hier wohnte, konnte Mirja sich nicht vorstellen.

Sie drückte auf den Klingelknopf. Während der Fahrt hierher hatte sie sich ihre Fragen zurechtgelegt; Fragen, die sie so formulieren wollte, dass sie möglichst viel über das Haus erfahren würde und dennoch nichts ausplauderte.

»Ja?!«, schnarrte es aus der Gegensprechanlage.

Mirja beugte sich zur Sprechanlage herab und fragte: »Herr Bernd Schmolke?«

»Ja.«

»Guten Tag. Ich würde gerne mit Ihnen sprechen. Haben Sie einige Minuten Zeit für mich übrig?«

»Was wollen Sie?«

»Es ist sehr persönlich. Darf ich hochkommen?«

»Sind Sie vom Pflegeheim? Ist was mit meinem Vater? Ist er verstorben?« Es klang wie *endlich gestorben*.

»Nein, das heißt, ich glaube nicht, ich weiß es nicht. Vielleicht, nein.« Herrgott, sie stellte sich unmöglich an. »Mein

Name ist Mirja Timmer. Mein Name sagt Ihnen vielleicht etwas, auch wenn wir uns leider bisher nicht kennen gelernt haben. Sie haben meinem Mann und mir Ende des vergangenen Jahres das Haus verkauft, oben in Duvenstedt. Ich würde gern mit Ihnen darüber sprechen.«

Eine lange Sekunde geschah nichts, dann fragte Schmolke: »Sie wollen mit mir über das Haus reden?«

»Ja, das würde ich sehr gerne.«

»Wieso? Stimmt damit etwas nicht?«

»Genau darüber würde ich gerne mit ihnen reden. Darf ich hochkommen?«

Erneut verstrich ein Moment, dann schnarrte es: »Ich bedauere, aber ich habe keine Zeit. Ich bin wirklich sehr beschäftigt.«

»Das glaube ich gerne«, sagte Mirja, und blickte nach oben, die Fassade des Hauses entlang, die ihr abruptes Ende im blauen Himmel fand. »Aber ich wäre Ihnen unsagbar dankbar, wenn ich trotzdem kurz hochkommen dürfte, Herr Schmolke. Nur fünf Minuten. Bitte.«

Stille.

»Herr Schmolke?!«

»Ich habe keine Zeit. Es tut mir Leid. Ich wünsche Ihnen noch einen angenehmen Sonntag.« Das Schnarren verstummte.

»Herr Schmolke?«

Nichts.

»Herr Schmolke? Hören Sie mich?«

Keine Antwort.

Mirja drückte erneut auf die Klingel, doch Schmolke meldete sich nicht mehr. Mirja trat einige Schritte zurück und sah zu den Fenstern hoch, doch wie nicht anders zu erwarten, stand dort im vierten Obergeschoss niemand und sah zu ihr herunter. Vielleicht lag Schmolkes Wohnung auch auf der anderen Seite des Hauses. Sie wartete drei Minuten, dann klingelte sie erneut. Vergebens. Schmolke wollte nicht mit ihr sprechen.

Zornig kehrte Mirja zu ihrem Wagen zurück. Sie hatte nicht vor, sich so einfach abweisen zu lassen. Wenn Bernd Schmolke nicht mit ihr reden wollte, dann würde sie sich den Nächsten schnappen. Genau diesen Ball hatte Schmolke ihr unbeabsichtigt zugespielt –, seinen Vater, der offensichtlich in einem Pflegeheim lebte. In welchem, das ließ sich sicherlich herausfinden.

Mirja beschloss, ins Büro anstatt nach Hause zu fahren. Es lag zentral, und außerdem hatte sie dort ihre Ruhe, da am Sonntag niemand arbeitete. Zu Hause war Stefan, der sie fragen würde, wo sie gewesen war und was los sei – Fragen, die sie nicht beantworten wollte.

◆

Mehr als fünf Stunden später, nach zäher Internet- und Telefonbuchrecherche sowie rund sechzig Telefonaten, wusste Mirja, dass der alte Schmolke in einem Pflegeheim außerhalb Hamburgs wohnte.

Als Mirja ihren Wagen auf einem der spärlich belegten Besucherparkplätze abstellte, war es bereits später Nachmittag. Sie stieg aus und betrachtete das hellgelbe, zweigeschossige Backsteinhaus mit dem futuristischen Eingang. Sie war noch nie in einem Pflegeheim gewesen und hatte keine Ahnung, wie es dort aussah, was dort vor sich ging, ob es tatsächlich so war wie in dem Film *Einer flog über das Kuckucksnest* oder *Rain Man*. Ihr war ein wenig unbehaglich, während sie auf das Haus zuging, von dem sie kaum mehr wusste, als dass es ein privat geführtes Pflegeheim war. Die gläserne Schiebetür öffnete sich automatisch, als der Bewegungsmelder Mirja erfasste.

Sie betrat das Haus und erwartete, dass ihr ein muffiger oder gar strenger Geruch entgegenschlug, doch dem war nicht so. Sie sah sich rasch um. Der Eingangsbereich erinnerte eher an die Lobby eines kleineren Hotels als an ein Pflegeheim, denn anstatt des erwarteten PVC-Bodens bedeckte ein dunkler Teppich den Boden, die Wände waren hellgelb gestrichen, es gab zwei bequeme Sitzecken mit farbenfrohen Aquarellen an den Wänden, und in einer Ecke stand ein Münzautomat mit warmen Getränken. Wer hier untergebracht war, musste über entsprechendes Kleingeld verfügen – oder aber die Erben. Einige Schritte hinter der Tür war die Anmeldung, ein halbrunder Tresen, hinter dem eine resolut wirkende, übergewichtige Frau saß, deren weit geschnittene Kleidung kaschieren sollte, was sich längst nicht mehr kaschieren ließ. Sie blätterte in irgendwelchen Unterlagen, immer wieder die Spitze des Zeigefingers ableckend. Als Mirja an den Tresen trat, sah die Frau auf und wünschte einen guten Tag. Dann fragte sie, was sie für Mirja tun könne.

»Ich würde gern jemanden besuchen«, sagte Mirja und fragte sich im gleichen Augenblick, ob sie unsicher wirkte und es vielleicht besser war, bestimmter aufzutreten.

»Zu wem möchten Sie?«

»Zu Herrn Gerd Schmolke.«

»Sind Sie mit ihm verwandt?«

»Nein. Ich bin eine Freundin der Familie, aber keine Verwandte.«

»Füllen Sie das bitte aus«, sagte die Frau und reichte Mirja ein Klemmbrett aus Kunststoff, unter dessen Federhalterung ein Besucherformular steckte, und einen Kugelschreiber. Dann griff sie zum Telefon und drückte auf eine Taste. Irgendjemand meldete sich, und sie sagte: »Besuch für Herrn Schmolke … nein, ist er nicht … eine junge Dame, Freundin der Familie … muss ich auch sagen … ist gut.« Sie legte auf.

Währenddessen trug Mirja ihre persönlichen Daten in das Formular ein: Name, Anschrift, Telefonnummer. Sie hatte kurz mit dem Gedanken gespielt, falsche Angaben zu machen, doch falls die Frau auch noch ihren Personalausweis sehen wollte, hätte sie verspielt, und im Grunde war es auch egal. Dieses Formular würde aller Wahrscheinlichkeit nach in irgendeiner Ablage verschwinden, und bis zum Tag der Aktenentsorgung würde es niemand mehr in die Hand nehmen. Sie schrieb Gerd Schmolkes Namen in das dafür vorgesehene Feld, trug das Datum und die Uhrzeit ihrer Ankunft ein und unterschrieb das Formular. Dann gab sie der Frau das Klemmbrett und den Kugelschreiber zurück.

»Sie werden gleich abgeholt«, sagte die Frau. Sie warf nicht einmal einen flüchtigen Blick auf das Formular und wandte sich wieder ihrer Arbeit zu. Für sie war Mirja abgehakt und nicht länger anwesend.

Mirja ging zu der Sitzecke und setzte sich. Sie hoffte inständig, dass der alte Schmolke freundlicher war als sein Sohn. Sie konnte recht gut mit alten Menschen umgehen, und wenn es ihr gelang Sympathien zu wecken, würde er zu erzählen beginnen und kaum noch zu stoppen sein, so wie die meisten alten Menschen eben.

Minuten vergingen und Mirja wurde allmählich unruhig, doch schließlich kam mit dynamischen Schritten ein Mann auf sie zu. Er war kaum älter als zwanzig, ganz in Weiß gekleidet, hatte die Haare zu einem Pferdeschwanz gebunden und einen kleinen Spitzbart am Kinn. An seinem Polohemd hing ein Namensschildchen, auf dem Tobias stand.

»Sie wollen zu Gerd Schmolke?«, fragte er in einem Ton, der eine Antwort überflüssig machte. Er strahlte Mirja an. »Wird ihn freuen, dass er Besuch bekommt. Ich bin Tobias, ich leiste hier meinen Zivildienst.« Er führte Mirja durch die Lobby und öffnete eine Tür, die zu einem langen Flur führte, von dem auf einer Seite einige Türen abgingen. Auch hier wirkte alles sehr freundlich und sauber, nur der sich über den gesamten Flur ziehende Handlauf und die vielen Rufknöpfe ließen erkennen, dass hier Alte und Kranke lebten.

»Ich habe Sie noch nie zuvor gesehen«, sagte Tobias. Mirja hatte Mühe, mit ihm Schritt zu halten. »Sie wissen, dass Sie nicht viel erwarten dürfen. Eigentlich dürfen Sie gar nichts erwarten, aber er wird sich freuen, Sie zu sehen. Hier geht's rein.«

Tobias blieb abrupt stehen, und Mirja wäre fast gegen ihn gestoßen. Er öffnete eine Tür, betrat den Raum und rief fröhlich: »Moin, Herr Schmolke, hier ist Besuch für Sie. Eine Dame. Und was für eine, eine echte Lady, Sie haben es vielleicht gut, ich werde glatt neidisch. Da sieht der Tag doch gleich ganz anders aus, nicht wahr?«

Mirja stand noch immer auf dem Flur. Sie sah in den Raum, konnte jedoch nichts weiter als einen Teil des großen Fensters und einen kleinen Tisch mit einem Fernseher darauf erkennen. Außerdem war leise Marschmusik zu hören.

»Kommen Sie doch rein«, rief Tobias aus einer Ecke des Raumes. Mirja atmete tief durch, dann betrat sie langsam das Zimmer. Es war warm und stickig, und Tobias kippte bereits ein Fenster und sagte zu Schmolke, dass man in dieser Miefhöhle niemanden empfangen könne, schon gar nicht eine Dame, und wenn man Damenbesuch bekommt, dann hat man gefälligst die Kriegsmusik auszumachen. Die Marschmusik verstummte. Mirja schloss die Tür und ging zögernd weiter in das Zimmer hinein. Der helle, etwa vierzig Quadratmeter große Raum war zur einen Hälfte Pflegestation und zur anderen ein recht behagliches Wohnzimmer. Dann entdeckte sie den alten Mann, der in einem Rollstuhl saß. Obwohl die Rückenlehne senkrecht stand und der Kopf mit den gefurchten Wangen an einer Kopfstütze ruhten, war er mit Gurten gesichert. An den Füßen trug er dicke Baumwollsocken, und der dürre Körper steckte in einem dunkelblauen Jogginganzug. Die verkrümmten Hände waren mit Altersflecken übersät und ruhten auf dem Schoß. Der Mann starrte an die Zimmerdecke. Zwar konnte Mirja nicht hinter die Rückenlehne des Rollstuhls blicken, doch sie war überzeugt, das dort ein Plastikbeutel hing, von dem aus ein dünner, durchsichtiger Schlauch direkt in die Harnröhre des alten Mannes führte.

»Na, Herr Schmolke«, frohlockte Tobias, »das ist doch was, oder? Ich bin mir nicht sicher, ob ich Sie mit ihr allein lassen darf, bei Ihrem Ruf.« Er zwinkerte Mirja zu.

Schmolke reagierte nicht. Er starrte an die Zimmerdecke, sagte nichts, bewegte sich nicht, tat überhaupt nichts. Wären seine trüben Augen nicht offen gewesen und hätte er nicht gelegentlich geblinzelt, hätte Mirja ihn vermutlich für tot gehalten. Einen Moment lang blieb Mirja stehen und betrachtete Schmolke unsicher, dann gab sie sich einen Ruck und ging auf ihn zu.

»Guten Tag, Herr Schmolke. Ich bin Mirja Timmer. Ich bin hier, weil ich Sie besuchen wollte und weil ich hoffe, dass Sie mir vielleicht ein wenig weiterhelfen können.«

Schmolke zeigte nicht die geringste Reaktion.

»Herr Schmolke …? Herr Schmolke, hören Sie mich?«

Er reagierte nicht.

»Was ist mit ihm?«, fragte Mirja und sah Tobias an. Sie fühlte sich fehl am Platz und hätte nicht hierherkommen dürfen.

Tobias sah sie argwöhnisch an und sagte: »Ich dachte, Sie seien eine Freundin der Familie. Ich habe nicht wirklich das Gefühl, dass das stimmt. Was wollen Sie hier?«

»Ich brauche seine Hilfe. Ich möchte ihm einige Fragen stellen.«

»Er kann niemandem mehr helfen, nicht einmal sich selbst. Was glauben Sie eigentlich, was Sie hier tun? Sie erzählen uns, Sie seien eine Freundin, und wir lassen Sie im guten Glauben hier rein, und dann quatschen Sie auf ihn ein und wundern sich, dass er nicht reagiert. So läuft das hier nicht. Sie gehen jetzt besser.«

»Was fehlt ihm denn?«

»Na, was wohl? Das sieht man doch: Er befindet sich im Wachkoma. Er liegt mit offenen Augen da und rührt sich nicht.«

Mirja war fasziniert. Sie hatte noch nie einen Menschen im Wachkoma gesehen, außer in irgendwelchen Fernsehreportagen. Sie fragte: »Bekommt er wirklich gar nichts mehr mit?«

»Niemand weiß mit absoluter Sicherheit, was Menschen wie er denken oder fühlen. Ich stelle mir immer vor, der alte Knabe ärgert mich nur, deshalb scherze ich in seiner Gegenwart viel und rede möglichst normal mit ihm.«

»Aber manche Menschen wachen doch wieder auf, oder?«

»Einige schon. Manche finden wieder ins normale Leben zurück, einige davon sogar ohne irgendwelche Probleme. Bei ihm hier wird das sicherlich nichts mehr, schon aufgrund des Alters, da geht nicht mehr viel. Von den fünfzig Bewohnern des Heims ist er einer von zweien, mit denen nichts mehr unternommen wird, um alle noch vorhandenen Sinne anzusprechen und Erinnerungen wachzurufen. Aber man sollte ihn dennoch nicht ganz aufgeben und ihn zumindest spüren lassen, dass er nicht bloß existiert.«

»Was ist mit ihm geschehen? Wissen Sie das?«

Tobias wurde ungeduldig. Er sagte: »Er hatte zu Hause irgendeinen Unfall, keine Ahnung, was geschehen ist, irgendwann hörst du auf, dich dafür zu interessieren, was für den Zustand der Patienten verantwortlich war. Ich bin Pfleger, kein

Arzt. Ich reiße hier meine Zivi-Zeit ab und dann tschüss.« Er deutete auf Schmolke: »Ich muss mich um seinen Jetzt-Zustand kümmern, mehr nicht. Als er noch gesund war, soll er ständig diese Soldatenmusik gehört haben, also läuft sie auch jetzt fast ununterbrochen, auch wenn ich sie kaum ertragen kann. Das sind so die Dinge, die ich wissen muss, alles andere interessiert mich nicht.«

Er sah auf seine Uhr. »Wir haben hier alle viel zu tun, und ich muss Sie jetzt bitten zu gehen, zumal Sie ja doch keine Freundin sind. Und Ihre Fragen wird er in diesem Leben sowieso nicht mehr beantworten«, sagte er.

Mirja nickte und sah noch einmal zu Schmolke hinüber, der ausdruckslos an die Zimmerdecke starrte, dann verließ sie das Zimmer. Als Tobias die Tür hinter ihnen schloss, war sie erleichtert, Schmolkes traurige Welt hinter sich gelassen zu haben. Sie beeilte sich, das Pflegeheim zu verlassen.

Als sie nach Hause kam, war Stefan bereits ins Restaurant gefahren. An dem Spiegel auf dem Flur klebte ein Zettel:

Haben uns heute leider nicht gesehen, habe mehrfach versucht, dich zu erreichen, aber dein Handy war nicht an. Schade! Ruf mal kurz durch. Love you!

Mirja nahm den Zettel ab. Kein Wort davon, dass es ihm Leid tat. So wie es schien, hatte Stefan nicht die geringste Vorstellung davon, wie sehr er sie gestern verletzt hatte. Er hatte ihr die Ereignisse oben in dem kleinen Büro nicht geglaubt, was sie ihm allerdings nicht mehr vorwarf. Was sie jedoch noch immer verletzte, war die Art gewesen, mit er sie als paranoid abgestempelt hatte. Andererseits hatte er natürlich mit seinem indirekten Vorwurf Recht. Sie hatte sich heute Vormittag aus der Wohnung gestohlen, keine Nachricht hinterlassen und das Handy absichtlich nicht eingeschaltet. Der kleine Zettel in ihrer Hand war sehr wohl das Angebot zur Versöhnung. Dennoch hatte sie keine Lust, mit Stefan zu sprechen. Sie wollte mit niemandem sprechen. Dieser Tag war eine einzige Enttäuschung gewesen. Es waren gute Ideen gewesen, zu Bernd Schmolke zu fahren und auch den alten Schmolke zu besuchen, doch was hatte es gebracht? Nichts. Nichts außer Frust und einen verlorenen Tag. Sie war nicht einen Schritt weitergekommen, und das musste sie erst einmal verdauen.

Eine gute Stunde später rief sie im *Timmers* an. Marion war am Telefon, und Mirja bat sie, Stefan Grüße zu bestellen und ihm auszurichten, alles sei in Ordnung. Dann ließ Mirja sich ein Bad ein, da sie den Eindruck hatte, nach alten und kranken Menschen zu riechen. Mit einem Glas Wein setzte sie sich in die Wanne und versuchte sich zu entspannen, doch es gelang ihr nicht. Der gestrige Tag war ein Albtraum gewesen. Was gestern geschehen war und was sie begriffen hatte, war nicht so ohne weiteres abzuhaken. Sie musste nur nach anderen Möglichkeiten suchen, mehr über das Haus herauszufinden. Vielleicht sollte sie sich an einen dieser Hobbyhistoriker wenden, die die Geschichte ganzer Stadtteile und Bezirke kennen. Oder vielleicht sollte sie mit dem Makler sprechen, der vielleicht etwas wusste. Mirja hatte keine Ahnung, was sie tun sollte. Sie hatte das Gefühl, überhaupt nichts mehr zu wissen.

Später klebte sie Stefan einen Notizzettel an den Badezimmerspiegel, mit einem Herz und den Worten: *Love you, too!*

10

Am nächsten Morgen um kurz nach acht Uhr war es bereits so warm, wie es Anfang Juli normalerweise erst im Laufe des Vormittages wird.

Mirja ging es nicht gut. Körperlich fehlte ihr nichts, doch sie war unruhig und deprimiert. Sie ging in die Hocke und biss sich kräftig auf die Unterlippe, damit der Schmerz die bittere Traurigkeit vertrieb. Sie griff in die Leinentasche, nahm den Gefrierbeutel heraus, in dem der Lappen steckte, den sie zu Hause mit Seifenwasser getränkt hatte, und wischte über den flachen Marmor-Grabstein. Es war Britts Geburtstag, und sie wollte, dass ihre Schwester es schön hatte an diesem Tag, ganz gleich, wo sie jetzt war.

»Happy birthday, kleine Schwester«, murmelte Mirja unter Tränen. »Ich liebe dich und umarme dich. Wir alle vermissen dich so sehr.« Sie wischte sich mit dem Handrücken über die Augen, stopfte den Lappen in den Gefrierbeutel zurück und starrte auf den Grabstein. Ihr Vater war wie besessen gewesen von dem Gedanken, Britts Gesicht in den Grabstein gravieren zu lassen. Mirja hatte diese Idee furchtbar und entwürdigend gefunden. Eine seelenlose Gravur mit starren Augen hatte sie strikt abgelehnt. Es hatte sie große Mühe und viel Geduld gekostet, ihrem Vater diese Sache auszureden, und als er schließlich nachgegeben hatte, hatte er in ihren Armen gelegen und so hemmungslos geweint, dass Mirja nicht einmal mitweinen konnte, weil sie sich plötzlich geschämt und befürchtet hatte, ihm seinen größten Wunsch abgeschlagen zu haben. Nun stand auf dem Grabstein lediglich Britts Name, ihr Geburtsdatum, der Tag ihres Todes und ein Satz aus dem einunddreißigsten Psalm: *Meine Zeit liegt in Deinen Händen.*

»Ich würde für mein Leben gerne diesen Tag gemeinsam mit dir verbringen«, flüsterte Mirja. Sie hörte ihre eigenen Worte, und tausend Nadeln schienen in ihr Herz zu stechen. Sie legte den Strauß mit den neunundzwanzig roten Rosen auf die Mitte des Grabes.

Mirja stand auf, atmete tief durch und blickte hoch zum Himmel. Es dauerte einen Moment, dann hatte sie sich wieder gefangen.

»Dies ist eine schöne Ecke des Friedhofs«, hörte sie plötzlich jemanden hinter sich sagen. Sie fuhr herum und traute ihren Augen nicht. Zwei Schritte von ihr entfernt stand der Mann, den sie nur ein einziges Mal gesehen hatte, aber unter einer Million Menschen erkannt hätte: der Mann mit dem grau melierten Haar, dem gestutzten Vollbart und der randlosen ovalen Brille, der Mann, der an jenem Abend hinter den Tresen kam, kurz nachdem der Gast im *Timmers* gestorben war.

»Ich habe für mich auch eine schöne Ecke ausgesucht«, sagte er und deutete nach Westen. »Es ist wichtig, diese Angelegenheit bereits zu Lebzeiten zu regeln. Wir Menschen tun immer so, als beträfe uns der eigene Tod nicht, dabei ist er das Einzige, dessen wir uns in unserem Leben absolut sicher sein können.« Er sah sie mit festem Blick an: »Ich hoffe sehr, dass Sie mir nicht böse sind, weil ich Sie gestern nicht heraufgebeten und mit Ihnen gesprochen habe. Es war nicht sehr höflich, das gebe ich zu, aber es war richtig so.«

Mirja fiel vor Überraschung die Kinnlade herunter.

Der Mann sah auf Britts Grabstein und sagte: »Es ist der Geburtstag Ihrer Schwester. Es lag auf der Hand, dass Sie heute hier erscheinen. Ich hatte auf den Morgen gesetzt, da Sie zur

Arbeit ins Verlagshaus müssen. Überhaupt besuchen die meisten Menschen die Gräber ihrer Verstorbenen vormittags, vor allem dann, wenn sie noch nicht lange tot sind. Man will die Toten besuchen und den Besuch zugleich möglichst rasch hinter sich bringen. Das Grab eines geliebten Menschen zieht an und stößt zugleich ab.«

Mirja schluckte, dann fragte sie: »Sind Sie wirklich Bernd Schmolke?«

Er nickte und setzte einen Fuß vor, ohne jedoch näher zu kommen.

»Wieso haben Sie mir das … damals nicht gesagt, im Restaurant?«

»Es war unhöflich, mich nicht vorzustellen. Gelegentlich vergesse ich meine gute Erziehung.«

»Sie … haben hier auf mich gewartet? Woher wussten Sie, dass … es ihr Geburtstag ist?«

»Ich weiß eine ganze Menge. Über Sie. Auch über Ihren Mann. Ich habe angefangen, mich für Sie zu interessieren, noch bevor Sie das Haus gekauft haben, und bin der Initiator des Kaufs gewesen.«

Sie sah ihn fragend an.

»Die Objektbeschreibung in Ihrem Briefkasten. Erinnern Sie sich nicht mehr?«

»Die war von Ihnen? Wie … wieso das?«

»Sie werden sich gefragt haben, weshalb ich Sie gestern nicht in meine Wohnung bat. Wissen Sie, es kam darauf an, dass Sie mich suchen, so wie Sie es schließlich getan haben. Ich habe Sie nicht hereingebeten, weil ich die Gewissheit haben wollte, dass Sie es nicht bei dem einen Versuch, mich sprechen zu wollen, bewenden lassen. Mir war wichtig, dass Sie nach weiteren Ansatzpunkten suchen, als der erste Versuch gescheitert war, und als ich aus dem Pflegeheim den Anruf erhielt, dass Sie meinen Vater aufgesucht haben, wusste ich, dass Sie endlich angefangen haben, nicht bloß mit den Augen zu sehen. Natürlich konnten Sie nicht wissen, dass mein Vater Ihnen keine Hilfe ist, doch das ist nicht das Entscheidende. Entscheidend ist, dass Sie begonnen haben, sich auf das Unbekannte einzulassen. Und deshalb bin ich hier.«

Mirja sah ihn an, unsicher und gespannt.

Er lächelte ein wenig, doch seine Augen blieben ernst. »Wussten Sie übrigen, dass dieser Friedhof der größte Parkfriedhof der Welt ist? Es ist seltsam, dass das die wenigsten Leute wissen. Für die meisten ist der Ohlsdorfer Friedhof lediglich ein Friedhof, dabei ist er auch eine wunderschöne Parkanlage. Lassen Sie uns ein wenig spazieren gehen.« Er bot Mirja seinen Arm an, und zu ihrem eigenem Erstaunen hakte sie sich tatsächlich unter.

Sie gingen etwa fünfzig Meter, ohne ein einziges Wort zu wechseln, und obgleich Mirja sich an Schmolkes Arm unwohl fühlte, konnte sie sich nicht von ihm lösen. Sie fühlte sich eigenartigerweise sicher – nicht geborgen, doch gut aufgehoben.

Schmolke blieb stehen und ließ seinen Arm sinken. Er sah Mirja an und nickte ihr zu.

Es war ein knappes Nicken, die Aufforderung zu reden, doch dieses Nicken gab Mirja das sichere Gefühl, dass sie ihm alles sagen konnte, ohne befürchten zu müssen ausgelacht zu werden.

»Warum haben Sie das Haus verkauft?«, fragte sie. »Gab es einen Grund, dass Sie es nicht länger haben wollten?«

»Ich lebe allein«, sagte Schmolke. »Was soll ich mit so viel Wohnraum und einem so großen Garten. Ich habe weder die Zeit noch das Bedürfnis, das alles in Schuss zu halten. Ich habe mein Auskommen, aber sehr viel mehr auch nicht. Ein Haus wie dieses zu unterhalten ist kostenintensiv, und das war es mir nicht wert.«

»Ist das wirklich der Grund?«

Mirjas Stimme war ein wenig heiser. Sie räusperte sich rasch.

»Sie können sich vorstellen, dass das Pflegeheim für meinen Vater nicht ganz billig ist und finanziert werden muss.«

Sie sah ihn einen Moment lang schweigend an. Sie wusste, dass er das, was immer er zu berichten hatte, nicht freiwillig erzählten würde. Er war hergekommen, um mit ihr zu reden, doch es lag an ihr, die Geschichte aus ihm herauszuholen. Genau das erwartete er von ihr.

»Sie erklärten damals, dass es kein Zufall war, dass der Mann ausgerechnet in diesem Haus sterben musste. Sie sagten, es gibt keine Zufälle, und wer von Zufällen spricht, erkennt den Kern des Geschehens nicht, erkennt nicht, worum es wirklich geht. Ich bin sicher, es geht um das Haus. Das Haus ist der Kern des Geschehens. Meine Schwester starb in dem Haus und der Gast ebenfalls. Und es geschahen weitere Dinge in dem Haus, die ich mir nicht erklären kann. Ich suche nach Antworten auf diese Fragen.«

»Sie werden nicht so ohne weiteres auf die Antworten stoßen, den es sind nicht Antworten, die auf der Hand liegen, oder die man findet, wenn man ein wenig recherchiert. Nein, Sie müssen im Verborgenen danach suchen.«

»Sie würden nicht glauben, was ich mit eigenen Augen gesehen habe.«

Schmolke sah sie mit unbeweglichem Gesicht an.

»Ich suche ein kleines Mädchen«, sagte Mirja unvermittelt.

Ein Augenblick verging, dann erwiderte Schmolke: »Sie suchen ein kleines Mädchen mit langen, blonden Haaren. Sie ist barfuß und trägt ein dünnes Leinenkleid, ihr Alter lässt sich schlecht schätzen, doch sie dürfte sechs oder sieben Jahre alt sein.«

Mirjas Herz machte einen Sprung. »Woher …?« Mehr brachte sie nicht heraus.

»Ich nenne sie immer *Kleine Freundin*, obwohl sie es nicht ist. Dieser Name ist lediglich ein Ersatz, da ich nicht weiß, wie sie heißt.«

Mirja fragte stockend: »Woher wissen Sie, dass ich sie suche?«

»Weil sie Ihnen die Sanduhr gegeben hat.«

»Hat sie Ihnen das erzählt?«

»Nein, hat sie nicht. Ich habe die Sanduhr an jenem besagten Abend im Haus gesehen, als der alte Knabe das Zeitliche segnete. Es ist die Sanduhr meiner kleinen Freundin, ich habe sie zweimal in ihren Händen gesehen. Als ich sie auf dem Sideboard stehen sah, wusste ich, dass sie sie Ihnen gegeben hat.«

Mirja verspürte eine plötzliche Trockenheit im Mund und sehnte sich nach einem Glas Wasser. »Wann haben Sie das Mädchen gesehen?«

»Das liegt bereits eine Weile zurück.«

Hör endlich auf, mit mir zu spielen, dachte Mirja. »Wann war das?«

»Als ich sie zum ersten Mal sah, war ich zwölf Jahre alt.«

Mirja spürte, wie ihre Gesichtszüge entgleisten. »Zwölf?«, presste sie hervor, war sich aber nicht bewusst, dass sie dieses Wort ausgesprochen hatte.

»Wir wohnten seit fünf Jahren in dem Haus. Mein Vater hatte es von einem Mann namens Albert Pubben gekauft. Albert Pubben war der letzte Spross seiner Familie und konnte das Haus nicht weitervererben. Er hat seine letzte Ruhestätte übrigens auch auf diesem Friedhof gefunden, wie ich hörte, doch das nur am Rande. Eines Nachts saß meine kleine Freundin auf meiner Bettkante und sah mich an. Das Licht war eingeschaltet und ich konnte erkennen, dass sie in einer Hand eine Sanduhr hielt. Nach einer Weile hat sie das Zimmer verlassen. Ich bin in das Schlafzimmer meiner Eltern gelaufen, doch meine Eltern sagten, es sei bloß ein Traum gewesen, und schließlich glaubte ich es selbst.«

Schmolke war völlig ruhig. Nichts deutete darauf hin, dass er aufgeregt war. Oder das er log.

»Meine zweite Begegnung mit ihr hatte ich vier Jahre später, erneut in meinem Zimmer. Diesmal stand sie am helllichten Tag vor mir. Sie sah haargenau so aus wie in jener Nacht und hatte erneut die Sanduhr dabei. Sie deutete auf eine Stelle an der Wand, und noch bevor ich etwas sagen konnte, verließ sie den Raum. Es hatte sich nur um Sekunden gehandelt, und zuerst dachte ich, ich hätte mir alles eingebildet.«

»Was wollte sie von Ihnen?«, fragte Mirja. Ihre Stimme war so dünn, dass sie kaum zu verstehen war.

»Sie hat mir eine Aufgabe übertragen.«

»Eine … was? Aufgabe?«

»Ich habe am nächsten Morgen die Tapete an der Stelle abgerissen, auf die sie gedeutet hatte, und habe mit der Faust die Wand abgeklopft und Unterschiede im Klang gehört. Daraufhin habe ich den Putz heruntergeschlagen und stieß auf Mauersteine, die gut und solide miteinander verbunden waren. Bis auf vier. Vier Mauersteine waren lediglich in die Wand geschoben worden und ließen sich mühelos herausziehen.«

Mirja sah ihn zweifelnd an. Sie hatte unzählige Fragen, doch eine stand ihr wie mit großen Buchstaben ins Gesicht geschrieben: *Lügst du mich an?*

»Es war meine Aufgabe, das, was in der Wand war, zu hüten und zu verwahren, bis der oder in Ihrem Fall diejenige kommt, für die es bestimmt ist.«

»Was bestimmt? Für … mich? Was?«

»Auch Sie haben eine Aufgabe zu erfüllen, liebe Frau Timmer. Ich kann Ihnen lediglich den Weg in die richtige Richtung weisen.«

»Was für eine … Aufgabe?«

Schmolke kam ein wenig näher und sagte mit gedämpfter Stimme: »Das müssen Sie leider selbst herausfinden. Sie müssen sich vortasten, Schritt für Schritt. Sie müssen sich von dem Erklärbaren lösen und sich ganz dem Unerklärbaren hingeben. Betreten Sie das Verborgene!«

»Wieso wird das Mädchen nicht älter, und wer ist es?« Mirja schrie beinahe. Und plötzlich flüsterte sie: »Die Kleine spricht nicht mit mir. Ich rede mit ihr, aber sie antwortet nicht. Ich komme nicht an sie heran, verstehen Sie?«

»Sie sind noch zu weit von ihr entfernt. Sie müssen erst die anderen Dinge begreifen, bevor Sie meine *Kleine Freundin* begreifen können, und dann kommen Sie auch an sie heran. Denn genau das erwartet sie von Ihnen.«

»Sagen Sie mir, wer das Mädchen ist.«

»Das müssen Sie selbst herausfinden, denn sonst können Sie Ihre Aufgabe nicht erfüllen. Sie müssen mit aller Macht kämpfen und das, was Sie bislang für unmöglich erklärt haben, für möglich erklären. Es ist ein Prozess, liebe Frau Timmer, ein schwieriger Prozess, doch ich bin zuversichtlich, dass Sie es schaffen. Den Anfang haben Sie bereits geschafft. Gehen Sie nun Schritt für Schritt weiter.«

Er hielt ihr etwas hin. Mirja sah, dass es eine schmale Holzschachtel war, die sich an einer Seite aufklappen ließ. Ein dünner Holzstift hielt die Schachtel geschlossen. Mirja fragte sich, ob Schmolke die Schachtel die ganze Zeit in der Hand gehalten hatte, denn sie hatte sie nicht bemerkt, oder ob er sie hinter einem der Grabsteine hervorgezaubert hatte, was sie auch nicht weiter verwundert hätte.

»Hier sind die Sachen aus der Wand. Sehen Sie sich alles in Ruhe an und setzen Sie die Puzzleteile zusammen. Ihnen werden Stücke fehlen, um das Puzzle zu vollenden, doch bis es so weit ist, wird Ihre neue Art zu denken Sie in die Lage versetzt haben, die fehlenden Schritte zu vollziehen.«

Mirja nahm die Schachtel wie ferngesteuert entgegen.

»Seien Sie offen und betreten Sie das Verborgene«, flüsterte Schmolke. »Alles hängt davon ab, wie weit Sie sich öffnen. Solange Sie sich verschließen, werden weitere Menschen in dem Haus sterben, doch sobald meine kleine Freundin merkt, dass Sie sich *wirklich* öffnen, wird es keine Todesfälle mehr geben. Sie wollte, dass Sie auf sie aufmerksam werden, Ihre Schwester und der andere Mann waren nichts weiter als Instrumente. Der Tod der beiden war kein Zufall. Akzeptieren Sie den Druck, den sie auf Sie ausübt, als einzigartige Chance.«

Mirja knickte in den Knien ein, und Schmolke schien darauf gewartet zu haben. Er griff unter ihre Arme und zog sie zu sich heran. Mirja wollte ihn von sich wegstoßen, doch ihre Bewegungen waren unkoordiniert und fahrig. Schmolke führte sie zu einer Parkbank, die nur einige Meter entfernt stand. Sie setzte sich und starrte vor sich hin. Hektisch knetete sie ihre Hände, ohne es bewusst wahrzunehmen.

»Ich verabschiede mich nun von Ihnen«, sagte Schmolke. In Mirjas Ohren klang es so, als spräche Schmolke in einen leeren Eimer. »Ich habe meine Schuldigkeit getan. Das, was von mir erwartet wurde, habe ich erledigt und ab jetzt habe ich mit alledem nichts mehr zu tun. Liebe Frau Timmer, Sie werden keinen Erfolg haben, wenn Sie mich erneut ansprechen und um Unterstützung bitten. Ich werde sie Ihnen verwehren, da ich sie Ihnen verwehren *muss*, denn die Aufgabe ist an Sie gestellt worden, und Sie werden sie nur dann erfüllen können, wenn Sie sich vorbehaltlos auf sie einlassen, und nicht, wenn Sie sich von anderen Menschen zum Ziel führen lassen wie ein sehbehinderter Mensch von seinem Blindenhund. Das ist kein sonderlich charmanter Vergleich, das gebe ich gerne zu, doch es trifft den Kern der Sache. Ich wünsche Ihnen aufrichtig viel Glück. Setzen Sie Ihren Geist in einem Maße ein, wie Sie es bislang noch nicht getan haben, doch vernachlässigen Sie dabei Ihre Intuition nicht. Übertragen Sie Ihrem Geist die Führung, doch lassen Sie Ihre Intuition immer wieder Fragen stellen. Gelingt Ihnen das, werden Sie feststellen, dass sich Ihnen weit mehr Möglichkeiten bieten, als Sie es sich je vorzustellen vermochten.«

Schmolke verschränkte die Hände hinter dem Rücken, drehte sich um und ging gemächlichen Schrittes davon.

Mirja sah ihm hinterher, doch sie nahm ihn kaum mehr wahr. Eine Gruppe blasser Kinder schien um sie herumzuhüpfen, alle in schwarze Gewänder gehüllt, mit dunkelrot geschminkten Lippen und schwarz umrandeten Augen, und sie alle lachten laut und hell, und es rauschte in ihrem Kopf, und goldgelb gefärbtes Laub flog umher, wie von starken Winden getrieben.

Plötzlich fror sie. Mirja legte sich auf die Bank und zog die Beine an. Die Kinder lösten sich auf, das Lachen verstummte und das Rauschen nahm ab. Mirja zog die Holzschachtel zu sich heran und starrte einen großen, verwitterten Grabengel an, der einige Meter entfernt ein altes Familiengrab bewachte. Unvermittelt fiel ihr eine Begebenheit ein, die lange zurücklag und die sie eigentlich längst vergessen hatte; etwas, das geschehen war, als sie acht Jahre alt gewesen war.

An einem frühen Donnerstagabend klingelte es an der Wohnungstür, und Mirja und Britt rannten um die Wette den Flur entlang. Mirja erreichte als Erste die Tür und riss sie auf. Vor der Tür stand ein nett aussehender Mann. Aus der Küche rief ihre Mutter, wer da sei. Der Mann nannte den Mädchen seinen Vornamen, irgendeinen Namen, den Mirja längst vergessen hatte, und sagte, er sei ein ehemaliger Klassenkamerad ihres Vaters, und dann bat er Britt, ihn zu holen.

Für gewöhnlich kam ihr Vater so spät nach Hause, dass die Mädchen bereits in den Betten lagen, doch an diesem Abend war er bereits da. Er kam an die Tür und musste einige Sekunden lang nachdenken, bevor er sich an den Namen seines alten Klassenkameraden erinnerte, und dann lachte er gezwungen, gab ihm die Hand und sagte, dass er ihn auf der Straße niemals wiedererkannt hätte. Als er ihn hereinbat, hatte Mirja das Gefühl, dass ihr Vater nicht aufrichtig war und sich selbst jetzt noch nicht an ihn erinnern konnte.

Kurz darauf, bei einem Glas Bier, erzählte der Mann, dass er noch immer in Trier lebte und seinen Lebensunterhalt als Außendienstler für Kinderunterwäsche verdiene, und da er heute und morgen in Hamburg war und versuchte, seine Ware in einigen Geschäften anzubieten, hatte er es für eine gute Idee gehalten, seinen alten Klassenkameraden ausfindig zu machen und kurz hallo zu sagen.

Ja, bestätigte Mirjas Vater, das sei in der Tat eine gute Idee gewesen, und es war typisch für ihn, dass er darauf bestand, dass der einstige Schulfreund nicht im Hotel übernachtete, sondern in dem kleinen Arbeitszimmer schlief. Wenig später, als Mirja und Britt schlafen gehen mussten, schlug der Mann vor, an diesem Abend die Gute-Nacht-Geschichte zu übernehmen, und die Mädchen stimmten begeistert zu. Sie legten sich in das Etagenbett, Britt unten und Mirja oben, drückten ihre Kuscheltiere an sich und lauschten mit großen Augen dem fremden Mann, der ihnen so vertraut erschien.

Mit leiser Stimme erzählte er die Geschichte eines Engels, der sich während einer Mission auf der Erde den Flügel gebrochen hatte und nun nicht mehr in den Himmel zurückkehren konnte. »Das Problem ist«, so der Mann, »dass Engel unverzüglich in den Himmel zurückkehren müssen, nachdem ihre Mission erfüllt ist, denn wenn sie es nicht tun, bleiben sie zwar Engel, müssen aber bis zum Ende ihres Engeldaseins auf der Erde bleiben, anstatt zwischen Himmel und Erde hin und her zu fliegen, was natürlich viel spannender ist, und außerdem ist es im Himmel viel, viel schöner als auf der Erde.«

»Woher kennst du die Geschichte?«, unterbrach Britt ihn, und ihre blauen Augen leuchteten.

»Eigentlich darf ich es nicht verraten«, erwiderte der Mann geheimnisvoll, »aber wenn mich ein so liebes Mädchen wie du danach fragt, wird mir niemand böse sein. Also: Der Engel hat es mir selbst erzählt, als er endlich wieder im Himmel war, nachdem andere Engel ganz schnell auf die Erde herabgeflogen sind und ihn wieder zurückgebracht haben, weil er ja nicht mehr alleine fliegen konnte.«

»Klar, als er wieder im Himmel war«, sagte Mirja spöttisch, doch ein wenig beeindruckt war sich doch. »Dann musst du ja auch ein Engel sein, wenn er es dir erzählt hat, und das kannst du meiner Oma erzählen.«

Der Mann lächelte und zog die Augenbrauen hoch.

»Aber du bist doch ein Mensch«, sagte Britt staunend.

»Ich sehe aus wie ein Mensch«, sagte der Mann, »das stimmt schon. Aber es könnte doch sein, dass ich ein Engel im Kostüm eines Menschen bin und deshalb nur aussehe wie ein Mensch.«

»Und was willst du dann hier?«, fragte Britt. »Wieso bist du nicht im Himmel bei den anderen Engeln?«

»Wenn du ein Engel bist, musst du es uns beweisen«, sagte Mirja. »Flieg aus dem Fenster hinaus, einmal um das Haus herum und wieder durch das Fenster herein. Dann glauben wir dir, Herr Engel.«

»Ich glaube ihm auch so«, sagte Britt.

»Wenn er ein Engel ist, muss er auch Flügel haben«, sagte Mirja. Sie sprang aus dem Bett, ging, ohne zu zögern, auf den Mann zu und klopfte seinen Rücken ab.

Der Mann bewegte sich nicht. Britt sah ihrer Schwester zu, und ihre Augen wurden immer größer. »Ich kann keine Flügel fühlen«, sagte Mirja, »und wenn ich sie nicht fühlen kann, sind sie auch nicht da.« Sie baute sich vor ihm auf und verschränkte die Arme. »Du bist nie im Leben ein Engel.«

»Ich kann sehr wohl einer sein, auch wenn ich aussehe wie ein Mensch und du meine Flügel nicht fühlen kannst. Was du sehen, hören und fühlen kannst, ist nur ein Teil des Ganzen. Augen, Ohren und Hände sind zwar wichtig, aber verlass dich nicht zu sehr auf sie. Die Sinne sind leicht zu täuschen und kennen nicht die ganze Wahrheit. Manchmal ist es besser, die Augen auszuschalten wie eine Nachttischlampe, wenn ihr abends schlafen sollt, und die Ohren zuzumachen wie eine Zimmertür, und die Hände abzustreifen wie einen Handschuh, wenn ihr im Winter in die warme Stube kommt. Lasst eurer Fantasie freien Lauf und fangt sie nur dann wieder ein, wenn sie euch oder anderen Schaden zufügt, ansonsten lasst sie euch unbesorgt zu all den verborgenen Plätzen führen, die ihr erschaffen könnt.«

Mit diesen Worten stand der Mann auf, hob Mirja ins Bett zurück, stupste beiden Mädchen auf die Nase und verließ den Raum.

Kurz darauf kamen die Eltern ins Kinderzimmer und gaben den Mädchen einen Gute-Nacht-Kuss.

»Wie war die Geschichte?«, fragte die Mutter im Gehen. »Toll«, meinte Britt, aber Mirja schwieg.

Als die Mädchen am nächsten Morgen aufgestanden waren, hatte sich der Mann bereits verabschiedet, doch sein Bett war noch nicht abgezogen. Mirja schlich in das Arbeitszimmer ihres Vaters und suchte das Bett nach einer Feder ab. Wenn er wirklich ein Engel war, so ihr Gedanke, musste er während der Nacht aus seinen Flügeln eine Feder verloren haben.

Doch so akribisch sie auch suchte, sie fand keine. Mirja und Britt sprachen nie wieder über den Mann und seine seltsame Gute-Nacht-Geschichte, und soweit Mirja sich erinnern konnte, hörte auch ihr Vater nie wieder etwas von seinem alten Schulfreund.

Das Holz der Parkbank drückte gegen Mirjas Rücken, und sie wäre aufgestanden, wenn sie dazu in der Lage gewesen wäre, doch unsichtbare Hände schienen sie sanft festzuhalten, und irgendetwas Schweres und zugleich angenehm Weiches lag auf ihr. Doch es machte ihr keine Angst, nicht aufstehen zu können, sondern es erfüllte sie mit einem seltsamen Gefühl der Geborgenheit.

Sie schloss die Augen und stellte sich vor, dass sie nackt in ihrem frisch bezogenen Bett lag, Regen gegen das Fenster schlug, dass es im Schlafzimmer nach Lavendel roch und in jeder Raumecke eine Kerze brannte. Mirja war überzeugt, dass in diesem Moment in ihrem Körper irgendwelche chemischen Reaktionen abliefen, die sie nicht kannte, doch was auch immer vor sich ging, es tat gut. Es dauerte nicht lange und Mirja schien in ein schwarzes Loch einzutauchen.

Es war einige Zeit vergangen, als sie die Augen wieder öffnete. Wie viel, wusste sie nicht, und sie benötigte ein paar Sekunden, um zu realisieren, wo sie sich befand. Sie stand auf und konnte nicht glauben, dass sie auf einer Parkbank gelegen und sich in einem Trancezustand befunden hatte. Sie musste wie ein betrunkener Penner gewirkt haben und hoffte, dass niemand sie beobachtet hatte. Mirja nahm die Holzschachtel und eilte den Weg entlang zur Straße. Suchend sah sie sich nach ihrem Wagen um. Er stand etwa zweihundert Meter entfernt. Sie war heilfroh, als sie in ihrem Wagen saß und die Tür zuzog. Behutsam schob sie Holzschachtel unter den Beifahrersitz. Es interessierte sie brennend, was darin war, doch all das, was eben geschehen war und was sie gehört hatte, musste sie erst einmal verarbeiten, bevor sie sich der nächsten Überraschung stellen konnte.

11

Mirja hoffte, dass niemand merkte, dass etwas mit ihr nicht stimmte – vergebens. Einige Kollegen sprachen sie auf ihre Blässe und Konzentriertheit an, und im Meeting erinnerte der Verlagsleiter sie gleich zweimal daran, dass es sich hier nicht um die belanglose Zusammenkunft eines Festausschusses handelte. Doch irgendwie brachte Mirja den Tag hinter sich und machte so früh Schluss wie schon lange nicht mehr.

Das Mädchen mit den blonden Haaren hockte am Elbrand. Seine nackten Füße waren im Sand vergraben. Es sah mal aufs Wasser und mal nach links, wo nur wenige Schritte entfernt eine Gruppe fröhlicher junger Leute einen Grill aufbaute und ein Bierfass anstach. Spaziergänger gingen vorbei, einige hatten Hunde dabei, gelegentlich liefen Jogger über den festen Sand nahe des Wassers. Pärchen küssten sich, kleine Gruppen saßen oder standen zusammen, redeten und lachten. Zwei Jungen rauften sich, fielen vor den Füßen des Mädchens in den Sand, rauften weiter. Das Mädchen sah sich das alles an. Es sprach mit niemandem und niemand sprach mit ihm. Als die Kleine schließlich aufstand, dem Fluss den Rücken kehrte und Richtung Elbchaussee ging, sah ihr niemand hinterher und niemand verlor ein Wort über sie.

Später am Abend öffnete Mirja eine Flasche Wein. Den ersten Schluck trank sie in der Küche in Gedenken an Britt, dann ging sie ins Wohnzimmer und setzte sich im Schneidersitz auf den Fußboden. Sie nahm die Holzschachtel vom Tisch und stellte sie vor sich hin. Bis vor einer halben Stunde hatte die Schachtel unter dem Autositz gelegen, doch Mirja hatte nicht aufhören können an sie zu denken. Je stärker die Neugierde auf den Inhalt der Schachtel wurde, umso größer wurde auch die Angst sie zu öffnen. Die Schachtel wog nicht viel, so als sei sie mit Zigarren gefüllt. Mirja fiel es schwer zu glauben, dass diese Schachtel in der Wand des Hauses, hinter losen Mauersteinen verborgen, gesteckt haben sollte. Doch was konnte sie überhaupt noch glauben?

Sie zog den Holzstift heraus, holte tief Luft und hob langsam den Deckel hoch. Alles, was sie sah, war eine kleine, weiße Plastiktüte. Mirja zog sie vorsichtig heraus. Ihr Herz schlug heftig, als sie die Tüte öffnete und hineinsah: einige Fotos und ein Briefumschlag.

Mirja griff in die Tüte, holte alles hervor und legte es vor sich hin. Sie war erleichtert, denn Papiere und Fotos waren nicht etwas, wovor man sich fürchten musste. Sie trank einen Schluck Wein, dann nahm sie das oberste Foto in die Hand. Es war eine vergilbte Schwarzweißfotografie, zweifelsohne eine alte Aufnahme und nicht eine neuere, die mittels digitaler Bildbearbeitung auf alt getrimmt worden war, denn das Fotopapier war eindeutig alt. Sehr alt. Es war um einiges schwerer als zeitgemäßes Fotopapier, ein wenig rau und fest wie dünner Karton, und hatte einen weiß-gelblichen Rand mit abgerundeten Zacken. Mirja drehte die Aufnahme um in der Erwartung, dass auf der Rückseite das Aufnahmedatum oder eine Jahreszahl vermerkt war, vielleicht sogar eine kurze Notiz. Doch die Rückseite des Fotos war leer, das Einzige, was sich dort verewigt hatte, war der dünne Rand eines kleinen und längst getrockneten Flecks. Mirja sah sich das Foto an. Darauf war eine Haustür aus dunklem Holz zu sehen. Wer immer diese Aufnahme gemacht hatte, hatte sich nah vor die Tür gestellt, und das vermutlich nicht, um die Schönheit der Haustür zu zeigen, denn diese war alles andere als schön, sie war nicht einmal sonderlich gut erhalten. Diese Aufnahme war aus einem anderen Grund gemacht worden: Sie sollte das, was in einer Antiquaschrift über zwei Zeilen auf die Tür geschrieben worden war, festhalten.

Mirja benötigte einen Moment, um die Wörter zu entziffern: *Uns Hus blivt uns Hus* und darunter *Jiechens een blivt jümmers hier.* Mirja verstand nicht, was das bedeutete, denn es war Plattdeutsch. Plötzlich kam ihr eine Idee. Die alte Schrader aus dem Erdgeschoss, sie war Ende siebzig und fast taub, konnte mit Sicherheit Plattdeutsch, zumindest so viel, dass sie ihr sagen konnte, was dort stand.

Mirja erhob sich, verließ die Wohnung und eilte nach unten. Sie lauschte an der Wohnungstür und glaubte den Fernseher zu hören. Sie klingelte und klopfte gleichzeitig, bis sie endlich die alte Frau fragen hörte, wer da sei. Mirja brüllte ihren Namen und die Tür wurde entriegelt. Mirja mochte Frau Schrader, sie hatte ein freundliches Wesen, und jeder, der deutlich jünger war als sie, musste sich gefallen lassen, mal geduzt und mal gesiezt zu werden.

»Kommen Sie rein, Kindchen«, sagte die alte Frau und winkte Mirja näher.

»Ich will Sie auch gar nicht lange stören«, sagte Mirja vernehmlich.

»Aber du störst mich doch nicht, wo kommen wir denn da hin?«

Mirja trat ein. Natürlich hätte sie ihre Frage auch auf der Türschwelle stellen können, doch sie wollte nicht sämtliche Nachbarn unterhalten.

»Sie schnacken doch bestimmt Platt, Frau Schrader, oder?«

»Wer ist platt?«

»Nein, Plattdeutsch! Können Sie Plattdeutsch?«

»Platdüütsch!« Jetzt hatte sie begriffen. »Ja, aber sicher, meen Deern, na hör mal.«

Mirja lächelte. »Ich habe hier ein altes Foto.« Sie hielt es ihr hin. »Können Sie mir vielleicht sagen, was auf der Tür steht?«

Frau Schrader nahm das Foto, sah es sich an, kniff die Augen zusammen und sagte: »Hol mal meine Brille aus der Wohnstube, sie liegt auf dem Tisch.«

Mirja ging ins Wohnzimmer. Sie kannte sich in der kleinen Wohnung aus, da sie für Frau Schrader manchmal einkaufte und ihr die Sachen in die Wohnung trug. Mirja fand Frau Schraders Brille und kehrte auf den Flur zurück. Die alte Dame setzte sie auf, las kurz und sagte dann: »Ja, meen Deern, das ist ganz einfach: *Uns Hus blivt uns Hus* heißt auf Hochdeutsch: Unser Haus bleibt uns Haus. *Jiechens een blivt jümmers hier* heißt: Wir bleiben immer hier. *Jiechens een* sagt man, wenn man meint *Wir* oder *Unsereins.*« Sie sah Mirja zufrieden an.

Mirja nahm der alten Frau das Foto aus der Hand und sagte lächelnd: »Ich danke Ihnen sehr, Frau Schrader, aber jetzt muss ich leider wieder hoch.« Sie deutete kurz an die Zimmerdecke.

»Das war schon alles? Mehr nicht?« Die alte Frau war ein wenig enttäuscht, sie hätte Mirja liebend gern länger bei sich gehabt.

Mirja erwiderte: »Ich komme bald mal wieder runter zu ihnen und bringe dann mehr Zeit mit. Ich muss jetzt leider noch arbeiten, aber das mit dem Foto hat mir keine Ruhe gelassen. Herzlichen Dank dafür.«

»Bist du eigentlich eine Hamburger Deern? Hier geboren und mit Elbwasser getauft?«

Mirja nickte schmunzelnd.

»Schade, dass die jungen Hamburger kein Platt mehr schnacken.«

Mirja berührte flüchtig die Schulter der Frau. »Ich muss wieder los, Frau Schrader, nochmals vielen Dank.« Sie öffnete die Tür.

Frau Schrader machte eine Handbewegung, die besagte, das es eine Selbstverständlichkeit sei.

Mirja beeilte sich, wieder nach oben zu kommen, und während sie die Wohnungstür hinter sich schloss, fragte sie sich, welche Bedeutung die Worte auf der Tür hatten. Sie setzte sich wieder auf den Fußboden und nahm das nächste Foto zur Hand. Es bestand aus dem gleichen Papier wie das zuvor und war vermutlich ähnlich alt, und auch auf dessen Rückseite war kein Vermerk. Nichts. Das Foto zeigte die rechte Front eines Hauses, und obgleich es zwischen dem Zeitpunkt der Aufnahme und heute etliche Veränderungen gegeben hatte, war eindeutig, dass es die Front des Hauses war, in dem sich nun das *Timmers* befand. Den Anbau mit der Eingangstür hatte es damals noch nicht gegeben, und dort, wo heute die Zwischentür war, war damals die Eingangstür des Hauses gewesen. Und auf der Eingangstür standen die Worte, die die alte Schrader eben ins Hochdeutsche übersetzt hatte.

Mirja nahm noch einmal das erste Foto und verglich es mit dem anderen. Kein Zweifel, die Tür mit der Inschrift war die damalige Haustür des heutigen *Timmers.* Sie legte das erste Foto wieder zur Seite, nippte am Wein und betrachtete erneut das Foto, das das Haus zeigte. Ihr fiel auf, dass es früher nicht so viele Fenster gegeben hatte wie heute. Neben der Haustür stand eine schlichte Holzbank, auf der eine Frau mit einem Jungen saß. Beide waren einfach gekleidet, vermutlich den zwanziger oder vielleicht dreißiger Jahren des vergangenen Jahrhunderts zuzuordnen. Beide hatten die Hände auf den Knien. Möglicherweise handelte es sich um Mutter und Kind, doch die Gesichter ließen keine Ähnlichkeiten erkennen, da sie aus großer Entfernung fotografiert worden waren. Mirja betrachtete die Aufnahme einen Moment, dann legte sie sie zur Seite und nahm das dritte Foto zur Hand. Auch auf diesem Foto war die Rückseite unbeschriftet, doch es war älter als die beiden anderen, zumindest deutete die Blässe der Aufnahme und die Kleidung der Frau und des Mädchens darauf hin. Die Frau war ganz in Schwarz gekleidet und hielt einen aufgespannten Schirm, doch da die Erde trocken zu sein schien, schützte sie sich vermutlich gegen die Sonne. Es war nicht dieselbe Frau wie auf der anderen Aufnahme, das war offenkundig, doch auch sie blickte ernst und das Mädchen an ihrer Seite ebenso. Sie hatte dunkles Haar und trug ein feines Kleid, möglicherweise ihr Sonntagskleid, vielleicht waren die beiden auf dem Weg zum Gottesdienst. Im Hintergrund war ein Teil des Hauses zu erkennen. Mirja nahm das vierte Foto, das aus der Zeit des Nationalsozialismus stammte. Wieder war im Hintergrund ein Ausschnitt des Hauses zu sehen. Davor stand ein Mann in den frühen Vierzigern, in SS-Uniform, den rechten Arm zum Hitler-Gruß erhoben, die Haare kurz rasiert, daneben ein Junge in der Uniform der Hitler-Jugend, auch er mit zur Schau getragenem Stolz, auch er hatte die Hand zum Gruß gehoben, auch seine Haare waren kurz. Mirja drehte das Foto um in der Erwartung, dass auf der Rückseite nichts stand, doch sie irrte. Sie entdeckte die Initialen *G. P.* und *O. P.* und die Jahreszahl *1933*.

Allmählich fragte Mirja sich, was das alles sollte. Das nächste Foto ließ sie kurz erschaudern, denn es zeigte einen Toten. Ein Mann, nicht älter als vierzig Jahre, der in einen schwarzen Anzug gekleidet auf einem weißen Laken lag. Das Gesicht des Mannes war verzerrt, ganz so als sei er unter starken Schmerzen gestorben. Die Hände auf seinem Bauch waren gefaltet, links und rechts von seinem Kopf lagen je zwei kleine Holzkreuze und es brannten mehrere Kerzen. Mirja legte das Foto vor sich auf den Boden. Es gefiel ihr nicht, es in der Hand zu halten, doch sie betrachtete es weiter. Diese Aufnahme war jünger als die andere, das Schwarzweiß war klar und das Papier dünner. Mirja strich mit den Fingerspitzen darüber, dann drehte sie das Foto um. *O. P.* stand auf der Rückseite, klein und fast verborgen in der Ecke. Mehr nicht. *O. P.* Sie nahm das vorherige Foto und betrachtete die beiden Aufnahmen aufmerksam. Der Mann oder der Junge, einer von den beiden war *O. P.*, der Tote. Sie legte die Fotos nebeneinander. Das Gesicht des Toten verriet nicht, ob es einst dem Jungen oder dem Mann gehört hatte, doch je länger Mirja sich die Aufnahmen ansah, umso überzeugter war sie, dass der Junge der Tote auf dem neueren Foto war, denn schließlich lag es bereits fünfundzwanzig oder dreißig Jahre zurück, dass Bernd Schmolke dieses Foto in der Nische in der Hauswand gefunden hatte.

Das nächste Foto war eine Innenaufnahme, und noch bevor Mirja sich die Aufnahme genauer ansah, war sie überzeugt, dass diese Aufnahme im heutigen *Timmers* aufgenommen worden war. Auf dem Foto waren fünf Menschen zu sehen, eine Frau und ein Mann und drei kleine Jungen, keiner älter als zehn Jahre. Sie alle saßen an einem wuchtigen Esstisch und blickten in die Kamera. Die Kinder wirkten fröhlich, die Erwachsenen ernst. Auf dem Tisch standen Wassergläser, eine Bierflasche, Teller und Schüsseln und eine Sanduhr. Es war die Sanduhr des Mädchens, daran bestand kein Zweifel. Mirja drehte das Bild um. *1946* stand dort, mehr nicht. Sie sah sich die Gesichter der fünf Menschen an, doch keiner von ihnen war auf einem der anderen Fotos zu sehen gewesen.

Die letzte Aufnahme war eine Farbfotografie, die zwei Männer zeigte. Sie standen dicht nebeneinander, lächelten und hätten unterschiedlicher kaum sein können: der eine hatte eine gedrungene Statur – ein Mann, der wirkte, als fürchte er nichts und müsste zerschmettert werden, um aus dem Weg geräumt zu werden. Der andere war zart und blass und hatte etwas Gelehrtes an sich.

Auf der Rückseite des Fotos stand in energischer Handschrift: *G. Schmolke & A. Pubben, Hauskauf, Mai 1969*. Der zarte Mann war eindeutig Schmolke, doch mehr als den schmalen Körper hatte ihm das Alter und die Krankheit nicht gelassen. Mirja hatte Mitleid mit ihm und wünschte sich, dass ihr ein solches Dasein erspart blieb.

Als Nächstes nahm sie den Briefumschlag zur Hand. Er war alt, unbeschriftet und nicht verschlossen. Mirja zog zunächst einen zweifach gefalteten Papierbogen hervor – das Papier war dick, vergilbt und leicht porös, uns sie faltete es vorsichtig auseinander. Es hatte ein sonderbares Format. Sie betrachtete es und runzelte die Stirn. Die zehn eng beschriebenen Zeilen zu entziffern würde einige Zeit in Anspruch nehmen, denn die Schrift war nicht nur sehr verschnörkelt, sondern die Tinte war stark verblichen. Zwei Signaturen standen darunter, eine geschwungen und mit leichter Hand geschrien, die andere behäbig und unsicher wie die eines Kindes. Es schien ein Vertrag zu sein oder ein Abkommen.

Mirja legte das Schreiben zur Seite und zog einen zweiten Papierbogen aus dem Briefumschlag. Er war einmal gefaltet, ebenfalls alt und vergilbt, doch er hatte ein kleineres Format und das Papier war dünner. Mirja faltete den Bogen auseinander, sah darauf und verstand gar nichts. Buchstaben, zumeist zwei, gelegentlich auch einer, dahinter eine Jahreszahl, und hinter dieser eine einstellige Zahl. Das alles war nicht ordentlich und chronologisch untereinander geschrieben, sondern durcheinander, wie willkürlich auf den Papierbogen verteilt. Mirja vermutete, dass die Buchstaben Initialen waren und für Namen standen, denn einige waren durch einen Punkt getrennt. Die Jahreszahlen konnten alles Mögliche bedeuten, auf jeden Fall standen sie in irgendeinem Bezug zu den Menschen, deren Namen abgekürzt waren. Doch was die einstelligen Zahlen bedeuteten, dafür hatte Mirja nicht mal den Ansatz einer Idee. Ihr fielen die unterschiedlichen Handschriften auf und dass nur vereinzelt mehr als eine oder auch mal zwei Angaben in der gleichen Handschrift geschrieben worden waren. Und auch das verwendete Schreibwerkzeug war wie ein kleiner Streifzug durch die Geschichte: Blei und Tinte, nur zwei Einträge waren mit einem Kugelschreiber, vier sogar mit Ruß gemacht worden. Einige Eintragungen ließen sich nur schwer entziffern, so undeutlich war die Schrift, andere waren kaum noch zu lesen, weil die Farbe längst verblichen war. Mirja legte den Bogen zur Seite. Es machte wenig Sinn, sich weiter damit zu beschäftigen. Der andere Bogen schien ihr interessanter zu sein.

Sie stand auf und holte einen Block und einen Kugelschreiber, dann versuchte sie den Text zu lesen. Jedes Wort, dass sie entschlüsselte, schrieb sie auf, und es kam ihr so vor, als übersetzte sie einen fremdsprachigen Text Wort für Wort. Einige Wörter ließen sich rasch entziffern, andere nicht. Zwei Wörter konnte sie gar nicht entschlüsseln und rettete sich durch Interpretationen. Es dauerte fast drei Stunden, bis sie alles übertragen hatte. Sie spürte eine leichte Befriedigung, es geschafft zu haben, doch sie fragte sich, was sie jetzt mit dem Text anfangen sollte. Das alte Schreiben war eine Schuldschrift, die aus dem Jahre 1767 stammte Es ging um Land, das der Gläubiger dem Schuldner abgetreten hatte, und um Zinsen, die der Schuldner zu zahlen hatte. Zwanzig von hundert per anno, also jährlich zwanzig Prozent Zinsen auf den Kaufpreis für das Land.

Mirja fragte sich, ob diese Art von Wucher früher üblich gewesen war, doch sie verfolgte den Gedanken nicht weiter. Sie legte den Bogen vorsichtig auf den Tisch, trank einen Schluck Wein, streckte sich dann der Länge nach auf dem Boden aus und starrte an die Zimmerdecke. Puzzleteile, hatte Schmolke gesagt, und das traf es auf den Punkt, denn sie musste sich eingestehen, dass sie nicht die geringste Ahnung hatte, wie sie diese Einzelstücke zu einem Ganzen zusammensetzen sollte. Was bedeuteten diese Fotos mit all den Menschen aus den verschiedenen Jahren? Was bedeutete diese Schuldschrift? Und weshalb war auf einer Aufnahme die Sanduhr zu sehen?

Mirja fühlte sich leer im Kopf, es war ein langer und fürchterlicher Tag gewesen, voller Überraschungen, auf die sie gern verzichtet hätte. Und dennoch. Sie konnte jetzt nicht einfach zu Bett gehen und schlafen. Sie starrte an die Zimmerdecke und fragte sich, was das alles zu bedeuten hatte. Wie passte das alles zusammen, und welchen Sinn ergab es?

Nach einer Weile holte Mirja das Branchenbuch. Rasch fand sie, was sie suchte und knickte die Ecke der Seite ab. Dann legte sie das Buch zurück, da sie jetzt ohnehin niemanden mehr erreichte. Sie räumte alles zusammen, löschte das Licht und begab sich ins Schlafzimmer, um die Holzschachtel in ihrem Nachtschränkchen zu verstauen.

Als in Mirjas Wohnzimmer das Licht ausging, wandte das blonde Mädchen den Blick vom Fenster ab, zu dem es die ganze Zeit hinaufgesehen hatte. Es stand barfuß und im weißen Leinenkleid neben der Straßenlaterne. Ein Mann näherte sich. Er trug einen Trainingsanzug und Pantoffeln, in seinem Mund hing eine Zigarette. An einer Leine humpelte ein alter Langhaardackel. Als der Hund am Laternenpfahl schnupperte, blieb der Mann stehen, rauchte den letzten Zug und schnippte die Kippe auf die Straße. Sie flog knapp am Kopf des Mädchens vorbei. Der Mann bog den Kopf in den Nacken und stieß den Rauch genüsslich in den Nachthimmel, während der Hund noch immer am Laternenpfahl schnüffelte. »Nun mach schon«, brummte der Mann. »Hoch das Bein und Marke setzen, das kann doch nicht so schwer sein.« Der Hund schnupperte unbeeindruckt weiter und der Mann verlor langsam die Geduld. Er zog kräftig an der Leine und der Hund machte einen kleinen Satz nach vorn, senkte schuldbewusst den Kopf und humpelte weiter. Doch dann blieb er wieder stehen, seine Haare stellten sich auf und er knurrte bedrohlich. Das Mädchen sah auf den Hund hinab, der vor seinen Füßen stand und sich nun hinlegte, während sein Knurren zu einem kläglichen Jaulen wurde.

»Was soll das denn schon wieder?«, brummte der Mann. Er zog an der Leine, doch der Hund rührte sich nicht, die Schnauze auf dem Asphalt. Der Mann zog erneut, und der Hund hob den Kopf, hörte auf zu jaulen, blieb jedoch stehen.

»Macht die Hüfte nicht mehr mit?«, fragte der Mann, trat zwei Schritte auf den Hund zu und nahm ihn auf den Arm. Der Hund hatte den Schwanz ängstlich eingezogen.

»Alt werden macht keinen Spaß«, sagte der Mann und streichelte dem Hund über den Kopf, »egal, ob Mensch oder Tier.« Dann ging er in die Richtung davon, aus der er gekommen war. Das Mädchen ging in die andere Richtung. Im Haus auf der gegenüberliegenden Straßenseite machte Mirja sich für die Nacht fertig, doch es dauerte lange, bis sie einschlief.

12

Mirja betrat das Haus und gab sich alle Mühe, laut zu sein. Sie schlug erst die Haustür und dann die Zwischentür hinter sich zu und klimperte mit dem Schlüsselbund. Als sie den Speisesaal betrat, stellte sie fest, dass dieser noch nicht wieder hergerichtet war, was allerdings morgens um kurz vor neun Uhr auch kein Wunder war. Ihre Nervosität machte sie fast verrückt.

Sie rief zaghaft: »Kleines Mädchen?«

Nichts.

»Wenn du hier bist und mich hörst … ich hole die Sanduhr raus.« Sie sah über ihre Schulten, doch niemand stand hinter ihr.

»Ich versuche … dahinter zu kommen«, sagte sie, »gib mir ein wenig Zeit.« Sie legte die Hand auf den Mund.

Was redete sie bloß? Sie verstand es selbst nicht.

Plötzlich hatte Mirja das Gefühl, das Haus erdrücke sie, gerade so, als würden sich die Wände zusammenschieben. Sie musste hier raus. Es war das erste Mal in ihrem Leben, dass sie Platzangst bekam. Sie lief zum Sideboard, nahm die Sanduhr und rannte aus dem Haus. Sobald sie die Haustür hinter sich geschlossen hatte, war das beengende Gefühl verschwunden. Mirja lehnte sich an die Haustür und atmete tief durch. Niemals hätte sie geglaubt, dass ihr Verstand ihr so einen üblen Streich spielen würde. Sie schloss die Tür ab und ging zum Wagen.

Eine halbe Stunde später führte eine junge Frau mit einer strengen Kurzhaarfrisur Mirja in einen weißen, quadratischen Raum, in dessen Mitte ein runder Konferenztisch und sechs verchromte Stühle standen. In einer Ecke befand sich ein Flipchart, auf dessen oberstem Bogen in dicker Filzfarbe irgendeine Ablauffolge skizziert worden war, in einer anderen Ecke stand ein Display mit Prospekten, Leporellos und Fachzeitschriften. An zwei Wänden hingen gerahmte Drucke von Edward Hooper; eines davon erkannte Mirja, es war das Bild »Nachtschwärmer«, auf dem gut gekleidete und dennoch verloren wirkende Menschen im diffusen Licht in einer Bar sitzen. Die dritte Wand war einer Vielzahl gerahmter, ausgestellter Zertifikate und Akkreditierungen vorbehalten.

»Darf ich Ihnen einen Kaffee bringen?«, fragte die Frau mit routinierter Höflichkeit.

Mirja verneinte dankend.

»Etwas anderes vielleicht? Mineralwasser?«

Mirja lächelte dünn und schüttelte den Kopf.

»Herr Neuhaus kommt sofort.« Die Frau verließ den Raum.

Mirja legte ihren Leinenbeutel auf den Tisch, trat ans Fenster und schaute hinaus. Von hier aus konnte sie einen Teil der weißen Fassade des Bezirksrathauses von Wandsbek sowie den Busbahnhof sehen. Eigentlich hatte sie sich ein Umwelt- und Industrielaboratorium ganz anders vorgestellt. Nein, korrigierte sie sich, im Grunde hatte sie nicht die geringste Vorstellung davon gehabt, wie eine solche Einrichtung auszusehen hat, aber mit einem hellen, modernen Empfangsraum hatte sie nun wahrlich nicht gerechnet.

Die Tür ging auf, und ein untersetzter Mann mit einem jungenhaften Allerweltsgesicht trat ein. Er trug einen weißen, offenen Laborkittel, ein kariertes Freizeithemd, Jeans und braune Wildlederschuhe.

»Guten Morgen, ich bin Timo Neuhaus«, sagte er, noch bevor er die Tür wieder geschlossen hatte. Trotz der frühen Stunde wirkte er bereits gestresst.

»Mirja Timmer«, sagte Mirja und reichte ihm die Hand.

Neuhaus bot Mirja Platz an. Er selbst zog einen Stuhl ein Stück vom Tisch zurück, setzte sich und schlug die Beine übereinander. Er nahm eine Visitenkarte aus der Tasche seines Kittels und reichte sie Mirja.

Höflich bedankte sie sich, nahm Neuhaus' Visitenkarte und sah darauf, las, dass er promovierter Chemiker und Prokurist des Laboratoriums war. Sie steckte die Karte ein.

Neuhaus kramte ein angebrochenes Päckchen Kaugummi aus einer anderen Tasche seines Kittels und hielt es Mirja hin. Sie lehnte dankend ab.

»Nun, Frau Timmer, was genau kann ich für Sie tun?«

Er steckte sich einen Kaugummi in den Mund. »Am Telefon sagten Sie, es ginge um eine Sanduhr?«

Mirja nahm den Leinensack, griff hinein und holte die Sanduhr heraus. Sie stellte sie auf den Tisch. Dann sagte sie: »Sie ist ein Geschenk, und ich würde gern wissen, wie alt sie ist. Lässt sich das feststellen?«

»Sicher, natürlich, dafür sind wir schließlich da. Als unabhängiges chemisches Laboratorium führen wir unter anderem Schadstoffanalysen und Anlagendiagnostik durch, aber auch Qualitätskontrollen aller Betriebsmedien bis in den Spurenbereich, betreiben Nährstoffuntersuchungen und einiges andere mehr. Die Liste ist lang.« Er lächelte selbstgefällig.

Mirja nickte, mehr aus Höflichkeit, und fragte dann: »Wie funktioniert das, ich meine, wie bestimmen Sie das Alter?«

»Wir wenden die Radiokarbon-Methode an. Die C14-Methode. Sie gilt für Datierungen bis zu fünfzigtausend Jahren als äußerst zuverlässig. Sie müssen sich vorstellen, dass das Weltall voll von kosmischen Strahlen ist, die auch in die oberen Schichten der Erdatmosphäre eindringen. Die von diesen Strahlen getroffenen Atomkerne zerbrechen, verteilen sich und kollidieren mit anderen Kernen. Es folgt eine Reihe chemischer Reaktionen, bis schließlich aus Stickstoff Kohlenstoff entsteht. Der Kern dieses verwandelten Atoms hat nicht – wie der normale Kohlenstoff zwölf – sondern vierzehn Teilchen. Daher Kohlenstoff 14, sprich C14. Diese Atome werden in der gesamten Biosphäre verteilt und gelangen über die Nahrungskette in jedes Lebewesen. Stirbt ein Lebewesen, endet der Nachschub an frischem Kohlenstoff aus der Umwelt, allerdings setzt sich der Verfall des Kohlenstoffes weiter fort, so dass die Anzahl der Kohlenstoff-14-Atome im Laufe der Jahre stetig abnimmt. Es dauert rund 5730 Jahre, bis die Hälfte der Atome zerfallen ist. Demnach besteht ein fester physikalischer Zusammenhang zwischen der verstrichenen Zeit des organischen Verfalls und der Anzahl der noch vorhandenen Atome. In unserem Labor ermitteln wir in einem von äußerer Strahlung abgeschirmten Messgerät den Anteil der noch nicht zerfallenen Atome. Das Gerät stellt fest, welche Atome während der Probe zerfallen und wieder zu Stickstoff werden, so dass sich die verstrichene Zeit seit dem Tod des Organs sehr exakt feststellen lässt. Das ist alles.«

Neuhaus sah Mirja amüsiert an, die mit gespielter Belustigung die Augen verdrehte.

»Das heißt, wenn ich Sie richtig verstanden habe, werden Sie anhand des Holzes das Alter der Sanduhr herausfinden«, fragte Mirja.

»Das ist korrekt, Holz ist für das C14-Verfahren das am besten geeignete Material, auch wenn man sich für die Proben im Idealfall junger Hölzer bedient oder das Holz aus dem äußeren

Bereich großer Stämme entnommen wird, aber wir werden auch mit dem Material arbeiten können.«

Er nahm die Sanduhr in die Hand. »Sie wird sich von einer Winzigkeit ihres Holzes verabschieden müssen, doch keine Sorge, wir haben Erfahrung, es wird kaum auffallen.«

»Was meinen Sie, wie lange es dauern wird? Wann wird das Ergebnis vorliegen?«

»Heute ist Dienstag, richtig? Ja! Sagen wir mal am Freitag, gegen Mittag. Reicht Ihnen das?«

Mirja gab sich gar nicht erst die Mühe, ihre Enttäuschung zu verbergen. »Schneller geht es nicht? Ich hatte die Hoffnung, dass Sie es bis morgen schaffen könnten.«

»Im Augenblick sind wir unterbesetzt ... Urlaubszeit ... und haben mehr zu tun, als uns lieb ist.«

»Die Sache eilt sehr, Herr Neuhaus.«

»Sie machen es einem wirklich nicht leicht.« Er stöhnte auf. »Eine kleine Chance gibt es vielleicht für morgen Nachmittag, aber ich kann Ihnen nicht versprechen, dass es klappt. Lassen Sie uns morgen gegen ... so etwa vierzehn Uhr kurz telefonieren, dann weiß ich mehr.«

»Ich rufe Sie an.«

Neuhaus drehte die Sanduhr in der Hand. »Ein schönes Stück. Haben Sie ein Faible für Sanduhren?«

»Nein, überhaupt nicht, ganz im Gegenteil.«

»Während eines Symposiums, auf dem ich vor kurzem war, ging es interessanterweise auch um die Sanduhr, und zwar um die unter Physikern häufig kontrovers diskutierte Frage des Gewichtes, die lautet: Wiegt eine Sanduhr im Grundzustand, das heißt, wenn sich der ganze Sand unten befindet, mehr, gleich oder weniger als im stationären Bewegungszustand, also während des Fallens des Sandes?« Er sah Mirja kurz an und schien allen Ernstes eine Anwort zu erwarten, dann sagte er: »Zunächst liegt die Annahme nahe, dass sie gleich schwer bleibt, weil der Gewichtsverlust des fallenden und während seiner Fallzeit nicht zum Gesamtgewicht beitragenden Sandkorns im zeitlichen Mittel wieder ausgeglichen wird durch die Kraft des unten auftreffenden Korns. Hierbei wird allerdings vernachlässigt, dass das fallende Sandkorn auf Grund des oben nachrutschenden Sandes bereits eine endliche, wenn auch sehr geringe Anfangsgeschwindigkeit aufweist. Somit ist das zeitliche Mittel der Kraft beim Auftreffen unten größer als der Gewichtsverlust während des Fallens. Ich fand das sehr interessant, für Sie bedeutete es wohl pure Langeweile.«

Sie schmunzelte und stimmte ihm innerlich zu.

»Gut«, sagte Neuhaus, schlug sich leicht auf den Oberschenkel und erhob sich. »Die Arbeit ruft. Wir telefonieren morgen Nachmittag. Guten Tag, Frau Timmer.«

Als Mirja im Büro eintraf, erledigte sie nur die wichtigsten Arbeiten und dann suchte sie fast eine Stunde lang im Internet auf den deutschsprachigen Seiten Informationen über Sanduhren in der Hoffnung, auf irgendetwas Besonderes zu stoßen. Die wenigen Textpassagen, die ihr interessant erschienen, kopierte sie, legte sie in ein neues Dokument ab und druckte alles aus. Schließlich lehnte sich Mirja zurück und las noch einmal die wenige Seiten.

Es hatte im neunten Jahrhundert in Chartres einen Mönch namens Luitiprand gegeben, der in der Literatur immer wieder als Erfinder der Sanduhr genannt wird, ohne dass jemals der Beweis dafür erbracht werden konnte. Im Jahre 1665 hatte der italienische Schriftsteller Martinelli eine Abhandlung über die Sanduhr veröffentlicht und sie darin als etwas Neues bezeichnet, was jedoch auch nicht stimmen konnte, denn ein Ausschnitt aus einem Fresko von Ambrosio Lorenzetti in Siena zeigte eine Sanduhr, und diese Wandmalerei aus Wasserfarben stammte aus dem Jahre 1338. Weder die Literatur der Antike noch das Altertum erwähnen eine Sanduhr. Die ersten Hinweise über die Existenz einer Sanduhr stammten aus dem vierzehnten Jahrhundert, so dass deren Erfindung vermutlich in diese Epoche fiel und sie somit erst nach der mechanischen Uhr entwickelt wurde. Fakt ist allerdings, dass sich die Sanduhr ab dem Mittelalter rasch als beliebter Zeitmesser durchsetzte, denn es entfielen die komplizierten Berechnungen wie etwa bei den Sonnenuhren oder den frühen astronomischen Uhren. Durch die verengten Glaskolben der Sanduhren konnte die Zeit erstmals auch in kleinen Einheiten gemessen werden. Für einen gleichmäßigen Fluss wurden die Sanduhren nur selten mit Sand gefüllt, stattdessen wurde fein gemahlene Eierschale oder auch Marmorstaub, Blei- oder Zinnpulver verwendet. Erst ab dem siebzehnten Jahrhundert wurde nach komplizierten Rezepten ein Granulat für die Sanduhren hergestellt.

Im Mittelalter maßen Sanduhren während der Ritterturniere die Länge der Kämpfe, später regelten sie bei Gericht die Redezeit der Anwälte, und in Kirchen waren sie eine ständige Mahnung für die Geistlichen, sich kurz zu fassen, doch besonders wichtig waren sie für die Schifffahrt. Erst im neunzehnten Jahrhundert verlor die Sanduhr fast gänzlich ihre Verwendung als Zeitmesser, nachdem die mechanische Uhr sich immer stärker durchsetzte.

Mirja legte die Seiten auf den Schreibtisch. Erschöpft rieb sie sich über die Augen. Das alles war ja ganz interessant, doch mit ihren Problemen hatte es herzlich wenig zu tun. Es war zum Verzweifeln – sie musste weiterkommen und wusste nicht, wie.

Sie griff zum Telefon und rief zu Hause an. Der Anrufbeantworter sprang an, Stefan war offensichtlich nicht da. Sie legte auf, ohne eine Nachricht zu hinterlassen, und versuchte es im *Timmers.* Stefan nahm nach einigem Klingeln ab.

»Hi, ich bin's«, sagte sie.

»Hi, du.«

»Wir müssen reden.« Sie konnte hören, dass er irgendwas klein hackte, und das vermittelte ihr nicht unbedingt das Gefühl, dass er für sie da war.

»Das ist in der Tat in letzter Zeit ein wenig zu kurz gekommen.«

»Wir müssen reden, aber nicht über uns.«

»Sondern?« Stefan arbeitete weiter.

»Über das Mädchen, die Kleine, du weißt schon.«

»Mirja …« Er zog ihren Namen in die Länge.

»Und über das Haus und die Sanduhr.«

Er sagte nichts, aber sie konnte geradezu fühlen, wie er die Augen verdrehte.

»Ich habe gestern Bernd Schmolke getroffen«, sagte sie, »von dem wir das Haus gekauft haben.«

»Aha.« Es klang unbeeindruckt.

»Er hat mich gestern früh auf dem Friedhof abgepasst. An Britts Grab. Er hat dort auf mich gewartet.«

»Was? Auf dem Friedhof? Abgefahren! Wie ist der denn drauf?«

»Er kennt das Mädchen, Steff, und auch die Sanduhr. Er hat mir Dinge erzählt, die glaubt man nicht. Aber ich denke, dass sie der Wahrheit entsprechen. Ich habe Informationen von ihm bekommen … über das Haus, Steff, und darüber müssen wir reden. Und zwar ganz schnell.«

»Okay, schieß los.«

»Nicht am Telefon. Zu Hause.«

»Meinetwegen. Morgen?«

»Morgen ist zu spät. Wir müssen heute reden. Ich weiß

nicht, wann wieder was passiert. Das Mädchen wartet vielleicht nicht mehr lange, bis es wieder was geschehen lässt.«

»Womit wartet es nicht mehr lange? Wovon sprichst du, Mirja, ist alles in Ordnung mit dir?«

Es war überhaupt nichts in Ordnung, mit ihr schon gar nicht. Sie wollte schreien, es ihm ins Gesicht schreien, doch sie riss sich zusammen und sagte betont ruhig: »Ich komme nicht weiter Steff, um mich herum geschehen ungeheure Dinge, die ich nicht begreife, doch die ich begreifen muss, weil ich mittendrin stecke und mich nicht davonstehlen kann. Mein Kopf zerplatzt bald, doch ich schaffe es irgendwie nicht, die vielen Gedanken in die richtige Bahn zu lenken.«

»Hat das alles nicht noch einen Tag Zeit, Mirja? Ich habe heute Abend volles Haus, Sid kommt gleich und Mohan auch, wirklich, wir haben alle Hände voll zu tun und müssen …«

»Du Scheiß-Egoist«, zischte sie. »Ich bin immer für dich da, wenn du mich brauchst, und halte immer zu dir, ich rücke niemals von dir ab – nicht mal, wenn du diese Schlampe Susan vögeln würdest, könnte ich ohne dich sein, und alles, was ich von dir will, ist, dass du dir ein wenig Zeit für mich nimmst und mir zuhörst, aber du kannst ja nicht mal das Scheiß-Messer oder was auch immer zur Seite legen, während wir reden! Zähle ich denn gar nicht mehr? Ich will nichts weiter …«

»In einer Stunde bin ich zu Hause«, unterbrach Stefan seine Frau. »Kriegst du das hin? Wenn ich von hier weg kann, musst du auch aus dem Büro weg können.«

»In einer Stunde«, sagte sie tonlos und legte den Hörer auf. Erschöpft wischte sie sich übers Gesicht.

Es war kein Triumph, dass sie Stefan bezwungen hatte, nichts, was es zu feiern galt. Die Auseinandersetzung war albern gewesen, absolut kindisch. Er nahm sie nicht für voll, und sie beschimpfte ihn und verschwieg ihm tagelang wichtige Entwicklungen – auf welch niedrigem Niveau bewegten sie sich mittlerweile eigentlich?

Mirja stand auf und packte ihre Sachen zusammen. Sie hatte zwar eine Vielzahl an Überstunden angehäuft, die sie nach und nach abbauen konnte, doch dass sie tagelang kam und ging, wie es ihr in den Kram passte, ging beim besten Willen nicht, das war ihr klar.

Sie beschloss, bevor sie ging, im Büro des Verlagsleiters vorbeizuschauen und ihm zu sagen, dass es ihr derzeit nicht allzu gut gehe, dass sie ein mentales Tief habe und einen Tag Auszeit benötige; ein kurzes Gespräch, zwei bis fünf Minuten bloß, und schon setzte sie zumindest gegenüber der Geschäftsleitung ihre Glaubwürdigkeit nicht länger aufs Spiel.

◆

Stefan wirkte unruhig und erweckte alles andere als den Eindruck, er käme gelassen und konzentriert zu dem Gespräch. Er schlug die Beine übereinander und warf einen provokativen Blick auf die Armbanduhr.

Mirja tat so, als spüre sie seine innere Gegenwehr nicht. Sie schob seinen Teebecher über den Tisch, setzte sich in den Sessel, zog die Beine hoch und begann ohne Umschweife: »In dem Haus geschehen Dinge, die nur deshalb geschehen, weil mit dem Haus etwas nicht stimmt. Ich weiß, dass es ziemlich bescheuert klingt, aber es ist so. In dem Haus sind zwei Menschen gestorben, seit wir es gekauft haben, und auch das blonde Mädchen haben wir immer nur innerhalb des Hauses gesehen. Und auch mit der Sanduhr geschehen seltsame Dinge, aber immer nur, wenn sie im Haus ist. Außerhalb des Hauses ist sie eine … ja, ganz normale Sanduhr. Und das alles, all diese seltsamen Geschehnisse, liegen am Haus.«

»Ein Geisterhaus also, meinst du das?« Stefan blieb ernst, doch Mirja konnte sein inneres Feixen geradezu sehen.

»Natürlich nicht«, sagte sie gereizt.

»Was denn dann? Ein *böses* Haus?« Er sagte es in neutralem Ton, aber er meinte es spöttisch, daran gab es keinen Zweifel.

Mirja nahm sich ein wenig Zeit mit der Antwort. Sie mahnte sich, ruhig zu bleiben, denn es brachte nichts, sich zu einer verbalen Attacke hinreißen zu lassen, die zu einem Streit führen konnte. Sie musste dieses Gespräch führen, der Sache wegen und um ihretwillen, und wenn sie ihr Anliegen nicht vermitteln konnte, war das später kaum noch möglich.

Schließlich sagte sie: »Bernd Schmolke kennt das Mädchen, Steff, er hat es mir gesagt, und ich glaube ihm, denn er hat mir die Kleine beschrieben. Er sagt, er habe sie gesehen, als er selbst noch ein Kind war und in dem Haus gelebt hat – zweimal hat er sie *im* Haus gesehen.«

Stefan runzelte die Stirn.

»Sie hatte die Sanduhr dabei, und sie hat ihm eine Stelle in der Hauswand gezeigt, in der sich das hier befand.« Sie griff unter den Sessel und zog die Holzschachtel hervor.

Sie sah Stefans Verwunderung, stellte die Schachtel auf den Tisch und legte die Hand darauf. »Das Mädchen wird nicht älter, Steff, sie ist seit mindestens dreißig oder fünfunddreißig Jahren so alt, wie sie jetzt ist, und sie wächst nicht.«

Stefan sah Mirja an, als mache er sich ernstliche Sorgen um ihren geistigen Zustand.

»Es ist so, Steff. Mit dem Haus stimmt etwas nicht, und weil mit dem Haus etwas nicht stimmt, stimmt auch mit dem Mädchen etwas nicht und sie oder das Haus oder beide haben irgendeine seltsame Macht über die Sanduhr. Dass Britt und der Mann gestorben sind, war kein Zufall, davon war Schmolke überzeugt. Er war übrigens an jenem Abend im Restaurant, als der Mann starb, und hat mich gewarnt, doch ich wusste nicht, wer er war und was er da redete. Ich weiß nicht, wie das alles zusammenpasst oder zusammengehört. Es sind viele Einzelteile, die ein Ganzes ergeben.«

»Mirja« – Stefan räusperte sich – »du willst mit mir darüber reden. Okay, kein Problem. Reden wir darüber. Aber dann auch offen und ehrlich, ohne dass wir einander Vorwürfe machen, wenn wir gedanklich nicht zusammenkommen.«

Er räusperte sich erneut, um Zeit zu gewinnen.

»Fangen wir mit dem Mädchen an. Ich gebe gerne zu, dass es seltsam ist. Es spricht nicht mit uns und trägt immer dieses Kleid. Aber sonst? Die Kleine tut nichts, Mirja, und vor …«

»Sie lässt den Sand in der Sanduhr von unten nach oben wandern, und das ist nichts?«

»Ich habe es nicht gesehen.«

»Aber ich.«

»Ich bin nach wie vor der Ansicht, dass du dir das eingebildet hast.«

Mirja schüttelte leicht den Kopf, doch sie vermied es, weiter darauf einzugehen. Stattdessen sagte sie: »Sie wird nicht älter, Steff, das ist Fakt.«

»Wieso ist das Fakt? Weil dieser Schmolke dir erzählt hat, er habe sie mal gesehen? Vor … was weiß ich, dreißig Jahren oder so? Mirja, Schatz, bitte sei mir nicht böse, aber das ist nun wirklich absoluter … Scheiß. Wirklich!«

»Ich glaube ihm, er hat sie beschrieben. Es stimmt.«

»Dieser Typ fängt dich auf dem Friedhof ab, am Grab deiner Schwester, an ihrem Geburtstag. Der ist doch« – er wedelte mit der Hand vor dem Gesicht – »völlig schizophren. Mirja, wer eine solche Friedhofsnummer abzieht, dem traue ich nicht von hier bis zur Zimmertür. Er hat vielleicht mitbekommen, dass du dich umhörst, du wirst die Kleine beschrieben haben, keine

Ahnung, woher er es weiß. Aber niemals, niemals hat er vor dreißig Jahren das Mädchen gesehen, das damals so aussah, wie es heute aussieht. Das ist ab-so-lu-ter Scheiß, Mirja, entschuldige mal!«

Mirja knetete ihre Hände. Sie musste zugeben, dass es plausibel klang, was Stefan gesagt hatte, doch sie war noch immer davon überzeugt, dass Schmolke die Wahrheit gesagt hatte.

»Er kannte auch die Sanduhr. Er sagt, das Mädchen hatte beide Male die Sanduhr dabei gehabt, als er es gesehen hat.«

»Er war damals im Restaurant, sagst du. Dann hat er die Sanduhr gesehen. Vielleicht gehörte diese Sanduhr Schmolkes Familie und ist aus irgendeinem Grund im Haus belassen worden, während alles andere ausgeräumt wurde …«

»Du begreift das alles nicht, Steff.«

»Ach nee? Aber du, ja? Was soll ich denn von dem Typen halten? Der ist ein Gruftie oder so was, und du lässt dir von ihm irgendwelche Geschichten einreden.«

»Ich lasse mir gar nichts einreden«, sagte sie ruhig. »Das mit dem Sand und mit dem Lindenblatt habe ich mit eigenen Augen gesehen.«

»Solche Dinge gibt es nicht, Mirja.«

»Bist du da ganz sicher, Steff?«

»Aber natürlich.«

»Und ich sage dir, dass es sie gibt. Ich habe es gesehen, ich stand davor, ich habe dieses Lindenblatt in den Händen gehalten, grün und verwelkt und wieder grün, und wenn ich eines nicht bin, ist es paranoid. Es geschehen Dinge in dem Haus, die eigentlich nicht geschehen können, doch sie geschehen nun mal, und wir – und vor allem du – sollten aufhören, die Dinge wegzureden, denn sie sind nicht wegzureden. Sie sind … *real.*«

»Unter Realität verstehe ich leider etwas anderes, Mirja.«

»Dann solltest du dir ein neues Verständnis zulegen, und

zwar schleunigst. Das, was im Haus geschieht, ist real, und wenn es nicht in dieser Realität geschieht, geschieht es in einer anderen. In dem Haus existiert eine Realität neben der allgemein gültigen Realität. In den Mauern des Hauses gibt es eine zweite Realität, und die müssen wir versuchen zu verstehen.«

Er sah nicht so aus, als könne er ihr folgen, doch er fragte: »Und selbst, wenn du Recht hättest: Was haben wir damit zu tun?«

»Das Haus.«

»Das Haus?«

»Es ist unser Haus, es gehört uns. Alle seltsamen Dinge geschehen im Haus, und weil es jetzt unser Haus ist, ist es unsere Angelegenheit. Wir müssen herausfinden, was vor sich geht, Steff, das ist unsere Aufgabe, und vor der können wir nicht davonlaufen.«

Stefan wischte sich über den Mund, dann griff er zu seinem Teebecher, trank einen Schluck und sah Mirja über den Becherrand hinweg an. Sie hielt seinem Blick stand. Er stellte den Becher zurück und sagte zaghaft: »Vielleicht werden wir verschaukelt.«

»Wer sollte uns verschaukeln?«

»Das weiß ich so aus dem Stand auch nicht, aber es könnte doch sein.«

»Es könnte sein«, sagte sie langsam, »das ist genau der richtige Denkansatz. Doch weshalb sagst du, es könnte sein, dass wir verschaukelt werden, aber nicht: Ja, es könnte sein, dass in dem Haus Dinge geschehen, die außerhalb unserer Vorstellungskraft liegen. Warum kannst du das nicht?«

»Weil ich nicht so gepolt bin.«

»Meine Schwester starb, nachdem wir das Haus gekauft haben. Sie starb im Haus, vor unser beider Augen. Dann der Mann, wieder im Haus, wieder vor unseren Augen …«

Er unterbrach: »Nicht vor meinen Augen.«

»Ich habe ihn auch nicht in das Glas fallen sehen, aber wir waren beide im Haus und haben alles mitbekommen. Wir waren sozusagen live dabei, haben es nicht erzählt bekommen. Es war gewollt, Steff, es war gewollt, dass wir bei beiden Todesfällen zugegen sind, damit wir uns die Frage stellen, was hier geschieht. Doch das haben wir nicht, und deshalb gab es weitere Zeichen. Andere. Die Sanduhr rollte plötzlich durch den Speisesaal, das Mädchen hat das Lindenblatt auf die Sanduhr gelegt, und hat den Sand von unten nach oben gezogen. Ich weiß nicht, wie die Kleine das alles gemacht hat, aber sie hat es gemacht, um uns … zu erreichen. Sie will, dass wir begreifen, dass etwas von uns erwartet wird, dass wir eine Aufgabe zu erfüllen haben – und diese Aufgabe hat etwas mit dem Haus zu tun. Das Haus ist der Mittelpunkt der Geschehnisse, Steff, dort laufen die Fäden zusammen, ob du es wahrhaben willst oder nicht.«

Stefan sagte nichts. Er wusste nicht, welche Worte er wählen sollte.

»Ich war am Sonntag bei Bernd Schmolkes Vater. Er lebt im Pflegeheim. Ich hatte gehofft, das er mir vielleicht noch das eine oder andere sagen kann, doch er befindet sich im Wachkoma, und ich konnte nicht mit ihm sprechen.«

Stefan schüttelte ungläubig den Kopf. »Wieso erzählst du mir von alldem nichts? Verdammt, Mirja, der eine fängt dich auf dem Friedhof ab und den anderen besuchst du im Pflegeheim, und erst Tage später erzählst du mir davon.«

»Weil du mir die Sache mit dem Sand nicht abgenommen hast. Deshalb. Du hast mich behandelt wie ein kleines Kind, und das hat mich geärgert. Wahnsinnig geärgert. Ich habe mich daraufhin vielleicht ein wenig zu sehr zurückgezogen oder auch isoliert …«

»Ziemlich sogar.«

»... aber ich hatte nicht das Gefühl, mit meinen Gedanken und Überlegungen bei dir gut aufgehoben zu sein. Vielleicht war es ein Fehler.« Sie versuchte ein mattes Lächeln. »Du kannst mich ja jetzt eines Besseren belehren.«

Er schwieg.

»Ich habe die Sanduhr in ein Labor gebracht. Dort wird das Holz analysiert. Ich will wissen, ob das Alter der Sanduhr dem Alter des Hauses entspricht.«

»Wieso? Was erhoffst du dir davon?«

»Das weiß ich auch noch nicht so genau, aber ich musste irgendwo anfangen. Es kann ein guter oder ein sinnloser Anfang sein, keine Ahnung. Vielleicht ist es von Bedeutung, dass die Sanduhr und das Haus etwa gleich alt sind – sofern es so ist. Ich weiß es nicht.«

Stefan trank erneut von seinem Tee, und zwar nur deshalb, um irgendetwas zu tun. Zu seinem Erstaunen stellte er fest, dass er Mirjas Überlegungen zwar sehr verwunderlich, jedoch nicht länger eigenartig fand.

Sie sagte: »Das Mädchen hat uns die Sanduhr nicht geschenkt. Es hat sie auf den Fußboden gestellt und war anschließend verschwunden. Es hat uns die Sanduhr gegeben, damit sie im Haus bleibt. Für uns sah es aus wie ein Geschenk, doch es war keins. Wenn wir die Sanduhr irgendwo im leeren Haus gefunden hätten, hätten wir sie möglicherweise weggeworfen. Und genau das wollte das Kind nicht.«

Stefan sah auf die Holzschachtel. »Willst du mir endlich zeigen, was der Typ angeblich in der Wand des Hauses gefunden hat?« Er konnte ein leicht spöttisches Grinsen nicht unterdrücken, doch Mirja ignorierte es. Sie schob ihm die Schachtel zu, und er öffnete sie und nahm die Fotos heraus. Er sah sie sich interessiert, jedoch nicht allzu genau an. Bei dem Toten stutzte er kurz und schüttelte den Kopf, das Foto mit der Inschrift auf der Haustür hielt er in die Höhe. »Was soll das heißen, weißt du das?«

»Auf dem anderen Foto ist es auch zu sehen, bloß viel kleiner und nur als Ausschnitt. Die alte Schrader hat es mir ins Hochdeutsche übersetzt. Es heißt *Unser Haus bleibt unser Haus* und *Wir bleiben immer hier.*

Er nickte und war mit der Antwort zufrieden.

»Es könnte bedeutungslos sein«, sagte Mirja, »aber das glaube ich nicht. Ich habe fast den Eindruck, dass man zwei Sätze formuliert hat, um die Bedrohung nicht gleich für jedermann erkennbar zu machen.« Sie stand auf, ging um den Tisch herum und setzte sich neben ihn. Auf das Foto weisend sagte sie: »*Unser Haus bleibt unser Haus.*« Sie sah ihn von der Seite an und sagte lapidar: »Na und? Schön und gut, aber keine Aussage, die eine tiefe Wirkung erzeugt. Der zweite Satz ebenso. Beides normale Sätze, die nicht irritieren. Doch wenn man es anders liest, sozusagen in einem Satz, und es mit einem bestimmten Unterton versieht, dann wirkt es sehr wohl: Dieses Haus gehört uns, und es bleibt unser Haus, da kann geschehen was will, wir bleiben für immer hier, egal was geschieht.«

»Schreibt man solche Gedanken auf die Haustür?«

»Vielleicht, wenn ich jemandem drohen oder ihn von etwas abhalten will.«

»Wovon denn abhalten?«

»Mir das Haus wegzunehmen.« Sie nahm die Holzschachtel und holte die Schuldschrift hervor. »Es geht um ein Stück Land, das gekauft, jedoch nicht in voller Höhe bezahlt wurde. Ich bin sicher, dass auf diesem Stück Land heute unser Haus steht. Ich stelle mir jetzt mal vor, dass der Schuldner oder seine Nachkömmlinge Probleme hatten, die Schuld abzutragen. Nun sagte die Gläubigerseite: Wenn du oder ihr nicht zahlen könnt, müsst ihr runter vom Land oder in diesem Fall raus aus dem Haus.«

»Und das wollte er oder sie nicht.«

»Wer will das schon? Deshalb vielleicht die Inschrift.«

»Als ausdrückliche Drohung?«

Mirja nickte.

Er ließ sich gegen das Rückenpolster fallen und sagte: »Ich will ganz ehrlich zu dir sein. Ich weiß nicht, was ich von dem ganzen Kram halten soll. Dass dieser Schmolke als Kind das Mädchen gesehen haben will, glaube ich nie und nimmer, der Typ will dir einen Riesenbären aufbinden. Ich kann mir auch nicht vorstellen, dass der Tod deiner Schwester und der des Mannes irgendetwas mit dem Haus zu tun haben.« Er schüttelte den Kopf, lächelte verlegen und sagte: »Ich befürchte, wir kommen in dieser Geschichte nicht zusammen, Mirja.«

»Du glaubst mir also nicht.«

»Das habe ich nicht gesagt. Ich habe gesagt, ich glaube Schmolke nicht. Wenn du ihm die Nummer mit dem Mädchen abnimmst, ist das deine Sache, ich tue es jedenfalls nicht.«

»Was ist mit den beiden Todesfällen?«

»Mirja, die beiden sind gestorben. Sterben ist unser aller Schicksal. Leider sind sie ausgerechnet in unserem Haus gestorben und auch noch ausgerechnet an den Abenden, als wir beide dort waren. Reiner Zufall, nichts weiter.«

»Zufall …«, murmelte sie, »vergiss es. Aber wir haben etwas, das ohne Zweifel feststeht, und das ist die Sache mit dem Sand und dem Lindenblatt.«

Er sah sie an und sagte nichts. Er glaubte ihr nicht, und das wusste Mirja. Natürlich unterstellte er nicht, dass sie vorsätzlich log, doch er glaubte, dass sie sich in etwas hineinsteigerte. Es hatte keinen Sinn länger mit ihm darüber zu debattieren.

»Ich möchte dich um einen Gefallen bitten«, sagte sie.

»Klar, natürlich. Welchen denn?«

»Dass du morgen früh zum Grundbuchamt fährst. Vielleicht findest du dort irgendetwas über das Haus, das wichtig ist. Ich würde es ja selbst tun, aber ich kann meinen Job nicht länger vernachlässigen. Wenn du gleich morgen früh hinfährst, haben wir noch den ganzen Tag, um etwas zu unternehmen, falls es etwas zu unternehmen gibt.«

»Was soll ich denn Wichtiges herausfinden? Da werden Grundbücher geführt und bearbeitet, die Leute dort kümmern sich um Grundbuchangelegenheiten und nicht um irgendwelche … geheimnisvolle … was weiß ich, ominöse Geschehnisse.« Er machte eine kurze Pause und fügte dann leise hinzu: »Die ohnehin nur in deinem Kopf existieren.«

»Ist schon gut, vielen Dank.« Sie stand auf. »Ich dachte immer, wir könnten über alles reden.«

»Das können wir auch.«

»Nein, das können wir nicht«, brüllte sie plötzlich. »Du machst dich über mich lustig, glaubst, dass ich spinne oder nicht mehr richtig ticke.«

Stefan blieb ruhig. »Ich mache mich nicht über dich lustig, das stimmt nicht. Sicher, ich habe Probleme, mich … ich kann es mir nicht vorstellen, ja, das stimmt. Aber gut, wenn dir so viel daran liegt, dann fahre ich morgen früh dort hin. Das ist kein Problem.«

Sie holte tief Luft. »Tut mir Leid«, sagte sie, »ich wollte dich nicht anschreien.«

»Ist schon okay. Ich habe mich ja auch nicht unbedingt mit Ruhm bekleckert.« Er stand auf, gab ihr einen Kuss und nahm sie in die Arme. »Die letzten Monate waren hart für uns beide, Mirja, wir stehen unter Dauerstress, seit wir das Haus gekauft haben. Allmählich liegen die Nerven blank, das ist ja auch kein

Wunder. Wir sollten wirklich gleich nach Neujahr wegfliegen und mal wieder richtig ausspannen.«

»Die Erschöpfung ist es nicht«, sagte sie matt, »es ist das, was mit meinem Bewusstsein geschieht, und das erschreckt mich. Meine bisherigen Sicherheiten beginnen sich aufzulösen, und wo es bis vor kurzem noch so etwas wie Grenzen gab, sind nun keine mehr da. Mir kommt es so vor, als entfaltet sich mein Bewusstsein neu. Langsam entwickelt sich eine veränderte Wahrnehmung, die schließlich zu einem neuen Bewusstsein wird. Vor mir befindet sich so etwas wie ein Tor zu einer anderen Wirklichkeit, und wenn mein Bewusstsein so weit ist, wird es sich öffnen, mich hineinlassen und sich gleich wieder hinter mir schließen. Ich muss Vorgänge begreifen, die sonst niemand begreift, weil niemand außer mir damit konfrontiert wird. Ich habe Angst davor, aber ich kann nicht weglaufen, weil … ich weiß, dass es für mich so vorgesehen ist.«

Stefan wusste nicht, was er sagen sollte. Er schwieg und drückte sie noch fester an sich.

13

Stefan war mit Mirja nach gerade mal vier Stunden Schlaf aufgestanden, und vermutlich hätte er sich frischer gefühlt, wenn er sich gar nicht erst hingelegt hätte. Er hatte lange unter der Dusche gestanden, zwei Becher starken Kaffee getrunken und sich den Ordner mit den Unterlagen des Hauses geschnappt.

Und nun saß er im Grundbuchamt an dem kleinen Tisch in einem lichtarmen Raum, der voller Akten war. Ein blasser, dicklicher Mann saß hinter einem Schreibtisch und war vermutlich der einzige Mensch auf der Welt, der in den vielen Stapeln aus Hängeordnern und den unzähligen Akten mit unbeschrifteten Rücken überhaupt so etwas wie ein Ablagesystem erkennen konnte. Alle paar Minuten griff er unter den Schreibtisch nach der Anderthalb-Liter-Flasche Pepsi-Light, trank und stieß geräuschlos auf.

Vor Stefan lag ein Notizblock, der Ordner mit den Unterlagen des Hauses und die Akte, die der Dicke in erstaunlich kurzer Zeit in einem der Dutzenden von Stapeln gefunden hatte und vor ihm auf den Tisch hatte fallen lassen, als sei sein tägliches Arbeitspensum nun mehr als erfüllt.

»Entschuldigen Sie bitte«, sagte Stefan.

Der Mann sah auf. Selten hatte Stefan in ein weniger interessiertes Gesicht geblickt.

»Sie haben nur das hier?« Er deutet auf die Akte vor sich. »Das ist nicht sonderlich viel.«

»Dafür kann ich nichts.«

»Natürlich können Sie nichts dafür, das ist mir schon klar. Was mir ein Rätsel ist, ist, dass dieses alte Haus lediglich drei Besitzer gehabt haben soll. Hier drin stehen gerade mal drei Namen, und genau das verstehe ich nicht. Was ist mit den anderen Namen, den anderen Besitzern?«

»Je älter die Objekte, desto unmöglicher ist Vollständigkeit«, erwiderte der Mann, so leblos, als sagte er diesen Satz seit Jahren täglich zehnmal.

»Das glaube ich gern, aber mir ist dennoch nicht klar, weshalb nur drei Namen aufgeführt sind.«

Einen Moment lang schien der Mann zu überlegen, ob er Stefan anfahren sollte oder nicht. Er entschied sich für die zweite Möglichkeit und erklärte: »Wenn die Menschen früher ein Haus benötigten, haben sie es gebaut. Anträge oder Genehmigungen hat es damals nicht gegeben, deshalb lässt sich das Baujahr alter Häuser oftmals nur durch ein Gutachten feststellen. Es gibt in Hamburg und Umgebung etliche solcher Häuser. Und wem es gehörte und wer darin wohnte« – er machte eine wegwerfende Handbewegung – »das hat damals so viele Leute interessiert wie uns heute, wenn in China ein Sack Reis umkippt.« Er setzte die Pepsi-Flasche an den Mund, trank, rülpste leise und fragte: »Hat Sie das nicht interessiert, als Sie vor der Entscheidung standen, das Haus zu kaufen?«

»Nein.« Stefan klappte die Akte zu. »Wir haben damals nicht bedacht, dass uns das mal interessieren könnte.«

»Lassen Sie sie liegen«, sagte der Mann und deutete auf die Akte. »Ich räume sie nachher weg.«

Stefan steckte seinen Notizblock und den Kugelschreiber ein, nahm den Ordner, wünschte dem Mann einen angenehmen Tag und verließ das Amtszimmer. Er schloss die Tür, blieb stehen und blickte den Gang hinunter. Viel hatte er nicht herausgefunden, doch das hatte er auch nicht anders erwartet, und ihm war auch nicht klar, was genau Mirja erwartet hatte. Doch seltsam kam es ihm schon vor, dass lediglich drei Namen in der Akte standen. Stefan zog den Notizblock aus der Brusttasche seines Hemds und schlug ihn auf. Albert Pubben, Gerd Schmolke, Bernd Schmolke. Gerd Schmolke hatte das Haus vor knapp dreißig Jahren von Pubben gekauft, später war es in Bernd Schmolkes Besitz übergegangen. So weit, so gut, doch was war davor gewesen? Wem hatte das Haus gehört, bevor Pubben der Eigentümer geworden war? Es konnte ohne Bedeutung sein, doch ebenso gut konnte es wichtig sein. Seltsam war es allemal.

Stefan schob den Notizblock in die Hemdtasche zurück. In seinem Magen breitete sich ein leichter Druck aus, der sich so gar nicht mit der Lässigkeit, die er nach außen hinzeigte, vertrug.

◆

»Sie kommen auf den letzten Drücker«, sagte Neuhaus und gab Mirja die Hand. Die beiden standen vor dem Empfang. »Ich muss gehen, eigentlich bin ich schon gar nicht mehr hier. Wären Sie zwei Minuten später gekommen, hätte meine Sekretärin Sie an meinen Assistenten verwiesen. Gut.« Er sah auf seine Armbanduhr, gab Mirja ein Zeichen, sich kurz zu gedulden, und eilte in einen der Nebenräume. Kurz darauf kehrte er zurück. In einer Hand hielt er den Leinenbeutel mit der Sanduhr, in der anderen einen zugeklebten, grauen Umschlag im DIN-A3-Format. »Alles erledigt«, sagte er und reichte beides Mirja. »Wir benötigen noch Ihre Anschrift wegen der Rechnung. Bitte hinterlassen Sie sie am Empfang. Ich muss los, tut mir Leid. Falls Sie Fragen haben, scheuen Sie sich bitte nicht, mich anzurufen.« Er deutete auf den Umschlag. »Aber eigentlich sollten

Sie daraus schlau werden. Es hat mich sehr gefreut, Frau Timmer. Wie gesagt …« Er lächelte und hob die Hand ans Ohr, als hielte er einen Telefonhörer. Dann drehte er sich um, rief laut: »Bin weg!« und verließ das Gebäude.

Hinter dem Empfang saß niemand, also schrieb Mirja ihre Anschrift auf einen Zettel und legte diesen auf den Tresen. Wenig später saß sie im Wagen, riss den Umschlag auf und zog den Bericht heraus. Er umfasste zwei Seiten, die aneinander geheftet waren. Der vordere Bogen war der Analysebericht. In einer unübersichtlichen Tabelle waren Zahlen und Buchstaben sowie Gleichungen aufgeführt, die Mirja nicht verstand. Sie klappte den ersten Bogen nach hinten und überflog die zweite Seite. Im ersten Absatz stand, dass das Alter des Holzes einer Sanduhr bestimmt werden soll, anschließend wurde in umständlich formulierten Sätzen das Verfahren erläutert. Der zweite Absatz war eine Zusammenfassung, über die Mirja hinweglas. Der dritte Absatz war der Wesentliche, hier stand in zwei Zeilen das Ergebnis: Dreihundertsiebenunddreißig Jahre alt. Mirja rechnete zurück. 1666 – das Holz dieser Sanduhr stammte aus dem Jahre 1666. Mirja schob den Bericht in den Umschlag zurück, dann griff sie in den Leinenbeutel, nahm die Sanduhr heraus und sah sie sich an. Die Stelle, an der ein wenig von dem Holz entfernt worden war, war kaum zu erkennen, zumal dort ein wenig ähnliche Farbe aufgetragen worden war. Mirja strich darüber und begutachtete ihre Fingerkuppe, doch die Farbe färbte nicht ab. Sie steckte die Sanduhr in den Beutel zurück und sagte sich, dass sie sich die ganze Sache mit dem Labor hätte sparen können. Die Sanduhr war wesentlich älter als das Haus, und selbst wenn nicht, hätte ihr dieses Wissen irgendwelche Aufschlüsse geliefert? Nein. Die ganze Aktion war eine reine Zeit- und Geldverschwendung gewesen. Und dennoch, trotz aller Enttäuschung, folgte Mirja einer leisen Stimme, die irgendwo in ihrem Hinterkopf erklang und von der sie nicht wusste, zu wem sie gehörte. Mirja brachte die Sanduhr nicht ins *Timmers* zurück, sondern zu dem Eckschrank im Flur ihrer Wohnung. Sie stellte sie ins obere Regal und schob sie hinter die Vasen und Kerzenständer. Dies schien ihr der bessere Ort für die Sanduhr zu sein.

◆

Es wurde bereits dunkel, als sich die beiden jungen Männer auf eine Bank des kleinen Spielplatzes setzten. Außer ihnen war niemand zu sehen. Beide waren achtzehn Jahre alt, der eine hatte schulterlange, verfilzte Haare, der andere einen Stoppelschnitt. Während der Stoppelschnitt anfing, einen dicken Joint zu drehen, trank der Verfilzte aus der Plastikflasche den selbst gemischten Wodka-Lemon. Er sah dem anderen beim Drehen zu, und in seinen glasigen Augen stand die pure Vorfreude.

»Ist geiles Zeug«, sagte der Stoppelschnitt. Er schien die Gedanken seines Kumpels gelesen zu haben. »War auch superscheiße-teuer, Mann, aber wen juckt's?«

Der Verfilzte grinste und trank einen Schluck aus der Flasche.

»So muss 'ne Tüte aussehen«, sagte der Stoppelschnitt und leckte über das Zigarettenpapier. Er fummelte ein Feuerzeug aus der Hosentasche und zündete den Joint an, inhalierte einen tiefen Zug und sah aus, als erfüllten sich gerade all seine Träume.

»Geil«, sagte er ehrfürchtig, »das ist die Macht, Mann, das Zeug ist die absolute Macht. Afghanistan, Mann, die bauen das beste Kraut an.« Er zog noch einmal und reichte seinem Kumpel den Joint. Der Verfilzte gab ihm die Flasche, und während er gierig rauchte, trank der Stoppelschnitt einige Schlucke. Der

Joint und die Flasche wanderten mehrere Male hin und her, und die beiden sprachen nicht mehr miteinander, sondern genossen ihren immer intensiver werdenden Rauschzustand. Plötzlich begann der Verfilzte zu kichern.

»Was geht ab?«, fragte der Stoppelschnitt und grinste schief.

»Was ist das für ein Kraut? Ich bin ja mehr als stonend, eh, so was ist mir beim Kiffen noch nie passiert.« Er hob den Arm, deutete auf die Schaukel und sagte: »Ich sehe diese Schaukel, Alter, wie sie sich bewegt. Ha! Als ob da jemand sitzt und richtig hoch schaukelt. Ist ja krass.«

Der Stoppelschnitt sah hin und wirkte erstaunt. »Das sehe ich auch«, sagte er. »Die Schaukel geht derbe hoch, Mann.«

Der Verfilzte sah ihn an. »Verarsch mich nicht, Alter, das kann ich nicht ab.«

»He, ich verarsch dich nicht. Echt, Mann, ich sehe das echt. Die Schaukel geht derbe hoch.«

Der Verfilzte schlug seinem Kumpel gegen den Oberarm. »Wichs mich nicht an, Alter, wir kiffen zwar das gleiche Zeug, aber du siehst doch nicht meinen Kram.« Der Stoppelschnitt schlug zurück: »Lass die Kacke, Mann, hau mich nicht.« Dann griff er dem Verfilzten in den Nacken, sah zur Schaukel und sagte: »Vorne hoch … unten … hinten hoch … unten … vorne hoch …«

Der Verfilzte stimmte ein: » … unten … hinten hoch … unten … vorne hoch …«

Der Stoppelschnitt löste seinen Griff, sah seinen Kumpel an und murmelte: »Da sitzt jemand und schaukelt, Mann.«

»Nix da, Alter, da sitzt niemand. Ich sehe keinen.«

»Ich auch nicht.« Der Stoppelschnitt stand auf und ging zwei Schritte Richtung Schaukel, blieb stehen, hob die Hand in die Höhe, drehte sich um und sagte: »Kein Wind, Mann, nix.

Der Wind macht das nicht, da sitzt wirklich jemand drauf und schaukelt.«

»Das gibt es doch nicht«, murmelte der Verfilzte. Er ließ die Schaukel nicht aus den Augen, nahm die Flasche, trank einen Schluck, wollte aufstehen, doch seine Beine spielten nicht mit, und er setzte sich gleich wieder hin. Beim zweiten Versuch klappte es, und er ging zu seinem Kumpel. Gemeinsam starrten sie die Schaukel an.

»Das müssen Dämonen sein, Mann«, flüsterte der Stoppelschnitt.

»Auf der Schaukel, Alter?«

»Logisch, Mann, das sind Dämonen. Wieso schaukelt die Schaukel, wenn da kein Arsch draufsitzt?«

»Kein Plan, Alter.« Der Verfilzte trank noch einen Schluck, stieß seinem Kumpel leicht in die Seite und flüsterte dann: »Lass uns abhauen, Alter. Das ist nicht der Stoff, Alter, vielleicht sind das echte Dämonen oder diese anderen Kerls aus der Hölle. Ich hab keinen Bock, dass die uns holen, eh, verpissen wir uns schnell.«

Der Stoppelschnitt nickte. Sie verließen den Spielplatz, und Angst und Verwunderung wichen langsam aus ihren Gesichtern. Plötzlich lachte der Verfilzte albern auf, deutete auf die Hose des Stoppelschnitts und sagte: »Vollgepisst, Alter, du hast dich vollgepisst. Geil, Alter!«

Der Stoppelschnitt sah kurz an sich hinunter. Vom Hosenbund bis zum linken Knie war seine Jeans dunkel gefärbt und nass. »Scheiße, Mann, so ein verfluchter Fuck.« Er bemerkte, dass er noch immer den Joint in der Hand hielt, und warf ihn ins Gebüsch.

Der Verfilzte kreischte auf. »Eh, was soll das, Alter?« Er wollte ins Gebüsch kriechen, um den Joint zu suchen, doch der Stoppelschnitt hielt ihn zurück.

»Hauen wir ab, Mann«, sagte er. »Ganz schnell. Die Schaukel schaukelt immer noch, Mann, ich mach, das ich wegkomme, Mann, ich will nicht, dass mich die Dämonen holen.« Er lief zehn Schritte, blieb stehen und drehte sich um, rief: »Komm, Mann, na los!«, und rannte davon, so schnell es ihm möglich war.

Der Verfilzte sah noch einmal zur Schaukel, murmelte: »Alter, das gibt es nicht, das ist so krank, eh«, dann schleuderte er die Flasche ins Gebüsch und lief seinen Kumpel hinterher.

Das Mädchen blickte gen Himmel, während es schaukelte. Seine langen Haare flatterten im Wind. Es streckte die nackten Füße mal nach vorne und mal nach hinten und schaukelte immer höher.

14

Ich hatte dir gesagt, dass es nicht viel bringt«, sagte Stefan. Er sah auf die Uhr; kurz vor eins. An diesem Abend war das *Timmers* nicht gut besucht gewesen, die letzten Gäste waren bereits eine Stunde vor Mitternacht gegangen.

Er sagte: »Natürlich hat ein altes Haus wie das unsere seine Geschichte, aber die steht doch nicht in irgendwelchen Akten, die in Behörden abgelegt sind.«

»Dann müssen wir auf einem anderen Weg herausfinden, was sich in dem Haus in all den Jahren zugetragen hat«, sagte Mirja. Sie lehnte sich in dem Küchenstuhl zurück, verschränkte die Arme vor der Brust und sah Stefan entschlossen an.

»Wie willst du das machen? Du kannst es vergessen, jemals herauszufinden, was sich während eines so langen Zeitraums in einem Haus abgespielt hat.«

»Und wenn es gar nicht um den gesamten Zeitraum geht, sondern bloß um die letzten fünfzig oder hundert Jahre? Vielleicht reicht das ja schon aus, um zu erfahren, weshalb diese seltsamen Dinge geschehen.«

Er zuckte mit den Schultern.

Sie nahm die Schuldschrift, die neben den Fotos auf dem Tisch lag, und sagte: »Ich bin davon überzeugt, dass diese Schuld der Grund für die Inschrift auf der Tür ist. Auf dem Stück Land, das der Gläubiger verkauft hat, hat der Schuldner das Haus gebaut, davon können wir ausgehen, denn ansonsten würde das alles keinen Sinn ergeben. Vielleicht hatte der

Schuldner Probleme gehabt, die Schuld zu begleichen, und der Gläubiger hat ihn unter Druck gesetzt oder sogar gedroht, sich das Land zurückzuholen. Und der Gläubiger hat sich geweigert, das Land mit dem Haus aufzugeben. Unser Haus bleibt unser Haus, Finger weg davon, wir bleiben für immer hier.« Sie sah ihn an und wartete darauf, dass er zustimmte.

»Die Tür ist keine zweihundertfünfzig Jahre alt, Mirja. Danach sieht sie nicht aus.«

»Aber vielleicht das, was darauf steht.«

»Hm …?«

»Diese Warnung ist vielleicht viel früher ausgesprochen worden, lange bevor sie auf die Tür geschrieben wurde. Vielleicht stand sie auch auf der Tür, die vor dieser Tür auf den Fotos dort war. Wir wissen nicht, wie alt diese Warnung ist, aber wir wissen, aus welchem Jahr die Schuldschrift resultiert. Allzu viele Jahre werden nicht dazwischen gelegen haben, denn ich kann mir nicht vorstellen, dass jemand eine Ewigkeit auf sein Geld wartet. Das war damals sicherlich nicht anders als heute.«

Stefan nahm das Foto mit der Inschrift, sah darauf und sagte: »Wenn ich es so lese, wie du es gestern gesagt hast, dann klingt es für mich nicht wie eine Warnung.«

»Für mich schon.«

Stefan stand auf und verließ wortlos die Küche, kehrte kurz darauf zurück und erklärte, er habe bloß einen Block und einen Kugelschreiber geholt. Er setzte sich wieder und sagte: »Also, wir haben das Haus.« Er schrieb *Haus.* »Wir haben die Sanduhr.« Er schrieb *Sanduhr.* »Dann haben wir das Mädchen.« *Mädchen.* »Dann die Fotos und die Schuldschrift, die Sachen von Schmolke.« Er schrieb *Erinnerungsstücke.* »Was haben wir noch?«

»Das Lindenblatt.«

Er schrieb es auf.

»Zwei Tote«, sagte sie tonlos. »Meine Schwester und den Mann.«

Er sah sie an. »Das schreibe ich nicht auf«, sagte er sanft, »das behalten wir im Hinterkopf, okay?«

»Okay«, hauchte sie.

»Wollen wir Schmolke dazu schreiben?«

»Ich weiß nicht … ja, schreib ihn auf.«

Schmolke.

»Den anderen auch«, sagte Mirja. »Den Vater.«

»Wieso denn das? Der spielt doch keine Rolle, ich denke, er ist weggetreten?«

»Er liegt im Wachkoma, er ist nicht weggetreten.«

Das ist doch das Gleiche, dachte Stefan, sprach es aber nicht aus. »Wieso soll ich ihn aufschreiben?«, fragte er.

»Weil ihm das Haus gehörte. Insofern spielt er sehr wohl eine Rolle, auch wenn wir diese noch nicht kennen. Vielleicht brauchen wir ihn gar nicht, streichen können wir ihn immer noch. Schreib *Gerd Schmolke,* Steff, bitte.«

Er tat ihr den Gefallen. »Noch was?«

Sie überlegte einen Moment und schüttelte dann den Kopf.

»Okay, ordnen wir die Dinge ein wenig.« Er stand auf, ging zum Kühlschrank und holte sich eine Flasche Bier heraus. »Möchtest du auch eine?«

»Nein«, sagte sie gedankenverloren.

Stefan öffnete die Flasche, trank einen Schluck und setzte sich wieder. Er fragte: »Wollen wir versuchen, chronologisch vorzugehen?«

»Ja, das wäre ein Anfang.«

Stefan sah auf seine Notizen. »Das Älteste ist die Schuldschrift. Es gab sicherlich auch mal einen Kaufvertrag, doch den haben wir nicht, aber aus der Schuldschrift geht ja auch hervor, dass es einen Kauf gegeben hat. Dann haben wir einige Fotos, von denen wir nicht wissen, aus welchem Jahr sie stammen. Vielleicht hat zwischen der Schuldschrift und dem ältesten Foto dieser Schwur stattgefunden. Dann kommen verschiedene Fotos. Das jüngste Foto ist das, das den alten Schmolke zusammen mit Pubben zeigt. Und wir haben den anderen alten Papierbogen, den mit den Buchstaben und Jahreszahlen. Diese Sache verstehe ich überhaupt nicht, muss ich zugeben.«

»Ich auch nicht. Aber im Gegensatz zu der Schuldschrift ist er aktualisiert worden. Die Schuldschrift ist datiert und unterschrieben, und das Datum das liegt fast dreihundert Jahre zurück.« Sie nahm den anderen Bogen, faltete ihn auf, legte ihn auf den Tisch und sagte: »Die letzte Jahreszahl, die eingetragen ist, ist neunzehnhunderteinundsechzig, also vor rund vierzig Jahren. Die am weitesten zurückliegende Jahreszahl ist siebzehnhundertzweiundachtzig. Wenn wir unterstellen, dass die Einträge mit den Jahreszahlen auch tatsächlich in den entsprechenden Jahren gemacht wurden, ist diese Auflistung über eine Zeitspanne von hundertneunundsiebzig Jahren geführt worden, und wenn du mich fragst, ist das auch so, denn das Papier sieht ganz schön alt und abgenutzt aus.«

Stefan sah auf den Bogen. »Aber was bedeuten diese Buchstaben und Jahreszahlen und die anderen Zahlen? Verstehst du das?«

Mirja schüttelte den Kopf.

Stefan trank einen Schluck aus der Bierflasche und sagte: »Vielleicht war es doch keine überflüssige Aktion, was du mit der Sanduhr gemacht hast. Dass du sie zu diesem Labor gebracht hast, meine ich.«

»Doch, das war völlig überflüssig. Die Sanduhr ist viel älter als das Haus. Rund hundert Jahre.«

»Du machst einen Denkfehler, Mirja. Das *Holz* der Sanduhr ist älter als das Haus. Aber ist auch die Sanduhr älter? Es ist doch völlig klar, dass das Holz einer Sanduhr einige Jahre auf dem Buckel haben muss, bevor man es verwenden kann, um … ja, um daraus eine Sanduhr zu bauen. Wie alt die Sanduhr ist, wissen wir nicht, wir wissen bloß, wie alt das Holz ist. Das Holz der Schwellen in unserem Haus ist auch älter als das Haus selbst.«

Sie nickte vor sich hin. Stefan hatte Recht, aber das war jetzt nicht weiter wichtig. Sie nahm das Foto, auf dem die beiden Menschen auf der Bank vor dem Haus saßen. »Ob das Mutter und Sohn sind?«, fragte sie.

»Vermutlich. Ich schätze, sie haben dort auch mal gelebt. Welchen Sinn sollte das Foto sonst machen? Sie sitzen vor dem Haus, also werden sie dort gelebt haben, ganz sicher.«

Mirja sah das Foto lange an. In ihrem Kopf begann sich eine Überlegung zu entwickeln, die seltsam und bizarr war. Und noch vor wenigen Tagen hätte Mirja sich dafür selbst ausgelacht, doch mittlerweile war alles anders geworden. Alles.

»Was denkst du?«, fragte Stefan behutsam.

»Was ganz Komisches«, murmelte sie.

»Sag es!«

Sie legte das Foto auf den Tisch, verdeckte es mit ihren Händen, sah Stefan aus leicht zusammengekniffenen Augen an und fragte dann: »Könntest du dir vorstellen, dass die Frau auf diesem Foto hier die Mutter des kleinen blonden Mädchens ist, und der Junge daneben sein Bruder?«

In Stefans Gesicht regte sich nichts. Nur seine Augen verrieten eine plötzliche Unruhe.

»Oder die Frau auf dem Foto mit dem Sonnenschirm. Könntest du dir vorstellen, dass sie die Mutter der Kleinen ist und das Mädchen daneben ihre Schwester? Die Leute an dem Tisch, sind das ihre Eltern und ihre Geschwister? Der in der SS-Uniform und der Junge – ihr Vater und ihr Bruder?«

Stefan wollte etwas entgegnen, doch sein Mund schien mit Sand gefüllt zu sein. Hastig nahm er die Bierflasche, trank zwei Schlucke und erwiderte: »Ich befürchte, ich weiß, was du damit meinst, aber ich will es hören. Aus deinem Mund, von dir ausgesprochen. Sag es!«

Mirja sah Stefan an. Ihre Wangenmuskulatur zuckte, und sie knetete die Hände. Zwei lange Sekunden vergingen, dann sagte sie leise: »Ich frage mich, ob die Kleine …« Sie holte tief Luft, gab sich einen Ruck und sagte: »Vielleicht lebt sie gar nicht mehr.«

Stefan zeigte keine Reaktion. Er hatte exakt diese Antwort erwartet.

Mirja stützte ihre Ellbogen auf den Tisch und ihr Gesicht in die Hände. Sie schüttelte kaum merklich den Kopf. Eine Zeit lang lastete drückende Stille im Raum. Schließlich löste Mirja ihre Hände vom Gesicht, und Stefan konnte die Tränen in ihren Augen sehen.

»Wenn sie vielleicht gar nicht mehr lebt? Nicht mehr richtig, so wie du und ich und all die anderen, die wir sehen können?« Sie rieb sich die Augen und seufzte schwer.

»Du meinst also, sie ist so etwas wie ein Geist?«, fragte er leise.

»Ich weiß es nicht.« Sie war kaum zu verstehen. »Ich weiß nicht, was sie ist.«

Wieder verging ein Moment des Schweigens. Schließlich sagte Stefan: »Vielleicht stimmt es ja doch, was Schmolke gesagt hat. Dass er sie als Kind gesehen hat, meine ich.«

»Sie trägt stets das gleiche Hemd«, murmelte Mirja, »und wenn sie auftaucht, dann immer nur im Haus. Kaum verlässt sie das Haus, ist sie verschwunden, wie in Luft aufgelöst. Die Nachbarn kennen sie nicht, ich habe sämtliche Waisenhäuser und Heime abtelefoniert, aber niemand scheint sie zu kennen.

Ich glaube fast, dass niemand außer uns sie sieht.« Dann stieß sie hervor: »Weil es sie schon längst nicht mehr gibt.«

Nach einer gewissen Zeit des Schweigens fragte Stefan: »Wenn niemand sie sieht … weshalb sehen wir sie dann? Und wieso hat Schmolke sie gesehen?«

Sie schüttelte erneut den Kopf. Das alles war so seltsam und verdreht. Diese Gedanken passten nicht zu ihr, waren ihr fremd, und es verwirrte sie, dass sie sich immer weiter ausbreiteten und in ihrem Kopf festsetzten.

Stefan sagte: »Mal angenommen, wenn sie tatsächlich … meine Güte, wirklich nicht mehr lebt, dann muss sie irgendwann nach der ersten Begegnung mit Schmolke gestorben sein.«

»Oder bereits davor«, erwiderte Mirja leise.

»Das wäre eine Erklärung dafür, weshalb sie sich nicht verändert, nicht wächst.«

»Aber ich glaube nicht an Untote«, flüsterte Mirja.

»Ich auch nicht. Man lebt oder man ist tot, beides geht nicht.«

»Es muss einen anderen Grund für ihre seltsame Präsenz geben und auch Erklärungen, weshalb sie nicht älter wird und nicht wächst.«

Er nickte schweigend.

»Das Mädchen oder das Haus oder beide haben Britt und den Mann sterben lassen, ich weiß nicht, wie, aber für uns« – sie musste kräftig schlucken und sich die Tränen aus den Augen wischen – »für die Hinterbliebenen ist es schlimm und tragisch und tut weh, doch für die *Verursacher* der beiden Todesfälle waren es bloß Zeichen. Britts Tod war das erste Zeichen, doch wir haben es nicht als Zeichen erkannt, wir haben nicht verstanden, dass es einen Grund für ihren plötzlichen Tod gab, und uns nicht gefragt, weshalb sie ausgerechnet in dem Haus starb.

Deshalb musste auch noch der Mann sterben, wieder im Haus, und damit wir endlich wach werden, starb er so demonstrativ, so brutal, damit wir endlich begreifen.« Sie wischte sich wieder über die Augen.

»Nein, Britts Tod war nicht das erste Zeichen«, sagte Stefan. »Als wir damals das Mädchen zum ersten Mal gesehen haben und es uns die Sanduhr gab – das war das erste Zeichen. Wir hätten uns nachdrücklicher fragen sollen, wie es in das Haus gekommen ist und was die Sanduhr bedeutet, doch das haben wir nicht getan. Wir hatten die lapidare Erklärung parat, dass es einen Schlüssel für das Haus gehabt haben muss. Wir haben es uns zu einfach gemacht. Dann kam es zurück, das Mädchen, weißt du noch? Es war, als wir gerade am Einräumen waren, und die Kleine hatte plötzlich die Sanduhr in der Hand. Wieder hatten wir sofort eine Erklärung, nämlich dass die Handwerker schuld gewesen waren, weil sie sie im Haus nach der Sanduhr suchen ließen, anstatt sie fortzuschicken. Beide Erklärungen waren ja auch plausibel, zumindest damals. Doch weil wir noch immer nicht so weit waren, uns dem … Neuen zuzuwenden, musste Britt sterben. Und weil wir danach immer noch nicht … begriffen haben, musste auch noch der Mann sterben.«

»Das Lindenblatt und der Sand, von unten nach oben, waren weitere Zeichen«, fuhr Mirja leise fort.

Stefan starrte die Bierflasche in seiner Hand an. Mirja nahm die Fotos, sah jedes noch mal kurz an und legte sie auf den Tisch. »Der alte Schmolke hatte einen Unfall, sagte der Zivildienstleistende im Pflegeheim. Zu Hause. Sein Zuhause war das Haus. Ich würde zu gern wissen, was mit ihm geschehen ist.«

»Wie willst du das herausbekommen?«, fragte Stefan.

»Es steht mit Sicherheit in seiner Akte.«

»In der Krankenakte, im Pflegeheim?«

Sie nickte.

»Du glaubst doch nicht im Ernst, dass sie dir Einsicht gewähren. Es gibt die ärztliche Schweigepflicht, ohne einen richterlichen Bescheid, oder was auch immer man braucht, rücken sie die Akte niemals heraus. Ruf Schmolke an und frag ihn, was mit seinem Vater geschehen ist.«

»Er wird es mir nicht sagen. Er wird mit mir überhaupt nicht mehr reden, das hat er mir erklärt, auf dem Friedhof. Sinngemäß sagte er, dass ich den Weg selbst beschreiten muss.« Sie dachte kurz nach und fuhr fort: »Wenn man uns die Akte nicht gibt, müssen wir sie uns holen.«

Stefan sah sie verwundert an. »Wie, jetzt? Willst du etwa einbrechen?«

»Nein, ich nicht.« Sie sah ihn fest an.

»Vergiss es«, sagte er scharf und hob die Hände. »Ich breche doch nicht in ein Pflegeheim ein.«

»Das sollst du auch gar nicht. Wir müssen nur jemanden aus dem Pflegeheim überreden, uns die Akte zu geben. Nur zur Einsicht, das reicht doch schon, und niemand bekommt etwas davon mit.«

»Und wer, bitte schön, besorgt sie uns?«

»Vielleicht dieser Tobias, dieser Zivi. Er ist durchaus der Typ für so etwas, zumindest glaube ich, dass er so etwas grundsätzlich bringt. Er arbeitet in dem Heim seine Zeit ab und interessiert sich nicht sonderlich dafür, was sonst noch geschieht. Ich bin überzeugt, dass, wenn man ihn ködert, er uns die Akte zur Einsicht besorgt.

»Ködern.« Stefan runzelte die Stirn. »Du meinst *schmieren.*«

»Oder so.«

Er schüttelte den Kopf, schnaubte und sagte: »Du gehst also hin und sagst: ›Hallo Tobi, dieser Geldschein gehört dir, wenn du mir die Akte besorgst.‹«

»So in etwa«, antwortete Mirja gelassen, »allerdings wirst du das machen und nicht ich, denn mich kennen die dort. Die Dicke am Empfang wird mich nicht vergessen haben. Du musst hingehen.«

»Ich kenne den Kerl doch gar nicht«, sagte Stefan protestierend, »wie stellst du dir das vor?«

»Dir fällt schon was ein, Steff, du bist doch sonst auch nicht um Ideen verlegen.« Sie schob einen Finger unter die Fotos und kickte diese in die Höhe. »Wir sind schon ein ganzes Stück vorangekommen«, sagte sie gedämpft, »aber nun stecken wir fest. Doch genau das darf nicht passieren. Du fährst morgen früh zum Pflegeheim und redest mit Tobias. Bitte, Steff! Wir dürfen nichts unversucht lassen, wenn wir vorankommen wollen.«

»Ich weiß nicht, was du dir davon versprichst.«

»Vielleicht eine ganze Menge, vielleicht gar nichts. Das wird sich zeigen.«

Er verzog den Mund, trank einen Schluck Bier und dachte sich, dass es mal wieder so weit war: Mirja hatte sich etwas in den Kopf gesetzt, und ihm blieben nur zwei Möglichkeiten: Nein zu sagen, was sie jedoch nicht abhalten würde, sondern zwangsläufig dazu führte, dass sie es selbst versuchte, oder Ja zu sagen, was immerhin den Vorteil hatte, dass er zumindest hierbei die Kontrolle behielt.

»Also gut«, sagte er, »ich werde morgen mit ihm reden.«

15

Stefan war nervös und gereizt. Er stand vor dem Eingang des Pflegeheims, weit genug von der Tür entfernt, so dass der Bewegungsmelder und die kleine Kamera ihn nicht einfingen. Er hatte vor Jahren mit dem Rauchen aufgehört, ein guter Vorsatz an Silvester, den er nur mit Mühe umgesetzt hatte, und obgleich er eigentlich längst nicht mehr ans Rauchen dachte, hätte er jetzt liebend gerne an einer Zigarette gezogen. Am liebsten wäre es ihm allerdings, gar nicht hier zu sein. Er fand das alles albern; diese Sätze, die er sich für Tobias zurechtgelegt hatte; und den Schwachsinn, den er der Empfangsdame gerade erzählte hatte: Guten Tag, ich möchte Tobias sprechen, den jungen Mann, der hier seinen Zivildienst leistet, Sie wissen schon, ja, genau der, ich muss ihm eine wichtige Familiennachricht überbringen, es dauert nur zwei Minuten, ja danke, das ist zu liebenswürdig von Ihnen, nein danke, sehr nett, aber ich warte lieber draußen, es ist bestimmt in seinem Sinn, wenn wir kurz draußen miteinander sprechen und niemand zuhört, es ist sehr persönlich und privat, Sie verstehen, prima, ich danke Ihnen von ganzem Herzen.

Stefan ging auf und ab, und betrachtete gedankenverloren das Gebäude. Irgendwann öffnete sich die Eingangstür, und ein junger Mann trat heraus. Stefan sah ihn und wusste, dass es Tobias war; die dürftige Beschreibung, die Mirja ihm gegeben hatte, passte, und auch der suchende argwöhnische Blick in den Augen, der für die Frage stand, was er von ihm wollte.

»Tobias?«, fragte Stefan und sah im gleichen Moment das Namensschildchen.

»Können wir kurz reden?«

»Was ist los?«, fragte Tobias. Er schien in echter Sorge zu sein. »Sie bringen Nachrichten? Von meiner Familie? Ist was passiert, was Schlimmes?«

»Nein, keine Angst.« Stefan versuchte zu lächeln, doch es gelang ihm nicht. »Können wir von der Tür ein Stückchen weiter weggehen?« Er wartete keine Antwort ab, sondern ging in Richtung des Parkplatzes. Tobias folgte ihm, und nach zwei Schritten sagte Stefan: »Meine Frau war hier, vor zwei Tagen. Sie waren mit ihr im Zimmer von Gerd Schmolke.«

»Das war Ihre Frau?« Tobias blieb stehen. »Was soll das werden? Ich denke, Sie sind wegen meiner Familie hier?«

Auch Stefan blieb stehen. »Das war gelogen. Es tut mir Leid, wenn ich Sie erschreckt habe, ich hätte mir etwas anderes überlegen sollen, um mit Ihnen sprechen zu können. Ich bin hier, um Ihnen einen Vorschlag zu machen. Gehen wir doch noch ein paar Meter. Es ist besser, wir sind ungestört.« Er ging weiter und Tobias folgte ihm. »Ich möchte die Sache hinter mich bringen, Tobias, und ich will ganz offen mit Ihnen reden. Meine Frau und ich müssen wissen, weshalb sich der alte Schmolke im Wachkoma befindet. Es ist wichtig, ungemein wichtig, dass wir erfahren, was mit ihm geschehen ist.« Er blieb stehen, sah Tobias fest an und sagte: »Ich brauche die Akte, Tobias, nur kurz, mich interessiert lediglich, was geschehen ist. Mehr nicht.«

Tobias sah ihn staunend an, dann lachte er gezwungen. »Wie bitte?«

Stefan sagte: »Ich weiß, dass Sie so etwas nicht tun dürfen, da brauchen wir gar nicht drum herum zu reden. Ich bitte Sie um etwas Illegales, und dafür biete ich selbstverständlich eine Gegenleistung.«

Tobias tippte sich an die Stirn. »Was glauben Sie eigentlich? Haben Sie eine Schraube locker? Ich kann doch nicht mal so einfach in das Chefzimmer reinmarschieren und ganz locker die Akte aus dem Schrank nehmen, und Sie setzen sich hier irgendwo gemütlich hin und lesen sie, und ich marschiere anschließend gleich noch mal rein und lege die Akte zurück. Was glauben Sie eigentlich?«

»Niemand muss mitbekommen, dass die Akte für einige Minuten nicht an ihrem Platz ist. Es bleibt unser kleines Geheimnis. Neuerdings stehe ich auf Geheimnisse.«

»Was? Wieso sollte ich das tun? Was glauben Sie eigentlich, was passiert, wenn ich erwischt werde? Ich fliege hochkantig raus! Ich reiße hier meinen Zivildienst ab, das geht nicht. Wieso sollte ich das für Sie riskieren?«

»Wie viel verdienen Sie hier, Tobias? Dreihundert Euro im Monat, wenn's hochkommt vielleicht vierhundert? Sie können doch sicherlich ein kleines Extrataschengeld gebrauchen. Ein junger Mann wie Sie hat einen Wunsch, den er sich gerne erfüllen möchte, aber nicht erfüllen kann.«

Tobias kniff die Augen zusammen. Er war hin und her gerissen zwischen Empörung und Neugierde.

Stefan spürte die Unsicherheit. Er sagte: »Sie können sich nicht vorstellen, wie wichtig es ist, dass ich erfahre, was Herrn Schmolke zugestoßen ist. Passen Sie einen günstigen Augenblick ab und nehmen Sie die Akte aus dem Schrank. Wer wird sie schon für einige Minuten vermissen? Kopieren Sie mir die wichtigen Seiten. Mich interessiert nur, was geschehen ist und warum er in diesem Zustand ist, alles Weitere muss ich nicht wissen, es interessiert mich nicht. Ein Tausender, Tobias, bar auf die Hand, eine Sache nur zwischen Ihnen und mir.«

»Tausend?« Tobias' Augen blitzten auf. »Das ist nicht Ihr Ernst.«

»Mein voller Ernst. Von mir wird niemals irgendjemand etwas erfahren, das verspreche ich Ihnen.«

Tobias sah zur Eingangstür. »Sie werden mich erwischen und an den Eiern aufhängen«, sagte er leise.

Stefan wusste, dass Tobias' Widerstand gebrochen war, nun musste er lediglich noch ein wenig Seelenmassage betreiben. Er sagte: »Ich kann mir nicht vorstellen, dass es schief geht. Jeder hier kennt Sie, Sie sind ein sympathischer Mann, man vertraut Ihnen. Es wird niemanden verwundern, wenn Sie kurz im Raum Ihres Chefs verschwinden. Warten Sie einfach auf eine gute Gelegenheit.« Und ehe Tobias sich versah, spürte er Stefans Hand in seiner Hosentasche, die ebenso rasch wieder herausgezogen wurde. »Diese fünfhundert sind mein Vertrauensbeweis«, sagte Stefan. »Sie brauchen sie mir nicht zurückzugeben, selbst dann nicht, wenn Sie es sich anders überlegen und es nicht tun. Den Rest gibt es, wenn Sie mir die Kopien geben. Und ich sage Ihnen noch etwas: Wenn ich die Kopien bis heute Abend bekomme, lege ich einen weiteren Fünfhundert-Euro-Schein drauf. Ist das ein Angebot?«

Tobias sah ihn wortlos an, dann blickte er zum Gebäude hinüber. Es war wenig wahrscheinlich, dass jemand gesehen haben konnte, dass ihm etwas zugesteckt worden war.

»Ich habe einen kleinen Zettel in den Schein eingefaltet«, sagte Stefan. »Mit meiner Handy-Nummer. Rufen Sie mich an, wenn Sie die Kopien haben, und auch dann, wenn Sie es lieber bleiben lassen wollen. Rufen Sie mich auf jeden Fall an.«

»Ich fliege hochkant raus, wenn es schief geht.«

»Es geht nicht schief. Ich sehe es einem Menschen an der Nasenspitze an, ob er ein Schiefläufer ist oder nicht. Sie sind keiner.« Er zwinkerte ihm zu.

»Ich hoffe, Sie liegen nicht falsch«, murmelte Tobias, »denn das wäre mein persönlicher Super-Gau.«

Britt wäre jetzt die Richtige gewesen. Britt hatte ständig um die Ecke und wieder zurück gedacht, eine der wenigen Gaben, um die Mirja sie schon immer beneidet hatte. Würde Britt noch leben, hätte Mirja ihr spätestens jetzt den Papierbogen mit den Buchstaben und den Jahreszahlen auf den Tisch gelegt und sie gefragt, was das bedeuten könnte. Britt hätte ein ganzes Füllhorn an skurrilen Interpretationen und Ideen ausgeschüttet. Die meisten wären vermutlich untauglich gewesen, doch die eine oder andere hätte wohl einen Sinn ergeben. Britt hatte schon immer über eine beeindruckende Fantasie und Kreativität verfügt, und als sie damals mit dem Jurastudium begonnen hatte, um später die väterliche Kanzlei weiterzuführen, war Mirja überzeugt gewesen, dass Britt den bisher größten Fehler ihres Lebens beging; ein Kopf, wie Britt ihn hatte, brauchte Freiraum um sich auszutoben und sich immer wieder neu zu erfinden; all das hatte ihr der Dschungel aus Gesetzen und Paragrafen nicht geboten. Im Gegenteil, er hatte ihr unsichtbare Fesseln angelegt. Und selbst jetzt, da Britt tot war, wich Mirja nicht von ihrer Überzeugung ab, dass Britt als Juristin nicht glücklich geworden wäre.

Doch Britt war nicht da. Nicht mehr. Mirja schob den Bogen unter ihre Schreibtischunterlage und sah auf das gut gefüllte Ablagefach mit all den Unterlagen und Gesprächsnotizen, den sie dringend abarbeiten musste. Einiges davon war bereits mehrere Tage alt, und sie konnte es nicht länger ignorieren. Ganz gleich, welche Welt sich ihr zurzeit öffnete und wie viele Wirklichkeiten es neben ihrer Realität noch gab – sie durfte die Arbeitsanforderungen nicht ganz aus den Augen verlieren. Stefan hatte es leichter, zumindest schien es so, denn Mirja wurde den Eindruck nicht los, dass er die ganze Sache ein wenig wie ein Spiel betrachtete. Nicht als Spaß und Unterhaltung, aber zumindest mit einem Abstand, der ihn davon abhielt, sich in dieser Geschichte zu verlieren. Mirja wünschte, ihr ginge es auch so.

Sie zwang sich, in die Ablage zu greifen. Sie las das oberste Schreiben, und als sie damit fertig war, bemerkte sie, dass sie sich nicht einen Satz gemerkt hatte, geschweige denn wusste, worum es ging. Sie begann, es erneut zu lesen.

Ob sie Bernd Schmolke nicht doch anrufen sollte? Vielleicht ließ er sich ja erweichen und hatte ein Einsehen. Was sollte sie denn machen? Sie war nun mal nicht dafür geschaffen, Ereignisse zu verstehen, die sich außerhalb ihrer Ratio abspielten. Sie konnte vieles, was andere nicht konnten, und hatte ein fundiertes Wissen, über das andere nicht verfügten. Alles gleicht sich irgendwie aus. Was also war so schlimm daran, Schmolke anzurufen, kleine Brötchen zu backen und ihn zum Hilfe zu bitten? Sie wollte sich schließlich nicht drücken, vor was auch immer, doch sie wusste nun mal nicht, wie sie dorthin gelangen sollte, wo immer sie auch hin musste.

Mirja legte das Schreiben in die Ablage zurück. Es hatte keinen Sinn. Sie könnte die Korrespondenz zehnmal lesen, es würde nichts hängen bleiben. Sie zog den Bogen unter der Schreibtischunterlage hervor und fragte sich, ob es nicht besser wäre, ihn zu kopieren, um ihn vor weiterer Abnutzung zu schützen, doch sie entschied sich dagegen. Vieles war selbst auf dem Original kaum noch zu lesen, auf einer Kopie wäre es unleserlich. Mirja zog ihr Notizbuch aus dem Rucksack, schlug es auf und blätterte darin, bis sie fand, wonach sie gesucht hatte: Bernd Schmolkes Anschrift. Zwanzig Minuten Autofahrt von hier aus. Sie könnte hinfahren und es versuchen. Wenn er nicht zu Hause war, könnte sie ihm einen Zettel in den Briefkasten stecken, drei, vier Zeilen, dass sie nicht weiterkam und ihn sprechen wollte. Vielleicht meldete er sich daraufhin. Vielleicht aber auch nicht.

Mirjas Telefon klingelte, und sie zuckte zusammen. Sie sah, dass es ein internes Gespräch war, und nahm ab. Eine Kollegin meldete sich in einem Tonfall, der an Vorwurf und Süffisanz kaum zu überbieten war, und sagte, dass das Meeting begonnen habe und alle bereits da seien, nur Mirja nicht, und nun wollte sie fragen, ob noch mit ihr zu rechnen sei.

Sie sei auf dem Sprung, sagte Mirja und legte auf. Sie ärgerte sich über sich selbst. Sie hatte ein seit längerem angesetztes Meeting schlichtweg vergessen. So etwas durfte einfach nicht geschehen. Sie bot zunehmend mehr Angriffsfläche, und das konnte sie sich nicht erlauben. Sie musste wieder eine klare Trennung zwischen ihrem Job und den anderen Dingen schaffen, ganz gleich, wie sehr ihr alles zusetzte. Mirja schob den Bogen zurück, nahm ihr Schreibzeug und beeilte sich in den Konferenzraum zu kommen.

◆

Am späten Nachmittag klingelte Stefans Handy. Es war Tobias, der anrief, und Stefan wusste es, noch bevor er auf dem Display eine Mobilfunknummer sah, die er nicht kannte. Während Stefan den Anruf entgegennahm, verließ er die Küche, in der Sid und Mohan die Vorbereitungen für den Abend trafen.

»Hier ist Tobias.« Es klang zögerlich. Er schien nicht sicher zu sein, ob es tatsächlich Stefans Stimme war, die er gehört hatte.

»Sie haben die richtige Nummer gewählt.« Stefan befürchtete plötzlich, dass Tobias einen Rückzieher machte, die bereits erhaltenen fünfhundert Euro behielt und nicht daran dachte, für einen weiteren Fünfhunderter einen pechschwarzen Fleck im Lebenslauf zu riskieren.

»Ich habe die Kopien.«

»Ehrlich? Ich dachte schon, Sie sagen mir jetzt genau das Gegenteil.«

»Ich habe noch bis zweiundzwanzig Uhr zu tun, ich muss 'ne Doppelschicht schieben, ein Kollege ist krank. Haben Sie es weit bis zum Hauptbahnhof? Wir könnten uns später dort treffen, so um halb elf.«

»Geht nicht, ich muss arbeiten.«

»Nachts?«

Ich bin Koch, war Stefan im Begriff zu sagen, doch er verkniff es sich. Je weniger Tobias über ihn wusste, umso besser. »Wir können uns morgen Vormittag sehen«, sagte er.

»Wir haben einen Deal«, sagte Tobias. »Den Zuschlag, wenn es noch heute klappt. Ich habe meinen Teil erledigt und will nicht darauf verzichten, bloß weil Sie arbeiten müssen. So war das nicht abgemacht.«

»Den Zuschlag kriegen Sie natürlich. Ist ja schließlich meine Schuld, wenn es heute nicht mehr klappt.«

Einen Moment lang herrschte Stille, dann sagte Tobias: »Schicken Sie Ihre Frau oder einen Freund, dem Sie vertrauen. Ich will den Kram loswerden, mir ist nicht wohl bei der Sache. Ich will das erledigt wissen, nicht, dass man mich doch noch am Arsch kriegt.«

»Gut, ich bitte meine Frau, Sie zu treffen.«

»Nein, bitten Sie sie nicht, sagen Sie es ihr. Sagen Sie ihr, sie soll um halb elf in dem McDonald's in der Wartehalle im Hauptbahnhof sein und das Geld mitbringen. Wenn sie nicht da ist, werfe ich den Krempel weg, und das war es dann. Halb elf.« Er legte auf.

Stefan schaltete das Handy aus. Er fühlte sich nicht gut. Tobias hatte die Unterlagen, doch das war kein Grund, sich zu freuen. Immerhin hatte er ihn angestiftet, etwas Unerlaubtes zu tun, und es war ihm reichlich egal gewesen, ob Tobias in ihn gesetztes Vertrauen missbrauchte oder gar seine Zivildienststelle verlor. Er hatte nicht gerade seinen Teil dazu beigetragen, dass Tobias sich an bestehende Regeln hielt, und auch wenn er kein kleiner Junge mehr war und wissen musste, was er zu tun hatte und was nicht, änderte das gar nichts. Andererseits hatte Tobias Unterlagen für ihn, die vielleicht weiterhalfen. So konnte man es auch sehen.

◆

Wann immer Mirja in der Vergangenheit einen Parkplatz in unmittelbarer Nähe des Hauptbahnhofs gesucht hatte, hatte sie keinen gefunden, und das war auch diesmal nicht anders. Früher hatte sie gelegentlich jemanden vom Bahnhof abgeholt und von vornherein eingeplant, den Wagen in einer der Nebenstraßen abzustellen oder gar in ein Parkhaus zu fahren, einige Minuten Fußweg zurücklegen zu müssen und denjenigen sogar ein wenig warten zu lassen.

Es hatte sie nie nervös gemacht, doch heute war sie es. Sei pünktlich, hatte Stefan ihr am Telefon gesagt, ich bin sicher, der Junge macht Ernst, wenn du nicht um Punkt halb da bist. Es kam Mirja vor, als habe es rund um den Hauptbahnhof noch nie so viele Taxiplätze und Bushaltestellen gegeben, und dort, wo man noch parken durfte, war alles vollgestellt, ohne dass sich ihr eine Chance bot, den Wagen irgendwo dazwischenzuquetschen, und sie fragte sich entnervt, wem all diese Fahrzeuge gehörten, da die Geschäfte in der Innenstadt längst geschlossen hatten und die Büros verwaist waren. Um nicht noch mehr Zeit zu verlieren, stellte sie den Wagen einige Straßen entfernt in einer breiten Einfahrt ab. Es wird schon gut gehen, sagte sie sich, und in ein paar Minuten würde sie sowieso wieder zurück sein. Sie lief zum Bahnhof und betrat ihn wenig später. Die Wartehalle lag auf der anderen Seite des Gebäudes.

Mirja lief die Treppe zum nächst gelegenen Bahnsteig hinunter und eilte ihn entlang. Nicht einer der Menschen, die hier auf einen Nahverkehrszug warteten, beachtete sie. Die Uhren zeigten fünf Minuten nach halb elf. Das Logo von McDonald's war nicht zu übersehen, denn das Schnellrestaurant lag auf der oberen der beiden Etagen der Wartehalle mit all den Geschäften, Imbiss- und Verkaufsständen sowie dem Reisezentrum. Mirja erreichte das andere Ende des Bahnsteigs und lief die Treppen hinauf, immer zwei Stufen auf einmal nehmend. Sie sah sich rasch um und entdeckte die Treppe, die zur oberen Etage führte. Sie lief nach oben und geriet ein wenig außer Atem, und als sie schließlich das Schnellrestaurant betrat, schlug ihr der typische Geruch von Frittier- und Bratfett entgegen. Mirja sah sich um und entdeckte Tobias an einem kleinen Tisch in der Ecke. Er erkannte sie und hob halbherzig den Arm. Beim Näherkommen beobachtete er sie und sog verlegen an dem Strohhalm, der in dem Becher mit Sprite steckte.

»Ich hatte schon Sorge, ich verpasse Sie«, sagte Mirja und setzte sich.

Tobias entgegnete nichts und griff nach dem dunkelblauen Eastpack-Ruckack, der zu seinen Füßen auf dem Boden stand. Er zog den Reißverschluss auf, griff hinein und holte die aktuelle Tagesausgabe der *Hamburger Morgenpost* heraus. Er legte die Zeitung auf den Tisch und sagte leise: »Es sind zwei Kopien. Sie stecken in der Mitte, einfach die Zeitung in der Mitte aufschlagen.«

Mirja hatte das Bedürfnis, irgendetwas zu sagen, sich zu bedanken oder Tobias ein Kompliment zu machen, doch sie wusste nicht, was passend war. Sie fragte: »War es schwierig?«

»Ein Kinderspiel ist etwas anderes. Es wäre fast schief gegangen. Die Mollige – Sie wissen schon – hat mich am Kopierer erwischt und gefragt, was ich da mache, und ich habe ihr gesagt, ich kopiere bloß mal schnell die Adressliste meiner Handballmannschaft. Sie hat's gefressen, zum Glück.« Er sah demonstrativ auf die Uhr, und sagte: »Ich muss los. Können wir bitte den Rest regeln?«

Mirja griff in ihre Handtasche und zog ein weißes Kuvert heraus. Sie legte es auf die Zeitung und eh sie sich versah, war es in Tobias' Rucksack verschwunden. Er schien nicht den geringsten Zweifel daran zu haben, dass alles in Ordnung war. Er stand auf, und ein scheues Lächeln huschte über sein Gesicht. Er sagte: »Ich weiß ja nicht, weshalb Sie die Unterlagen so dringend brauchen, aber ich hoffe, Sie helfen Ihnen weiter, so wie Sie es sich wünschen.« Mit diesen Worte ging er davon, ohne abzuwarten, ob Mirja noch etwas zu sagen hatte. Mirja sah ihm hinterher, bis er das Schnellrestaurant verlassen hatte, dann nahm sie die Zeitung und rollte sie zusammen, damit sie nicht auseinander fallen und nichts verloren gehen konnte. Sie ging an den Verkaufstresen und ließ sich einen kleinen Becher Mineralwasser geben. Auf ihrem Weg aus dem Bahnhofsgebäude sah sie Tobias, der an der Kasse des Pressezentrums stand und ein Superman-Comic bezahlte.

◆

Während Mirja nach Hause fuhr, stand Stefan in der Küche des *Timmers.* Der große Ansturm war vorbei, das Arbeitstempo in der Küche war nicht mehr so hektisch. Mohan begann bereits, die ersten Geräte und Arbeitsflächen zu säubern.

Stefan füllte ein Glas mit Leitungswasser und trank es in einem Zug leer. Er beobachtete Sid, der gerade eine Waldbeer-Variation zubereitete. Sid war großartig, Stefan meinte manchmal sogar, sich selbst in Sid wieder zu entdecken. Nicht, was das Äußere betraf, denn nicht einmal in seiner wildesten Zeit hatte Stefan durch seine Erscheinung provozieren wollen, sondern was die Hingabe und Detailbesessenheit betraf.

Stefan schenkte noch ein wenig Leitungswasser nach, hob es an den Mund und erstarrte. Das kleine Mädchen stand mitten in der Küche. Es trug sein Leinenkleid und war barfuß, die blonden Haare umspielten das hübsche Gesicht. Es sah ihn an. Stefan stellte das Glas ab und ließ das Mädchen nicht aus den Augen. Erst jetzt fiel ihm auf, dass seine Arme herunterhingen und es nichts in den Händen hielt; es war das erste Mal, dass er die Kleine ohne die Sanduhr sah. In Stefans Kopf wirbelten die Fragen nur so herum: Wo kam das Mädchen plötzlich her, wie kam es herein, hatte es keine Angst vor den anderen, was sollte er jetzt tun? Und dann tat Stefan etwas, ohne darüber nachzudenken. Es war ein spontaner Impuls. Er sagte: »Sid!«

Sid sah kurz auf.

»Dreh dich um«, fuhr Stefan fort und sah noch immer das Mädchen an.

Sid blickte fragend über seine Schulter. Er sah dorthin, wo die Kleine stand.

»Was siehst du?«, fragte Stefan leise.

»Eine Menge. Soll ich alles aufzählen?« Sid grinste, doch in seinen Augen stand die Frage, was los war.

»Siehst du« – jetzt sah Stefan kurz zu Sid – »sie?«

Sid runzelte die Stirn. »Wen?«

Stefan wischte sich über den Mund, sah wieder zu dem Mädchen und fragte: »Wer ist alles in der Küche?«

»Was?«

»Du hast mich schon verstanden«, sagte Stefan scharf. »Wer ist alles hier? In der Küche. Na los!«

»Na, Sie und Mohan und ich.«

»Sonst niemand?«

Sid drehte sich erneut um, dann sah er zur Tür und sagte: »Nein, Chef, alles in Ordnung?«

»Ja«, murmelte Stefan. Er sah das Mädchen an, und das Mädchen sah ihn an.

Sid warf Stefan einen letzten Blick zu, dann sah er zu Mohan, doch der kleine Mann hatte nichts mitbekommen.

Stefan trat langsam auf das Mädchen zu. Es wich nicht zurück. Er ging vor ihr in die Hocke und sah es an. Die Schönheit des Kindes faszinierte ihn ebenso wie diese unerklärliche Aura, die sie umgab. Er hob die Hand und war im Begriff, es am Arm zu berühren, doch er zog seine Hand zurück. Er hatte Angst vor dem, was er fühlen würde; er könnte etwas Lebendiges berühren, warm und samtig, er könnte etwas Kaltes, Hartes berühren, oder er könnte gar nichts berühren, seine Hand könnte durch das Mädchen hindurchgehen wie durch Trockennebel. Alles war möglich, und Stefan fürchtete sich davor.

Er schluckte hart und flüsterte: »Wir haben angefangen, meine Kleine. Wir verstehen noch nicht alles, aber wir versuchen es.«

Sid tippte Mohan auf die Schulter, legte den Zeigerfinger an die Lippen und deutete auf Stefan. Die beiden Männer sahen zu Stefan, der in der Mitte der Küche hockte und etwas flüsterte, das sie nicht verstehen konnten. Doch es war niemand da, dem Stefan etwas sagen konnte.

»Wir versuchen, das alles zu verstehen, du musst uns noch ein wenig Zeit geben«, flüsterte Stefan dem Mädchen zu. »Lass niemanden mehr sterben, bitte. Wir bekommen alles heraus, meine Kleine.«

Plötzlich fühlte Stefan eine Hand auf der Schulter, stieß einen kurzen Schrei aus und kippte nach hinten. Als er hochsah, schaute er in Sids besorgtes Gesicht. Stefan rappelte sich auf und sah zu dem Mädchen – es war fort.

»Was ist denn los?« Sid wollte Stefan hoch helfen, doch dieser schob unwirsch seinen Arm weg.

Sid machte einen Schritt zurück und sagte: »Chef, wenn was nicht stimmt … Geht es Ihnen gut?«

»Mir geht es blendend«, murmelte Stefan und sah zu der Stelle, wo er eben noch das Mädchen gesehen hatte. »Was hast du gesehen, Sid?«

»Was ich gesehen habe?«

»Ja, eben, bevor du mich erschreckt hast?«

»Ich wollte Sie nicht erschrecken, das war nicht meine …«

»Scheiß drauf!«, schnauzte Stefan. »Was hast du gesehen?«

»Sie, Chef.«

»Was noch? Wen noch?«

»Niemanden. Sie haben gesprochen, mit … niemandem.« Er sah kurz zu Mohan. »War wie bei *Mein Freund Harvey*. Sie wissen schon …«

Stefan warf Sid einen hitzigen Blick zu, dann ging er zur Außentür, öffnete sie und trat ins Freie. Er schlug die Tür hinter sich zu und ging einige Schritte auf und ab, bevor er stehen blieb. Er sah nach oben in den klaren Himmel, an dem die Sterne leuchteten und der halb volle Mond stand. Verlor er langsam den Verstand? Was war los mit ihm? Beschäftigte ihn das alles doch weit mehr, als er es sich bislang eingestanden hatte? Er hatte an Mirjas Verstand gezweifelt, doch nun sollte er besser an seinem zweifeln. Er hatte das Mädchen gesehen, obwohl es gar nicht da gewesen war, und er hatte mit ihm gesprochen, obwohl es ihm gar nicht zuhören konnte. Oder war die Kleine doch da gewesen? Ausschließlich wegen ihm? Was war bloß los – in seinem Kopf und hier und …

Die Außentür ging auf, und die spärlichen Geräusche aus

der Küche drangen so plötzlich nach draußen, dass Stefan zusammenschreckte. Er sah zur Tür, und es hätte ihn nicht gewundert, wenn das Mädchen aus dem Haus herausgetanzt wäre. Es war Sid, der in der Tür stand und fragte: »Alles klar bei Ihnen?«

Stefan sah Sid an. Ob alles klar ist? Klar ist alles klar, ich rede mit Harvey, da hast du Recht, ich könnte dir tolle Geschichten erzählen über sonderbare Lindenblätter und Sanduhren und ein Mädchen, das mal da ist und mal nicht und das nicht älter wird. Los, Kumpel, komm raus zu mir und bring 'ne Flasche Wein mit und zieh uns 'ne Schachtel Kippen aus dem Automaten, ich könnte jetzt eine gute Zigarette vertragen.

»Was ist los, Chef?« Sid klang tatsächlich besorgt.

»Alles okay, ich komme gleich wieder rein.« Stefan hob kurz die Hand. »Nur ein wenig frische Luft, eine Sekunde.«

Sid nickte, trat zurück, und die Tür schloss sich wieder.

◆

Mirja wunderte sich zwar, als Stefan vor Mitternacht nach Hause kam, doch sie war zu sehr in Gedanken, als dass sie ihn nach dem Grund fragte, und auch die Leere in seinen Augen nahm sie nicht wahr.

Als er hereinkam, saß sie im Wohnzimmer auf dem Sofa, die Kopien auf dem Tisch. Sie sagte aufgeregt: »Lies mal, du wirst staunen«, und deutete auf die Kopien.

Stefan ließ sich neben sie aufs Sofa sinken, streifte die Schuhe ab, schob seine Füße unter ihr Gesäß und sagte tonlos: »Sie war da.«

Mirjas Augen weiteten sich. Sie verstand sofort.

»Sie stand in der Küche, und niemand außer mir hat sie gesehen. Ohne Scheiß!

Sid nicht und Mohan auch nicht. Aber sie war da, ich schwöre es. Ich habe mit ihr gesprochen, aber sie hat nichts gesagt. Sie stand vor mir, und wir haben uns angesehen. Ich habe mich zu ihr hinuntergebeugt und war ganz dicht vor ihr. Ich sage dir: Sie ist lebendig, Mirja, die Kleine lebt so wie du und ich, aber sie ist *anders.*«

»Wann ist das gewesen?«

»Vorhin irgendwann, ich weiß nicht mehr, die Zeit ist irgendwie weg, aber es war draußen bereits dunkel.«

»Wieso haben die anderen sie nicht gesehen?« Sie setzte sich aufrecht hin.

»Ich weiß es nicht«, sagte er. »Ich verstehe es auch nicht. Sie war im Haus, die beiden hätten sie also auch sehen müssen, aber sie haben es nicht,.«

Mirjas Blick wanderte unruhig umher. »Weißt du, was ich denke?«

Er schüttelte den Kopf, obwohl er wusste, dass sie ohnehin keine Antwort erwartete.

Sie sagte leise: »Sie ist nur im Haus zu sehen. Aber selbst dort können nur wir sie sehen. Wir sind die Einzigen, die sie sehen können. Außerhalb des Hauses ist sie für uns ebenso unsichtbar wie für jeden anderen auch. Sie kann auf der Straße neben uns stehen oder sonst wo, und wir sehen sie nicht, aber sobald wir und sie im Haus sind, ist sie für uns sichtbar. Sie bestimmt, wann wir sie sehen. Verstehst du, wie ich das meine?«

»Ja«, hörte Stefan sich sagen.

Erst jetzt schien Mirja ihre eigenen Worte zu begreifen. Sie flüsterte erschrocken: »In den Räumen des Hauses wird sie sichtbar, nur dort, und nur wir beide sehen sie.« Sie stockte, dann fragte sie: »Ob sie in dem Haus … gefangen ist?«

»Was? Wie meinst du das?«

»Ich weiß es nicht«, flüsterte sie, »das weiß ich selbst nicht.«

»Du musst doch wissen, wie du deine Frage gemeint hast.«

»Vielleicht« – sie wiegte den Kopf hin und her und schüttelte ihn dann – »nichts! Vergiss es, nichts!«

»Bitte, nun sag schon!«

Sie zögerte, war sich ihrer eigenen Gedanken unsicher, doch dann sagte sie: »Vielleicht gibt das Haus sie nicht her. Vielleicht ist sie irgendwie in diesem Haus gefangen, so wie bei einem Fluch oder so … Steff, ich weiß doch auch nicht … aber wieso sehen wir sie immer nur in dem Haus, und wieso sehen andere sie nicht? Das Haus muss irgendeine … Macht über sie haben, wie auch immer, keine Ahnung, aber irgend so etwas muss es sein. Oder? Was wollte sie von dir?«

»Was?«

»Die Kleine. Steff, was wollte sie vorhin von dir?«

»Ich weiß es nicht. Nichts, glaube ich. Sie hat nichts gesagt, wie immer. Sie hatte nicht mal die Sanduhr dabei.«

»Wollte sie dir denn nichts zeigen oder … was anderes von dir?«

Stefan schüttelte den Kopf. »Sie war einfach nur da. Und wieder weg.«

»Vielleicht war sie da, um dir genau das zu zeigen, oder auch zu beweisen. Nämlich, dass niemand außer uns beiden sie sieht. Deshalb war sie da. Sid und Mohan können sie nicht sehen, und das genau wollte sie dir zeigen. Deshalb war sie da.«

»Aber wieso hat Schmolke sie dann gesehen? Spätestens bei der zweiten Begegnung hätte er sie nicht mehr sehen dürfen, wenn wir mal unterstellen, dass sie … du weißt schon …«

»Weil sie bei der zweiten Begegnung mit ihm nicht mehr lebte?«

»Sie lebt, Mirja, ich habe sie aus der Nähe gesehen. Sie lebt.«

»Ich weiß es nicht.« Sie schüttelte den Kopf. »Ich weiß es wirklich nicht.«

Einige Sekunden lang sahen Mirja und Stefan sich an, doch ihre Gedanken waren ganz woanders. Schließlich bog Mirja den Kopf in den Nacken und fragte: »Findest du, dass sie traurig aussieht?«

Er überlegte kurz: »Nein.«

»Fröhlich?«

»Auch nicht, nein.«

»Besorgt? Glücklich? Zufrieden? Betrübt? Verträumt? Vielleicht sogar verliebt?« Nun sah sie ihn an. »Findest du, dass sie überhaupt *irgendwie* aussieht?«

Stefan antwortete nicht gleich. Er versuchte, seine eigenen Gedanken zu erreichen. Schließlich sagte er: »Sie sieht nach gar nichts aus.«

»Genau so ist es. Sie ist wunderhübsch, ein wunderhübsches Kind.«

Er nickte.

»Aber sie sieht nicht nach Gefühlen aus. Wo sind die Emotionen in ihrem Gesicht und in ihren Gesten und Bewegungen? Da ist nichts, Steff.«

Stefan sah Mirja schweigend an.

Sie holte tief Luft und nahm die Kopien vom Tisch. Sie reichte Stefan einen der beiden DIN-A4-Bögen und sagte: »Lies dir das mal durch.«

Mit einem leicht gequälten Ausdruck nahm Stefan das Papier und betrachtete es. In der Kopfzeile der Seite standen das Logo des Pflegeheims sowie die Anschrift und Rufnummern, in der Fußzeile standen der Name Gerd Schmolke und eine fünfstellige Patientenkennnummer. In der oberen Hälfte waren persönliche Angaben eingetragen: Blutgruppe, Körpergewicht, Größe und etliches mehr. All das überflog Stefan, denn ihn interessierte nur, was in umständlichen Sätzen im Text stand.

Gerd Alfred Schmolke, am 17. April 1927 in Schwerin geboren, ist seit dem 27. Juli 1997 hiesiger Patient und leidet unter einem apallischen Syndrom (Wachkoma) in Folge eines Sauerstoffmangels im Gehirn, hervorgerufen durch einen Unfall am 22. Februar 1997 in der heimischen Badewanne, bei dem er für eine unbestimmte Zeitdauer unter der Wasseroberfläche war, bevor er aufgefunden wurde und eine Primärversorgung am Unfallort und im Krankenhaus erfolgte, mit anschließender Weiterbetreuung auf der Intensivstation, um das geschädigte Gehirn mit Sauerstoff und Nährstoffen zu versorgen, was einer größeren Schädigung entgegenwirken sollte. Der Patient weist einen Schlaf-Wach-Rhythmus und eine stabile Atmung auf, ist jedoch aus eigener Kraft zu keinerlei Kontaktaufnahme mit seiner Umwelt fähig und vollkommen unempfänglich für jede Art von Stimulation. Die körperliche Beweglichkeit ist infolge einer allgemeinen Muskeltonuserhöhung (Spastik) weitgehend eingeschränkt. Die Behandlung und Pflege des Patienten erfolgt dem Zustand entsprechend.

Darunter stand ein handschriftliches Kürzel des Arztes, der diesen Bericht diktiert hatte. Stefan legte das Papier auf den Tisch. Sein Gesichtsausdruck verriet, dass er nicht sonderlich beeindruckt war.

»Und jetzt lies das«, sagte Mirja und gab Stefan das zweite Blatt. Es war ein Brief, per Hand auf weißem, unliniertem Papier geschrieben. Die Schrift war flüssig, die großen Buchstaben waren mit ruhiger Hand gezogen worden und die Zeilen so gerade geschrieben, als habe ein Linienpapier unter diesem Bogen gelegen. Es stand kein Absender darauf, kein Datum.

Lieber Manfred, mein Freund,
ich weiß, dass mein Vater bestens aufgehoben und in fürsorglichen Händen ist, und ich habe keinerlei Sorge, dass es ihm an etwas fehlen

wird. Doch der Schrecken über das, was mit ihm geschehen ist, sitzt noch immer tief, und das weißt du. Wir beide kennen uns seit so vielen Jahren und so gut, dass ich dir nichts vormachen muss. Ich habe beschlossen, nach einer Möglichkeit zu suchen, die Sache zu beenden, doch ob ich sie auch finden werde, weiß Gott allein. Lieber Manfred, sollte ich eines Tages im hohen Alter auf mein Leben zurückblicken und nach meinem verlässlichsten Freund gefragt werden, werde ich deinen Namen nennen. Ich danke dir von ganzem Herzen, dass du mich schützt, und ich bin mir darüber im Klaren, wie viel du dafür riskierst.
In ewiger Verbundenheit!
Dein Bernd

Stefan las den Brief ein zweites Mal, dann sah er Mirja an. Er brauchte keine Frage zu stellen, sie ahnte, was er wissen wollte.

Sie sagte: »Manfred ist Dr. Manfred Jensen, geschäftsführender Gesellschafter des Pflegeheims, in dem Gerd Schmolke lebt. Es steht im Impressum der Webseite des Pflegeheims.«

»Er ist ein Freund von Bernd Schmolke?«

»Schmolke hat seinen Vater in dem Pflegeheim seines wohl besten Freundes untergebracht.«

Stefan überflog den Brief erneut. »Schmolke schreibt vom *Schrecken*. Was ist mit seinem Vater passiert?«

»Auf jeden Fall nicht das, was behauptet wurde.«

Stefan verspürte Unbehagen. »Meinst du, dass das etwas mit … unserer Sache zu tun hat?«

Sie schüttelte den Kopf und zuckte zugleich mit den Schultern. »Ich weiß es nicht, Steff, aber in dem Bericht steht, dass er einen Unfall in der Badewanne hatte, und in dem Brief schreibt Schmolke, dass er es zu schätzen weiß, dass dieser Manfred ihn schützt und dass er noch immer unter dem Schrecken leidet.«

»Er will nach einer Möglichkeit suchen, die Sache zu beenden; was meint er damit? Wir müssen an Bernd Schmolke ran, Mirja, er muss uns sagen, was er weiß und was geschehen ist, es geht nicht anders, wir kommen sonst nicht voran.«

»Du kannst vergessen, dass er uns hilft. Nein, Stefan, wir werden etwas anderes tun. Und ich weiß auch schon, was.«

16

Dr. Manfred Jensen öffnete die Fahrertür seines BMW und war im Begriff auszusteigen, als er plötzlich eine Hand näher kommen sah. Ihm blieb keine Zeit, um zu reagieren. Die Hand versetzte ihm einen kräftigen Stoß, er flog in den Sitz zurück und stieß mit dem rechten Ohr gegen das Lenkrad. Er schrie vor Schmerz und Verwunderung auf und blickte entsetzt durch die offene Tür, während er sich das Ohr hielt. Den Mann, der an seinem Wagen lehnte, hatte er noch nie zuvor gesehen. Jensen sah hektisch zum Gebäude hinüber und hoffte inständig, dass irgendjemand vom Personal aus einem der Fenster sähe und mitbekäme, was hier auf dem Parkplatz vor sich ging.

»Ich hoffe, Sie haben sich nicht wehgetan.«

Jensen wusste nicht, ob er Spott oder Ernst aus der Stimme heraushörte. »Doktor, wir haben ein sehr ernstes Thema zu bereden. Von Ihrer Kooperation hängt es ab, wie es in der Sache für Sie weitergeht. Ich werde jetzt um den Wagen herumgehen und mich auf den Beifahrersitz setzen, und wir beide werfen uns unterhalten wie alte Freunde.«

»Wer, zum Teufel, sind Sie?«, fragte Jensen. Er wirkte ängstlich und sah wieder zum Gebäude hinüber.

Stefan sagte: »Wir ermitteln, Doktor. Wir halten Sie aus der Sache raus, wenn Sie kooperieren. Es geht um einen Ihrer Patienten, Gerd Schmolke. Klingelt's bei Ihnen? Ich steige jetzt ein, tun Sie nichts Unüberlegtes?«

Jensen starrte Stefan an, während dieser um den Wagen

herumging und hoffte, dass er seine Rolle überzeugend spielte. Dann öffnete er die Beifahrertür und stieg ein. »Ist Ihr Kopf in Ordnung? Tut es sehr weh?«

Jensen schüttelte den Kopf. Er wusste nicht, wer der Kerl war und was er zu erwarten hatte. Er bekam Angst.

»Schließen Sie Ihre Tür, bitte.«

Jensen gehorchte.

»Ich will uns beiden nicht mehr Zeit stehlen, als nötig ist.« Stefan gab sich alle Mühe, so entschlossen und selbstsicher wie möglich zu erscheinen. »Wir wissen, dass Sie Ihren alten Freund Bernd Schmolke decken. Wir rollen die Sache gerade neu auf und ...«

»Sind Sie von der Polizei?«

»Ich bin Ermittler der Versicherung. Wir kümmern ...«

»Wenn Sie nicht von der Polizei sind, haben Sie nicht das Recht, mich gegen meinen Willen zu befragen und hier festzuhalten, ich werde Sie anzeigen wegen Körperverletzung und ...«

»Wir können die Polizei gerne hinzuziehen«, unterbrach Stefan. »Aber dann wird die ganze Sache amtlich. Und unangenehm.« Er deutete zu dem Gebäude hinüber. »Sie haben eine ganze Menge zu verlieren, Doktor, es steckt ohne Frage sehr viel Geld in Ihrem Lebenswerk und es dürfte noch nicht abbezahlt sein. Banken werden schnell nervös, Sie wissen doch, dass Banken nur in guten Zeiten gute Freunde sind.« Er sah Jensen an. Jensens Angst wurde zur Beklemmung. Stefan spürte das und hatte nicht vor, ihm Zeit zum Nachdenken zu lassen. Er sagte: »Sie haben mein Wort, dass wir Sie aus allem raushalten, wenn Sie mir sagen, was mit Gerd Schmolke wirklich geschehen ist. Wir wissen, dass Sie und Bernd Schmolke seit vielen Jahren gute Freunde sind, unsere Leute haben hervorragend recherchiert. Wir wissen auch, dass Sie für Bernd

Schmolke gelogen haben, und wir gehen davon aus, dass er seinen Vater in Ihrem Pflegeheim untergebracht hat, weil er ihn hier gut geschützt weiß.«

»Ich habe keine Ahnung, wovon Sie reden, Herr ... wie ist Ihr Name?«

Stefan grinste. »Diesen einen Versuch gestehe ich Ihnen gerne zu, Doktor, das war gar nicht mal schlecht. Hören Sie, die Frage, die Sie sich stellen sollten, ist ganz simpel: Ziehen Sie Ihren Kopf aus der Schlinge oder nicht? Also, Doktor, was ist damals geschehen? Angeblich hatte Ihr Patient zu Hause einen Unfall in der Badewanne, sein Kopf war unter Wasser, und seitdem befindet er sich im Wachkoma. Wir haben Widersprüche entdeckt, Doktor, und alles, was wir wollen, ist zu erfahren, was wirklich geschehen ist. Sie sollten aufhören, mit aller Macht Ihren Freund zu decken, und ein wenig an sich und Ihre Zukunft denken. Noch haben Sie es in der Hand, aus der Sache rausgehalten zu werden, doch wenn die Mechanismen erst einmal in Bewegung geraten sind, sind sie kaum noch zu stoppen.«

Jensens sah zu dem Gebäude hinüber. Dort regte sich nichts, niemand kam heraus, um ihm zu helfen. Er entdeckte nicht einmal jemanden, der hinter einem Fenster stand und zu ihnen herübersah. Er war allein mit diesem Kerl, und so wie es schien, war seine Position nicht gerade die beste. Er ging in Gedanken rasch die Möglichkeiten durch, die er für sich sah, und nicht eine Einzige weckte die Hoffnung auf eine komplette Problembeseitigung. Es ging um nichts weiter als die bestmögliche Schadensbegrenzung.

Stefan ließ Jensen nicht aus den Augen. Auf der einen Seite schämte er sich für sein kleines Schmierentheater und war überzeugt, dass Jensen ihm ohnehin nicht ein Wort glaubte, auf der anderen Seite war die Situation spannend, und er fand sogar einen gewissen Gefallen daran.

Jensen holte kurz Luft und sagte dann: »Bernd kam an einem Samstagmorgen in das Haus und fand seinen Vater.« Jensen sah Stefan nicht an, sondern blickte unentwegt zu dem Gebäude hinüber, ganz so, als erwarte er von dort die moralische Zustimmung um, alles zu erzählen zu können. »Gerd wohnte längst allein in dem Haus, und Bernd wollte seit längerem, dass sein Vater dort auszieht und in einem gut geführten Seniorenheim unterkommt. Gerd war in den vergangenen Jahren hinfällig geworden, sein physischer Verfall begann nahezu zeitgleich mit dem Tod seiner Frau. Der Rücken bereitete ihm zunehmend Schwierigkeiten, und er litt unter Herzinsuffizienz. Die Organe wurden nicht mehr optimal durchblutet, und die Nieren konnten das Wasser nicht mehr gut ausscheiden, das sich teilweise im Gewebe ablagerte. Manchmal konnte er kaum noch gehen. Doch wie bei vielen alten Menschen ließ auch bei ihm die Einsicht nach, und er weigerte sich, eine ständige Betreuung zu akzeptieren. Es ging ihm an einigen Tagen sehr schlecht, und ich habe häufiger nach ihm gesehen und ihm mit Medikamenten geholfen. Ich wohnte damals nur einen Steinwurf entfernt und war so etwas wie der inoffizielle Hausarzt. Bernd wollte an diesem Tag mit seinem Vater nach Schwerin fahren, Gerds alte Heimat besuchen und schauen, ob noch ein paar Freunde aus Kindestagen lebten und wie es ihnen ging. Sie wollten dort übernachten, und Bernd hatte ein Hotelzimmer gemietet. Gerd ging es an diesem Tag nicht sonderlich gut – die alten Leiden – doch es war ein sturer Kopf und ließ sich nicht dazu bringen, die Reise zu verschieben, bis es ihm wieder besser ging. Ich hatte mit Bernd verabredet, dass ich noch mal vorbeischaue, bevor sie losfahren.« Jensen warf Stefan einen Blick zu, kurz und scheu, dann sah er wieder zu dem Haus. »Als ich zu ihm kam, stand Bernds Wagen bereits vor der Tür, und die Haustür war offen. Sie war nicht abgeschlossen, wollte ich damit sagen, und ich betrat das Haus und rief nach den beiden, doch niemand antwortete; aber ich hörte Geräusche aus dem Badezimmer.« Jensens Stimme wurde fester, es schien fast so, als empfand er das Reden als unverhoffte Befreiung. »Ich ging in das Badezimmer und sah Bernd. Er stand hinter Gerd. Gerd war fertig für die Abfahrt angekleidet, nur die Schuhe fehlten noch. Seine Füße waren zu stark angeschwollen, als dass er sie sich alleine hätte anziehen können. Ich glaube, ich sagte etwas Nettes, eine freundliche Begrüßung, und dann sah ich, wie Bernd seinen Vater hochriss. Zuerst verstand ich nicht, was vor sich ging, doch dann erkannte ich, dass er seinen Vater aus der Badewanne gezogen haben musste. Gerds Kopf war nass und seine Jacke auch. Die Badewanne war bis zur Hälfte mit Wasser gefüllt. Bernd brüllte was, ich weiß nicht mehr, was, ich weiß nicht mal mehr, ob es an seinen Vater oder an mich gerichtet war. Gerd war bereits ohne Bewusstsein. Wir legten ihn auf den Fußboden, und es gelang mir, ihn durch Mund-zu-Mund-Beatmung wiederzubeleben, doch kam das Bewusstsein nicht mehr zurück. Ich weiß nicht, wie lange sein Kopf unter Wasser gewesen war, jedenfalls so lange, dass das Gehirn geschädigt worden war. Es war zu einer Sauerstoffunterversorgung gekommen. Ich lief zum Telefon und rief einen Krankenwagen, und als ich in das Badezimmer zurückkehrte, hockte Bernd neben seinem Vater und sagte immer wieder, dass er es nicht gewesen war, dass er niemals seinen Vater ertränken könnte und dass sein Vater es selbst gewesen war. Ich weiß nicht mehr, ob ich ihm in dem Moment glaubte oder nicht. Bernd war mein Freund, und unabhängig davon, was er getan hatte, wollte ich ihn schützen. Wir ließen ein wenig Badeschaum in die Wanne, zogen Gerd ganz aus und legten ihn noch einmal kurz in die Wanne, damit er nackt und am ganzen Körper nass war. Anschließend legten wir ihn auf den Fußboden und deckten ihn mit zwei großen Handtüchern zu. Seine nasse Kleidung versteckten wir im Schrank und warteten auf das Eintreffen des Notarztes.« Jensen hörte zu sprechen auf und blickte weiterhin auf das Gebäude. Stefan sah ihn staunend an.

»Wir haben dann zu Protokoll gegeben, dass wir das Haus gemeinsam betreten und auch gemeinsam Gerd in der Badewanne entdeckt haben. Da sein Körper keinerlei Hämatome oder andere Spuren von Gewalteinwirkung aufwies, gab es keinen Grund, an unserer Version zu zweifeln. Solche Unfälle in der Badewanne passieren täglich, und je älter die Menschen werden, desto wahrscheinlicher sind sie.«

Stefan sah kurz aus dem Seitenfenster; er wollte nicht, dass Jensen mitbekam, dass er tief Luft holte. Dann fragte er: »Glauben Sie, dass Bernd Schmolke seinen Vater töten wollte?«

»Nein, das glaube ich nicht. Ich glaube aber auch nicht, das Gerd sich das Leben nehmen wollte.« Wieder ein kurzer Blick. »Ich habe keine Erklärung dafür, wie das alles geschehen konnte, und ich suche auch gar nicht nach einer Erklärung.«

»Und Bernd Schmolke? Hat er eine?«

Jensen nickte. »Der Notarzt traf ein und wollte seinen Koffer auf dem heruntergeklappten WC-Sitz abstellen, doch da stand bereits eine Sanduhr, und er stellte den Koffer auf dem Fußboden ab.«

Stefan dachte, sein Herz bliebe stehen. Er starrte Jensen an und sah, dass er weitersprach, doch Stefan hörte nicht, was er sagte.

»… einen Schwächeanfall, von dem er sich jedoch rasch erholte, doch er blieb dabei und behauptete mit Nachdruck, dass es ein Mädchen gewesen war, das ihn auf diesem Weg mahnen wollte, es nicht zu vergessen, und um der Mahnung Nachdruck zu verleihen, habe es die Sanduhr zurückgelassen.«

»Und das glauben Sie ihm?« Stefan wunderte sich selbst,

dass seine Stimme so stabil klang. Um ihn herum verschwamm alles leicht.

»Selbstverständlich nicht. Ich weiß nicht, welche Erklärung ein Psychologe für Bernds nachdrückliches Festhalten an dieser Version hätte, eine plausible wird es sicherlich nicht geben.«

Stefan öffnete die Wagentür, streckte den Kopf hinaus und atmete die frische Luft ein. Dann stieg er aus und sah noch einmal in das Wageninnere. Er musste sich an der Tür festhalten. Jensen blickte ihn unsicher an.

»Wir vergessen die ganze Sache«, sagte Stefan. Sein Magen war ganz flau. »Unser Gespräch hat nie stattgefunden. Vergessen Sie, dass ich hier war, streichen Sie mich einfach aus Ihrem Gedächtnis. Alles Gute.« Er schlug die Tür zu und ging langsam zur Straße, wo er in sicherer Entfernung seinen Wagen abgestellt hatte. Es kam ihm vor, als ginge er durch tiefen Sand. Nach dem gestrigen Abend hatte er geglaubt, ihn könne nichts mehr erschrecken, doch er hatte sich geirrt. Er hatte keinen Zweifel daran, dass Jensen die Wahrheit gesagt hatte, und er hatte auch keinen Zweifel daran, dass Schmolke Recht hatte. Das Mädchen hatte irgendwie dafür gesorgt, dass Gerd Schmolke um Haaresbreite ertrunken wäre. Ob er nun sterben sollte oder nicht, war unerheblich. Sie hatte damit nichts weiter verfolgt als die Absicht, Bernd Schmolke daran zu erinnern, dass er noch eine Aufgabe zu erledigen hatte.

◆

Mirja sah noch einmal auf den alten Papierbogen, dann nahm sie entschlossen den Kugelschreiber in die Hand und schrieb auf ein leeres Blatt Papier jenen Buchstaben, der vor der Jahreszahl stand, die am längsten zurücklag. Dahinter schrieb sie die Jahreszahl sowie die einstellige Zahl, die danach kam, die Vier.

Dann sah sie erneut auf den alten Bogen Papier und übertrug den nächsten Buchstaben mit der Jahreszahl und schrieb auch hier die einstellige Zahl dahinter. So verfuhr sie weiter, bis sie chronologisch nach Jahreszahlen die Buchstaben mit den einstelligen Zahlen untereinander geschrieben hatte. Doch hinter drei Initialen fehlte etwas. Ein L oder ein I oder ein J, möglicherweise auch ein T, war so sehr verschnörkelt geschrieben, dass es Mirja nicht mit Sicherheit entziffern konnte, doch vermutlich war das nicht mal wichtig, und sie entschied sich für das L. Hinter diesem Buchstaben stand nichts, weder eine Jahreszahl noch eine einstellige Zahl. Und hinter den mit dicker Tinte geschriebenen Initialen G. P. war zwar ein Haken, doch keine Jahreszahl war dazu geschrieben worden, und hinter dem mit Kugelschreiber geschriebenen A. P. war es ebenso – keine Jahreszahl, bloß ein Haken.

G. P. Mirja nahm die Fotos und sah sie rasch durch. Standen diese beiden Buchstaben nicht auf der Rückseite einer Aufnahme? Sie entdeckte sie auf dem Foto, die den Mann in der SS-Uniform zeigte. O. P., die anderen Initialen, gehörten dem Toten auf der anderen Aufnahme, und hinter den Initialen O. P. standen die Jahreszahl 1971 sowie die Ziffer Zwei. Mirja lehnte sich zurück. Wieso standen hinter G. P. und A. P. keine Jahreszahlen, und anstatt einer einstelligen Zahl war nur ein Haken gemacht worden? Und weshalb stand hinter dem L gar nichts?

Mirja verstand das alles nicht. Sie rieb sich die Augen und musste an das denken, was Stefan ihr eben erzählt hatte, die Geschichte, die er von Jensen erfahren hatte. Mirja wusste nicht, ob sie Stefan schon irgendwann mal so konfus erlebt hatte wie vorhin, als er plötzlich in ihrem Büro vor dem Schreibtisch gestanden hatte. In der vergangenen Nacht hatte er kaum geschlafen und war immer wieder aufgestanden. Die

Begegnung mit dem Mädchen in der Küche hatte ihn nicht zur Ruhe kommen lassen. Doch als er ihr die Geschichte von Gerd und Bernd Schmolke erzählt hatte, war er tief erschüttert gewesen. Und Mirja wusste auch, weshalb: Mit Jensen hatte ein Fremder diese unglaublichen Dinge erzählt, jemand, der Mirja und Stefan nicht kannte und der ihnen ganz gewiss nicht übel mitspielen wollte. Es waren nicht ihre oder Stefans Wahrnehmungen gewesen, von denen sie kaum noch gewusst hatten, wie viel davon real und unwirklich war. Doch Stefan war schlagartig klar geworden, dass alles oder zumindest sehr vieles davon richtig war. Es fiel Mirja nicht schwer, sich vorzustellen, wie viel Kraft und Disziplin es ihn kostete, jetzt im Restaurant zu sein, und seinen Job so gut zu machen, wie es er jeden Abend tat.

Sie wandte sich wieder ihren Notizen zu. Ob die Jahreszahlen Geburtsjahre waren? Die Geburtsjahre der Menschen, für deren Namen die Initialen standen? Nein, sagte sie sich, es sind nicht die Geburtsjahre, es sind die Jahre, in denen sie gestorben sind. Das Jahr, das hinter O. P. stand, 1971, war unmöglich sein Geburtsjahr, es musste das Jahr seines Todes sein, und wenn es bei O. P. so war, war es bei den anderen vermutlich auch nicht anders. Oder? Mirja fragte sich, weshalb hinter G. P. keine Jahreszahl stand. Das Foto, das ihn in der SS-Uniform zeigte, stammte allem Anschein nach aus dem Jahre 1933, und damals war er bereits Anfang vierzig gewesen. Dass er siebzig Jahre später nicht mehr lebte, war sehr wahrscheinlich. Doch vielleicht war G. P. in den Zweiten Weltkrieg gezogen, in Stalingrad oder Afrika oder sonst wo gefallen oder aus der Gefangenschaft nicht zurückgekehrt; es gab etliche Möglichkeiten, weshalb das Jahr des Todes von G. P. nicht feststand und nicht festgestellt werden konnte. Doch was bedeutete der Haken hinter seinem Namen? Und was war mit dem L., oder welcher Buchstabe es auch immer sein sollte, wieso stand hier nichts dabei? Mirja stand auf und schenkte sich ein Glas Milch ein. Sie lehnte sich an die Arbeitsplatte und starrte auf den Küchentisch, während sie in kleinen Schlucken trank. Plötzlich fiel ihr etwas auf: Die meisten der Initialen bestanden aus zwei Buchstaben, doch vor den am längsten zurückliegenden fünf Jahreszahlen stand nur ein Buchstabe. Und dann war da noch das L – auch nur ein Buchstabe.

Vornamen, es waren Vornamen, keine Frage. L. stand ebenso für einen Vornamen, wie die anderen einzelnen Buchstaben auch, und die Initialen, die aus zwei Buchstaben bestanden, standen für den Vornamen und den Nachnamen. Und jeder Nachname hatte als zweiten Buchstaben ein P wie … Pubben. A. P. – Albert Pubben. Mirja wurde unruhig. Sie stellte das Glas ab, ging zum Tisch und nahm ihre Aufzeichnung. Tatsächlich. Wann immer zwei Buchstaben die Initialen bildeten, war der zweite ein P. War das hier so etwas wie ein Familienstammbaum?

Mirja schloss die Augen und legte die Hände an die Schläfen, versuchte sich daran zu erinnern, was Bernd Schmolke damals auf dem Friedhof gesagt hatte. Albert Pubben war der letzte Spross seiner Familie gewesen. Er konnte das Haus nicht weitergeben und hatte es deshalb verkauft. Hatte Schmolke nicht auch gesagt, dass Pubben mittlerweile verstorben war und auch auf dem Friedhof Ohlsdorf lag? Wenn diese Initialen hier also eine Art Stammbaum oder Familienkette ergaben und wenn die Jahreszahlen tatsächlich für das jeweilige Todesjahr der Menschen standen, die sich hinter den Initialen verbargen, dann konnte niemand hinter Albert Pubbens Initialen eine Jahreszahl schreiben, denn es gab niemanden mehr, der das hätte tun können. Albert Pubben war tot, doch niemand hatte ihn – Mirja schluckte – aus der Liste ausgetragen.

Mirja musste sich setzen. Wurde sie allmählich verrückt? Was geschah in ihrem Kopf, was waren das für Ideen, die dort umherkreisten? Das waren nicht ihre Gedanken, das konnten unmöglich ihre Gedanken sein. Sie faltete die Hände, die eiskalt waren.

Mirja starrte auf ihre Aufzeichnung und versuchte, die Gedanken zu ordnen, sie in so etwas wie eine Reihe zu stellen. Sie murmelte: »Jeder von denen lebte und ist irgendwann gestorben, und zwar in dem Jahr, das hinter den Initialen steht. Nachdem sie gestorben sind, hat jemand aus der Familie die Jahreszahl dahinter geschrieben, nur bei Albert Pubben nicht, weil niemand mehr da war, und auch bei G. P. nicht, weil wahrscheinlich keiner weiß, wann er gestorben ist, und auch bei L nicht.« Sie nickte, dann nahm sie die Schuldschrift und sah sie sich genau an. Ihr Blick verharrte auf dem Namen des Schuldners. Konnte das tatsächlich Pubben heißen? Es war nicht klar erkennbar, doch es war durchaus möglich. Der Name auf der Schuldschrift bestand aus sechs Buchstaben, und der dritte und vierte Buchstabe waren gleich, daran gab es keinen Zweifel. Hatte also einst ein Pubben das Land gekauft, und war dieses Land, auf dem dann ein Haus gebaut worden war, von Generation zu Generation weitergegeben worden? Hatte ausschließlich die Familie Pubben in dem Haus gelebt? War dieses Haus zweihundert Jahre lang im Besitz der Familie gewesen, so lange, bis es niemanden mehr gab und es an Gerd Schmolke verkauft wurde?

»Ist das ein Fluch?«, murmelte Mirja und schloss die Augen. Sie hatte das Gefühl, dass ihr Kopf restlos leer war.

Mirja blieb fast fünf Minuten lang sitzen, bevor sie wieder Kraft hatte, um aufzustehen. Sie ging ins Arbeitszimmer und suchte nach einer Lupe, die irgendwo sein musste. Nach einer Weile fand sie sie in einer Pappkiste auf dem Regal, kehrte in die Küche zurück, setzte sich und legte alle Fotos nebeneinander. Vielleicht gab es auf den Aufnahmen irgendwelche Details, Kleinigkeiten, die keine Rolle zu spielen schienen, jedoch wichtige Hinweise waren. Das erste Foto, das sich Mirja durch die Lupe ansah, war das aktuellste, das Schmolke und Pubben zeigte. Mirja suchte die Aufnahme Zentimeter für Zentimeter ab, doch sie entdeckte nichts, was ihr ungewöhnlich erschien oder sie stutzig machte. Dann nahm sie das Foto, das die Inschrift der Haustür zeigte. Es schien, dass die Buchstaben nicht aufgemalt, sondern mit einem Messer oder anderem Werkzeug sehr präzise in das Holz geschnitzt und anschließend sorgfältig ausgemalt worden waren. Wer immer das getan hatte, war ein Meister seines Faches gewesen. Mirja legte die Lupe aus der Hand, rieb sich die Augen und unterdrückte ein Gähnen. Sie war kein bisschen müde, aber vielleicht fehlte es ihr an Sauerstoff. Sie stand auf und kippte das Fenster, ging an den Kühlschrank und goss sich frische Milch in das Glas, trank einen Schluck und setzte sich wieder an den Tisch. Sie war weniger zuversichtlich, tatsächlich auf etwas zu stoßen. Sie sah sich die Aufnahme mit dem Mädchen und der Frau an, doch sie entdeckte nichts Ungewöhnliches. Auch auf dem Foto, das G. P. und O. P. zeigte, war nichts, das nicht hierher gehörte oder zumindest *so* nicht hierher gehörte. Bei dem Foto mit der Frau und dem Jungen auf der Bank war es nicht anders. Und doch bemerkte Mirja etwas, was allerdings nicht auf den Aufnahmen zu sehen war – es war ein aufkommendes Gefühl. Das Gefühl, dass die beiden verbliebenen Aufnahmen anders waren. Das Foto des Toten und das Foto, das die Familie am Esstisch zeigte. Das Bild des Toten war nicht bloß abscheulich, sondern auch wichtig, das spürte Mirja plötzlich. Auch wenn alle anderen Fotos in irgendeiner Form wichtig waren, war dieses Foto besonders wichtig. Und das mit der Familie am Esstisch ebenso.

Zum ersten Mal in ihrem Leben hatte Mirja plötzlich Herzrasen und spürte ein Gefühl der Enge, als steckte sie in einem Korsett aus Stahl, das sich immer mehr zusammenzog. Sie nahm das Foto mit dem toten O. P. und beugte sich darüber, die Lupe einen Fingerbreit über die Aufnahme. Sie fand es entsetzlich, sich jeden Millimeter dieser Fotografie anzusehen, die Einzelheiten des verzerrten Gesichts zu erkennen und dieses kleine, bizarre Schauspiel aus aufgestellten Kerzen und hingelegten Holzkreuzen genau zu sehen. Als die Lupe über die gefalteten Hände des Mannes glitt, stutzte sie. Sie nahm die Lupe zur Seite, betrachtete die Aufnahme und stellte fest, dass sie dieses Detail ohne die Lupe vermutlich niemals entdeckt hätte: den mit weißem Klebeband umwickelten kleinen Finger der rechten Hand. Mirja hielt die Lupe wieder über das Foto und schaute sich den Finger an. Das Klebeband bedeckte den ganzen Finger beziehungsweise das, was davon übrig geblieben war. Denn der Finger war so kurz, dass kaum mehr als das erste Fingerglied noch vorhanden sein konnte.

Sie legte die Lupe aus der Hand. War das wichtig, fragte sie sich, hatte es irgendeine Bedeutung? Sie war nicht sicher, doch es erschien ihr seltsam, dass ein fehlendes Stück Finger abgeklebt wurde, vor allem dann, wenn der Mensch bereits tot war und in Kürze beigesetzt wurde. Allerdings hatte man O. P. für die bevorstehende Beerdigung sorgfältig hergerichtet, ihn in einen Anzug gesteckt, frisiert und auch rasiert. Nur das verkrampfte Gesicht ließ sich nicht verschönern. Es konnte also durchaus sein, dass man ihn möglichst gut aussehend beisetzen wollte und deshalb den irgendwann mal verlorenen Finger abgeklebt hatte.

Mirja kaute auf ihrer Unterlippe. Nein, diese Erklärung befriedigte sie nicht. Denn gehörte eine solche Verletzung nicht ebenso zu einem Menschen wie eine schiefe Nase oder abstehende Ohren? Wenn O. P. den Finger vor zehn oder fünfzehn – oder wie vielen Jahren auch immer verloren hatte, hätten sich doch längst alle daran gewöhnt, allen voran er selbst. Die Wunde wäre längst verheilt, und er hätte gelernt, auch mit einem fast vollständig fehlenden kleinen Finger ohne nennenswerte Einschränkungen zu leben. Es sei denn …

Mirja nahm die Lupe und betrachtete den verklebten Finger erneut. Mit dem Finger stimmte etwas nicht, und nach einigen Sekunden fiel ihr auch auf, was: Er war zu dick. Vermutlich war er nicht einfach bloß abgeklebt, sondern unter dem Klebeband zusätzlich umwickelt. Vielleicht mit einem Verband. Oder vielleicht war etwas über den Finger gestülpt worden und zum fixieren festgeklebt worden, eine dünne Zinnkappe oder ein Stück Leder.

Mirja nickte vor sich hin. Ja, sie war fest davon überzeugt, dass es so war. Doch wenn der Fingerstumpf umwickelt und abgeklebt worden war, weshalb? Welche Absicht steckte dahinter?

Sie grübelte, doch ihr fiel nichts ein, was auch nur halbwegs nach einer Idee, geschweige denn einer Antwort aussah. Schließlich schob sie das Foto zur Seite und nahm das, welches die Familie am Esstisch zeigte. Die Gesichter beachtete sie nicht weiter. Sie war sicher, für jedes von ihnen standen irgendwelche Initialen auf dem Papierbogen. Die Sanduhr war es, die sie betrachten mussten, das war Mirja klar. Sie sah die Sanduhr durch die Lupe an, doch sie entdeckte nichts Ungewöhnliches. Sie stand auf und ging in den Flur, öffnete den Eckschrank und nahm die Sanduhr heraus. Sie drehte sie langsam in ihrer Hand, sah sie beschwörend an und hoffte, dass ihr irgendetwas auffiel, das ihr bislang noch nicht aufgefallen war, oder dass irgendetwas passierte, das nicht schlimm war, sie aber die Zusammenhänge verstehen ließ.

Doch nichts geschah. Mirja kehrte in die Küche zurück, stellte die Sanduhr vor sich auf den Tisch, stützte den Kopf auf die Hände und starrte sie an. Sie konnte sie nicht vorstellen, dass dies einfach nur eine alte Sanduhr war; es wäre zu einfach gewesen, und wenn es bei dieser ganzen Sache eines nicht gab, dann etwas Einfaches. Nein, die Sanduhr war wichtig, sehr wichtig, womöglich war sie eine Art Instrument des Mädchens, vielleicht sogar so etwas wie ein verlängerter Arm. Es konnte gut sein, dass das Mädchen die Sanduhr nicht unbedingt brauchte – immerhin hatte Stefan es ohne die Sanduhr gesehen –, doch irgendeine Verbindung musste bestehen, sonst hätte das Mädchen die Sanduhr nicht so häufig und so nachdrücklich eingesetzt. Mirja kam nicht weiter. Irgendwann fiel ihr auf, dass sie nicht einmal wusste, wie viel Zeit diese Sanduhr maß. Es war sicherlich ohne Bedeutung, doch da sie im Moment keine neuen Ideen hatte, wollte sie es ausprobieren. Sie sah auf die Uhr über dem Herd. In etwas mehr als zwei Minuten würde es zehn Minuten nach dreiundzwanzig Uhr sein, und wenn der Sekundenzeiger auf der Zwölf war, würde sie die Sanduhr umdrehen.

Mirja wartete und hätte beinahe ihren Einsatz verpasst. Sie drehte die Sanduhr zwei Sekunden zu spät um, doch das war nicht weiter schlimm, denn zwei Sekunden stellten keine schwierige Rechenaufgabe dar. Mirja betrachtete die Sanduhr beim Messen der Zeit. Der Sand lief regelmäßig durch, alles war, wie es sein sollte, nichts war ungewöhnlich. Mirja musste erneut gähnen. Die letzten Tage forderten allmählich ihren Tribut, und die Anstrengungen und Aufregungen machten sich allmählich bemerkbar. Sie schloss die Augen und rieb sich die Stirn. Mirja fröstelte und dachte, das läge an ihrer Müdigkeit. Sie gähnte erneut, laut und ungeniert. Es tat gut, die Augen zu schließen und den Kopf nach vorne sinken zu lassen.

Vielleicht war es das Beste, ins Bett zu gehen. In dieser Nacht würde sie mit Sicherheit gut schlafen, und nach einigen Stunden erholsamen Schlafes würde auch ihr Kopf wieder besser funktionieren.

Mirja musste sich einen Ruck geben, um die Augen wieder zu öffnen. Sie sah, dass der Sand mittlerweile fast vollständig in das untere Gefäß geströmt war. Mirja sah kurz auf die Uhr, dann wieder zur Sanduhr. Nun waren es noch vier Sekunden, drei, dann zwei, eine letzte, und dann befand sich der gesamte Sand in dem unteren Gefäß. Wieder sah Mirja zur Uhr, rechnete rasch nach und kam auf acht Minuten und siebzehn Sekunden. Was war das für eine merkwürdige Zeiteinheit, dachte sie verwundert. Keine vollen Minuten, nicht einmal eine Viertelstunde. Zählte eine Sanduhr nicht zumeist eine Viertelstunde und manchmal auch eine halbe Stunde? Mirja nahm die Sanduhr in die Hand. Acht Minuten und siebzehn Sekunden waren eine Zeiteinheit, mit der niemand etwas anfangen konnte. Was sollte damit gemessen werden? Eine Viertelstunde machte Sinn, zehn Minuten durchaus auch, aber acht Minuten und siebzehn Sekunden …?

Mirja sah erneut zur Uhr und kam zu dem Entschluss, dass sie einen Fehler gemacht hatte. Wahrscheinlich hatte die Müdigkeit sie durcheinander gebracht. Sie wartete einen Moment, und als der Sekundenzeiger der Uhr wieder auf der Zwölf stand, drehte sie die Sanduhr um und stellte sie auf den Tisch. Sie nahm einen Kugelschreiber und schrieb die Uhrzeit, zu der sie die Sanduhr umgedreht hatte, auf. Wieder strömte der Sand gleichmäßig und in einem feinen Strahl in das untere Gefäß. Mirja ließ die Sanduhr nicht aus den Augen und spielte gedankenverloren mit dem Kugelschreiber. Als sich der gesamte Sand im unteren Gefäß befand, sah sie zur Uhr und rechnete. Acht Minuten und achtzehn Sekunden. Eine Sekunde mehr als zuvor, doch auf diese eine Sekunde kam es nicht an, sie hatte sich entweder vorhin oder gerade eben um eine Sekunde vertan. Was blieb, war eine seltsame Zahl. Was hatte die Sanduhr einst messen sollen, was war so wichtig gewesen, dass die Sanduhr acht Minuten und siebzehn Sekunden – oder auch eine Sekunde mehr – lang die Zeit maß?

Mirja betrachtete die Sanduhr. Vielleicht hatte sie ihre Recherchen falsch begonnen, als sie das Alter des Holzes der Sanduhr feststellen ließ. Vielleicht kam es gar nicht so sehr darauf an, wie die Sanduhr außen – sondern wie sie … wie sie … – Mirja richtete sich bei ihren Gedanken abrupt auf, und ihre Augen weiteten sich – wie sie innen … *Innen, innen.*

»O mein Gott!«, stieß sie hervor, nahm die Lupe und hätte beinahe die Sanduhr vom Tisch gestoßen. Sie beugte sich über das Foto, das die Familie am Tisch zeigte, und betrachtete angestrengt die Sanduhr. Es konnte eine Täuschung sein. Sie sah zu der Sanduhr auf dem Tisch, dann wieder auf das Foto. Dutzende Male ging ihr Blick hin und her, bis sie sicher war: Es war keine Täuschung. Es war nicht leicht zu erkennen, und doch war es keine Täuschung. Damals, als dieses Foto entstanden war, war die Sanduhr mit weniger Sand gefüllt gewesen, als sie es jetzt war. Heute befand sich mehr Sand in der Sanduhr als vor siebenundfünfzig Jahren.

Mirja schauderte und verspürte einen plötzlichen Brechreiz. Sie stieß die Luft laut aus. Jemand schien wie wild an dem Stuhl zu rütteln, auf dem sie saß. Sie blickte nach hinten, doch da war niemand. »Gott!«, stieß sie erneut hervor, stand auf, setzte sich wieder, legte die Hände aufs Gesicht; die Hände, die eiskalt waren, während ihr Kopf glühte.

Langsam, ganz allmählich beruhigte sich Mirja wieder, und betrachtete erneut durch die Lupe den abgeklebten Finger des toten O. P. Dann nahm sie die anderen Fotos und sah sich die

Hände und Gesichter der Menschen an, die auf den anderen Aufnahmen zu sehen waren. Und sie entdeckte noch einmal etwas, was ihr den Magen zusammenzog: Am kleinen Finger von Albert Pubbens linker Hand fehlte das letzte Glied. Doch es war keine frische Verletzung, sonst hätte Mirja sie früher bemerkt, es war eine alte, eine, die bereits Jahre zurückliegen musste und längst verheilt war.

Ein schwerer Nebel breitete sich in Mirjas Kopf aus. Sie stand auf, bemerkte die geradezu unwirkliche Stille, ging zum Kühlschrank und schenkte sich Milch ins Glas. Sie lehnte sich an die Arbeitsplatte und setzte zum Trinken an, als sie plötzlich aus dem Augenwinkel einen Schatten sah. Der Schatten stand mitten in der Tür. Mirja schrie auf und ließ das Glas fallen. Splitter verteilen sich durch die Küche, Milch ergoss sich auf den Fußboden und spritzte an die Schranktüren. Mirja sah mit entsetztem Gesicht zur Tür, dann verschwand das Entsetzen, und Wut trat an dessen Stelle. »Scheiße, musst du mich so erschrecken?«, keifte sie.

»Ich hab doch gar nichts gemacht«, sagte Stefan.

»Klopf an den Türrahmen oder sag leise etwas, ich wäre fast gestorben.«

Stefan sah müde und blass aus, und es tat Mirja Leid, dass sie ihn so angefahren hatte. »Das lässt sich schnell wieder aufwischen«, sagte sie versöhnlich und strich sich rasch die Haare zurück. Gerne hätte sie gelächelt, doch sie konnte nicht. »Wieso bist du schon zu Hause?«

»Ich hab die Segel gestrichen. Keine Lust mehr. Es war heute Abend nicht sonderlich viel los. Ich habe Sid gesagt, er soll den Rest vernünftig über die Bühne bringen. Er schafft das schon, er ist ein prima Junge.«

Mirja nahm die Küchenrolle und riss einige Tücher ab, bückte sich und legte sie auf die Milchpfützen. Stefan begann die größeren Scherben aufzuheben. Beide schwiegen, doch in ihren Köpfen tobten die Gedanken. Mirja wischte den Boden, während Stefan die Schrankwände abwischte, und so vergingen fast zehn Minuten, ohne dass sie ein einziges Wort miteinander sprachen.

»Sie schneiden sich die Finger ab«, sagte Mirja plötzlich. Sie konnte Stefan nicht ansehen, denn ihr war seltsam beklommen zu Mute.

»Wer schneidet sich die Finger ab?« Er nahm eine Flasche Bier aus dem Kühlschrank, trat mit zwei großen Schritten über den nassen Boden und setzte sich.

»Die Menschen aus dem Haus«, sagte Mirja. »Ich glaube, ich habe die Sache kapiert. Sie schneiden sich die Finger ab und tun sie in die Sanduhr.«

Stefan verschluckte sich an seinem Bier. Er musste husten, schlug sich auf die Brust und sah Mirja dabei fragend an.

Sie drehte sich langsam um. Sie schien um Jahre gealtert. Da sie nicht wusste, wohin mit ihren Händen, schob sie sie schließlich in die Gesäßtaschen ihrer Hose. Sie sagte: »Es gab diese Schuldschrift, und der Schuldner, der sie unterschrieben hat, war ein Vorfahre von Albert Pubben, von dem der alte Schmolke das Haus gekauft hat. Doch Pubbens Vorfahre konnte die Schuld nicht begleichen, und ich vermute, dass der Gläubiger anfing, Druck auszuüben. Vielleicht forderte er sogar sein Land zurück, auf dem mittlerweile das Haus stand. Doch Pubbens Vorfahre dachte gar nicht daran, das Land zurückzugeben und sich von dem Haus zu trennen, und so kam es zu dem Schwur, der später auch auf der Haustür stand.« Mirjas Stimme wurde leiser, und sie sprach schneller: »Ihr bekommt uns hier nicht raus, wir bleiben hier, niemand, niemand vertreibt uns von hier, wir bleiben hier, immer hier, für immer.« Sie atmete tief durch, rieb sich die Augen und sagte dann: »Sie haben diese Sanduhr genommen oder auch extra dafür gebaut, keine Ahnung, auf alle Fälle gab jeder einen Teil von sich in die Sanduhr.«

Stefan sah Mirja mit großen Augen an.

Mirja trat an den Tisch, nahm das Foto von der Sanduhr und ließ es gleich wieder fallen. »Dieses Foto ist fast sechzig Jahre alt, und damals war die Sanduhr nicht so gut gefüllt wie heute. Wenn du es dir durch die Lupe ansiehst und dir am Glaskelch einen fiktiven Markierungspunkt suchst, siehst du es. Jetzt ist sie voller, und weißt du auch, weshalb? Weil zwischenzeitlich weitere Menschen etwas hineingegeben haben. Der Alte dort, der Tote, das ist der Junge in der HJ-Uniform auf dem anderen Foto, doch während er als Junge noch alle Finger hatte, wie man sieht, fehlte ihm als Toter plötzlich ein Stück des kleinen Fingers.«

Sie stützte sich auf den Tisch, beugte sich Stefan entgegen und flüsterte: »Weil man es abgeschnitten hat. Man hat ihm ein Stück des kleinen Fingers abgeschnitten, es verbrannt und die Asche in die Sanduhr getan.«

Stefan wusste nicht, was er sagen sollte.

Mirja nahm Stefans Bierflasche, trank einen Schluck und sagte dann: »Der Schwur hat sie alle an das Haus gebunden und im Haus gehalten, auch nach ihrem Tod. Sie sind beigesetzt worden, doch ein Teil von ihnen blieb zurück. Sie alle haben sich über Generationen hinweg an den Schwur gehalten. Dieser Schwur war ein immens wichtiger Teil ihres Lebens, und selbst nach dem Tod haben sie sich daran gehalten. Starb einer von ihnen, schnitten die Hinterbliebenen ihm ein Stück des Fingers – oder was auch immer – ab und übergaben es der Sanduhr.«

»Du spinnst«, krächzte Stefan.

»Nein, tue ich nicht«, sagte Mirja nachdrücklich, und ihre

Stimme hatte einen hellen Klang, der Stefan erschreckte. »Sie wussten, was nach ihrem Tod geschehen wird.« Sie legte den Zeigefinger auf die Liste mit den Initialen. »Das sind die Kürzel ihrer Namen. Jedes Kürzel, das aus zwei Buchstaben besteht, hat als zweiten das P. – wie Pubben. Die Jahreszahlen dahinter stehen für das Jahr ihres Todes, und die einstellige Zahl steht für den Tag nach dem Tod, an dem … dem Verstorbenen ein kleiner Teil des Körpers abgetrennt und der Sanduhr zugeführt wurde. Tag zwei nach dem Tod, Tag drei, vier …«

»Mirja, du spinnst, du verlierst …«

»Psst«, machte sie und legte den Zeigefinger an die Lippen. Sie sah ihn durchdringend an und sagte: »Es ist ihr Vermächtnis. Sie wussten, dass jeder von ihnen sich an den Schwur zu halten hat, und sie *wollten* es. Dieser Schwur war so stark, das er sogar im Tod noch für jeden von ihnen galt.«

Einen Moment lang herrschte Stille, dann richtete Mirja sich wieder auf. »Jedes dieser Fotos hat eine Funktion«, sagte sie. Sie sprach ganz ruhig. »Das Foto mit der Sanduhr sollte uns genau das zeigen, nämlich dass sie im Laufe der Jahre immer voller wurde, und auch die anderen Fotos haben eine Funktion. Das mit Albert Pubben und dem alten Schmolke zeigt die Ausnahme, Steff.«

»Welche Ausnahme?« Er griff nach dem Foto.

»Albert Pubben war der Letzte seiner Familie. Es gab also niemanden, der nach seinem Tod etwas von ihm in die Sanduhr getan hätte, und deshalb hat er es selbst getan, als er noch lebte. Der Schwur galt auch für ihn, ob er nun der Letzte war oder nicht. Auf der Liste steht nicht sein Todesjahr, da niemand mehr da war, der ihn *austragen* konnte, doch der Haken, den er selbst hinter seinen Namen gesetzt hat, bedeutet, dass er sich an den Schwur gehalten hat. Und zwar bereits zu Lebzeiten.«

Stefan starrte angewidert auf das Foto.

»Der Mann in der SS-Uniform, G. P., das war bestimmt der Vater des Jungen, des späteren Toten … für ihn galt etwas Ähnliches. Zweiter Weltkrieg, Steff, er musste sicherlich einige Jahre nach dieser Aufnahme in den Krieg ziehen und wusste nicht, ob er heimkehren würde. Doch selbst der Schrecken des Krieges hat G. P. nicht davon abgehalten, sich wie alle andern auch an den Schwur zu halten. Das, was Albert getan hat, tat G. P. auch: Er übergab der Sanduhr noch zu Lebzeiten einen Teil von sich. Deshalb der Haken hinter seinem Namen. Und tatsächlich – so wie es scheint, kehrte G. P. nie aus dem Krieg zurück und nicht einmal das Jahr seines Todes steht fest, und er wurde auch nicht aus dieser Liste ausgetragen. Doch das spielt gar keine Rolle, es ist unerheblich, wann und wie und wo sie alle gestorben sind. Alles, was zählt, ist, dass« – sie zeigte auf die Sanduhr – »ein Teil von ihnen da drin ist.«

Stefan schluckte und sagte dann: »Das glaubst du doch nicht wirklich, oder?«

Mirja nickte überzeugt. »Das Mädchen fehlt«, sage sie dann. »Unsere Kleine. Ich bin überzeugt, dass sie das L auf meiner Liste ist. Sie ist weder ausgetragen worden noch hat sie einen Haken oder sonst einen Vermerk, der darauf schließen lässt, dass etwas von ihr in der Sanduhr ist.«

Stefan kniff die Augen zusammen. »Was redest du da eigentlich?«

»Sie fehlt. Aus irgendeinem Grund fehlt sie. Vielleicht ist sie auch irgendwo gestorben und niemand weiß, wo, und deshalb fehlt sie jetzt in der Sanduhr.«

»Du meinst, sie fehlt und ist deshalb so etwas wie ein Gespenst?«

»Sie ist kein Gespenst.«

»Ein Geist?«

»Nein.«

»Was dann?«

»Ich weiß es nicht, Steff, ich habe keine Ahnung. Aber ich bin absolut davon überzeugt, dass sie längst tot ist, doch irgendwie … wie soll ich sagen? Sie muss in die Sanduhr, ein Teil von ihr muss da rein. Denn sie ist ein Teil der Familie, der Schwur … dieses Vermächtnis … sie kann sich nicht davon frei machen, lösen … verstehst du?«

»Tote sind tot, Mirja, aber die Kleine ist da. Sie lebt. Irgendetwas stimmt nicht mit ihr, aber sie ist doch nicht tot. Du bist auf einem völlig falschen Weg.«

»Weißt du, was der Tod ist? Nicht medizinisch oder physisch. Ich meine: Was ist er *wirklich?* Das wissen wir Lebenden doch gar nicht, wir flüchten uns in Hoffnungen und stellen irgendwelche Vermutungen an, aber über das, was nach dem Sterben geschieht, wissen wir« – sie formte mit dem Daumen und dem Zeigefinger eine Null – »gar nichts. Nicht das Geringste. Deshalb wissen wir auch nicht, als was wir die Kleine bezeichnen sollen. Ist sie tot? Sicherlich, irgendwie schon. Ist sie lebendig? Auch irgendwie, denn sie ist ja noch da, sie hat einen Körper und alles. Ist sie also ein Geist oder Gespenst?« Sie schüttelte den Kopf. »Sie will in die Sanduhr, Steff, das ist alles, wonach sie verlangt, ein Stück von ihr muss da rein. Es kann doch sein, dass sie nicht bei ihrer Familie war, als sie starb, und dass die Familie niemals ihren toten Körper zurückerhalten hatte. Und weil das nicht geschah, ist von ihr auch nichts in der Sanduhr. Es ist ein schwer wiegendes Versäumnis, dass weder zu ihren Lebzeiten noch nach ihrem Tod nichts von ihr in die Sanduhr getan wurde. Es ist so etwas wie eine immense Schuld, die sie sich aufgeladen hat, ob nun bewusst oder unbewusst, ist völlig egal. Vielleicht muss erst etwas von ihr in die Sanduhr, damit sie … ganz ins Jenseits kann.«

»Mirja!« Stefan sah sie streng an. »Du bist auf einem …«

»Was? Irrweg? Nein. Das Haus war einst das Haus ihrer Familie, und nun ist es unser Haus. Wir müssen den Kreis schließen, Steff, wir sind die Einzigen, die es tun können, denn aus ihrer Familie lebt niemand mehr. Sie ruft uns, Steff, sie will, das wir begreifen und auf sie aufmerksam werden, dass wir auf die Sanduhr aufmerksam werden. Wir müssen den Kreis für sie schließen, Steff, da bin ich ganz sicher, es ist unsere Berufung.«

»Woher willst du wissen, dass in der Sanduhr wirklich so etwas wie menschliche Asche ist? Das sind alles bloß Vermutungen, Mirja, Ideen einer …« Er sprach den Satz nicht zu Ende.

»Einer was?«, fragte sie scharf. »Irren? Meinetwegen! Dann bin ich eben irre, okay, auch gut.« Sie nahm die Sanduhr, öffnete eine Küchenschublade und nahm ein Kartoffelmesser heraus. Sie versuchte, die Messerspitze zwischen einen Längsstab und einen der runden Füße zu schieben, doch es gelang nicht.

»Lass den Blödsinn«, sagte Stefan. Er sah ihr zu, schüttelte den Kopf und trank einen Schluck Bier.

Mirja antwortete nicht. Sie versuchte es bei einem anderen Längsstab, doch sie rutschte ab, die Messerspitze glitt über ihren Handrücken. Sie stieß einen Schrei aus, doch sie ließ die Sanduhr nicht fallen.

»Was ist passiert?«, fragte Stefan, stand auf und trat an ihre Seite.

»Mist«, fluchte Mirja und warf das Messer in die Spüle. Sie betrachtete den Schnitt, der quer über den Handrücken verlief, und obwohl die Wunde leicht blutete, wusste sie, dass sie sich nicht ärgern, sondern bedanken sollte, denn die Verletzung hätte sehr viel schlimmer sein können.

Stefan sah auf ihre Hand und sog die Luft durch die Zähne ein.

»Egal, los, hilf mir«, sagte sie und warf ihm einen kurzen Blick zu. »Ich halte sie am unteren Fuß mit beiden Händen fest und drücke sie nach unten auf die Arbeitsplatte, und du versuchst, den oberen runden Fuß zu lockern. Los.«

»Mirja, was bitte sehr, soll der Scheiß?«

Sie wollte ihn zurechtweisen, ihm sagen, er sollte einfach seine Klappe halten und tun, was sie verlangte, doch sie riss sich zusammen und sagte: »Ich bin überzeugt, dass sich die Sanduhr öffnen lässt, Steff, sie lässt sich öffnen, davon bin ich hundertprozentig überzeugt. Sie ist ... wieder verschließbar.«

Stefan zog eine Augenbraue hoch und schenkte ihr einen verzweifelten Blick, dann betrachtete er die Sanduhr und sagte: »Also gut, aber wir sollten vorsichtig vorgehen. Wenn du den unteren Fuß festhältst und ich oben ziehe, geht sie vielleicht unten auf, und dann rieselt der ganze Kram raus. Es ist besser, wenn du sie an den Stäben hältst und ich an einem Fuß ziehe.«

Sie nickte und umfasste in der Mitte zwei der drei Längsstäbe, dort, wo die beiden Gefäße zusammenliefen und sie sie am besten halten konnte. Stefan nahm den Holzfuß in die Hand und versuchte vorsichtig, ihn zu lösen. Als sich nichts bewegte, versuchte er mit mehr Kraft, den Fuß zu drehen, doch auch das gelangt nicht. Er zog mit aller Macht, und als Mirja die Sanduhr kaum noch halten konnte, sagte er: »Das können wir vergessen, diese Seite lässt sich nicht öffnen.«

»Probieren wir die andere«, sagte sie, drehte die Sanduhr um und hielt wieder die Stäbe fest. Stefan umfasste den Fuß und versuchte, ihn zu bewegen. Nichts. Dann zog er und drehte gleichzeitig mit so viel Kraft, dass Mirja die Stäbe gerade noch halten konnte. Und plötzlich löste sich der Fuß.

»Ich wusste es«, stieß sie hervor und ihre Augen leuchteten.

Stefan betrachtete staunend den runden Holzfuß in seiner Hand. Dort, wo die Enden der Stäbe gesteckt hatten, waren nun drei Löcher. Sie waren nicht einmal tief, und es waren auch keine Spuren von Leim oder eines anderen Klebstoffs zu sehen. Die Stäbe hatten nahezu den gleichen Durchmesser wie die Löcher, das war Millimeterarbeit gewesen. Auch das untere Holzstück gab dem Gefäß keinen Halt, denn es war nicht nach innen abgerundet, sondern es war flach und verschloss das nach oben hin offene Glasgefäß. Diese Sanduhr war eine hervorragende handwerkliche Arbeit; der Glasbläser und der Drechsler, oder wer auch immer an der Herstellung beteiligt gewesen war, hatten ganze Arbeit geleistet.

»Ich habe es gewusst«, flüsterte Mirja. Ihre Stimme zitterte vor Aufregung. Sie war blass geworden, nur die Wangen waren gerötet. Sie sah aus, als hätte sie hohes Fieber. »Sie sind da drin, es ist ihre Asche. Mit jedem von ihnen füllte sich die Sanduhr ein wenig mehr. Diese Sanduhr ist nicht gebaut worden, um die Zeit zu messen, sie ist gebaut worden, um diese Menschen gut zu verwahren. Damit sie für immer im Haus bleiben.«

»Mirja, wir ...« Stefan musste sich abstützen, da ihn seine Beine im Stich zu lassen drohten. »Wir wissen nicht, ob es wirklich ... Asche ist, die darin ist. Woher sollen wir das mit Sicherheit wissen?«

Sie grinste in breit an, doch ihre Augen bewegten sich nicht. Stefan kam es vor, als sei Mirja direkt einem zweitklassigen Horrorfilm entsprungen.

Sie sagte: »Du hast Recht, noch wissen wir es nicht mit Sicherheit, aber das wird sich ändern. Wir werden die Substanz analysieren lassen, sowie auch das Holz analysiert wurde.«

»Du glaubst an Gott?«, sagte er.

»Aber natürlich. Ja!«

»Weißt du, was ich mich gerade frage?«

Sie sah ihn fragend an.

»Auch wenn Dinge passieren, die über das hinausgehen, was

wir in der Lage sind zu verstehen, wie kann Gott etwas wie das, was hier geschieht, zulassen?«

Ihr Gesicht wurde sanft, und sie sagte: »Das werde ich ihn eines Tages fragen, da darfst du sicher sein.«

◆

»Das ist nicht Ihr Ernst«, sagte Neuhaus.

»Doch, das ist es«, erwiderte Mirja. »Ich weiß, was ich von Ihnen verlange, und ich …«

Er unterbrach sie: »Haben Sie eine Uhr, die funktioniert? Haben Sie mal draufgeschaut?« Er klang entrüstet, und es fehlte nicht mehr viel, und er würde brüllen.

»Ich weiß, wie spät es ist.«

»Das ist immerhin erfreulich, Sie können also die Uhr lesen. Und weshalb rufen Sie dann nachts um halb zwei an? Können Sie sich vorstellen, wie sehr ich erschrocken bin, als das Telefon klingelte? Meine Eltern sind alt und krank, und ich habe mit dem Schlimmsten gerechnet.«

»Es tut mir Leid.«

»Woher haben Sie eigentlich meine Telefonnummer?«

»Sie steht auf der Visitenkarte, die Sie mir bei unserem ersten Treffen gegeben haben.«

»Ich werde jetzt auflegen, gnädige Frau, und ich wünsche nicht, dass Sie mich noch einmal anrufen.«

»Legen Sie nicht auf!« Es klang so erschrocken und so bittend, das Neuhaus am anderen Ende der Leitung resignierend die Schultern hängen ließ. »Es ist ein Notfall«, sagte Mirja, und nun klang ihre Stimme belegt.

»Bei einem Notfall sollte man den Notarzt rufen.«

Mirja holte tief Luft. Sie wusste, dass sie nur diese eine Chance hatte. Das Schlimmste, was passieren konnte, war, dass er sie beschimpfte und auflegte. Sie sagte: »In der Sanduhr ist kein Sand oder was auch immer man in eine Sanduhr füllt, es ist menschliche Asche, und ich brauche die Gewissheit, dass es so ist, bevor ich die nächsten Schritte unternehme.«

Eine Sekunde lang herrschte Stille, dann fragte Neuhaus: »Menschliche Asche? Von einem Korpus?«

»Ich brauche Gewissheit, diese Sache bringt mich sonst noch um den Verstand!«

»Damit müssen Sie zur Polizei gehen«, sagte er. »Mit so etwas ist nicht zu spaßen, das ist eine Angelegenheit für die zuständigen Behörden.«

»Das will ich ja auch, allerdings nicht, bevor ich die Sicherheit habe.«

»Menschliche Asche …«, murmelte Neuhaus, und Mirja glaubte, eine leichte Faszination in seiner Stimme zu hören. »Und Sie sind sicher?«

»Ich bin *überzeugt*. Sicherheit müssen Sie mir geben.«

Neuhaus reagierte nicht gleich, und Mirja wusste, dass sie so gut wie gewonnen hatte. Nun musste sie nur noch den entscheidenden Treffer landen. Sie fragte: »Mit so etwas haben Sie noch nie zu tun gehabt, oder? Das ist eigentlich auch eher etwas für das Institut für Rechtsmedizin, nicht wahr? Doch interessiert Sie so etwas nicht? Als Wissenschaftler?«

»Meine Frau wird mich fragen, ob ich noch richtig im Kopf bin.«

»Sie ist mit einem Wissenschaftler verheiratet und wird wissen, dass sie jemanden geheiratet hat, der im positiven Sinne verrückt ist.« Mirja stockte. War das taktisch klug gewesen oder hatte sie sich zu weit vorgewagt?

»Ja, da liegen Sie richtig.«

Erleichtert atmete sie durch.

»Kommen Sie um zehn Uhr ins Labor. Wir beide werden

ganz diskret sein. Die Analyse wird nicht lange dauern, Sie können sogar drauf warten. Ich schiebe sie rasch dazwischen.«

»Ich kann nicht warten. Ich *darf* nicht.«

»Klingt in der Tat dramatisch.«

»Ich würde Sie nie im Leben zu dieser Zeit anrufen und um Hilfe bitten, wenn ich irgendeine andere Lösung sehen würde. Sie sind meine einzige Hoffnung.«

Wieder antwortete Neuhaus nicht gleich. Sie hatte ihn auf ihre Seite gezogen, und das wusste sie.

»Das werden Sie nie wieder gutmachen können«, sagte Neuhaus.

»Ich weiß.« Erleichtert atmete Mirja durch.

»Sagen wir in einer Dreiviertelstunde. Ich muss mich erst anziehen und ein wenig frisch machen«

»Sie sind ein Schatz, vielen Dank.«

»Ich bin neugierig, das gebe ich gerne zu. Also, wir sehen uns in etwa einer Dreiviertelstunde unten am Hauseingang. Bis bald!«

»Bis dann.« Mirja beendete das Gespräch und sah zu Stefan hinüber, der auf dem Küchentisch saß und sie beobachtet hatte, während sie telefonierte. »Das war nicht klug«, sagte er und nippte an seinem Bier, dem vierten mittlerweile.

»Was?«

»Du hättest ihm das mit der Asche nicht sagen dürfen. Er könnte die Bullen alarmieren, das ist dir doch hoffentlich klar.«

»Das tut er nicht.«

»Woher willst du das wissen?«

»Ich hätte es seiner Stimme entnommen. Er hintergeht uns nicht.«

»Ich bin dennoch der Meinung, dass wir bis morgen hätten

warten sollen. Auf die paar Stunden kommt es jetzt auch nicht mehr an.«

»Auf einige Stunden mehr sicherlich nicht, aber sehr wohl darauf, dass ich nicht länger warten will. Hättest du etwa ins Bett gehen und schlafen können?«

Nein, dachte er, sagte es aber nicht, natürlich nicht.

◆

Neuhaus stand bereits im Hausausgang, als Mirja und Stefan eintrafen. Er hatte es vorgezogen, das Licht nicht einzuschalten, aus Sorge, irgendein Passant oder vorbeifahrender Autofahrer könnte ihn sehen und für einen Einbrecher halten. Mirja und Stefan sahen ihn nicht, da er im Dunkeln hinter einer dicken Glastür stand. Er öffnete die Tür.

»Kommen Sie rein«, sagte er hastig und winkte sie näher. Sie betraten die Hausflur, und Neuhaus drückte rasch die Tür zu, schloss sie ab und schob die beiden zur Treppe. Erst hier gab er Stefan kurz die Hand und nannte seinen Namen.

Im Dunkeln stiegen sie die Treppen hinauf, doch durch die großen Fenster im Treppenhaus fiel ausreichend Licht herein, sodass sie gut sehen konnten. Keiner sprach ein Wort. Als sie schließlich vor der Tür des Laboratoriums standen, tippte Neubaus eine sechsstellige PIN-Nummer in einen kleinen Schaltkasten; nun war die Alarmanlage ausgeschaltet. Er schloss die mit drei Schlössern gesicherte Tür auf und trat ein. »Kommen Sie«, raunte er.

Es fiel Stefan nicht schwer sich vorzustellen, wie sich Neuhaus fühlte. Er kam sich in diesem Moment wie ein Krimineller vor, doch weil er die Gewissheit hatte, keiner zu sein, fand er es spannend. Mirja und Stefan betraten das Labor, Neuhaus schloss die Tür, und erst dann schaltete er das Licht an. »Die

Jalousien sind heruntergelassen«, sagte er mit wichtiger Miene, »von außen ist nicht zu sehen, dass Licht brennt.« Er deutete auf den Leinenbeutel in Stefans Hand. »Ich glaube, den Beutel kenne ich bereits. Ist da die Sanduhr drin?«

Stefan nickte und reichte Neuhaus den Beutel. Noch bevor Neuhaus hineinsah, sagte er: »Sie erwarten eine Menge von mir, unabhängig von der Uhrzeit, zu der jeder vernünftige Mensch schläft. Wie kommen Sie eigentlich darauf, dass sich anstatt der üblichen Substanz die Asche eines menschlichen Korpus in der Sanduhr befindet? Diese Auskunft sind Sie mir schuldig.«

Dies war exakt die Frage, mit der Mirja und Stefan gerechnet hatten, und auf dem Weg hierher hatten sie überlegt, welche Antwort die Beste und Glaubwürdigste war. Mirja erklärte: .»Diese Sanduhr befand sich im Familienbesitz, und ein Kind aus der Familie verschwand vor mehr als hundert Jahren, und wir haben einen alten Brief gefunden, in dem steht, dass sie verbrannt wurde und ein Teil ihrer Asche in der Sanduhr ist.«

Neuhaus' Mund öffnete sich vor Staunen.

»Wir wollen es klären, bevor wir die Sache der Polizei übergeben. Es wäre, nebenbei gesagt, eine hervorragende Werbung für Ihr Labor. Das ließe sich für die Außendarstellung bestens nutzen, allein eine gut aufgebaute Presseinformation aus Ihrem Hause wäre Gold wert.«

»Da haben Sie vollkommen Recht«, sagte Neuhaus mit unüberhörbarer Begeisterung. »Kommen Sie.« Er drehte sich um und ging ein Stück den Flur des Labors entlang, bis er schließlich einen Raum betrat. Mirja und Stefan folgten ihm.

Neuhaus schaltete das Deckenlicht ein. Der Raum war rund fünfzig Quadratmeter groß und weiß gestrichen. Auf den großen Arbeitstischen standen Geräte und Instrumente, die Wände waren von Regalen und Schränken bedeckt. Der Raum war effizient eingerichtet, ohne erdrückend zu wirken. Neuhaus stellte den Leinenbeutel auf einen Arbeitstisch und nahm die Sanduhr heraus. Stefan trat vor und löste den runden Holzfuß von dem Glaskolben, den er zu Hause wieder aufgesetzt hatte. Neuhaus staunte, als er das offene Gefäß sah.

Schließlich sagte er entschlossen: »Also gut, fangen wir an. Mit der Gaschromatographie geht die Analyse schnell, und wir erhalten ein sicheres Ergebnis. Es ist das gängige Verfahren zur Analyse von Stoffgemischen. Bei diesem Verfahren werden die Stoffe mit einem speziellen Lösungsmittel aus der Probe herausgelöst und begast. Die einzelnen Bestandteile des Stoffgemisches verdampfen und je nach Eigenschaft bleiben sie innerhalb der Röhrchen, durch die sie geblasen werden, unterschiedlich lange hängen. Ein Detektor registriert diese Zeiten, was bedeutet, dass die Dauer des Durchgangs von Probesubstanzen und Vergleichssubstanzen die einzelnen Bestandteile definiert.«

»Und was ist, wenn zum Beispiel bei einigen Stoffen unklar bleibt, um was es sich handelt?«, fragte Mirja.

»Das kann nicht passieren, denn dann wird der Gasstrom nach der Röhre zu einem Massenspektrometer weitergeleitet. Das ist ein Gerät, das die Moleküle jeder einzelnen Substanz zerlegt. Diese Stücke sind elektrisch geladen und werden nach ihrer Größe mit Hilfe elektrischer und magnetischer Felder getrennt, was für jede Substanz ein einzigartiges Muster ergibt. Wenn Sie so wollen, wird im Grunde für jede Substanz etwas erstellt, das einem genetischen Fingerabdruck gleichkommt.« Er schob die Unterlippe vor und betrachtete die Sanduhr: »Nehmen Sie sich zwei Stühle«, sagte er, ohne Mirja und Stefan anzusehen. »Es wird nicht lange dauern. Glücklicherweise wird mich um diese Uhrzeit kein Telefon stören, und bitte, lassen auch Sie mich ungestört arbeiten. In rund fünfundvierzig Minuten werden wir mehr wissen.«

Die nächsten vierzig Minuten saßen Mirja und Stefan auf Bürostühlen und sahen von dort aus zu, was Neuhaus tat, auch wenn sie nicht das Geringste verstanden. Neuhaus hatte der Sanduhr eine dermaßen geringe Menge Substanz entnommen, dass Stefan sich nicht vorstellen konnte, dass es für eine Analyse ausreichte. Die Zeit schien kaum zu vergehen, und durch das schier endlose Warten wurden Mirja und Stefan müde. Plötzlich drehte Neuhaus sich auf seinem Stuhl herum und winkte sie zu sich heran. Augenblicklich waren sie wieder hellwach. Neuhaus hielt einen Computerausdruck in der Hand und sagte: »Wir haben es hier mit einer aufschlussreichen Zusammensetzung zu tun. Ich werde es für Sie auf einen schlichten Nenner bringen, ohne dass ich Ihnen damit Verstand absprechen möchte.«

Stefans Gesichtsmuskeln spannten sich an und Mirja knetete nervös ihre Hände.

Neuhaus sagte: »Es befinden sich Sand und Eierschale in der Sanduhr. Also ganz normale Substanzen, nichts Ungewöhnliches.«

Stefan schloss die Augen. Er hatte auf genau dieses harmlose Ergebnis gehofft, ohne dass er zu Mirja etwas gesagt hatte. Ihm war es lieber, dass Mirja sich eingestehen musste, sich verrannt zu haben, als dass sie mit ihrer schaurigen Theorie tatsächlich richtig lag. Das mit der Asche war eine reine Wahnvorstellung von ihr gewesen, und wie sie darauf gekommen war, wusste …

»Ich habe noch weitere Substanzen anzubieten«, sagte Neuhaus, und Stefan riss die Augen auf. »Holz, Petroleum und das, was man im Allgemeinen unter menschlicher Materie versteht.« Neuhaus machte eine bedeutsame Pause und sagte: »Die Petroleum- und Holzspuren deuten eindeutig darauf hin, dass menschliches Gewebe verbrannt wurde und die Asche anschließend in die Sanduhr gelangte.«

»Meine Güte«, murmelte Stefan.

»Kein Zweifel?«, fragte Mirja mit dünner Stimme.

Neuhaus schüttelte den Kopf. »Eine Sanduhr symbolisiert die dahinfließende Zeit, der niemand entrinnen kann, sie ist das Attribut des als Knochenmann dargestellten Todes. Diese Sanduhr hier macht diesem Symbol alle Ehre.«

»Barmherziger Gott«, flüsterte Mirja.

Neuhaus stand auf. »Was werden Sie jetzt tun?«

Mich voll laufen lassen, dachte Stefan, aber er sprach es nicht aus.

»Sie werden doch zur Polizei gehen, nicht wahr?« Neuhaus klang, als sei er plötzlich in großer Sorge, angelogen worden zu sein.

»Ja, natürlich«, sagte Mirja langsam. »Wir gehen selbstverständlich zur Polizei, die Sache muss vollständig aufgeklärt werden.«

»Möchten Sie das mitnehmen?« Neuhaus hielt ihr den Bericht hin. »Es steht die Adresse des Instituts darauf. Ich hoffe, das ist nicht weiter schlimm.«

Mirja nahm den Bericht wortlos entgegen.

»Kann ich sonst noch etwas für Sie tun?«, fragte Neuhaus. »Ich …«, er räusperte sich, »es wäre schon hilfreich, wenn der Name des Instituts erwähnt … in der Presse … Sie wissen schon …«

»Klar«, sagte Mirja tonlos. »Da lässt sich sicherlich was machen.«

17

Stefan lehnte an der Motorhaube seines Wagens und betrachtete das Haus. Es war totenstill, absolut nichts war zu hören. Dieses Haus war sein großer Wunsch gewesen, hinter diesen Mauern hatte er seinen Lebenstraum verwirklichen wollen. Er hatte diesem Haus seinen großen Traum anvertraut und seine ganze Energie und einen Teil seines Lebens investieren wollen, und das Haus hatte ihn dafür belohnen sollen. Das Haus und er waren einen Pakt eingegangen, stillschweigend wie alte Freunde hatten sie ein Abkommen getroffen, an das sich beide zu halten hatten, ohne es ständig erwähnen zu müssen. Doch das Haus war noch an einen anderen Pakt gebunden, einen, der viel stärker war als der, den Stefan mit ihm eingegangen war.

Stefan sah auf seine Armbanduhr. Es war wenige Minuten nach halb vier. Die Nacht war sternenklar, und die Sterne, der schmale Mond und die matte Außenbeleuchtung ließen das reetgedeckte Haus weich schimmern, unschuldig – ausgerechnet das, was es nicht war. Stefan zog die Schultern hoch und dachte sich zum ersten Mal, dass es besser gewesen wäre, sie hätten das Haus nie gekauft.

»Mir ist so kalt«, sagte Mirja leise, »und ich habe Angst.« Sie stand neben ihm auf dem Fußweg. »Glaubst du, dass wir das Richtige tun?«

»Woher soll ich das wissen? Ich weiß gar nichts mehr. Das alles ist so unvorstellbar.«

Mirja griff nach seiner Hand und sah ihn an, doch er erwiderte ihren Blick nicht. Sie gingen den Weg entlang, Stefan schob den Schlüssel in die Eingangstür und schloss auf. Er trat ein, und Mirja folgte ihm. Er schlug die Tür zu und verschloss sie. Dann durchschritten sie den Zwischenflur, öffneten die zweite Tür und standen im Speisesaal. Stefan schaltete das Deckenlicht an. Im Raum sah es so aus, wie sie es erwartet hatten, wie nach jedem Abend, an dem das Restaurant geöffnet hatte.

Mirja stellte den Leinenbeutel mit der Sanduhr auf einen Tisch. »Lieber Himmel«, flüsterte sie, »auf was lassen wir uns ein?« Sie sah aus, als wünschte sie sich sehnlichst fort von hier. Stefan küsste sie. Es war nur ein flüchtiger Kuss auf die Wange, doch es war einer der intensivsten Küsse, die Mirja je verspürt hatte. Sie fühlte die Reaktionen ihres Körpers, die Gänsehaut und das Kribbeln, glaubte, in der Luft zu wandern, ohne den Boden unter den Füßen zu spüren.

Stefan nahm die Sanduhr aus dem Leinenbeutel und ging hinüber zu der offenen Feuerstelle. Mirja beobachtete ihn, unfähig, einen klaren Gedanken zu fassen. Stefan stellte die Sanduhr in der Mitte der Feuerstelle ab und kehrte zu Mirja zurück. Sie hatte ihre Hände tief in die Taschen ihrer Jacke vergraben und starrte auf den Boden vor ihren Füßen. Stefan legte ihr einen Arm um die Schultern und führte sie zu einem Tisch in der Mitte des Raumes. Dort drückte er sie sanft auf einen Stuhl, und sie ließ es geschehen. Er dimmte das Deckenlicht und setzte sich auf den Stuhl neben Mirja, legte seine Hand auf den Tisch, und sie legte ihre Hand auf seine.

»Ich habe Angst davor, dass sie wirklich auftaucht«, flüsterte sie.

»Ich auch.«

»Sie kann doch nicht wirklich von uns erwarten, dass wir etwas von ihr in die Sanduhr …«

»Du kannst im Zusammenhang mit ihr nicht von Erwartungen oder anderen Dingen sprechen.«

»Wir können ihr doch unmöglich einen Finger oder sonst was abhacken und verbrennen und dann in die Sanduhr einfüllen.«

Stefan sagte nichts.

»Glaubst du, dass sie auftaucht?«, fragte Mirja.

»Ja, davon bin ich überzeugt. Sie hat das alles nicht veranstaltet, um jetzt nicht aufzutauchen, nachdem wir endlich … alles begriffen haben.«

Mirja presste die Lippen zusammen und starrte zur Feuerstelle. Beide schwiegen. Die Zeit bekam eine neue Bedeutung. Nie zuvor war sie so langsam vergangen, nie hatte sie so schwer gewogen und war so unsagbar zäh gewesen. Irgendwann legte Mirja den Kopf auf den Unterarm und schloss die Augen. Es dauerte nicht lange und sie schlief ein. Stefan versuchte wach zu bleiben, doch auch seine Augenlider wurden immer schwerer. Nur die Sorge, dass das, was auch immer hier geschehen würde, in irgendeiner Form Mirja betreffen könnte, hielt ihn noch wach. Doch nach einer Weile verlor er den Kampf und schlief ein, sitzend, den Kopf nach vorne gekippt.

Was Stefan wach werden ließ, konnte er nicht mit Bestimmheit sagen – der Schmerz in seinem Nacken oder die plötzliche Unruhe, die ihn erfasste. Sein erster Blick galt der Feuerstelle. Die Sanduhr stand noch immer dort, nicht anders, als er sie hingestellt hatte. Unter Schmerzen drehte Stefan den Kopf und blickte durch den Raum, doch das Mädchen war nicht zu sehen. Alles war so, wie es gewesen war, bevor er eingeschlafen war. Stefan gestand sich ein, dass er erleichtert war, obwohl ihm zugleich klar wurde, dass sie sich geirrt hatten.

Mirja schlief, sie saß schief auf dem Stuhl und würde bei der nächsten Bewegung herunterfallen. Stefan sah auf die Uhr. Es war wenige Minuten vor acht. Er stand auf, reckte und dehnte sich, um die Verspannungen zu lösen. Er fühlte sich wie ein alter Mann. Dann trat er hinter Mirja, umschlang sie und weckte sie behutsam. Zuerst schien sie gar nicht wach werden zu wollen, dann schreckte sie plötzlich hoch.

»Ist sie da?«, fragte sie.

»Nein«, sagte er. »Sie ist nicht aufgetaucht.«

Mirja sah zur Feuerstelle, dann ließ sie den Kopf wieder auf die Arme sinken. »Ich bin völlig fertig«, murmelte sie, »wie gerädert. Wie lange habe ich geschlafen?«

»Ich weiß nicht. Vielleicht zweieinhalb Stunden, vielleicht drei, ich habe nicht auf die Uhr gesehen, als du eingeschlafen bist.«

Sie hob den Kopf. »Wieso ist sie nicht gekommen?«

»Keine Ahnung, ich weiß es nicht.«

»Bist du auch eingeschlafen?«

»Ja.«

»Vielleicht war sie ja hier, als wir schliefen.«

»Nein, das glaube ich nicht. Dann wäre sie noch immer hier. Sie hätte gewartet, bis wir aufwachen.« Er küsste Mirja in den Nacken. »Lass uns schnell einen doppelten Espresso trinken und dann nach Hause fahren. Du musst ins Büro.«

Sie nickte matt.

»Das war also nichts«, sagte er und sah sich noch einmal um.

»Ich war ganz sicher, dass sie auftaucht.« Sie erhob sich schwerfällig. »Ich verstehe das nicht, wir haben doch alles zusammengetragen. Wir haben das mit der Asche in der Sanduhr herausbekommen, wir haben die Fotos verstanden und die Schrift – wir haben doch alles.«

»Irgendetwas müssen wir falsch gemacht haben, vielleicht waren wir zu schnell.«

»Vielleicht hätten wir nicht hier auf sie warten sollen, sondern woanders.«

»Doch, hier war es richtig. Wo hätten wir denn sonst auf sie warten sollen, wenn nicht hier? Die Fäden laufen in diesem Haus zusammen, Mirja, wir haben die Kleine immer nur hier gesehen. Es gibt keinen anderen Ort, an dem wir auf sie warten können.«

»Aber wieso war sie nicht hier?« Mirja wollte es nicht akzeptieren. »Das mit der Sanduhr auf der Feuerstelle war Mist, Steff, wir hätten sie anders rufen müssen.«

»Wir müssen sie gar nicht rufen. Sie weiß ganz genau, wie weit wir sind, sie ist die ganze Zeit bei uns, auch wenn wir sie nicht sehen können. Sie weiß, wie weit wir sind und was wir herausgefunden haben und was wir wissen. Sie ist nicht aufgetaucht, weil irgendwo ein Fehler liegt. Irgendwo haben wir einen Fehler gemacht, obwohl alles klar und eindeutig zu sein schien.«

Mirja seufzte und rieb sich die Müdigkeit aus den Augen. Sie beobachtete Stefan, der hinter den Tresen ging und die Kaffeemaschine einschaltete, und fragte sich, wo der Fehler lag, doch sie hatte nicht mal den Hauch einer Idee. Sie hatten doch alles herausgefunden und verstanden, selbst das Geheimnis der Sanduhr hatten sie gelöst, und Stefan hatte vermutlich Recht damit, dass sie nur hier im Haus das Mädchen treffen konnten. Was also war schief gelaufen?

Sie ging auf die Toilette und wusch sich das Gesicht, und als sie sich im Spiegel betrachtete, erschrak sie. Hatte sie vor einigen Tagen auf der Schönheitsskala im oberen Drittel gelegen, war sie mittlerweile weit unten angelangt. Sie war erschöpft und ausgelaugt, und das war ihr deutlich anzusehen. Wie sie den Tag überstehen sollte und im Büro ihre Arbeit schaffen würde, wusste sie wirklich nicht.

Als sie in den Speisesaal zurückkehrte, war der Espresso bereits fertig. Mirja und Stefan tranken ihn im Stehen.

◆

Der Tag war eine einzige Quälerei. Mirja kam sich vor, als sei sie ferngesteuert. Sie konnte kaum nachdenken, denn ihr Kopf war mit einer einzigen Frage beschäftigt: Wo lag der Fehler? Doch sie fand keine Antwort.

Am Nachmittag schickte sie Neuhaus eine kurze E-Mail, bedankte sich für die nächtlich Aktion und schrieb, dass sie bei der Polizei gewesen waren und die Sache übergeben hatten, doch die Polizei wollte diese Angelegenheit vorerst nicht öffentlich machen, wusste das Laborergebnis jedoch zu schätzen. Mirja verfasste den Text so, dass niemand außer Neuhaus erkannte, worum es ging. Weshalb sie die E-Mail überhaupt schrieb, wusste sie selbst nicht so recht; vermutlich, um sich Neuhaus vom Halse zu halten und bei ihm erst einmal für Ruhe zu sorgen, und sicherlich auch, weil sie nicht aufhören konnte, an die vergangene Nacht zu denken.

Das Mädchen spukte in Mirjas Kopf herum und ließ sich nicht vertreiben. Mirja kam es vor, als würde dieser Tag nie enden wollen.

Stefan erging es nur wenig anders. Doch im Gegensatz zu Mirja spürte er während des ganzen Tages eine gewisse Erleichterung, die es ihm erlaubte, zumindest gelegentlich an andere Dinge zu denken. Am Abend, als das *Timmers* restlos ausgebucht war und er in der Küche stand, vergaß er das Mädchen zeitweise, doch wenn er sich umdrehte, rechnete er jedes Mal damit, dass es plötzlich hinter ihm stand. Aber das Mädchen tauchte während des Abends und der Nacht nicht auf, ebenso wenig wie am nächsten Tag und am nächsten Abend.

Doch es würde zurückkehren, das wussten Mirja und Stefan. Das Mädchen gestand ihnen die Zeit zu, die sie benötigten, um sich zu sammeln, länger jedoch nicht.

18

Stefan schreckte aus dem Schlaf und sah auf den Radiowecker. Es war halb fünf. Er schaltete seine Nachttischlampe ein und sah zu Mirja hinüber, die tief und fest schlief.

Er berührte ihren Arm. »Mirja?!«

Sie schlief weiter. Ihr gleichmäßiger, ruhiger Atem war kaum zu hören.

»Mirja, wach auf. Komm, wach auf.«

Sie seufzte.

Er stieß sie an. »Nun wach schon auf, los!«

Sie schreckte hoch. »Was ist denn?«

»Mir ist im Schlaf was eingefallen. Ist das nicht irre, mitten im Schlaf?«

Sie setzte sich aufrecht hin und fragte verwundet: »Wovon sprichst du? Es ist mitten in der Nacht, was ist los?«

»Das Mädchen … Mirja, ich frage mich: Wieso wollte es damals von Schmolke nicht das, was wir vermuten, dass es von uns will?«

»Wie bitte? Wovon sprichst du?«

Er setzte sich aufrecht hin. »Schmolke hat dir gegenüber behauptet, dass sie zweimal in seinem Zimmer aufgetaucht ist, als er noch ein Junge war. Ich frage mich: Wieso ist die Kleine zweimal aufgetaucht? Wenn sie beim ersten Mal nichts von ihm wollte, wieso war sie dann überhaupt da? Verstehst du? Jedes Mal, wenn wir beide sie gesehen haben, wollte sie etwas von uns, wollte uns etwas zu verstehen geben. Sie erschien nie …

grundlos. Deshalb frage ich mich, was ihre erste Begegnung mit Schmolke bedeutete, wenn sie nichts von ihm wollte. Okay, Frage zwei: Bei der zweiten Begegnung mit ihm zeigte sie ihm die Stelle in der Wand, wo sich der ganze Kram befand. Schmolke sagte zu dir, dass es seine Aufgabe sei, die Sachen zu verwahren und sie demjenigen zu geben, für den sie bestimmt sind. Das behauptete er doch, oder?«

»Worauf … was willst du damit sagen? Hör mit diesem dämlichen Quiz auf und sag einfach, was du sagen willst.«

»Wir beide haben eine Aufgabe – zumindest gehen wir davon aus, dass wir sie haben –, weil es unser Haus ist. So weit, so gut. Oder so schlecht. Was ist mit der Familie Schmolke? Ihnen gehörte das Haus früher genauso, wie es heute uns gehört, mehr noch: der alte Schmolke hat es direkt von der Familie erworben, da gab es so etwas wie einen direkten Bezug, und den haben wir nicht. Bernd Schmolke sagt, er sah das Mädchen lediglich zweimal, und beim ersten Mal wollte es nichts von ihm, und beim zweiten Mal tut es nichts weiter, als ihm die Stelle in der Wand zu zeigen. Es hat sich ihm gezeigt, aber es hat sich nie so offensichtlich um seine Aufmerksamkeit bemüht, wie es sich um unsere bemüht. Den ganzen Zirkus mit der Sanduhr, das hat es nur bei uns getan. Wieso nicht bei ihm?«

»Weil seine Aufgabe eine andere ist, das hast du doch gerade selbst gesagt.«

»Ja, aber warum? Wieso hat er eine andere Aufgabe, wieso muss er lediglich den Kram verwahren, während um uns herum Menschen sterben und sie unsere Aufmerksamkeit immer stärker auf sich zieht? Wieso will die Kleine etwas von der Familie Timmer, während sie von der Familie Schmolke nichts weiter wollte, als dass der Sohn die Fotos und die anderen Dinge verwahrt und später weitergibt? Auf uns beide übt sie einen

Wahnsinnsdruck aus, und die Schmolkes ließ sie im Grunde in Ruhe. Und ich frage mich: Wieso?«

»Sie hat die Familie nicht in Ruhe gelassen. Denk daran, was mit dem alten Schmolke passiert ist.«

»Ja, schon, aber das war eine einmalige … Warnung an Bernd Schmolke, so etwas wie eine Erinnerung: Vergiss mich nicht und vergiss auch nicht, was ich dir aufgetragen habe. Verstehst du, wie ich das meine? Seine Aufgabe stand bereits fest, und er hatte sie wohl auch verstanden. Die Sache mit seinem Vater war etwas anderes, es war so eine Art nachdrückliche Erinnerung des Mädchens.« Er wartete gar nicht erst eine Antwort ab, sondern fragte: »Was unterscheidet uns von den Schmolkes? Was haben wir, was sie nicht haben oder nicht hatten? Was macht uns so interessant für das Mädchen? Wieso will es ausgerechnet uns?«

Mirja sah Stefan nachdenklich an.

»Sind wir besser, als die Schmolkes es waren?«, fragte er. »Haben wir etwas an uns, das sie nicht hatten? Wo liegt der Unterschied? Machen wir etwas anders? Verhalten wir uns anders? Die Frage ist doch: Warum wir und nicht damals sie ?«

»Vielleicht, weil wir« – sie zuckte mit den Schultern und schüttelte zugleich den Kopf – »das Haus lieben. Wie wir so viel Energie da reingesteckt haben, und du deine Träume und dein Herzblut. Ich weiß nicht, ob die Schmolkes das Haus auch so liebten, wie wir es lieben, vielleicht macht das den Unterschied.«

»Sie hingen mit Sicherheit auch an dem Haus. Der alte Schmolke wollte auf gar keinen Fall ausziehen, obwohl er kaum noch in der körperlichen Verfassung war, sich um das Haus zu kümmern.«

»Sicher hing er dran, aber liebte er es?«

»Gegenfrage: Lieben wir es?«

Sie runzelte die Stirn: »Aber sicher, ich schon. Du nicht?«

»Ich liebe dich. Du liebst mich, du liebst deinen Vater ... man liebt Menschen oder meinetwegen auch ein Haustier, aber ein Haus? Ich mag das Haus, ich habe einen starken Bezug zu dem Haus, aber ich *liebe* es nicht. Also wirklich, ich kann doch kein Reetdach und Mauersteine und ... was weiß ich noch – das kann ich doch nicht lieben. Wirklich *lieben*, meine ich.« Er deutete auf sein Herz und schüttelte den Kopf.

»Die anderen haben es auch geliebt«, sagte sie, »seit rund zweihundertfünfzig Jahren wird das Haus geliebt, und die Liebe der Familie war so stark, dass die Kleine ...« Sie sprach ihren Satz nicht zu Ende und seufzte.

»Aber wir sind nicht die Familie der Kleinen. Und die Schmolkes auch nicht. Mirja, diese Nummer mit der Liebe zu dem Haus, die können wir getrost vergessen. Ich wiederhole meine Frage: Wieso wir und nicht die Schmolkes?«

»Vielleicht verheimlicht uns Bernd Schmolke etwas, vielleicht geschah damals zwischen dem Mädchen und seiner Familie mehr, als wir wissen.«

Er schüttelte den Kopf. »Du und ich, wir spielen in dieser Sache eine ganz besondere Rolle. Allerdings: Spielen wir sie gemeinsam? Oder nur du oder nur ich?«

Sie warf einen Blick auf die Uhr, dann sagte sie: »Ich bin nicht aufgelegt für Ratespiele, das ist nicht meine Uhrzeit. Was willst du mir sagen, Steff?

»Ich komme aus Bremen. Dort wurde ich geboren.«

Sie sah ihn fragend an.

»Meine Mutter kam auch aus Bremen«, sagte er, »der Typ, der mich auf die Schnelle gezeugt hat, ebenfalls. Die Mutter meiner Mutter kam aus Oldenburg, der Vater meiner Mutter aus Bremen. Meine Wurzeln liegen also in Bremen oder sonst wo in Niedersachsen, aber nicht hier. Ich bin ein Wahlhamburger.« Er schüttelte nachdenklich den Kopf und sagte: »Du nicht. Du bist hier geboren. Dein Vater ist ein Zugezogener, aber was ist mit der Familie deiner Mutter?«

»Was soll das?« Sie betonte jedes Wort.

»Woher stammt die Familie deiner Mutter?«

»Von hier oben. Meine Mutter stammt von hier, meine Oma auch, und ihr Mann, mein Opa, ebenfalls. Die Mutter meiner Oma kam auch aus der Hamburger Ecke, aber ihr Vater stammte aus Dänemark, glaube ich. Und was soll das Ganze?«

Er senkte seine Stimme und sagte: »Vielleicht gibt es irgendeine Beziehung deiner Familie zu dem Haus. Eine, die aus der Zeit stammt, bevor du geboren wurdest.«

»Wie bitte?«, rief sie.

»Es ist nur so eine Idee.«

»Was für ein Blödsinn, Steff, sag mal, was soll denn das?«

»Wir fragen uns, weshalb das Mädchen in der vorletzten Nacht nicht aufgetaucht ist, obwohl wir der Meinung sind, keinen Fehler begangen zu haben. Vielleicht haben wir tatsächlich keinen Fehler gemacht und alles war richtig, aber vielleicht haben wir etwas vergessen, übersehen. Es geht darum, dass wir begreifen, was hier geschieht. Okay, wir haben viel herausgefunden, doch wir haben die Frage noch nicht abschließend beantwortet, wieso es ausgerechnet um *uns* herum geschieht. Wieso das Mädchen ausgerechnet *uns* will. Die Liebe zu dem Haus … ich weiß nicht, also irgendwie glaube ich das nicht. Das Haus ist sicherlich der gemeinsame Nenner, das, was uns und das Mädchen verbindet, doch wie ist es zu dem gemeinsamen Nenner gekommen? Ich bin überzeugt, Mirja, dass es irgendwann in der Vergangenheit irgendwelche Berührungspunkte zwischen den Familien gegeben hat. Vielleicht … ich will dir keinen Schrecken einjagen, aber vielleicht stammst du aus ihrer Familie. Ein weit verzweigter« – er fuchtelte mit den Händen herum und suchte nach dem passenden Wort – »Spross … Verwandter. So etwas.«

Sie sah ihn staunend an.

»Ihr könntet gemeinsame Wurzeln haben, du und die Kleine. Es kann hundert, zweihundert, dreihundert Jahre zurückliegen, und vielleicht will sie deshalb dich. Uns, letztendlich.«

Mirja wusste nicht, was sie sagen sollte.

»Vielleicht hat irgendein Urur-was-weiß-ich von dir mal in dem Haus gelebt, und jetzt, da Britt tot ist und deine Mutter auch, bist du der letzte Abkömmling der Familie. Du hast keine Blutsverwandten mehr, außer deinem Vater wüsste ich niemanden. Oder hast du Cousins oder Tanten oder was auch immer, von denen ich nichts weiß?«

Sie schüttelte den Kopf.

»Es ist bloß eine Idee«, sagte er sanft und griff nach ihrer Hand. »Es kann genauso gut sein, dass ich voll daneben liege.«

»Du kannst aber auch genauso gut Recht haben«, sagte sie leise.

Stefan streichelte ihren Handrücken. »Ich weiß, es klingt blöd, aber du solltest Ahnenforschung betreiben.« Er lächelte entschuldigend. »Vielleicht ist die Tatsache, dass du irgendwie mit dem Mädchen … zusammenhängst, also gemeinsame Wurzeln hast, genau das Stückchen, was uns noch fehlt.«

Sie blickte ins Leere und sagte nichts.

◆

Als Mirja an der Haustür ihres Vaters klingelte, war es noch nicht mal sieben Uhr morgens. Vom Auto aus hatte sie ihn angerufen und aus dem Schlaf gerissen. Er hatte erschrocken geklungen, als er ihre Stimme hörte, denn die Angst vor dem nächsten Schicksalsschlag hatte sich seit Britts Tod in ihm festgesetzt.

Ihr Vater öffnete die Tür. Er hatte sich einen Morgenmantel übergezogen, die Füße steckten in Cordpantoffeln. Das volle, graue Haar hatte er angefeuchtet und durchgekämmt, in seinem Gesicht sprossen Bartstoppeln. Es lag Jahre zurück, dass Mirja ihren Vater gesehen hatte, bevor er sich für den Tag fertig gemacht hatte, und als sie ihn jetzt sah, bekam sie Mitleid mit ihm. Er war alt geworden, und auch wenn sie sich dessen mit jedem seiner Geburtstage mehr bewusst wurde, so zeigte es ihr sein Anblick mit aller Deutlichkeit. Ihr Vater war desillusioniert, er hatte keine Träume und keine erwähnenswerte Zukunft mehr, nur noch seine Arbeit und die Verwaltung der verbleibenden Lebensjahre. Sie begrüßte ihn mit einem Kuss und nahm ihn fest in die Arme.

»Ich habe uns einen Kaffee aufgesetzt«, sagte er. »Du siehst müde aus, Kind, und dünn bist du geworden. Hast du abgenommen?«

»Ich schlafe schlecht«, sagte sie und schloss die Tür. »Es ist sehr hektisch im Moment und ich schaffe meine Arbeit kaum, von warmen Mahlzeiten mal ganz abgesehen. Na ja.« Sie lächelte.

Er war mit der Antwort nicht zufrieden, und sie wusste es. Er fragte: »Stefan geht es gut?«

»Ja, natürlich. Das *Timmers* läuft hervorragend.«

»Einer meiner Mandanten war kürzlich mit seiner Gattin dort. Ich hatte es ihm ans Herz gelegt. Er war sehr angetan, und das Essen hat ihm ausgezeichnet geschmeckt.«

Mirja lächelte, als galt das Kompliment ihr.

Sie gingen in die offene Wohnküche. Mirja schenkte Kaffee in die beiden bereitstehenden Keramikbecher, und sie setzten sich an den wuchtigen Holztisch. Mirja setzte den kleinen Rucksack ab und legte ihn auf den Tisch.

»Wo drückt der Schuh?«, fragte ihr Vater. In seinem Blick stand die Sorge, die nur Eltern empfinden können, ganz gleich, wie alt die Kinder sind.

»Es geht um das Haus. Unser Haus, wo das *Timmers* drin ist.«

Die Sorge in seinen Augen verflüchtigte sich, und er trank einen Schluck Kaffee.

Sie sah auf ihre Hände, als sie sagte: »Die ganze Sache ist sehr kompliziert. Es macht keinen Sinn, wenn ich dir alles erzähle. Auf alle Fälle gibt es etwas, was mich sehr interessiert.« Sie öffnete den Rucksack und holte einen zusammengerollten, von einem Gummiband gehaltenen Bogen Papier heraus und legte ihn auf den Tisch. Ihr Vater erkannte sofort, dass das Papier alt war.

»Wir haben das hier gefunden.« Sie löste das Gummiband. »Es war im Haus versteckt, und das wir es überhaupt gefunden haben, ist reiner Zufall.« Sie gab ihrem Vater den Bogen.

Er stellte seinen Becher zur Seite, rollte das Papier auf dem Tisch auseinander und sah ausdruckslos darauf. Mirja erwartete irgendeine Reaktion, doch die blieb aus; ihr Vater hatte sich längst abgewöhnt, spontan zu reagieren.

»Was ist das?«, fragte er lediglich.

»Eine Schuldschrift. Sie ist sehr alt. Es geht um ein Stück Land, das jemand erworben hat, der vermutlich Pubben hieß und der dann das Haus gebaut hat, das heutige *Timmers*. Stefan und ich haben herausgefunden, dass das Haus rund zweihundert Jahre im Besitz der Familie war, bis es schließlich Ende der Sechziger an denjenigen verkauft wurde, von dem wir das Haus gekauft haben.« Sie trank einen Schluck Kaffee, um Zeit zu gewinnen; sie wusste nicht so recht, wie sie weitermachen sollte.

Ihr Vater schwieg und sah sie ausdruckslos an. Es war kein Desinteresse, das wusste Mirja, es war das abwartende Verhalten, das er sich in ungezählten schwierigen Gesprächen mit Klägern, Verklagten, Staatsanwälten und Richtern antrainiert hatte; Pokerface, wie sie es stets nannte. Sie sagte: »Es klingt bescheuert, Papa, ich weiß, aber ich muss wissen, ob wir, unsere Familie, irgendetwas mit der Familie Pubben zu tun hatten.«

»Mir sagt der Name nicht das Geringste.«

»Ich meine auch nicht in jüngster Vergangenheit. Früher mal. Mamas Familie stammt doch von hier.«

»Wie kommst du darauf? Mirja, mein Kind, ist alles in Ordnung?«

Sie versuchte entspannt zu wirken, doch sie wusste, dass es ihr nicht gelang. »Ich muss es wissen, Papa. Es ist wichtig. Bitte frag mich nicht, warum. Ich müsste dich anlügen, und das möchte ich nicht. Alles, was ich wissen muss, ist, ob Mamas Familie, und somit auch ich, etwas mit dieser Familie Pubben zu tun hatten. Es hängt sehr, sehr viel davon ab, aber es ist nichts, was dir Sorgen bereiten würde, Papa, das verspreche ich dir.«

Er nickte schwer. »Du möchtest, dass ich das für dich herausfinde.«

»Ja. Ja, genau, das möchte ich. Kannst du das? Ich weiß nicht, wie man so etwas schnell herausfindet.«

Er antwortete nicht gleich, sondern sah auf die Schuldschrift. »Das sollte kein allzu großes Problem sein«, sagte er dann. »Ich werde mich darum kümmern. Aber ich kann es derzeit nicht selbst tun, es sei denn, du kannst damit noch warten, aber den Eindruck machst du nicht. Es eilt, sagst du?«

»Ja, sehr.«

»Ich muss es delegieren, doch ich werde es auf den Weg bringen und einige Telefonate führen. Das wird eine Recherche in Landesarchiven, doch sei unbesorgt, dein alter Vater macht das schon.«

Mirja atmete tief durch. Sie hatte nicht den geringsten Zweifel daran, dass ihr Vater herausfand, ob es tatsächlich eine Verbindung gab. Er verfügte noch immer über hervorragende Kontakte, da er stets darauf geachtet hatte, die richtigen Leute zu kennen und auf den wichtigen Partys und Empfängen eingeladen zu sein. Solange Mirja zurückdenken konnte, hatte er an seiner Karriere gearbeitet und mehr Einsatz gezeigt als jeder andere, den sie damals kennen gelernt hatte.

Er lächelte sie an, doch seine Augen blieben ernst. Er spürte, dass Mirja unter einer immensen Belastung stand, dass es etwas gab, was sie sehr beschäftigte. Sie konnte stundenlang etwas anderes behaupten und es auf die Arbeit schieben, doch was auch immer sie belastete, belastete ihre Seele. Und zwar stark. Sehr stark. Er war ihr Vater, er spürte dies mit absoluter Sicherheit.

◆

Mirja saß am Schreibtisch, starrte in ihren Kaffeebecher und fragte sich, wie viel Kraft einem Menschen zur Verfügung stand. Sie fühlte sich am Ende ihrer mentalen und physischen Energien, doch sie wusste, dass es irgendwo noch weitere Reserven gab.

Wieso geschahen all diese Dinge, wieso musste es ausgerechnet ihre und Stefans Welt sein, die dermaßen durcheinander gewirbelt wurde, dass sie kaum noch wussten, wo oben und wo unten war? Sie hatte genug von Dingen, die geschahen, obwohl sie eigentlich nicht geschehen konnten, sie hatte das alles satt, und wollte in die heile und überschaubare Welt zurückkehren, in der sie gelebt hatte, bevor sie dieses Haus gekauft hatten. Sie wollte das Mädchen nicht, auch nicht die Sanduhr und Schmolke, sie wollte Britt zurück und einfach wieder glücklich und zufrieden sein, mit Stefan und den gemeinsamen Freunden. Sie wollte ihren Job machen und ansonsten ihre Ruhe haben. Die Vorstellung, mit dem Mädchen gemeinsame Wurzeln zu haben, fand sie entsetzlich. Dieses Mädchen, was oder wer auch immer es war, hatte Tod, Trauer und Entsetzen in Mirjas und das Leben anderer Menschen gebracht. Das Letzte, was Mirja wollte, war die Gewissheit, dass sie mit jemandem zusammenhing, der existierte und zugleich nicht existierte, in einer Form, die sie nicht in letzter Konsequenz begriff.

Sie schüttelte diese Gedanken ab und nippte an ihrem Kaffee, der längst kalt geworden war. Sie betrachtete den Stapel unerledigter Post und unbeantworteter Korrespondenz, der auf ihrem Schreibtisch lag, auf einer Liste standen fast dreißig Bitten um Rückruf, die sie seit Tagen aufschob, rund vierzig eingegangene E-Mails hatte sie sich noch nicht mal überflogen. Mirja bekam ein schlechtes Gewissen, denn sie hatte eine wichtige Position im Verlag und erhielt gutes Geld dafür, und sie kümmerte sich seit Tagen nicht um ihre Arbeit. Sie überlegte, für den Nachmittag einen auswärtigen Termin vorzuschieben, um gehen zu können; sie wollte nur noch nach Hause und sich aufs Sofa legen. Doch das ging natürlich nicht, die missbilligenden Blicke der anderen waren ohnehin bereits unübersehbar, und es gab einige Kollegen, die sich freuen würden, wenn sie richtigen Ärger bekäme. Nein, sie musste sich zusammenreißen, so gut es ging, andere mussten das schließlich auch tun. Als Erstes würde sie sich um die E-Mails kümmern. Das war am einfachsten, da sie mit niemandem persönlich sprechen und sich auch nicht die Mühe machen musste, die formellen Antwortbriefe zu verfassen. Im Grunde war es fast so etwas wie eine

Alibi-Arbeit, aber es war zumindest besser als nichts, und außerdem würde es sie ein wenig ablenken.

Sie stand auf und ging in die Küche, um sich einen frischen Kaffee zu holen, und lächelte jeden an, der ihr über den Weg lief oder den sie durch eine offen stehende Tür sah. Ihr blieb sowieso nichts anderes übrig, als darauf zu warten, dass ihr Vater sich meldete. Das konnte heute geschehen, morgen, übermorgen oder noch später, und sie hatte nicht vor, bis dahin tatenlos herumzusitzen.

◆

Der Anruf kam am Mittag des übernächsten Tages, und als Mirja auf dem Display ihres Telefons sah, dass es die Durchwahl ihres Vaters war, zuckte sie zusammen. Sie hatte diesen Anruf herbeigesehnt, doch nun, da es so weit war, zog sich ihr Magen zusammen. Sie ließ es dreimal klingeln, während ihr die beiden Möglichkeiten durch den Kopf schossen: Es gab tatsächlich gemeinsame Wurzeln, was die bessere Nachricht war, und es gab keine gemeinsamen Wurzeln, was die schönere Nachricht war. Doch ganz gleich, wie sie es drehte – sie wünschte sich keine der Varianten. Sie holte tief Luft und nahm endlich doch den Hörer ab, in der festen Absicht, sich die Enttäuschung nicht anmerken zu lassen, egal, welche Information ihr Vater auch haben mochte. Sie meldete sich bemüht fröhlich.

»Ich habe die Informationen, um die du mich gebeten hast«, sagte ihr Vater.

Ihr Magen zog sich noch mehr zusammen. »So schnell?«

»Du sagtest, es eilt, und ich habe es dir an der Nasenspitze angesehen, wie sehr es dich belastet. Also gab es nicht den geringsten Grund, es auf die lange Bank zu schieben.«

»Das ist sehr lieb von dir, danke.« Ungeduldig fragte sie: »Und? Hast du was herausgefunden?«

»Möchtest du, dass wir uns treffen, Mirja? Ich habe heute Abend keinen Termin, es ginge also.«

»Was hast du herausgefunden, Papa?« Sie hörte selbst, wie gepresst ihre Stimme klang. »Bitte sag es mir, jetzt gleich.« Sie rieb ihren Bauch und verzog das Gesicht.

»Stefan und ihr, ihr habt ein Haus gekauft, dass ihr euch – ohne dass ich die Angelegenheit juristisch geprüft habe – unter Umständen gar nicht hättet kaufen müssen.«

Mirja schloss die Augen. Sie war auf beide Antworten vorbereitet gewesen, zumindest hatte sie das gedacht, doch nun hatte sie das Gefühl sich im freien Fall zu befinden. Tatsächlich: Es gab sie, die gemeinsamen Wurzeln, sie und das Mädchen hatten die gleichen Ahnen, sie stammte von dieser Familie.

»Aber es ist nicht einmal einen einzigen ernsthaften Gedanken wert, dass sich das durchsetzen ließe, denn es liegen an die drei Jahrhunderte dazwischen.« Sie hörte ihren Vater wie aus weiter Ferne. »Ich betrachte es eher als Ironie des Schicksals«, fuhr er fort. »Deine Mutter hat mir nie etwas davon gesagt, möglicherweise wusste sie gar nichts davon. Es wäre jedoch interessant herauszufinden, ob es in ihrer Familie weitere Ländereien gab und was daraus geworden ist.«

Mirja stutzte.

Er klang amüsiert, als er sagte: »Ahnenforschung zu betreiben kann ein richtiges Vergnügen sein, das war mir bisher gar nicht klar gewesen.«

»Papa, was für Ländereien?«

»Ländereien eben. Wälder und Felder. Gutsbesitz, sagt man auch dazu.«

»Moment«, sagte sie und legte die Hand an die Stirn, »was

für weitere Ländereien? Die Familie konnte doch nicht mal das eine Stück Land bezahlen, wieso sollte sie dann weiteren Besitz gehabt haben?«

Eine kurze Pause entstand, dann sagte er: »Ich befürchte, wir reden aneinander vorbei, Mirja. Habe ich deine Bitte womöglich falsch verstanden? Du hast mir das Schuldanerkenntnis gegeben, damit ich herausfinden lasse, ob die Familie deiner Mutter etwas mit dieser Pubben-Familie zu tun gehabt hatte.«

»Ja, ja, genau das wollte ich erfahren. Deswegen verstehe ich das alles nicht.«

Eine weitere Pause entstand, dann lachte er kurz auf; es war das typische Lachen unverhofften Verstehens. »Du dachtest, die Familie deiner Mutter stammt von dieser Sippe der Pubben ab?«

Sie nickte und schob ein dünnes »Ja« hinterher.

»Das sollen schlichte Leute gewesen sein, wie mir gesagt wurde, keiner von ihnen brachte es zu Ruhm und Geld, und der Letzte der Familie verstarb vor rund zwanzig Jahren betrunken an seinem eigenen Erbrochenem. Deine Mutter war ganz anders, Mirja, mein Kind, sie hatte einen hohen Intellekt und war belesen, ihre …«

»Papa!« Es klang ein wenig zu laut. »Was hat Mamas Familie mit den Pubbens zu tun gehabt?«

»Sie waren deren Gläubiger.«

Mirja stockte der Atem. Sie wollte nachfragen, wie er das meinte, ob es tatsächlich so war, wie sie es glaubte verstanden zu haben, doch ihre Stimme versagte ihr den Dienst.

Er sagte: »Deine Mutter stammt vom Geschlecht Mertens ab, dem Gläubiger, der das Schuldanerkenntnis unterschrieben hat. Dieser Familie gehörte bis Ende des neunzehnten Jahrhunderts sehr viel Land in den heutigen Walddörfern, den

Gemeinden, die erst im vergangenen Jahrhundert in die Stadt Hamburg eingemeindet wurden.«

»Du machst Witze«, stammelte sie.

»Aber nein, Mirja, davon bin ich weit entfernt, wir reden schließlich über deine Mutter.«

»Sie hieß nicht Martens, das war nicht ihr Mädchenname. Sie war eine geborene Willer.«

»Das ist richtig, aber sie entstammt dem Geschlecht der Martens, die später fast nur noch Mädchen hervorbrachten, was zwangsläufig dazu führte, dass es zunehmend seine Bedeutung verlor, weil die Nachfahren in andere Familien einheirateten.«

»Gut«, sagte sie ungeduldig, »gut.« Sie räusperte sich und setzte sich aufrecht in. »Ich bin also angeblich über viele Ecken mit diesem Martens verwandt, der damals den Pubbens das Land verkaufte, auf dem diese dann das Haus bauten.« Sie schüttelte über ihre eigenen Worte den Kopf. »Wenn Verbindlichkeiten sich vererben lassen, dann gilt das doch auch für Forderungen. Also bin ich Gläubigerin der Familie Pubben? Oder was?«

»Das Schuldanerkenntnis ist an die dreihundert Jahre alt, damit lässt sich nicht durch …«

»Die Juristerei interessiert mich nicht«, unterbrach sie unwirsch. »Darum geht es nicht, Papa, überhaupt nicht. Es geht mir um den moralischen Aspekt, völlig losgelöst von Recht und Gesetz und so, nur unter dem Gesichtspunkt der Ethik. Bin ich Gläubigerin oder nicht?«

»Das ist eine Frage der Interpretation.«

Mirja spürte, dass sie immer hitziger wurde. Ihr Vater hatte Recht, doch das war nicht das, was sie von ihm hören wollte, sie wollte ein klares Ja oder ein Nein. Doch da er das nicht wusste, war er ab diesem Punkt nicht mehr der richtige Gesprächspartner. Sie zwang sich zur Ruhe und fragte: »Und du bist absolut sicher, dass das stimmt? Das mit Mama und diesen Mertens?«

»Ich habe Menold aufgetragen, sich darum zu kümmern, du kennst ihn, er ist der verlässlichste Partner der Sozietät. Er würde drei weitere Tage recherchieren, bevor er Informationen weitergibt, die nicht fundiert sind.«

Mirja sah zur Bürotür und zuckte zusammen. In der offenen Tür stand eine Kollegin, die Mirja nicht leiden konnte. Was machte sie hier? Wieso hatte sie nicht angeklopft? Wie lange stand sie schon dort und hörte zu?

»Ich muss auflegen«, sagte Mirja, »vielen Dank für deine Hilfe, ich rufe dich an. Oder komme vorbei …, ich melde mich auf jeden Fall.« Sie legte auf. »Was wollen Sie?«, zischte sie in Richtung Tür und stand auf. »Hat Ihnen niemand beigebracht, anzuklopfen? Wenn die Tür geschlossen ist, bedeutet das, dass ich nicht gestört werden will.« Ihre Stimme wurde lauter. »Raus aus meinem Büro, los, und wenn Sie etwas von mir wollen, klopfen Sie gefälligst an und warten auf mein *Herein*, ist das klar?«

»Ich habe geklopft«, sagte die Kollegin trotzig.

»Raus«, zischte Mirja. Sie kam hinter dem Schreibtisch hervor und ging langsam in Richtung Tür. Die Kollegin trat einen Schritt zurück. Sie hatte keine Angst, trotzdem fühlte sie sich nicht wohl. Lediglich die Überzeugung, mit dem, was sie gerade gehört hatte, einen kleinen Trumpf im Ärmel zu haben, gab ihr den Mut, stehen zu bleiben.

Mirja baute sich vor der Frau auf und sagte laut: »Ich weiß, dass ihr Zicken meint, dass ihr mehr draufhabt als ich, aber das habt ihr nicht. Ihr kommt nicht an mir vorbei, weder heute noch morgen noch sonst irgendwann! Und jetzt: raus!«

Die Frau warf Mirja einen Blick zu, der irgendwo zwischen

Respekt und Verachtung lag. Dann beeilte sie sich, den Raum zu verlassen.

Einige Sekunden lang stand Mirja verloren herum und konnte kaum glauben, wie sie sich soeben aufgeführt hatte. Eigentlich war es nicht ihre Art, sich so gehen zu lassen. Aber es war auch kein Wunder, dass sie allmählich dünnhäutig wurde, bei alledem, was um sie herum und mit ihr geschah. Das, was ihr Vater ihr eben gesagt hatte, war etwas gewesen, woran sie nicht einen einzigen Gedanken verschwendet hatte. Sie hatte so ziemlich mit allem gerechnet, doch damit – nein. Und was kam als Nächstes? Welche böse Überraschung lauerte bereits hinter der nächsten Ecke auf sie?

Eine plötzliche Traurigkeit überfiel Mirja, vielleicht war es auch Resignation. Tränen schossen ihr in die Augen, und sie hätte sich am liebsten zu Boden fallen lassen und ihre ganze Wut und Frustration herausgeschrien. Sie musste hier raus. Sofort. Sie hielt es hier nicht länger aus. Der Job und auch die liegen gebliebene Arbeit waren zwar wichtig, aber noch wichtiger – viel wichtiger – war, dass sie jetzt sofort zu Stefan fuhr und mit ihm redete. Was ihr Vater ihr eben gesagt hatte, war vielleicht das Verbindungsteil, das ihnen gefehlt hatte. Vielleicht hatten sie jetzt alles zusammen und konnten den Spuk beenden.

Mirja ging zum Schreibtisch, nahm ihren kleinen Rucksack und verließ das Büro, ohne den Computer herunterzufahren, und als sie mit Tränen in den Augen und großen Schritten den Flur entlangging, spürte sie die Blicke ihrer Kollegen. Es war ihr egal. Ihr war egal, was diese Leute hier über sie sagten, und es war ihr auch egal, ob sie gefeuert wurde oder nicht, sie fühlte sich stark und schwach zugleich. Was wussten all diese Leute hier denn schon; sie hingen in ihrem Alltagstrott fest, waren gefangen in ihren austauschbaren Leben und hatten nicht die geringste Ahnung, dass irgendwo dort draußen Dinge geschahen, die alle Grenzen des Vorstellbaren sprengten.

Sie wollte keine Zeit verlieren und sich nicht noch länger den neugierigen Blicken aussetzen, und so wartete sie nicht auf den Fahrstuhl, sondern nahm die Treppe. Sie wollte nur noch raus hier – raus, raus, raus. Sie musste zu Stefan und ihm alles erzählen. Die Schuldschrift war das, worauf es ankam. Dessen wurde sie sich immer sicherer. Das Mädchen war eine Gefangene, und nur sie, Mirja, war in der Lage, es aus der Gefangenschaft zu befreien. Ganz gleich, wie alt dieser Schwur und diese Schuldschrift waren, und egal, ob diese Schuldschrift überhaupt in irgendeiner Form gültig und rechtens war – es gab sie, und vermutlich hatte niemand in all den Jahrzehnten oder Jahrhunderten sie für nichtig erklärt. Diese Schuldschrift und der Schwur hingen zusammen, und um das Mädchen aus dem Schwur zu befreien, musste jemand die Schuldschrift als ungültig erklären. Und das war sie, Mirja. Endlich hatte sie verstanden.

19

Weshalb sie die Dunkelheit abgewartet hatten, wussten sie selbst nicht. Es machte keinen Sinn, denn wenn die Fensterläden verschlossen waren und das Licht gelöscht war, war es im *Timmers* auch am helllichten Tag stockfinster. Stefan hatte alle nach Hause geschickt; Sid und Mohan, Imke und Susan und Marion. Und auch alle Gäste. Er hatte sich mit dem Ausfall eines Großteil der Elektrik in der Küche entschuldigt und hatte allen, die für den heutigen Abend einen Tisch reserviert hatten, bei ihrem nächsten Besuch freie Getränke versprochen. Es täte ihm unsagbar Leid, hatte er gesagt und jovial auf einige Schultern geklopft, doch leider würde das Problem erst morgen behoben werden können.

Nun war fast alles so, wie es auch vor drei Nächten gewesen war: gedämpftes Deckenlicht, und die Sanduhr stand in der Mitte der Feuerstelle. Daneben lag die Schuldschrift. Mirja hatte sich bereits an einen Tisch nahe der Feuerstelle gesetzt, während Stefan hinter dem Tresen stand und eine Flasche Mineralwasser öffnete. Er nahm zwei Gläser aus dem Regal, ging zum Tisch und stellte alles ab, setzte sich und schenkte die Gläser voll.

»Ich komme mir vor wie bei so einem okkulten Treffen«, sagte er leise, »wo die Familie am Tisch sitzt und den toten Großvater ruft.«

»Rede nicht so ein dummes Zeug, das ist nicht witzig.«

»Ich meine es auch nicht witzig. Nicht die Spur.«

»Dann sei ruhig.«

»He, entschuldige mal, aber so sieht das hier doch aus.«

»Halt den Mund, Steff, halt einfach den Mund. Meinst du, dass das möglich ist, dass du das schaffst?«

Er verzog das Gesicht, beließ es jedoch dabei. »Möchtest du eine Kleinigkeit essen?«

»Nein.«

»Etwas Brot und ein Stück Käse, Schinken vielleicht?«

»Nein.« Sie sah ihn an, ihre Augen flackerten unruhig. »Wir sitzen hier nicht vor dem Fernseher, und ich weiß nicht, wie du darauf kommst, dass ich es mir gemütlich machen will.«

»Ist ja schon gut, ich wollte bloß nett sein. Wir wissen doch gar nicht, wie lange wir warten müssen. Ich dachte, vielleicht möchtest du etwas essen, um deine Nerven zu beruhigen.«

»Meine Nerven sind ruhig.«

»O ja, na klar, eindeutig. Ich liebe dich, ganz besonders, wenn du, so wie jetzt, in dir ruhst.« Er schüttelte den Kopf und entschied, nicht weiter Wasser auf die Mühle zu kippen. Er nahm ihre Hand und sagte sanft: »Ich habe nicht viel Hoffnung. Letztes Mal tauchte sie auch nicht auf, und wir wissen nicht, ob sie sich dieses Mal die Ehre gibt.«

»Sie ist bereits da«, sagte Mirja und sah ihn fest an. »Aber wir sehen sie nicht. Sie zeigt sich nicht. Aber sie ist da. Schon die ganze Zeit. Sie ist immer hier, auch dann, wenn sie sich nicht zeigt. Sie sieht, dass wir hier sitzen und warten, und sie weiß, dass wir auf sie warten. Sie weiß alles, was in den Räumen dieses Hauses geschieht, Steff, weil sie immer hier ist.«

Er schluckte, dann sagte er: »Wieso zeigt sie sich dann nicht? Wir sind doch ihretwegen hier.«

»Ich weiß es nicht«, hauchte Mirja, »aber sie zeigt sich schon, glaub mir.«

Doch das Mädchen zeigte sich nicht. Es zeigte sich während der folgenden vier Stunden nicht, und während Mirja in aller

Ruhe auf dem Stuhl saß und die Feuerstelle kaum aus den Augen ließ, konnte Stefan nicht mehr ruhig sitzen. Die erzwungene Bewegungslosigkeit machte ihn immer unruhiger, und die Stille nervte ihn. Sprach er Mirja an, nickte sie bloß oder schüttelte leicht den Kopf, und irgendwann gab er jeden Versuch, mit ihr zu reden, auf. Er begann, stumm Lieder zu singen, Ohrwürmer aus den aktuellen Charts oder einige seiner alten Favoriten von Queen und The Police, später versuchte er, die deutschen Fußballmeister seit dem Bundesligastart zusammenzubekommen, anschließend sagte er die Hauptstädte auf, die ihm einfielen. Seine Gedanken schweiften zu Begebenheiten, die lange zurücklagen, und er erinnerte sich an Menschen, von denen er kaum noch wusste, dass er sie jemals gekannt hatte. Und doch schien die Zeit nicht zu vergehen. Die Zeiger auf seiner Armbanduhr quälten sich vorwärts und er wusste nicht mehr, was er noch tun sollte, um ruhig zu bleiben. Allmählich wurde er schläfrig.

»Mirja, hör mal«, sagte er, und seine müde Stimme klang so rau, als befände er sich im Stimmbruch, »wir warten jetzt schon ewig, und die Kleine taucht nicht auf. Wir können hier noch mal so lange sitzen, und es bringt nichts. Wir sollten die Sache vergessen. Vielleicht will sie ja inzwischen nichts mehr von uns, kann doch sein, dass es ihr reicht, dass wir das alles herausgefunden haben.«

»Etwas läuft schief«, sagte Mirja, ohne den Blick von der Feuerstelle zu nehmen.

»Allerdings«, sagte er, stand auf und drückte den Rücken durch. »Aber leider wissen wir nicht, was, und da sie nicht auftaucht und uns einen Hinweis darauf gibt, was schief läuft, können wir hier bis zum Jüngsten Tag sitzen. Vielleicht ist es ja auch dieses Ritual, das wir hier abziehen: hier herumzuhocken und auf die Feuerstelle zu starren, als sei diese Feuerstelle ein

Altar. Jetzt mal ehrlich: Wieso eigentlich stellen wir die Sanduhr auf die Feuerstelle? Weil in der Sanduhr Asche ist oder diese Feuerstelle so alt ist wie das Haus, was ja nicht mal stimmt? So ein Blödsinn! Wir können die Sanduhr genauso gut auf den Fußboden oder sonst wohin stellen. Und dann diese Schuldschrift da, so als … Beweis oder so was, dass wir begriffen haben, worum es geht. Ich bin sicher, dass das Ritual sie nervt. Herr Jesus, erscheine mir … so ähnlich … Mirja, das wird nichts.«

Mirja sagte: »Das nervt sie nicht. Nichts nervt sie.« Sie sah ihn an und sagte tonlos: »Nichts nervt sie, nichts freut sie, nichts ärgert sie. Sie liebt nicht und sie hasst nicht, sie ist nicht fröhlich und nicht traurig, nicht sanft und nicht zornig. Sie ist … gar nichts. Gar nichts! Verstehst du das denn nicht? Wir sehen sie in dem Körper, der sich nicht verändert, und mit diesem wunderhübschen Gesicht, und weil wir sie sehen, meinen wir sie zu erleben, da sie uns irgendwie … *echt* erscheint. Aber sie existiert auch ohne diesen physikalischen Körper, doch sie benötigt ihn, damit wir sie sehen können. Du hast Recht, wir können die Sanduhr auch woanders hinstellen, doch ich bin sicher, dass es nichts ändern würde.«

Stefans Gesicht konnte ein leichtes Staunen nicht verbergen. »Aber wieso … ich meine, was machen wir denn falsch?«

Sie schürzte die Lippen und schwieg.

Stefan wartete einen Moment lang, und als er dann noch immer keine Antwort erhalten hatte, ging er zur Toilette. Er ließ sich Zeit, da ihn nichts in den Raum zurückzog. Dort saß eine Frau, die ihm vertraut und seit einiger Zeit dennoch fremd war, und wartete auf ein Mädchen, dessen Auftauchen er sich nicht erklären konnte und das er demzufolge nicht verstand. Während er sich die Hände wusch und sich im Spiegel betrachtete, versuchte er sich an das zu erinnern, was Mirja vorhin gesagt hatte: Wir sitzen hier nicht vor dem Fernseher. Ja, so oder so ähnlich hatte sie es gesagt, und auch wenn sie es vorwurfsvoll gemeint hatte, musste er sich eingestehen, dass es ihm exakt so vorkam. Das, was hier gerade geschah, war auf eine Art und Weise unreal, die fast schon wieder amüsant war. Film aus, Licht an, zurück in die Wirklichkeit.

Stefan trocknete sich die Hände ab. Vielleicht sollte man dieses Haus einfach abfackeln, dachte er im Spaß. Sid kannte sicher einen Pyromanen, der ein nettes Feuerchen entfachen würde, zur Not würde es sicherlich auch dieser Tobias tun, der ja bereits einmal bewiesen hatte, für Geld einiges zu riskieren. Die Versicherung würde zahlen, und alles wäre vorbei. Wie herrlich einfach. Und natürlich absolut keine Lösung.

Er verließ den Waschraum und kehrte in den Speisesaal zurück. Er sah, dass Mirja nicht mehr am Tisch saß, und blieb abrupt sehen. Sein Puls schnellte hoch, und sein Blick ging zur Feuerstelle, doch dort sah alles aus wie bisher.

»Mirja?«, fragte er zaghaft, fast ängstlich. Er sah sich im Raum um, doch er entdeckte sie nicht. Er fragte sich, ob sie auch zur Toilette gegangen war, doch das glaubte er nicht; sie hätte mit Sicherheit gewartet, bis er zurück war, damit die Feuerstelle nicht unbeobachtet blieb.

»Mirja?« Er schrie ihren Namen.

Plötzlich hörte er ein Schlagen – eine Tür oder eine Schublade –, und noch bevor er begriff, was geschehen war, hörte er Mirjas Stimme.

»Was ist denn?«, fragte sie unwirsch. Sie stand hinter dem Tresen und sah ihn kurz an, dann zog sie die nächste Schublade auf und fragte: »Gibt es in diesem Haus irgendwo ein Feuerzeug oder Streichhölzer?« Sie schob die Schublade mit Schwung zu.

Stefans Schultern sackten herab, und er stieß erleichtert die Luft aus. Am liebsten hätte er sie gefragt, was ihr einfiele, ihm einen solchen Schrecken einzujagen, doch er war viel zu erleichtert, sie zu sehen.

»Was willst du mit Feuer?«, fragte er. »Etwa das Haus anzünden? Den Gedanken hatte ich eben auch.« Er schmunzelte.

»Blödsinn!« Sie öffnete die nächste Schublade, kramte darin herum und schob sie wieder zu. »Wo hast du ein Feuerzeug?« Sie war unruhig.

Er trat zu ihr und öffnete eine andere Schublade, nahm ein Feuerzeug heraus und reichte es ihr.

Mirja nahm es ohne ein Wort entgegen und ging zurück zur Feuerstelle. Stefan folgte ihr.

»Was hast du vor?«, fragte er.

Sie antwortete nicht, sondern nahm die Schuldschrift und hielt das Feuerzeug darunter.

»He, was soll das … Mirja?!«

Das Feuerzeug flammte auf, und sie hielt es an eine Ecke des Papiers. »Ich werde die Sache jetzt beenden«, sagte sie mehr zu sich als zu Stefan. »Ich verbrenne jetzt diesen alten Mist, und entweder es ist vorbei oder es ist nicht vorbei.« Die Ecke des Papiers flammte kurz auf und erlosch dann wieder. Mirja hielt eine andere Ecke in die Flamme. »Nun komm schon«, murmelte sie.

»Mirja, hör auf«, sagte Stefan, »vielleicht brauchen wir das noch.«

»Niemand braucht das mehr«, sagte sie. Das Papier begann zu brennen und Mirja hielt es so, dass die Flammen nach oben wandern konnten. Dann legte sie das Papier rasch auf die Feuerstelle und sah zu, wie es sich kurz aufwölbte und schließlich zu Asche zerfiel. Das Feuer erlosch. Einige Aschepartikelchen wirbelten umher.

Mirja sagte: »Mir gehört das Haus, auf das irgendwelche Vorfahren, von denen ich nichts wusste, Ansprüche erhoben haben, und ich erkläre diese Ansprüche für beendet.« Ihre Stimme war tonlos. »Es gibt keine Forderung mehr und somit auch keine Schuld. Es ist vorbei. Kleines Mädchen, es ist vorbei. Hörst du?«

Einen Moment lang herrschte Stille.

»Meinst du, dass das eine gute Idee war?«, fragte Stefan sanft, legte den Arm um ihre Schultern, zog sie zu sich heran und gab ihr einen Kuss in ihr Haar.

»Weiß nicht«, flüsterte sie. »Ich weiß gar nichts mehr.«

Einige Sekunden lang blickten beide auf die Feuerstelle, dann sagte Stefan: »Lass uns nach Hause fahren. Komm!« Er gab ihr einen weiteren Kuss, dann löste er sich von ihr. »Ich mache das schnell sauber und fege die Asche zusammen.«

Sie nickte.

Stefan drehte sich um, um Handfeger und Schaufel zu holen, als er plötzlich einen Schrei ausstieß. Im gleichen Moment machte er einen Schritt zurück und prallte gegen Mirja. »Scheiße!«, sagte er keuchend.

Mirja fuhr herum und zuckte zusammen, doch sie erschrak nicht.

Vor ihnen stand das Mädchen. Es sah aus wie immer, barfuß und im weißen Leinenkleid.

Stefan holte tief Luft. »Meine Güte«, murmelte er, »hab ich mich erschreckt.«

Mirja ging in die Hocke. »Ich habe diese Schuldschrift verbrannt, meine Kleine, hast du es gesehen? Es ist alles vorbei.«

Das Mädchen schwieg und ging zur Zwischentür. Mirja und Stefan sahen ihm hinterher. Es blieb vor der Tür stehen und sah zu ihnen herüber.

»Was will sie?«, fragte Stefan leise.

»Ich weiß es nicht«, flüsterte Mirja.

»Es ist noch nicht vorbei«, sagte er, »die Schuldschrift war nicht alles, das weißt du so gut wie ich, die Kleine … sie muss noch in … du weißt schon …«

»Die Sanduhr?!«

»Ja.«

»Wir können sie doch nicht einfach … Steff, das … das geht nicht … das mache ich nicht.«

Das Mädchen sah sie an und schien zu warten.

»Sie will was von uns«, sagte Stefan leise. »Sie will, das wir kommen und die Tür öffnen, sie will uns noch was zeigen, glaube ich. Ja.«

Er ging zur Zwischentür, doch er ließ das Mädchen nicht aus den Augen. Und es ihn nicht. Sie sahen einander an, und mit einem Mal bemerkte er etwas; etwas, was ihm all die Male zuvor nicht aufgefallen war und das ihn erschaudern ließ. Das Mädchen blinzelte nicht, und seine Augen bewegten sich nicht. Sie waren wie die aufgeklebten Plastikaugen eines Stofftieres, hatten etwas Niedliches, doch sie strahlten kein Leben aus. Während das Mädchen Stefan beobachtete, bewegten sich nicht die Augen, sondern den ganzen Kopf. Für sein Leben gern hätte Stefan das Mädchen berührt. Die Neugierde, wie es sich anfühlte, und ob sein Körper warm war oder kalt, zerriss ihn förmlich. Doch er ging an ihm vorbei und öffnete die Zwischentür. Dann trat er einen Schritt zurück, da ihm klar war, dass die Kleine an ihm vorbei in den kurzen Flur wollte. Doch anstatt den Speisesaal zu verlassen, drehte sie den Kopf und sah zu Mirja. Mirja verstand. Sie ging langsam zu ihr, und als sie nur noch einen Schritt entfernt war, trat das Mädchen in den Zwischenflur und ging zur Haustür. Wieder blieb es stehen, drehte den Kopf und sah Stefan an. Er ging an ihm vorbei, atmete tief ein und hoffte, dass es einen Geruch verströmte, den er noch nie zuvor gerochen hatte, doch das war nicht der Fall. Das Mädchen roch nach gar nichts. Er schloss die Haustür auf und öffnete sie. Das Mädchen ging um ihn herum und blieb an der Türschwelle stehen. Dann drehte es sich um. Es stand da, als wollte es das Haus betreten. Mirja und Stefan sahen es gebannt an, und Stefan dachte, dass kein Fotograf der Welt diese bizarre Schönheit festhalten konnte: Das Mädchen im weißen Kleid unter dem matten Licht der Flurlampe, hinter sich die Nacht mit unzähligen Sternen am klaren Himmel, und die Spitze einer hohen Tanne, die sich in den drei Viertel vollen Mond zu bohren schien.

Das Mädchen sah erst Mirja und dann Stefan an, dann trat es einen Schritt zurück. Und war verschwunden. Es war in dem Augenblick nicht mehr zu sehen, in dem es über die Türschwelle trat und das Haus verlassen hatte.

»Gott«, stieß Mirja hervor und eilte zur Haustür. Sie stieß mit Stefan zusammen, der gerade im Begriff war, hinauszugehen. Er fing sie auf, bevor sie gegen den Türrahmen prallte, ließ sie aber sofort wieder los und ging nach draußen. Das Mädchen war nicht da – natürlich war es nicht da. Er hatte gesehen, wie es innerhalb eines Augenblicks verschwunden war, sich vor ihren Augen einfach aufgelöst hatte.

»Was war das eben?«, stieß er hervor, wartete die Antwort nicht ab und sagte: »Weg, einfach so.« Er schnippte mit den Fingern. »Das glaube ich nicht.«

Mirja trat neben ihn, und er sah sie an. Er hatte sie noch nie zuvor so überrascht erlebt. »Wo ist sie?«, stammelte sie. »Wie hat sie das gemacht?«

»Frag mich nicht.«

In diesem Moment fiel helles Licht vor ihre Füße. Es war ein Kreis, kaum größer als ein Basketball. Mirja und Stefan sahen noch oben. Die Quelle des Lichts hing am Nachthimmel, jedoch nicht so weit oben und nicht so weit entfernt wie die

Sterne. Sie hing dreißig oder vierzig oder auch fünfzig Meter über ihren Köpfen, schien von nichts und niemandem gehalten zu werden.

»Was, zum Teufel, ist das?«, raunte Stefan und legte die Hand schützend über die Augen. »Wo kommt das Licht her?«

»Es ist für uns«, sagte Mirja mit dünner Stimme.

»Was?« Er sah Mirja kurz an, dann blickte er wieder nach oben. »Wieso für uns? Wo kommt es her?«

»Dualismus«, hauchte sie. »Der Kampf der Gottheiten des Lichts mit den Mächten der Finsternis.«

»Hä? Was redest du da?« Er sah sie verwundert an. »Drehst du jetzt völlig durch?«

Mirja blinzelte in die Lichtquelle. »Sie hängt fest, Steff. Die Kleine. Als Mensch, als … Materie lebt sie längst nicht mehr, doch ihre Seele ist nicht frei. Ihre Seele hängt irgendwo fest, sie findet keinen Frieden. Es ist dieser verdammte Schwur, der sie zurückhält. Gott, was für eine Kraft muss in diesem Schwur stecken. Diese Familie muss damals wegen des Hauses mit dem Bösen schlechthin einen Pakt geschlossen haben.« Sie sah ihn seltsam entrückt an.

Stefan starrte sie verblüfft an.

Sie deutete nach oben.

»Das Licht dort oben ist die Wahrheit, während die Dunkelheit die Lüge ist. Dualismus. Das Licht wird uns die Richtung zeigen. Wir haben bisher alles richtig gemacht, aber die Seele der Kleinen ist noch immer nicht frei.«

Das Licht wanderte zur Straße.

»Komm«, sagte sie leise.

Ohne dass es ihm bewusst war, zog Stefan die Haustür zu und ging staunend hinter Mirja her. Er sah nach oben, dorthin, wo die Lichtquelle war, und war überzeugt, dass er jeden Moment aufwachen und in seinem Bett liegen würde. Das hier konnte schlichtweg nicht wahr sein.

Sie verließen das Grundstück, und das Licht wanderte weiter, aus der Sackgasse hinaus auf die Hautstraße.

»Wir fahren hinterher«, sagte Mirja.

Stefan zog wortlos den Wagenschlüssel aus der Hosentasche und schloss auf, ohne das Licht aus den Augen zu lassen. Er setzte sich hinter das Lenkrad, bemerkte nicht, dass Mirja sich neben ihn setzte, startete den Motor und schaltete den Scheinwerfer an. Er wendet den Wagen, dann fuhr er los.

»Was, verdammt, geht hier vor sich?«, murmelte er.

Er folgte dem Licht, das sich immer weiter vor ihnen her bewegte.

»Das gibt es doch gar nicht, oder?«, fragte er und warf Mirja einen kurzen Blick zu. »Es führt uns irgendwo hin. Was soll das?«

Ein Fahrzeug kam ihnen entgegen und fuhr an ihnen vorbei, ohne schneller oder langsamer zu werden und ohne auszuweichen.

»Er hat es nicht gesehen«, sagte Stefan leise und blickte in den Rückspiegel. »Der oder die ist an uns einfach vorbeigefahren und hat das Licht nicht gesehen. Unglaublich! Es ist nur für uns zu sehen, genauso wie das Mädchen nur für uns zu sehen war.«

»Ja«, flüsterte Mirja, »und es führt uns zu ihm.«

◆

Sie fuhren eine gute Stunde weiter, ohne ein Wort zu wechseln. Sie folgten dem Licht, und niemand, dem sie während der Zeit begegneten, konnte das Licht sehen. Mit der Zeit verflog das Staunen und die Verwunderung, und an dessen Stelle trat eine erdrückende Spannung. Stefan hatte keine Ahnung, wo sie waren, er war einfach stets dem Licht hinterhergefahren, ohne darauf zu achten, wohin er fuhr. Schließlich wies das Licht ihnen den Weg in einen schmalen Waldweg, und nach etwa zweihundert Metern endete die Fahrt. Sie standen mitten auf einem nicht asphaltierten Parkplatz. Kein weiteres Fahrzeug war zu sehen. Das Licht blieb über dem schmalen Wanderweg stehen, der hier begann und tief in den Wald hineinführte.

»Und was jetzt?«, fragte Stefan.

»Wir steigen aus«, sagte Mirja und öffnete die Tür. Sie schien sich nicht im Geringsten zu fürchten.

Stefan schaltete den Motor und die Scheinwerfer aus. Im Handschuhfach lag eine Taschenlampe, die er noch nie benötigt hatte. Sie hatte Jahre über im Handschuhfach seines alten Volvos und nun im Jeep verbracht. Er schaltete sie kurz ein. Sie funktionierte.

Stefan stieg aus, schlug die Wagentür zu und verriegelte sie automatisch. Die Innenbeleuchtung des Wagens schaltete sich aus, und sie standen im Dunkeln. Um sie herum war es unwirklich still.

Das Licht hing noch immer über dem schmalen Wanderweg. Stefan schaltete die Taschenlampe ein und leuchtete vor seine Füße. Er ging um den Wagen herum, um Mirja abzuholen, doch sie sagte: »Nimm Werkzeug mit.«

»Wieso?«

»Was ist alles in dieser kleinen Survival-Kiste drin, die du dir beim Autokauf hast andrehen lassen?«

»Ich weiß es nicht mehr so genau … ein Seil und ein Klappspaten, Messer und Band. So 'n Zeug.«

»Nimm alles mit«, sagte sie. »Für alle Fälle. Vielleicht brauchen wir was davon.«

Er nickte, doch sie sah es nicht. Er entriegelte den Wagen,

öffnete die Hecktür und nahm einen kleinen Aluminiumkoffer heraus, der mittels eines Metallbügels an einer speziellen Halterung hing. Dann kehrte er zu Mirja zurück und sie gingen langsam auf das Licht zu, das weiterwanderte, exakt in dem Tempo, in dem Mirja und Stefan vorankamen.

Der Wanderweg war nicht ungefährlich. Mirja und Stefan waren nie zuvor hier gewesen, und das dünne Licht der Taschenlampe reichte gerade mal aus, um die größten Unebenheiten des Weges und die am stärksten hervortretenden Baumwurzeln zu erkennen. Die Lichtquelle hing irgendwo über den Baumkronen und schien mal mehr und mal weniger stark durch das Geäst, doch sie zeigte unentwegt den Weg an. Gelegentlich waren Geräusche zu hören; mal ein kurzes Rascheln oder ein Knacken, doch Mirja und Stefan erschraken nur beim ersten Mal. Es waren keine ungewöhnlichen Geräusche, sondern die des nächtlichen Waldes, nichts, was sie ernsthaft ängstigen musste.

Sie gingen weiter, bis der Baumbestand dünner wurde, und kamen auf eine Lichtung, auf der die Sterne und der Mond ihnen zusätzliches Licht boten. Der Weg endete hier. Das Licht wanderte noch rund zweihundert Meter weiter, dann verharrte es. Es hing genau über einem hohen, knorrigen Baum mit einer ausladenden Krone.

»Ich glaube, wir sind am Ziel«, sagte Mirja leise.

»Das befürchte ich auch«, erwiderte Stefan.

Mirja rieb sich die Hände. Sie fror entsetzlich.

»Ich möchte endlich aufwachen«, sagte Stefan. »Was ist das bloß für ein beschissener Traum.«

»Wenn es wenigstens einer wäre«, murmelte Mirja. »Komm, gehen wir hin.«

Sie leuchtete auf den Boden und ging langsam weiter. Stefan folgte ihr. Der Boden war mit wildem Gras und Moos bedeckt, an einigen Stellen war die nackte Erde zu erkennen. Sie näherten sich dem Baum, über dem das Licht ging, und als sie unter dem imposanten Baum standen, wanderte das Licht nicht weiter. Sie schienen tatsächlich am Ziel zu sein.

Der Baum hatte eine Höhe von rund zwanzig Metern, der Umfang des Stammes betrug etwa sechs Meter, am Boden sogar knapp zehn. Zahlreiche Stürme hatten ihm etliche Wunden geschlagen. Er wirkte zerzaust, jedoch nicht krank. Mirja sah nach oben, nicht in die Lichtquelle, sondern in die tief hängenden Zweige. Sie leuchtete mit der Taschenlampe hinein und sagte ohne größere Überraschung: »Es ist eine Linde. Das Lindenblatt von damals stammt von diesem Baum, Steff, da halte ich jede Wette.«

»Sie ist ewig alt«, sagte Stefan und stellte den Koffer ab. »Wie alt kann so eine Linde werden?«

»Weiß ich nicht, Bäume sind nicht gerade mein Spezialgebiet. Aber mehrere hundert Jahre schaffen sie schon, wenn sie gesund bleiben.«

»Das Lindenblatt von damals muss nicht von diesem Baum stammen. Es gibt auch bei uns in der Nähe Linden, sie kann es genauso gut von einer der Linden bei uns abgerissen haben.«

»Es ist von diesem Baum«, sagte Mirja und schaltete die Taschenlampe aus. Sie bildeten sich ein, dass die Batterie allmählich schwächer wurde. »Es ergibt keinen Sinn, wenn das Blatt nicht von dieser Linde stammt. Das Mädchen liegt unter diesem Baum, es wurde an dieser Stelle beerdigt, vielleicht ist der Baum extra für die Kleine gesetzt worden. Vielleicht ist sogar etwas in die Rinde eingeritzt worden, ein Datum oder so etwas, aber das wird nicht mehr zu lesen sein.«

»Aber wieso liegt sie ausgerechnet hier?«, fragte Stefan.

»Woher soll ich das wissen? Bin ich etwa dabei gewesen?«

»Tolle Antwort, danke!«

»Tolle Frage!«

»Wollen wir uns jetzt ernsthaft in die Haare kriegen? Lass uns aufhören damit. Die ganze Sache hier ist übel genug. Wir müssen jetzt nicht auch noch streiten. Mich würde einfach nur interessieren, weshalb sie hier liegt. Falls sie überhaupt hier liegt.«

Mirja sagte: »Wir gehen davon aus, dass von ihr nichts in der Sanduhr ist. Von all denen, die aus ihrer Familie jemals in dem Haus gelebt haben, ist sie vermutlich die Einzige, die fehlt, zumindest scheint es so zu sein, nach diesen eigenartigen Unterlagen. Sie wird hier in der Umgebung gestorben sein. Vielleicht hat sie sich verirrt oder war von zu Hause fortgerannt, oder es kann auch sein, dass sie entführt wurde. Es ist gibt zahllose Möglichkeiten. Vielleicht hat ein Tier sie gerissen oder sie ist verhungert und verdurstet. Es ist eine ziemliche Entfernung von hier bis zum Haus, wir sind mit dem Auto schon ganz schön lange unterwegs gewesen. Zu Fuß, und vor allem damals ohne feste Wege und mit noch mehr Wald und Wiesen … das waren bestimmt einige Tagesmärsche.«

»Sie starb, und jemand hat sie gefunden«, sagte Stefan vor sich hin. »Er wusste nicht, wer sie ist und wohin sie gehörte, und deshalb hat er sie hier beerdigt. Vielleicht ist dies sogar die Stelle, wo er sie gefunden hat.«

»Ja«, hauchte Mirja, »vielleicht ist es so gewesen.«

»Und dann hat er diese Linde gepflanzt. Nicht als Lebensbaum, sondern als Totenbaum.«

»Hier gibt es keine anderen alten Bäume, diese Linde steht allein. Es kann schon sein, dass sie als eine Art Grabstein für die Kleine gesetzt wurde.«

Einen Augenblick lang schwiegen beide, dann sagte Stefan: »Das sind mir zu viele Vermutungen, Mirja, alles Hypothesen. Wir können uns darauf nicht stützen. Lass uns einen dieser

Typen auf die Sache ansetzen, so einen von diesen Ahnen- oder Familienforschern, die …«

»Einen Genealogen.«

»Scheiß drauf, egal, wie die heißen, auf jeden Fall einen von denen. Die finden es geil, in alten Geschichten herumzuwühlen, was meinst du, was die für Quellen auftun. Wir setzen ihn auf diese ganze Pubben-Familie an und sagen ihm, er soll herausfinden, ob es irgendwann mal ein Mädchen in der Familie gab, das nie wieder aufgetaucht ist. Lass uns das machen, Mirja, alles andere ist … absolute Scheiße. Wir wissen doch gar nichts.«

»Dann sag deinem Genealogen aber bitte auch, dass wir eine Sanduhr voller menschlicher Asche haben, ein Lindenblatt, das gemacht hat, was es wollte, und ein Mädchen, das nur wir sehen, und auch nur dann, wenn wir in diesem alten Haus sind. Ach ja, und das Licht … erzähl ihm auch von dem Licht, das uns hierher geführt hat. Wann rufst du ihn an?«

Wäre es Tag gewesen, hätte sie gesehen, dass er eine Grimasse schnitt und so tat, als bräche er gleich zusammen. »Mirja, verdammter Mist, wir stellen bei dieser ganzen Sache nur Vermutungen auf.«

»Nein, tun wir nicht! Das Einzige, was wir nicht sicher wissen, ist, weshalb das Mädchen irgendwo hier gestorben ist und demzufolge nichts von ihm in der Sanduhr ist. Aber soll ich dir was verraten? Ich will es gar nicht wissen. Falsch, nein, es interessiert mich schon. Vielleicht mache ich das sogar mal, dass ich einen Genealogen damit beauftrage, irgendwann, wenn ich das hier alles überstanden habe und die Sache mich nicht mehr um den Schlaf bringt. Aber nicht jetzt. Wir werden das jetzt zu Ende bringen, Steff. Das Mädchen will es, und ich will es auch. Ich will nicht länger warten, und wir müssen der Kleinen endlich helfen, ihren Frieden zu finden. Und das kann sie mit ziemlicher Sicherheit nur dann, wenn etwas von ihr in die Sanduhr kommt.«

»Ich grabe nicht nach ihr«, beeilte er sich zu sagen. »Mach ich nicht! Tut mir Leid! Ich bin kein Totengräber, dann könnte ich mir gleich einen Job auf dem Friedhof suchen.«

»Steff, hör auf damit. Was soll das?«

»Diese Linde ist wie alt? Sagen wir mal: dreihundert Jahre. Kommt ja nicht auf ein paar Jahre an. Also, vor dreihundert Jahren wurde an genau dieser Stelle, hier, wo wir jetzt stehen, ein kleines Mädchen beerdigt. Irgendjemand hat es gefunden. Tot, in ihrem weißen Kleidchen, barfuß, vielleicht hatte es giftige Beeren gegessen oder fauliges Wasser getrunken und war qualvoll gestorben. Es lag in seinem eigenen Kot und ausgehustetem Blut, vielleicht war es von Mückenstichen bedeckt und voller Ameisen, die über seinem starren Körper und in seinen Mund krochen und …«

»Sei ruhig«, zischte Mirja. »Noch ein einziges Wort, und ich vergesse mich. Die Kleine wartet auf uns seit einer kleinen Ewigkeit, also halt deine Klappe.« Dann sagte sie: »Und nun grab! Grab nach ihr!«

»Verdammte Scheiße!«, schrie Stefan und trat gegen den Survival-Koffer. Irgendwo flatterten Vögel auf, eine Eule war zu hören. »Ich will dir mal was sagen: Glaubst du, sie liegt noch immer brav *neben* dem Baum? Diese alte Scheiß-Linde hat Wurzeln ohne Ende, die sich über das Mädchen ausgebreitet haben. Die Linde gibt die Gebeine der Kleinen nicht mehr her, da kann ich graben, soviel ich will. Wenn du was von ihr finden willst, musst du die Bundeswehr holen, damit sie mit verdammten Panzern anrückt und diesen Baum rausreißt. Ich werde mit meinem Klappspaten hier nicht weit kommen.« Er schüttelte den Kopf und fuhr sich durch die Haare. »Ich glaube das nicht«, sagte er. »Es ist dunkel, mitten in der Nacht, und meine Frau will, dass ich anfange, nach den Knochen einer Toten zu graben, die ich vor zwei Stunden noch sozusagen in Fleisch und Blut vor mir gesehen habe. Das ist so krank, das alles.«

Mirja lehnte sich an den Baum, starrte in die Dunkelheit und sagte: »Morgen früh sind wir wieder hier. Wir brauchen eine Axt oder ein Beil, und ich weiß nicht, was sonst noch. Eine Säge. Auf alle Fälle vernünftige Spaten. Wir werden alles kaufen, was wir benötigen. Und dann werden wir graben, wir beide, bis wir etwas von ihr finden. Egal, wie lange es dauert.«

»O Gott«, murmelte Stefan und schüttelte den Kopf.

Ja, dachte Mirja, genau das.

20

Das Erdreich war trocken, da es bereits seit Wochen nicht mehr geregnet hatte und jetzt, obwohl es noch nicht mal zehn Uhr war, war es bereits so warm, dass jede Art von körperlicher Anstrengung rasch zur Tortur wurde.

Stefan lockerte mit einer langstieligen Axt rund um die Linde die Erde auf, damit er anschließend leichter graben konnte. Er trug Bermudashorts und festes Schuhwerk, das T-Shirt hatte er längst ausgezogen. Sein Oberkörper war von einer feinen Schweißschicht bedeckt. Eine gute Stunde lang hatte er benötigt, sich einmal rund um den Stamm zu arbeiten. Er nahm die Axt und ging zu dem einige Meter entfernt stehenden Handwagen, den sie heute früh mit all dem Werkzeug in einem Heimwerkermarkt gekauft hatten. Er legte die Axt hinein, öffnete die große Kühlbox und holte eine Flasche Mineralwasser heraus. Er leerte sie in einem Zug, nahm sein T-Shirt und wischte sich damit den Schweiß aus dem Gesicht. Zu guter Letzt schnäuzte er sich den Dreck und Staub aus der Nase. Er sah zu Mirja hinüber, die mit kurzen Spatenstichen versuchte, tiefer in die Erde zu kommen. Auch sie war zweckmäßig gekleidet und sah bereits so aus, als arbeite sie schon den ganzen Tag.

Stefan holt eine weitere Wasserflasche aus der Kühlbox und ging zu ihr.

Ohne ein Wort des Dankes nahm sie die Flasche, ließ den Spaten einfach fallen und trank.

»Da kommt man kaum durch«, sagte sie dann und warf einen Blick auf ihre Handflächen, auf denen sich bereits die ersten Blasen gebildet hatten. »Alles voller Wurzeln, und die Erde ist hart wie Stein.«

»Es wird Tage dauern, bis wir uns einmal um den Baum gearbeitet haben«, sagte er.

»Wie tief müssen wir graben?«, fragte sie. »Was meinst du?«

»Keine Ahnung. Wie tief ist ein Grab im Wald? Wenn der Boden weich ist, vielleicht anderthalb oder zwei Meter, sodass nicht gleich irgendwelche Tiere die Witterung aufnehmen können. Wenn der Boden gefroren ist, sicherlich nicht so tief. Ich hab mir darüber ehrlich gesagt noch nie Gedanken gemacht.«

Sie setzte sich auf den Boden, lehnte sich gegen den Stamm, trank einen weiteren Schluck und sagte dann: »Sie wird nicht mehr als Ganzes dort unten liegen, selbst dann nicht, wenn sie in eine Decke eingewickelt oder sogar in einen kleinen Sarg gelegt wurde. Die Wurzeln haben die Knochen beim Wachsen vor sich her geschoben und verteilt.« Sie seufzte schwer. »Eigentlich ist das gar nicht mal schlecht, denn es erhöht unsere Chance, etwas zu finden.«

»Es kann trotzdem Tage dauern. Wochen.«

»Wir müssen so lange weitermachen, bis wir etwas finden.«

»Wir sind nur zu zweit. Es wäre nicht schlecht, wenn uns noch ein paar Leute helfen würden.«

Sie sah ihn genervt an. »Wen willst du denn holen? Du wirst erklären müssen, was das Ganze soll, und was willst du dann erzählen? Außerdem ist das garantiert nicht erlaubt, was wir hier tun. Wir graben an einem uralten Baum herum, der bestimmt geschützt ist.«

»Mirja, wir können hier nicht tagelang graben wie die Archäologen. Das geht nicht.«

»Und warum nicht?«

»Wir haben Jobs. Schon vergessen? Ich habe ein Restaurant, um das ich mich kümmern muss, und du kannst auch nicht einfach tagelang nicht zur Arbeit gehen. Wir beide tragen Verantwortung. Was ist, wenn sie dich feuern?«

»Ist mir egal.«

»Es darf dir aber nicht egal sein. Wir sind auf dein Einkommen angewiesen, Mirja, das weißt du, das Restaurant wirft noch nicht so viel ab, dass wir so weiterleben können wie bisher, bei all den Belastungen und Fixkosten. Wie stellst du dir das vor?«

Sie stand langsam auf. »Das Einzige, was ich mir zurzeit vorstelle, ist, dass wir endlich unsere Aufgabe erfüllen. Das ist das Wichtigste überhaupt. Ich weiß nicht, ob du das nicht begreifen willst oder nicht begreifen kannst. Erst wenn wir diese Sache erledigt haben und alles vorbei ist, können wir in unser bisheriges Leben zurückkehren, Steff. Und selbst das wird uns nicht mehr ganz gelingen. Wenn das hier vorbei ist, werden wir wieder in unserem Alltag leben, aber glaube mir: Für uns wird selbst der Alltag nie wieder so sein, wie er es noch vor kurzem gewesen war. Das hier hinterlässt tiefe Spuren in unserem Leben, und diese Spuren werden nie wieder ganz verschwinden. Sieh dich um! Sieh nach oben und dreh dich um deine eigene Achse. Du siehst Bäume und den Himmel, du siehst mich. Du meinst, du siehst die Welt. Das tust du auch, aber du siehst auch noch viel mehr. Genauso wie ich. Die anderen Menschen, die wir kennen, meinen, es gibt ausschließlich das, was man sehen kann. Wir beide glauben das nicht mehr, Steff, wir wissen jetzt von Dingen, die nicht zu sehen sind, und das wird sich für den Rest unserer Tage nicht mehr ändern. Diese Sache hier erweitert unseren Horizont und schenkt uns eine andere Sichtweise. Sie verändert unsere Persönlichkeit. Diese Sache hier ist nicht bloß eine Belastung und etwas Furchtbares, sie ist auch ein Geschenk, wenn es vielleicht auch nicht danach aussieht, aber wenn es erst einmal vorbei ist und ein wenig Zeit vergangen ist, werden wir begreifen, wie reich wir beschenkt worden sind.« Sie bückte sich und nahm den Spaten. »Wenn sie mich rausschmeißen, schmeißen sie mich eben raus«, sagte sie trotzig. »Das hier ist wichtiger. Es geht um die Seele eines toten Kindes, und wenn ich meinen Teil dazu beitragen kann, dass diese Seele ihren Frieden findet, dann scheiße ich auf jeden Job. Ich finde schnell wieder was Neues, das ist kein Problem.«

Stefan sah ihr zu, wie sie entschlossen den Spaten in die Erde stieß. Noch vor kurzem hätte er sie in so einer Situation für verbohrt erklärt und behauptet, sie hätte sich verrannt. Heute tat er das nicht mehr, heute sah er die Dinge anders. Doch sein Problem war, dass sie diese Sache bereits zu ihrer Herzensangelegenheit gemacht hatte, während das Ganze für ihn nicht diese Wichtigkeit hatte. Er fand die Geschichte spannend oder auch nervtötend, aber er schaffte es einfach nicht, so vorbehaltlos in diese Angelegenheit einzutauchen.

Er stellte die Wasserflasche in die Kühlbox zurück, nahm den zweiten Spaten und machte sich auf der anderen Seite des Baumes an die Arbeit.

Die Stunden vergingen, und die Bewegungen der beiden wurden immer langsamer. Um fünfzehn Uhr gaben sie auf, packten ihre Sachen zusammen und fuhren nach Hause.

Während Stefan duschte, hörte Mirja den Anrufbeantworter ab. Die Sekretärin ihres Chefs hatte nachgefragt, was mit ihr los sei, und ob sie krank sei, sie möge sich bitte melden. Auch ihr Vater hatte eine Nachricht auf Band gesprochen: Er habe versucht, sie im Büro zu erreichen, doch man habe ihm gesagt, dass man nicht wisse, wo sie steckte, und nun frage er sich, ob alles in Ordnung sei.

Mirja löschte beide Nachrichten. Als Stefan aus dem Badezimmer kam, ging sie hinein, zog sich aus und sah, dass sie sich auf den Schultern und im Nacken einen kräftigen Sonnenbrand zugezogen hatte. Während sie duschte, steckte Stefan kurz den Kopf ins Badezimmer und rief ihr zu, dass er ins Restaurant fahren würde.

Mirja fragte sich, wie Stefan die kurzen Nächte und langen Tage durchhielt, woher er diese Energie nahm. Sie cremte sich die verbrannte Haut ein, zog sich einen Slip und ein T-Shirt an und verließ das Badezimmer. Sie fühlte sich sauber, aber nicht erfrischt. Dass sie nichts gefunden hatten, enttäuschte sie. Weniger deshalb, weil sie morgen früh noch einmal hinfahren mussten, sondern weil sie diese ganze Angelegenheit endlich hinter sich bringen wollte.

Sie stellte den Klingelton des Telefons auf leise und legte sich aufs Sofa. Einige Minuten lang starrte sie an die Zimmerdecke und hing ihren Gedanken nach, dann schlief sie ein. Um vier Uhr morgens wachte sie wieder auf und stellte fest, dass sie in ihrem Bett lag. Stefan hatte sie vor knapp drei Stunden ins Schlafzimmer getragen, ohne dass sie es mitbekommen hatte.

◆

Sie fanden sowohl an diesem als auch am nächsten Tag nichts. Am zweiten Tag hatten sie ihre Arbeitsweise umgestellt: Stefan grub, und Mirja siebte die aufgehäufte Erde, und alles, was nicht nach Holz oder Stein aussah, putzte sie. Die Löcher wurden tiefer und größer, doch ihr Elan ließ allmählich nach. Die Sonne brannte vom Himmel, der Kreislauf machte ihnen zu schaffen, die Hände waren voller Blasen und kleinerer Verletzungen, die Arme schmerzten vor Muskelkater. Sie sprachen immer weniger miteinander, und ihre Bewegungen wurden immer mechanischer. Es war erstaunlich, dass niemand vorbeikam und sie entdeckte und fragte, was sie hier taten. Vermutlich war es die Hitze, die die Spaziergänger abhielt.

Als sie an diesem Nachmittag nach Hause fuhren, stellte Stefan sich selbst ein Ultimatum: Morgen noch, dann war Schluss. Wenn sie auch am vierten Tag nichts fanden, würden sie nie etwas finden, es sei denn, sie würden den ganzen Baum entwurzeln. Er konnte so nicht weitermachen – seit Tagen rettete er sich irgendwie über die Runden. Wenn er ins Restaurant kam, waren die anderen bereits da, und ihm war klar, dass sie miteinander sprachen und sich fragten, was mit ihm los war. Er kam nicht mehr dazu, die Abende vorzubereiten, sich Gedanken über die Speisen zu machen oder Ware zu bestellen. Er konnte es sich nicht länger leisten, so weiterzumachen, denn auch seine körperlichen Kräfte schwanden. Er hatte keine geistige Frische mehr, war nicht mehr kreativ. Wenn sie auch morgen Abend mit leeren Händen dastanden, hatte er weit mehr als bloß guten Willen gezeigt. Er empfand es als ein kleines Wunder, dass Mirja vom Verlag noch nicht die Kündigung oder zumindest eine Abmahnung zugestellt worden war. Doch vielleicht hatte sie ihren Chef angerufen und mit ihm gesprochen, ihn um Verständnis für irgendeine schwierige Situation gebeten, um die sie sich kümmern musste. Zuzutrauen war es ihr allemal, schließlich war sie nicht jemand, der den Kopf in den Sand steckte. Doch wie auch immer: Nur noch morgen!

◆

Am nächsten Vormittag rief sie ihn. Er war auf der anderen Seite des Baumes, und weil er nicht sofort kam, rief sie ihn nochmal, und an dem Tonfall erkannte er, dass etwas geschehen war.

»Sieh dir das an«, sagte Mirja. Sie hockte auf dem Boden und hielt ihm die offene Hand entgegen, auf der ein Stück Knochen lag, den sie bereits mit Mineralwasser abgespült hatte. Stefans Augen weiteten sich, dann kniff er sie zusammen und betrachtete den Knochen. Er war nicht sonderlich groß, kaum länger als drei Zentimeter, und schien nicht zerbrochen zu sein. Es war kein langer, schmaler Knochen, kein Finger- oder Zehenknochen, sondern die Form erinnerte eher an ein Oval.

»Es war da drin«, sagte Mirja und deutete auf einen kleinen Haufen Erde, den Stefan vor rund zwei Stunden aufgeworfen hatte. »Vielleicht ist da noch mehr.«

Sie sah ihn an, und er erwiderte ihren Blick und bemerkte weder Zufriedenheit noch Freude in ihren Augen, sondern nur Erleichterung. »Holst du das Buch?«

Er nickte, ging zu dem Handwagen und nahm die Enzyklopädie über den menschlichen Körper heraus, die Mirja noch aus ihrer Schulzeit hatte. Er kehrte zu ihr zurück und schlug die Seite auf, die mit einem gelben Notizzettel markiert war. Die linke Seite des aufgeschlagenen Buches zeigte die Rückenansicht des menschlichen Skeletts, die rechte die Seiten- und Vorderansicht. Mit Ausnahme der rund fünfzig Sesambeine waren die mehr als zweihundert Knochen alle benannt.

Stefan hockte sich neben Mirja, ihre Blicke wanderten zwischen dem Buch und dem Knochen hin und her.

»Es könnte das Fersenbein sein«, sagte Mirja.

»Oder die Kniescheibe.«

»Nein, die ist rund. Der Knochen hier ist zu gezackt, das ist bestimmt das Fersenbein. Hundertprozentig.«

»Was ist, wenn es nicht von ihr stammt? Wollen wir weitersuchen?«

»In dem Haufen da, ja, lass uns noch mal nachsehen.«

Sie durchsuchten behutsam die Erde nach weiteren Knochen, doch so konzentriert sie auch arbeiteten, sie fanden nichts.

Mirja betrachtete den Knochen erneut und sagte: »Die Wurzeln können ihre Gebeine zehn oder zwanzig Meter weit in alle Richtungen verschoben haben. Ich glaube nicht, dass es Sinn macht, wenn wir weitersuchen.«

Sie sah Stefan an. »Wir haben vier Tage gebraucht, um dieses eine Stück Knochen zu finden, wir müssen nicht noch weitere vier Tage aufwenden, in der Hoffnung, noch etwas zu finden. Wenn dieser Knochen von ihr stammt, dann reicht das. Wir werden ihn verbrennen und in die Sanduhr füllen.«

»Das wird nicht so einfach funktionieren«, sagte Stefan. »In Krematorien grillen sie die Toten eine Stunde lang bei achthundert Grad, und wenn der Sarg brennt, werden es mehr als tausend Grad, und trotzdem bleiben Knochenreste übrig, die dann in so ein Mahlgerät kommen, das sie zu Staub mahlt. Es ist ein Riesenaufwand, bis so ein Knochen zu Asche geworden ist.«

»Sie haben es früher mit den Fingern auch gemacht«, sagte Mirja.

»Ja, aber sie haben es nur deshalb gemacht, weil Asche am wenigsten Platz wegnimmt. Hätten sie etwa ganze Knochen in die Sanduhr packen sollen? Vor zweihundert Jahren oder so wussten sie doch noch nicht, wie viele von ihnen nachfolgen werden.«

»Sie hätten die Knochen auch in eine Kiste packen können.«

Er verdrehte die Augen. »Menschliches Fleisch verfault, und weißt du, wie tierisch das stinkt und wie lange es dauert, bis nichts mehr davon übrig ist? Und anschließend legen sie die Knochen in eine Kiste? Schleife drum und fertig? Mirja, bekommt dir die Sonne nicht? Sie haben die Stücke verbrannt, weil es am schnellsten ging, am wenigsten eklig war und am meisten Platz gespart hat. Stell dir mal vor, jemand hätte irgendwann mal ein halbes Skelett in dem Haus gefunden, was dann losgewesen wäre. So aber gab es die Sanduhr, die sich immer mehr füllte, was aber nicht weiter auffiel. Sie hatten ihre Toten im Haus, ohne dass es jemand bemerkte. Nur darum ging es doch: Dass sie für immer in dem Haus bleiben. In welcher Form, interessiert nicht.« Er nahm Mirja den Knochen aus der Hand. »Wenn das hier wirklich die Ferse oder was auch immer von der Kleinen ist, packen wir sie in die Sanduhr, machen den Deckel drauf und Ende. Nirgends steht geschrieben, dass es verbrannt werden muss. Hast du etwas davon gelesen? Ich nicht. Hauptsache, es ist in der Sanduhr und im Haus.«

»Lass uns den Knochen verbrennen, Steff, wir gehen auf Nummer sicher.«

Er sah sie an und seufzte: »Glaub mir, das klappt nicht. Wie sollen wir eine solche Hitze herstellen? Eher können wir den Knochen zermahlen. Aber ich sage dir, dass das alles nicht notwendig ist. Wenn dieser Knochen von ihr stammt und wir dafür sorgen, dass er im Haus ist, haben wir alles getan. Glaub mir; Mirja. Wir packen ihn in die Sanduhr und sorgen dafür, dass niemand die Sanduhr je wieder in die Hände bekommt, zumindest nicht, bevor dieses Haus irgendwann mal abgerissen wird.«

Sie nickte zögernd.

»Komm, lass uns schnell die Sachen zusammenpacken und abhauen.« Er reichte ihr die Hand, und sie ergriff sie und ließ sich hochziehen. Dann küssten sie sich flüchtig.

»Hoffentlich ist es bald vorbei«, sagte er.

»Ja, hoffentlich.«

◆

Sie hatten überlegt, in dem kleinen Kellerraum ein Loch in die Wand zu schlagen, die Sanduhr hineinzustellen und es dann wieder zu verschließen, doch die mühevolle Arbeit mit Hammer und Meißel hätte Stunden gedauert, und mit einem Presslufthammer konnten sie nicht umgehen. Also hielten sie auf dem Weg zum Haus bei einem Baustoffhändler an, kauften ein Dutzend Vollziegel, ein zwanzig mal zwanzig Zentimeter großes Brett, einen kleinen Beutel Zement und einen Spachtel und eine Kelle. Weder Mirja noch Stefan hatten je zuvor gemauert, doch das spielte keine Rolle, denn schließlich ging es nicht darum, dass es gut aussah, sondern dass es seinen Zweck erfüllte.

Sie stellten die Sanduhr in eine Ecke des Kellers und begannen, die Mauerziegel um sie herum hochzuziehen. Das Fersenbein lag in der Sanduhr und während die Asche und all die anderen körnigen Substanzen in das untere Gefäß gerieselt waren, befand sich das Fersenbein im oberen. Als die Ziegelwand die Sanduhr überragte, bestrich Stefan die Ziegel mit Zement und legte das Brett obendrauf. Von der Sanduhr war nun nichts mehr zu sehen. Anschließend bestrich er auch das Brett mit Zement und legte eine Schicht Ziegel darauf. Sie hatten gut gerechnet, denn lediglich zwei Ziegel waren übrig geblieben.

Stefan setzte sich auf den Boden, lehnte sich an die Wand, betrachtete den schiefen Sockel und sagte: »Ich hoffe, es hält.«

»Das hält schon«, sagte Mirja. »Es rüttelt ja niemand daran.«

»Ich werde ihn noch verputzen, dann fällt der Sockel nicht jedem sofort auf. Und dann kaufe ich noch ein schmales Stahlregal und schraube es an die Wand vor dieses kleine Kunstwerk.«

Mirja ging zu ihm, er spreizte die Beine und sie setzte sich dazwischen und lehnte sich an ihn. Er umschlang ihren Oberkörper und ließ seinen Kopf gegen ihren sinken.

»Glaubst du, dass es vorbei ist?«, fragte er.

»Ich hoffe es von ganzem Herzen.«

»Irgendwie hatte ich eine Art Zeichen erwartet, weißt du?«

»Etwas, das geschieht und uns sagt, dass es auch wirklich vorbei ist?«

»Ja, Nebel oder so was. Blitz und Donner wären auch okay gewesen.« Er stieß ein trockenes Lachen aus.

Sie sagte: »Ich denke, es ist vorbei, ja. Aber vielleicht hoffe ich es auch bloß. Verrückt. Wir haben keine Gewissheit.«

»Ich wüsste nicht, was wir noch tun können.«

»Ich auch nicht. Doch: Lass uns die Kiste mit dem Kram von Schmolke verbrennen, ich will nie wieder eine Blick daraufwerfen und will auch nicht, dass diese Sache jemandem in die Hände fallen. Wir brauchen das Zeug nicht mehr.«

Er stimmte ihr zu.

»Steff?«

»Hm …?«

»Und was, wenn es nun nicht vorbei ist? Wenn sie wieder auftaucht oder andere Dinge geschehen? Schlimme Dinge, so wie mit Britt und dem Mann. Ich habe Sorge, dass es doch noch nicht vorbei ist. Wollen wir das Haus nicht verkaufen? Das meine ich ernst, Steff. Wir gehen woanders hin und fangen neu an. Ich denke, ich muss mir sowieso eine neuen Job suchen, und selbst wenn nicht, sollte ich es trotzdem tun. Ich glaube, in dem Verlag komme ich nicht mehr weiter. Was meinst du? Ich habe immer im Hamburg gelebt, ich liebe die Stadt, aber vielleicht sollte ich mal für einige Jahre woanders hin.«

»Ich weiß nicht. Hältst du das wirklich für eine gute Idee? Wir bauen uns hier gerade etwas auf. Wenn ich ein berühmter und unabhängiger Maler wäre, würde ich meine Staffelei nehmen und sie dort aufstellen, wo es mir passt. Verstehst du? Aber ich bin nun mal nicht unabhängig.«

»Doch, das bist du. Du bist ein bekannter und begnadeter

Koch, die Fachwelt kennt dich, und wenn du dem freien Markt wieder zur Verfügung stehst, kannst du schon morgen fast überall anfangen, wo immer du willst.«

»Ich weiß nicht, ob ich das will. Ich habe Blut geleckt, Mirja, trotz all dem Stress und dem Druck … ich will nicht mehr für andere arbeiten und zurück ins zweite Glied. Jetzt nicht mehr.«

»In diesem Haus sind schlimme Dinge geschehen, Steff, und wir beide kennen vermutlich nur einen Bruchteil davon. Dies ist kein gutes Haus, es hat keine gute Geschichte. Ich glaube nicht, dass wir in dem Haus glücklich werden.«

»Du hast vor ein paar Tagen gesagt, dass die ganze Sache nicht nur schrecklich ist, sondern auch ein Geschenk darstellt.«

»Ich habe das ausschließlich auf die Betrachtung der äußeren Welt bezogen. Auch wenn wir jetzt wieder zurückkehren in diese Realität, hat sich unser Bewusstsein verändert. Das meinte ich damit. Mit dem Haus hat das nichts zu tun. Wir sollten uns von dem Haus trennen, es gibt keinen Grund für uns, daran festzuhalten.«

»Tja, ich weiß nicht, das ist vielleicht nicht der richtige Zeitpunkt, um darüber zu reden. Wir sind zu aufgewühlt. Lassen wir erst ein paar Wochen ins Land gehen und entscheiden uns danach, was meinst du?«

»Einverstanden«, sagte sie und lehnte den Kopf zurück, sah zur Decke und fügte leise hinzu: »Aber eigentlich steht meine Entscheidung fest. Ich will dieses Haus nicht mehr.«

Epilog

Die Seele des kleinen Mädchens befand sich in dem grauen Nichts, in dem niemand sonst verweilte. Immer wieder zogen andere Seelen an ihr vorbei; es waren die Seelen der Verstorbenen, die aus der Daseinsebene der Lebenden hinüberwechselten in die Daseinsebene der Toten.

Die Seele des Mädchens konnte nicht vor und nicht zurück. Sie hing fest in dem grauen Nichts, in dem es keine Zeit gab, denn das graue Nichts ist der Übergang zwischen den Welten der Endlichkeit und der Unendlichkeit.

Die Welt der Endlichkeit war der Seele des Mädchens verschlossen, seit ihr Körper einst auf der Lichtung das Leben verlor, und die Welt der Unendlichkeit war ihr verschlossen, weil das Gelöbnis sie ihr versperrte.

Die Seele des Mädchens spürte, dass sich die Daseinsebene der Toten erneut teilt – eine für die Guten und eine für die Bösen, und die an ihr vorbeiziehenden Seelen wussten bereits, wohin sie kamen. Doch das ist nichts, was den vorüberziehenden Seelen Freude oder Furcht bereitete. Freude und Furcht sind keine Gefühle der Toten. Den Toten gehört nur der Friede oder der Unfriede.

Die Seele des Mädchens wartete. Sie wartete schon lange; wie lange, wusste sie nicht, denn hier in diesem grauen Nichts gab es keine Zeit.

Unentwegt zogen die anderen Seelen an ihr vorbei, alle in dieselbe Richtung, niemals aus der Daseinsebene der Toten in die Daseinsebene der Lebenden. Nur einmal, ein einziges Mal, hatte eine Seele den anderen Weg genommen. Es war die reinste und die am hellsten leuchtende Seele gewesen, die die Seele des Mädchens jemals gespürt hatte, und sie war nur für sie gekommen. In dem grauen Nichts war die andere Seele für eine zeitlose Zeit bei ihr geblieben, hatte ihr göttliche Macht verliehen und ihr das irdische Gewand zurückgegeben, und dann war sie wieder zurück in die Daseinsebene der Toten gezogen. Und die Seele des Mädchens hatte nun gewusst, dass in der Daseinsebene der Toten ein Urteil über sie gesprochen worden war, dass sie vielleicht das graue Nichts bald verlassen konnte. Das alles lag eine nicht zu bestimmende Zeit zurück.

Und dann geschah etwas mit der Seele des Mädchens. Sie spürte, dass die göttliche Macht ihr wieder genommen wurde und dass sie ihr irdisches Gewand abstreifte, zum zweiten Mal. Und dann wurde sie gezogen und getrieben, und die Daseinsebene der Toten öffnete sich ihr endlich. Und was dort lag, befand sich außerhalb aller Vorstellungskraft.

Das Grauen mitten unter uns

Andreas Richter

Mobile

Roman

Wild tanzen die bunten Holzfiguren über dem Kinderbett hin und her. Fasziniert verfolgt der kleine Daniel das Spiel des Mobiles, das ihn wochenlang in quälenden Alpträumen verfolgt. Plötzlich macht sein Vater Joachim eine unheimliche Entdeckung: Die rot gestreifte Holzpuppe hat ihr Gesicht verloren. Auch die Bemalung der anderen Figuren verblasst wie von Geisterhand. Und mit den Farben des Kinderspielzeugs scheint auch das Leben seines Sohnes zu entschwinden. Joachim kommt ein grauenhafter Verdacht …

»Ein Thriller, den man nicht mehr aus der Hand legt.
250 Seiten Dauerspannung.«
Kieler Nachrichten

Knaur Taschenbuch Verlag

Thomas Görden

Die Krypta

Roman

Vor dem Kölner Dom liegt eine schwarz gekleidete Leiche. Kriminalkommissarin Susanne Wendland sieht sofort, dass dieser Mord alles andere als ein Routinefall ist: Der Tote ist Weihbischof Oster, und in den Mordfall scheint alles verwickelt zu sein, was in Köln Rang und Namen hat. Im Laufe ihrer Ermittlungen stößt die Kommissarin auf eine verborgene Krypta, von der eine jahrhundertealte Gefahr ausgeht ...

»Beklemmender Thriller mit überraschenden Wendungen und großem Finale« *TV-Movie*

»Spannend, literarisch anspruchsvoll und in einer packenden Sprache.« *Radio Paradiso*

Knaur Taschenbuch Verlag

Thomas Görden

Nachtauge

Der neue fesselnde Roman vom Autor der *Krypta*

Eine grausam zugerichtete Leiche in einer Kölner Ölraffinerie stellt Kriminalkommissarin Susanne Wendland vor ein Rätsel. Zeugen berichten von einer gespenstischen Raubkatze mit leuchtend gelben Augen und nachtschwarzem Fell, die dort ihr Unwesen treiben soll. Als sich kurz darauf ein weiterer Todesfall ereignet, bittet die Kommissarin ihre beste Freundin, Schamanin Chris Adrian, um Hilfe. Und plötzlich befinden sich die beiden auf der tödlichen Jagd nach einem uralten, magischen Artefakt …

Knaur Taschenbuch Verlag